Noëlle à Cuba

Du même auteur

Aux mêmes éditions :
Nuits blanches, contes, 1981, 96 pages.
Baptême, roman, 1982, 125 pages.
Le nombril de Scheherazade, roman, 1998, 178 pages.

Chez d'autres éditeurs :
Contes et nouvelles du monde francophone (collectif), Sherbrooke, Cosmos, 1971.
Options, textes canadiens-français choisis et annotés, Toronto, Oxford, 1974. En collaboration avec Mariel O'Neill-Karch.
L'aventure, la mésaventure, nouvelles (collectif), Montréal, Quinze, 1987.
Contes et récits d'aujourd'hui (collectif), Montréal, XYZ / Musée de la civilisation, 1987.
Coïncidences, nouvelles (collectif), Montréal, XYZ éditeur, 1990.
Autres ciels, nouvelles (collectif), Montréal, XYZ éditeur, 1990.
Jeux de patience, nouvelles, Montréal, XYZ éditeur, 1991, 168 p.
Les ateliers du pouvoir, essai, Montréal, XYZ éditeur, 1995. En collaboration avec Mariel O'Neill-Karch, *Régis Roy (1864-1944) : Choix de nouvelles et de contes*, essai, Ottawa, David, 2001, 282 p.
En collaboration avec Mariel O'Neill-Karch *Augustin Laperrière (1829-1903). Les pauvres de Paris, Une partie de plaisir à la caverne de Wakefield ou Un monsieur dans une position critique* et *Monsieur Toupet ou Jean Bellegueule*, essai, Ottawa, David, 2002, 212 p.
En collaboration avec Mariel O'Neill-Karch *Théâtre comique de Régis Roy (1864-1944)*, essai, Ottawa, David, 2006, 358 p.
En collaboration avec Mariel O'Neill-Karch, *Dictionnaire des citations littéraires de l'Ontario français depuis 1960* (DICLOF), dictionnaire, Ottawa, L'Interligne, coll. Bibliothèque canadienne-française, 2006, 529 p.

Pierre Karch

Noëlle à Cuba

Roman

Bibliothèque canadienne-française
Prise de parole
Sudbury 2007

Catalogage avant publication de Bibliothèque et Archives Canada
Karch, Pierre Paul
    Noëlle à Cuba: roman / Pierre Karch. — 2ᵉ éd.

(Bibliothèque canadienne-française)
Publ. à l'origine: 1988.
ISBN 978-2-89423-214-9

       I. Titre.   II. Collection.

PS8571.A82N63 2007   C843'.54 C2007-904941-9

Distribution au Québec: Diffusion Prologue • 1650, boul. Lionel-
Bertrand • Boisbriand (QC) J7H 1N7 • 450-434-0306

/ Prise
deparole

Ancrées dans le Nouvel-Ontario, les Éditions
Prise de parole appuient les auteurs et les créateurs
d'expression et de culture françaises au Canada, en
privilégiant des œuvres de facture contemporaine.
La Bibliothèque canadienne-française est une collection dont l'objectif
est de rendre disponibles des œuvres importantes de la littérature
canadienne-française à un coût modique.
La maison d'édition remercie le Conseil des Arts de l'Ontario, le
Conseil des Arts du Canada, le Patrimoine canadien (Programme
d'appui aux langues officielles et Programme d'aide au développement
de l'industrie de l'édition) et la Ville du Grand Sudbury de leur appui
financier.

Conception et œuvre en page de couverture: Olivier Lasser

Éditions Prise de parole
C.P. 550, Sudbury (Ontario) Canada P3E 4R2
http://pdp.recf.ca

ISBN 978-2-89423-214-9

À la mémoire de mes tantes Gertrude et Bella Karch, qui m'ont donné le goût de la lecture et du voyage; à Mariel, ma première lectrice; à Gaston Tremblay, denise truax et Arash Mohtashami-Maali, qui ont eu confiance en moi.

*I was always fond of visiting new
scenes, and observing strange
characters and manners.*
Washington Irving, *The Sketch Book
of Geoffrey Crayon*

*... les signes de l'amour sont plaisants
à regarder.*
Alain, *Système des beaux-arts*

PRÉFACE

L'invitation au voyage

Le thème du voyage a donné lieu à une abondance de textes littéraires classiques ; l'impression pourrait aisément s'imposer que seuls les épigones de Chateaubriand ou de Flaubert voyagent vraiment, le commun du peuple se contentant de se déplacer. Mais quelle erreur ce serait de croire que le plus ordinaire des voyages n'est pas une invitation au rêve, une recherche de l'Autre et de soi ! Pierre Karch a bien compris ce mythe à la fois personnel et collectif associé à chaque voyage, et il le fait vivre avec art dans ce roman riche en qualités littéraires et humaines.

L'auteur crée un microcosme inépuisable : durant deux semaines de paradis artificiel au temps des Fêtes, observer quelque vingt personnages en voyage à Cuba. Une telle situation permet de suivre les rêves, les espoirs de chaque personnage qui quête un palliatif à sa misère. Inépuisable, ce sujet n'est toutefois pas sans périls : l'anecdotique, le banal risquent de grever l'intérêt si cette quête n'atteint pas une dimension qui à la fois dépeint et dépasse les destins individuels. Or, à tous les égards, Noëlle à Cuba s'inscrit comme une réussite : à travers l'agenda des vies singulières,

Pierre Karch livre une profonde et touchante méditation sur le voyage, l'art et la nature humaine.

Partir, c'est vivre un peu plus

Qu'est ce que voyager? Autant de voyageurs, autant d'avis. Dans Noëlle à Cuba, *chacun possède sa motivation plus ou moins secrète. Noëlle, par exemple, quête un mari, et l'homme auquel elle était prête à dire «je t'aime» lui fera faux bond, quittant le groupe de manière anticipée. François, lui, s'était rendu un jour à une exposition d'œuvres du peintre James Wilson Morrice: il avait été fasciné par cet artiste qui lui avait fait croire pendant quelques instants à la possibilité du bonheur et, apprenant que des tableaux du peintre pouvaient se trouver à Cuba, il décide de s'y rendre. Il les trouvera, ses Morrice, mais dans quelles conditions! Puis il y a Daphné, la nouvelle mariée, dont les premiers jours (et nuits...) de vie conjugale ne ressemblent en rien à ce qu'elle s'était imaginé. D'autres personnages complètent ce plaisant groupe: Eurydice Branchu, Icare, de Toronto, qui séduit à peu près tout le monde, le jeune Hubert menacé de célibat, selon sa mère du moins, et j'en passe. Cette mosaïque humaine s'agite dans un récit qui demande au romancier une transfusion de personnalité constante, tant ce microcosme est varié et mobile.*

Durant le trajet en avion vers Cuba apparaît toute l'ambiguïté du voyage, à la manière d'une métonymie du roman: réalité, illusion, rêve, espoir, puis réalité à nouveau lorsque l'avion se pose: «Depuis qu'on se rapprochait de la terre, la gaieté pâlissait devant l'inquiétude qu'on croyait avoir noyée dans l'alcool et qu'on redécouvrait intacte comme une olive au fond d'un verre. Était-il possible qu'en perdant de l'altitude, on perde une partie de ses illusions qui s'accrochaient aux nuages qu'on fendait et qui se déchiraient en charpie?» Quand, au retour, le voyageur défera sa valise, sera-ce pour renouer inévitablement avec ses ennuis?

Pourtant, chacun n'attend-il pas d'un voyage qu'il change le cours de sa vie? Noëlle, pour sa part, l'avait cru, mais dès l'arrivée à Cuba le décor inscrit un bémol sur ses espoirs: « Les différences, qu'elle n'arrivait pas à saisir même en y mettant de l'application, seraient-elles trop subtiles pour changer le cours de sa vie? » L'on n'arrive plus à déterminer si le voyage est de l'ordre de l'avoir ou de l'être. Avoir, il n'est qu'un souvenir de plus épinglé à la mémoire; être, il se réduit à un masque de plus ajouté à celui du quotidien: « S'il est vrai qu'en vacances on laisse tomber son masque, c'est souvent pour en laisser paraître un autre. » Point de repos pour le lecteur qui en arrive à croire que les vacances, « cela n'existe pas vraiment; c'est une fiction qu'on se crée ».

Art du voyage, voyage de l'art

La fiction réunit ici l'art et le voyage, représentations de soi retouchées, si bien que « Je », dans le voyage également, « est un autre ». Aussi le séjour à Cuba sera-t-il assorti d'un voyage dans l'art. François, celui qui cherche les tableaux de Morrice, établit le mieux cette filiation: de même que les œuvres du peintre lui avaient fait « oublier qu'en dehors de ces murs de pierre, il y avait la souffrance et la mort », de même tout le roman se donne à lire comme art non seulement sur le plan de la forme, mais aussi de sa thématique. Le séjour à Cuba est de l'art, un tableau grouillant de personnages encadrés dans un espace et un temps prétendument régénérateurs.

En effet, tout voyage en cache peut-être un autre, celui d'un effort de rédemption personnelle. Il faut cependant au romancier un doigté parfait pour respecter chacun des personnages qui composent son tableau. Il y a, dans Noëlle à Cuba, un écrivain dont on ne connaîtra jamais le nom, mais son rôle est essentiel, et ce qu'il dit sur l'art décrit à point nommé la technique de Pierre Karch: cet écrivain « croyait que le but de toute forme

11

d'art était de multiplier les points de vue et dénonçait [...] les écrivains qui font œuvre de savant au détriment d'une certaine vraisemblance ». Cet « art poétique » est bien celui de Noëlle à Cuba : dans ce tableau, ce sont les personnages qui pensent, vivent et parlent, et l'une des réussites du roman consiste justement, à partir d'une situation simple et vécue par beaucoup de gens, à montrer, sans didactisme aucun, combien rêves et voyage, art et amour sont le lot de la condition humaine.

Le romancier comme révélateur

Le romancier s'insinue dans la vie de ses personnages, mais il ne se prive pas pour autant de réflexions sur le comportement des êtres humains. Mais encore ici, le ton toujours juste livre des propos qui donnent au roman son regard, sa voix propres. À La Havane, par exemple, au moment d'une courte leçon d'histoire, un personnage prend conscience que Fidel Castro est au pouvoir depuis 1959 et s'exclame « C'est comme si c'était hier ! » La remarque, qui eût pu tomber dans le flot banal de la conversation, est reprise par le narrateur : « Rendu à un certain âge, en effet, il semble qu'on trouve plus de plaisir à ressusciter les siècles passés qui, ne nous touchant pas, ne nous vieillissent pas alors que le sien, auquel on a pris part depuis trop longtemps pour qu'on confesse son âge en avouant ses souvenirs, n'apporte qu'angoisse et malaise. » (p. 73) Voyez aussi le regard du narrateur sur Eurydice Branchu. Là où ne pourrait vous apparaître qu'une masse de chair, le romancier perçoit tout autre chose : « Si les gens de goût recherchent tant leur compagnie, c'est peut-être à cause de leur masse même qui, si elles en usent avec art, donne à tout ce qui les entoure un air de fragilité qui en rehausse la valeur ».

Mais où son étude de l'humain est impitoyable, c'est lorsque Pierre Karch décrit les méprises possibles des êtres au sujet de leurs sentiments. Quand, après l'échec d'une première nuit, l'amant dit à sa compagne qu'elle ne perd rien pour attendre et que cette dernière sursaute, Paul y voit une fausse pudeur, alors que Daphné manifestait en réalité du dédain; de même lorsque, plus tard, observant le ciel étoilé, l'homme découvre dans cette multitude autant de nuits d'amour, la femme pour sa part y voit autant de séances tristes, voire dégradantes. Il suffit parfois d'une petite phrase qui pourrait passer inaperçue mais qui, bien comprise, donne toute la mesure du doux cynisme du narrateur. Ces remarques, ces allusions passent parfois comme l'éclair et pourtant en disent beaucoup. Paul, toujours le même, espérant une reprise revue et corrigée de sa première nuit, embrasse Daphné: « Ma femme! Ma femme! Ma femme! répétait-il comme un amant aurait soupiré: "Mon amour!" ». Il n'en fallait pas plus pour caractériser le personnage...

Pierre Karch nous donne à lire une étude, un tableau de mœurs et, ajouterai-je, un texte dans lequel la littérature pense. Il n'est pas aisé de créer cet équilibre entre la création d'un univers particulier, littéraire, qui possède sa propre vie, et d'amener ce microcosme à un degré supérieur d'abstraction et de réflexion. Se sentant entraîné par cet échange entre le particulier et le général, chacun se reconnaîtra alors dans tel trait, tel comportement. Mais le plaisir serait incomplet sans cette écriture soignée, sans cesse claire et juste. Enfin, l'œuvre qui se contente d'exprimer fait plaisir à son auteur; celle qui vise à communiquer plaît en plus à ses lecteurs. Or, à tous égards, Noëlle à Cuba me semble participer de cette classe de récits où l'écriture fait voir sans se faire voir, et où le territoire de la littérature n'est rien de moins que l'humain.

Pierre Hébert
Université de Sherbrooke

Version remaniée d'un texte paru dans
Lettres québécoises, n° 53, printemps 1989, p. 20-21.

Cette étoile rouge, cette goutte de sang que chacun maintenant foulait depuis qu'on avait ouvert la porte de sortie, comme après la projection d'un film, était-ce tout ce qui restait de la fête qui avait duré pour certains quatorze jours, pour d'autres une semaine, et dont on emportait quelques souvenirs de paille ou de coton au fond de ses valises?

I

L'idée de faire un voyage lui était venue le jour de la Sainte-Catherine. Les portes du supermarché s'ouvraient et se refermaient automatiquement sous la pression des pas rapides sur le tapis déclencheur, l'air froid poussant les clients vers les fruits des tropiques, l'air chaud les relançant sur le flanc enneigé du mont Royal.

—Comment ça se fait que j'ai pas de chum, Marguerite?

—C'est parce que tu sors pas, voyons.

—Je peux pas sortir, je connais personne.

Du monde, elle en voyait. Des centaines et des centaines, tous les jours, par pluie comme par beau temps. Cela a toujours faim, le monde. Mais des hommes? À part les vieillards et les niaiseux, assez peu. Quelques-uns tout de même, qui faisaient la queue à sa caisse, qui attendaient leur tour, taillés dans le chêne blond comme ceux qui ornent la couverture des romans à la mode. Mais sur ceux-là, on avait, bien sûr, déjà mis le grappin. Comme si un bel homme, passé vingt-cinq ans, ça se trouvait encore seul!

—As-tu remarqué, toi, comme les beaux gars passent

vite? On dirait qu'ils sont toujours pressés d'aller retrouver leur blonde. C'est à peine s'ils ralentissent pour payer que les voilà déjà repartis.

—Faut trouver le moyen de les retenir en leur disant quelque chose.

—Est-ce que tu leur parles, toi?

—Des fois...

—Qu'est-ce que tu leur dis?

—«Merci. J'espère que vous reviendrez...»

—Ça marche?

—Pas toujours.

—Marguerite, je peux pas dire ça à un homme.

Ce n'était pas par manque d'envie. Ce qui la retenait, c'était plutôt la peur de se faire traiter de traînée. On dira ce qu'on voudra, se faire remettre à sa place par un homme qui ne veut pas du don qu'on lui fait de soi, quelle humiliation! Sans compter qu'on peut perdre son job, s'il est assez bête pour bavasser au patron. Noëlle en connaissait à qui c'était arrivé et elle n'avait pas l'intention d'être du nombre. Timide et peu sûre d'elle, elle se contentait de regarder les hommes par en dessous et de rougir. «Il me semble que c'est assez pour qu'ils comprennent.» Il n'en était rien. Quand on paie à la caisse, il faut beaucoup d'esprit pour trouver un mot tendre en réponse à: «Vingt-trois dollars et cinquante-six». Cela peut se voir—cela s'est vu—au rayon des parfums à La Baie, par exemple. Mais à l'une ou l'autre caisse du Steinberg du chemin de la Reine-Marie? L'incident ne s'était jamais produit.

Derrière les grandes baies vitrées, Noëlle faisait de gros yeux, arrondissait les lèvres et soupirait en silence. Elle avait de plus en plus l'impression que, dans un univers où tous les murs sont de verre, le monde nage dans le même sens. Elle se dit alors, comme beaucoup de ses semblables, qu'il lui fallait quitter son aquarium et apprendre à se tenir debout ou renoncer à jamais à respirer l'air frais. Partir était devenu pour elle une nécessité. Il lui fallait savoir enfin si elle avait des muscles, si elle avait du nerf, si elle pouvait quitter la protection de sa coquille. Elle demanderait au soleil, au vent, à la mer de lui faire une peau qu'elle ne s'était jamais sentie.

II

Il suffit de prendre la route, n'importe laquelle et à n'importe quelle heure, pour s'apercevoir qu'il n'y en a pas de désertes quand on voyage, quand on fuit, quand on se précipite vers l'aventure qui s'écrit en capitales vert jungle et jaune soleil sur fond bleu de mer.

«On dirait qu'il n'y a que des hommes sur la route à cette heure-ci, que des hommes... et moi. Je voudrais que ce soit un augure», espérait Liljana.

«Là-bas, là-bas, là-bas...» Chaque tour de roue marque son impatience, traduite en paroles insensées qu'on répète de façon mécanique, comme une prière, et qui nous hantent bientôt comme une incantation. Magie des mots qui nous viennent des quatre coins de l'Univers, qui ouvrent les portes, séparent les eaux, retiennent le soleil et nous transportent en canot volant vers des pays inconnus, là où il est permis de rêver parce qu'on y est en vacances! Rêves d'amour et de conquêtes! Rêves de fortune et de trésors enfouis! Rêves de solitude et de repos! Rêves informes qui se précisent et qui se cherchent un décor de rêve.

—Tu en es sûr?

—Bien sûr que j'en suis sûr!

—Parce que, si tu te trompes, ça nous aura coûté pas mal cher pour rien.

—Puisque je te dis...

Dans le rétroviseur, le chauffeur de taxi pouvait voir la fente des yeux de Claire, droite, dure comme celle d'une tirelire. C'étaient des yeux qui comptaient les sous, qui les suçaient comme les pastilles que les vieilles Anglaises se glissent entre les lèvres. Il n'y avait pas là l'ombre d'un espoir de pourboire. Il sentit un frisson lui courir le long de l'épine dorsale, serra le volant, appuya sur l'accélérateur et pesta contre ces clients qui vont dans le Sud l'hiver et qui économisent sur le dos du pauvre monde. «Il n'y a pas de justice!» Il se mit à détester ces passagers et leurs semblables et à leur souhaiter quelque malheur dont on parlerait dans les journaux.

—Ça ne sera pas pour rien. On aura toujours eu deux semaines de vacances.

—Deux semaines de vacances, deux semaines de vacances... J'aurais pu tout aussi bien les passer à la maison, tes deux semaines de vacances, et ça ne nous aurait rien coûté.

—C'est tout de même pas un crime de prendre deux semaines de vacances, eau bénite!

—C'est à l'université que tu as appris à sacrer de même?

François Lannes n'aimait pas parler de son travail et Claire le savait. Quand elle voulait qu'il la ferme, elle n'avait, comme maintenant, qu'à choisir, du trousseau qui lui pendait au bout de la langue, le mot clé qui tournerait le mieux dans la plaie.

Trop délicat pour être palefrenier et trop sensible pour être vétérinaire, François avait cru suivre sa vocation en travaillant, adolescent, pour la Société protectrice des animaux, où il apprit à soigner les bêtes. L'expérience acquise lui ouvrit les portes du prestigieux laboratoire de neuropathologie de l'Université McGill, qui lui offrit un meilleur salaire et des conditions de travail plus avantageuses.

C'était avec un plaisir extrême qu'il voyait les rats blancs, les lapins de même couleur, les chiens et les singes qu'on lui confiait profiter et se multiplier sous ses soins. Aussi était-ce avec un réel déchirement qu'il se séparait de ces bêtes, que les chercheurs venaient lui prendre et qu'il ne revoyait jamais. De la fin qu'on leur réservait, François ne voulait rien savoir. Il se disait qu'il avait assez fait en donnant à ces petites créatures une belle vie sans aller se soucier de leur mort. Mais il avait beau se rappeler ce principe tous les jours, tous les jours il ressentait le même malaise, qui lui faisait se répéter le raisonnement de la veille.

La vie lui paraissait tellement vaine et absurde qu'il avait besoin, plus que quiconque, de se réfugier loin de ce qui grouille et souffre. C'est au cours d'une pro-menade, rue Sherbrooke, qu'il découvrit, tout près, le Musée des beaux-arts et, sans trop pouvoir se l'expliquer, ce lieu impressionnant comme une banque lui offrit un trésor de consolation. Il y vit la vie à l'état d'arrêt, figée à son heure la plus belle. «Quelle merveille, se dit-il, que de pouvoir saisir pour l'éternité le sourire des choses! Quel paradis que celui-ci, où l'on accorde les mêmes attentions aux anges et aux démons, aux vieillards et aux enfants, aux hommes et aux femmes!» François n'avait pas assez d'yeux pour tout admirer. Il aurait voulu être une mouche pour multiplier sa vision des choses et se poser sur tout.

Depuis, François était retourné tous les jours de semaine au Musée, qu'il connaissait mieux que son conservateur. C'était ici, et seulement ici, qu'il arrivait à oublier qu'en dehors de ces murs de pierre il y avait la souffrance et la mort.

Le 6 décembre 1985, il avait été un des premiers à y voir l'exposition *James Wilson Morrice 1865-1924*. Au cours des deux mois qui suivirent, il revit chaque jour les quelque cent tableaux avec la même émotion. Aucun artiste, de ceux qu'il connaissait, n'avait réussi comme Morrice à immobiliser, avec cette sensibilité et cette discrétion qui lui sont particulières, des promeneurs, des estivants, des belles de nuit déambulant dans les avenues, s'assoyant à un café, prenant l'air et profitant du soleil, assistant à des régates, des courses de chevaux ou des fêtes foraines, n'ayant, en un mot, d'autre but que de faire passer le temps de façon agréable. Il s'arrêtait devant les uns de préférence aux autres, regardait avec envie ces hommes et ces femmes, qui lui paraissaient élégants parce que d'un autre âge, jouir de la brise, du bon air, du soleil comme des reflets de lune sur l'eau ou sur la neige venant de tomber et il se demandait: «Pourquoi pas moi?»

Le bonheur était écrit en toutes couleurs sur ces toiles et ces pochades, mais où le trouver? François le demanda aux personnages de Morrice, mais ceux-ci baissèrent les yeux ou lui tournèrent le dos. François le demanda ensuite aux pavés de Paris et aux canaux de Venise, qui lui parlèrent de la Belle Époque. Puis un jour, devant la *Scène à La Havane*, François s'adressa au feuillage vert qui lui réservait un coin d'ombre bleue au pied du mur à volets clos. Il n'en fallait pas davantage pour que Cuba devienne son obsession.

Pour n'avoir plus à se séparer de cette image, il acheta le catalogue de l'exposition, mais, quand il commit la maladresse de s'en confesser à Claire, il crut qu'il n'en entendrait jamais plus la fin. Pour la calmer, il lui parla de Morrice, de ses séjours à Cuba, des tableaux qu'il y fit et qu'on n'a toujours pas retrouvés. Peu à peu, il lui mit en tête que ces tableaux devaient se trouver quelque part à Cuba, où personne ne connaissait Morrice, et qu'ils n'avaient qu'à s'y rendre pour se les procurer à vil prix.

—Ils font mieux d'être là.

—Ils y sont. Ne crains rien.

—Et tu fais mieux de les trouver.

François ne répondit rien. L'essentiel était qu'il se rendait à Cuba, qu'il y trouverait peut-être le bonheur dont lui avait parlé Morrice. Après? Il n'y avait pas d'après. Morrice lui avait appris que le bonheur, cela se vit au présent.

Au présent certes, mais encore fallait-il laisser derrière soi la plus lourde de ses valises, celle de ses ennuis, quitte à la reprendre au retour.

⁂

«On sait bien: appeler un taxi à Montréal, pensait Lise Camelot, c'est inviter un nègre à te ramasser à la maison. Ce n'est pas que je suis raciste, mais il y a tout de même un bout. D'où est-ce qu'ils viennent tous, ma foi du bon Dieu? Des Antilles? de Haïti? de l'Afrique peut-être? du Sénégal? Des Noirs, des Noirs, des Noirs de tous les tons, en veux-tu en v'là! Il me semble qu'il n'y en avait pas tant quand j'étais petite. On ne se reconnaît plus à Montréal: c'est tout plein d'étrangers. Des étrangers... Je ne suis pas contre, mais ils pourraient au moins se forcer un peu pour parler comme tout le monde. Il n'y a pas moyen de les comprendre.»

⁜

«Que ça fait longtemps que je ne l'ai pas entendue à la radio, celle-là! Vas-y, ma Clémence! Tu n'as jamais si bien dit!»

... prendre parfois notre liberté entière, c'est-à-dire sortir sans homme, sans le mâle, pas d'homme, pas d'homme, pas d'homme.

«Pas d'homme... Ouais... C'est pas nos soutiens-gorge qu'on aurait dû brûler; un soutien-gorge, ça peut toujours servir. C'est nos certificats de mariage! À quoi ça sert, un certificat de mariage? C'est maintenant que je me le demande. Il me prend des envies, des fois, de fondre mon alliance, d'en faire une petite balle, de graver une croix dessus, de la mettre dans un vieux colt comme dans les films, puis de la lui tirer dans le front. C'est pas mêlant!»

L'honneur du groupe est en danger.

«Eh bien! Judith, quand tu te laisses aller, tu te laisses aller... Je n'irais peut-être pas aussi loin mais, d'y penser ce matin, ça me fait du bien. Bang! Bang! Je, tu, il. Au présent historique, ça donne: Je tue lui. Présent

23

historique, mon œil! L'histoire, c'est toujours celle des autres! Les autres, là, je m'en crisse des autres, si vous voulez savoir!»

Il peut neiger, grêler, pleuvoir, tomber des bombes sur la ville...

«Maudit, Judith! tu t'es levée du mauvais côté du lit, il faut croire! Oui, du sien. C'est bien simple, j'aurais voulu l'écraser, l'aplatir comme une crêpe. Pas une crêpe comme celles de chez nous. Non, non, non. Une petite crêpe comme ils les font en Belgique. Mince, mince, mince, comme si la farine, ça coûtait cher. C'est à se demander ce qui les fait engraisser. Ils doivent en manger un char pis une barge. Ça remplit pas, on sait bien. Tiens, c'est bien simple, il suffit que je pense à manger pour avoir faim. Je me demande bien ce qu'ils vont nous servir à bord de l'avion.»

... des sandwichs variés, des petits gâteaux, pis des biscuits, rien de jamais trop compliqué...

«Pas de champagne en tout cas. Mon Dieu que c'était fin, ça! Champagne Breakfast! Ça prend rien que Wardair pour penser à ça! Pas de danger qu'Air Canada nous fasse une surprise de même! On sait bien...»

Vive le jeudi!

«Compte-toi chanceuse, Judith, si on te sert une brioche de la veille avec une omelette synthétique, du café tiède, le tout dans des contenants de polystyrène enveloppés de Saran Wrap. Siran Siran. Bang! Bang! Donnez-moi un gun...»

❖

Le taxi s'arrêta devant l'aérogare. Cela avait toute la poésie d'une valise abandonnée sur l'accotement d'une grand-route. Ça donnait le goût de partir ; c'était réussi.

—Vrai de vrai ?

—Adèle, voyons ! Veux-tu bien arrêter ? Je ne vois pas ce qu'il y a de si étonnant. Je ne dois pas être la seule, à mon âge...

—À ton âge, Brigitte, j'aurais pu écrire un manuel d'instructions.

—OK ! OK ! Tu me donneras des leçons, mais pas maintenant, veux-tu ? On n'est pas seules.

—À qui le dis-tu ! Regarde-moi donc ce qui nous tombe du ciel !

Un cygne se serait glissé sur un étang à canards qu'il n'aurait pas fait plus sensation qu'Icare. Tout ce qui était gris, brun ou noir parut à l'instant ordinaire, inélégant, ramassé. Mais personne n'eut le temps d'en souffrir car le soleil, qui s'était levé pour voir, donnait à tout ce blanc l'éclat d'une épiphanie et ranimait du même coup les couleurs les plus sombres.

—Zeus en personne ou je ne m'y connais pas.

—Mauvais cygne...

—Veux-tu bien t'arrêter, oiseau de malheur ! Je ne suis pas en retraite ; je suis en vacances !

÷

Cinq minutes plus tôt, on gelait dehors. Ici, c'était l'étuve. Le mieux aurait été, bien sûr, de retirer son manteau, mais pour le mettre où ? Les valises étaient pleines. Pas même de place pour les cadeaux-souvenirs. Faudrait un autre sac. De paille, bien entendu. Il s'en fait beaucoup à Cuba. La paille, ça ne coûte pas cher et il y en a partout. «Avec des fleurs dessus, se dit Ana, et CUBA écrit en gros caractères.»

❖

De son poste, le surveillant observait sur ses douze écrans les allées et venues des voyageurs aériens, qui lui semblaient traîner leurs ailes comme les albatros sur le pont des navires, avant de reprendre leur vol. On aurait dit le plancher en pente: qu'on y monte ou qu'on y descende, cela donnait l'impression d'une marche pénible, à cause sans doute des valises, qui ralentissent le pas, qu'on dépose pour se dégourdir les doigts et permettre au sang de se rendre aux extrémités, mais qu'on reprend aussitôt après s'être massé les épaules ou épongé le front.

On peut suivre un voyageur d'un écran à l'autre. On le fait les premiers jours. Mais on s'en fatigue. On recherche plutôt l'anormal. L'ennui, c'est que tout semble anormal, surtout aux novices. À cause de l'angle de vision. À cause aussi de la situation. Celui qui attend l'avion est comme un animal qui a pris son élan, a fait un bond et s'est cogné la tête à une vitre. Étourdi, il tourne en rond jusqu'à ce qu'on vienne le ramasser pour le déposer ailleurs.

Le surveillant regardait sa collection de voyageurs et se cherchait des spécimens. Parce que c'est son job. Parce que c'est un maniaque du petit écran. Il n'en a pas trop de douze. Il a hâte qu'on en installe dans les toilettes.

Écran 9. Un fauteuil roulant devant la porte des toilettes des hommes. Celui qui le poussait s'est penché au-dessus de l'épaule de l'infirme. Il se redresse, fait faire demi-tour au fauteuil.

Écran 11. On retrouve le même couple devant les toilettes des dames. L'homme pousse la porte, la retient. Le fauteuil entre. La porte se referme. L'homme se retourne, lève les épaules, secoue la tête violemment, l'air de dire : «Eh bien! Arrange-toi toute seule!»

⁕

—Serait-ce trop vous demander de tenir cela pour moi? Je n'en ai que pour une minute.

Sans lui donner le temps de répondre, Énid Rinseau-Desprez remit son manteau et son sac à Icare et disparut dans les toilettes des dames.

Liljana, qui observait la scène du coin de l'œil, se sentit, en voyant l'embarras d'Icare, rajeunir de dix à douze ans et lui en fut reconnaissante. C'était à...

De son côté, Adèle, témoin aussi de la scène, y vit l'occasion d'entrer dans le jeu.

—Est-ce que vous seriez un ange, par hasard?

—Si j'en suis un, c'est sûrement pas au ciel que je suis, siffla-t-il. C'est pas chrétien d'avoir chaud de même!

Brigitte trouvait que son amie exagérait, qu'elle se conduisait comme la dernière des dernières, et rougissait de honte.

—Plutôt que de te moquer de moi, pourquoi tu déboutonnes pas mon blouson?

On aurait dit qu'Adèle n'attendait que cet ordre déguisé en question pour le servir. D'une main tremblante qui trahissait son émotion, elle défit le bouton du col.

—Plus bas, dit-il, plus bas.

—Et de deux.

—Encore plus bas, fit-il, encore plus bas.

—Et de trois.

—Toujours plus bas, finit-il par souffler, toujours plus bas.

Quand elle eut dégagé le dernier bouton de sa boutonnière, Adèle, qui aurait voulu que l'aérogare se vide pour être seule avec lui, osa murmurer:

—Je continue?

—Merci, jeune homme, interrompit Énid, en reprenant sans plus de cérémonie son manteau et son sac. Vous avez été un ange! Ça vous sera remis un jour.

Icare, qui avait plus chaud que tantôt, enleva son blouson et transféra ce qu'il contenait dans les poches de son pantalon Slack.

—Tu vas...

—À Cuba.

—Que c'est étrange...

—À Santa Maria del Mar.

—Que c'est bizarre...

—Au Marazul.

—Et quelle coïncidence...

Dans le grand hall public régnait une confusion de gens à laquelle les douze écrans reliés aux caméras de surveillance tentaient en vain d'imposer l'ordre de leur grille.

Sa carte d'embarquement en main, Noëlle circulait entre les grappes de passagers et saisissait au vol quelques bribes de conversation, qu'elle s'efforçait de retenir pour faire passer le temps.

—Faut-il que tu manges tout le temps? lançait une

mère à son fils d'une douzaine d'années.

—Pourquoi c'est faire que tu les as achetées, lui répondit-il la bouche pleine, si c'est pas pour les manger?

—On va te nourrir dans l'avion. Tu peux attendre, non?

—Non! J'ai faim maintenant.

—Donne-moi ça!

Joignant le geste à la parole, elle saisit le sac de brioches.

—Tu es assez gros de même.

—C'est pas moi qui les ai achetées.

C'étaient surtout, d'un groupe à l'autre, les mêmes réponses rassurantes qu'on donnait aux mêmes questions inquiètes. Comme il était trop tard pour faire des recommandations, on riait des angoisses de l'autre, liées à ce qu'on avait laissé derrière soi; c'était la meilleure façon qu'on avait trouvée d'oublier celles du moment.

⁜

—Aero Cubano? C'est pas Air Canada? Moi qui croyais...

Depuis qu'elle venait d'apprendre, au comptoir d'enregistrement, qu'elle se rendrait à Cuba sur les ailes d'Aero Cubano, Judith avait des crampes à l'estomac. Elle se demandait combien d'autres se formulaient, comme elle, des doutes sérieux sur les capacités du pilote, la sûreté de l'avion et la qualité de la nourriture qu'on y servirait.

«Ont-ils la permission de passer au-dessus des États?»

Il lui revint alors spontanément à la mémoire, et dans toute son horreur, le souvenir de l'avion coréen descendu par les Soviets près de Sakhaline, dans la mer d'Okhotsk, trois ans plus tôt. Elle se dit, en tremblant, que les Américains, dont la politique extérieure, selon les journaux hostiles au régime, était dictée en grande partie par les compatriotes israélites du secrétaire d'État George Schultz, qui s'y connaissaient en représailles, ne laisseraient pas passer une si belle occasion de venger leurs alliés.

De toutes les destinations soleil possibles, qu'est-ce qui lui avait pris de choisir Cuba? Plus elle y pensait, plus elle trouvait d'avantages à passer l'hiver à Montréal, où le froid est un froid salubre. « La neige, c'est tellement beau et pas si désagréable qu'on le dit, même en ville. » Encore un quart d'heure et elle s'en serait convaincue. Mais pour combien de temps encore?

«Pourvu que je ne sois pas assise à côté d'une claqueuse de gomme ou d'un vieux sent-la-pipe! Mais j'y pense: Cuba, c'est le pays du cigare. Misère que ça doit puer!»

⁂

Les écrans se vidaient comme s'ils avaient versé leur contenu de voyageurs dans la zone d'attente, qui s'emplissait comme un verre. Une alvéole, toutefois, gardait son animation. C'était un grouillement d'abeilles couleur de miel dans leurs manteaux d'hiver, dont un vison emprunté pour l'occasion à la voisine, qui en avait hérité voici bientôt quatre ans et qui lui faisait prendre l'air juste ce qu'il fallait «pour que le poil ne perde pas son lustre», ce qui était perçu, de la part de ses parentes et amies qui n'en avaient pas, comme une délicatesse.

La caméra de surveillance ne captait que le mouvement d'une danse primitive, fort simple dans son exécution, une ronde qui tournait tantôt dans un sens tantôt dans l'autre autour d'une reine, hypnotisée sans doute par tant d'attentions et par cet empressement qu'on mettait à la servir, qui se traduisait par un va-et-vient à donner la nausée à un vieux loup de mer.

Tous, autour d'elle, parlaient à la fois. Tous s'offraient soit à lui mettre, soit à lui enlever quelque chose. Au centre de ce tourbillon, on soupçonnait, plus qu'on ne la voyait, une présence immobile et muette qui en justifiait l'existence. C'était, à n'en pas douter, la reine, celle qui avait donné vie, sa vie, à l'essaim et qu'on hésitait encore à laisser partir de la ruche. On la pressait de questions ; on répondait pour elle. On lui donnait à boire et à manger et on lui disait de ne pas trop boire ni trop manger. On l'éventait, on lui recouvrait les épaules pour qu'elle ne prenne pas froid. On battait des ailes tout autour d'elle et on se traînait les pieds en s'éloignant puis en se rapprochant d'elle.

Cela aurait pu durer des heures si, des haut-parleurs, une voix, qui montrait des signes d'impatience, n'avait mis en branle l'essaim primaire, qui hésita, repartit, s'arrêta de nouveau, atteignit enfin la porte d'embarquement. C'est alors que l'anneau se fendit pour laisser passer, étourdie, épuisée, souriante, les joues ruisselantes de larmes, Eurydice Branchu, qu'un agent de bord saisit par la main pour lui faire traverser à la hâte la zone d'attente, depuis longtemps déserte, et la conduire jusqu'à la porte de l'avion, qui se referma sur elle.

III

Au moment où Fernand ouvrait son agence de voyages, il pensa sans envie à Judith, qui, à cette heure-ci, devait avoir quitté Montréal pour Cuba.

Enfant, comme il était toujours malade en voiture, sa mère lui avait prédit:

—Toi, tu ne voyageras pas.

Et Fernand n'avait, de toute sa vie, quitté l'île de Montréal que pour se rendre à l'île Perrot, où une sœur de sa mère avait un chalet, qu'on avait démoli avec quelques autres pour faire place, au début des années soixante, à un centre commercial.

Ses vacances, il les passait chez lui à Montréal, se contentant de dîners exotiques, qu'il prenait dans divers restaurants ethniques de la ville. Après deux semaines de ce régime, il avait l'impression d'avoir mis les pieds sur les cinq continents et de pouvoir en parler en homme averti, ce qu'il faisait hardiment sans qu'on soupçonne la supercherie.

S'il parlait avec enthousiasme des pays qu'il ne connaissait que par les brochures et les dépliants, qu'il pouvait réciter sans en oublier un traître mot, c'était qu'il n'avait jamais souffert des angoisses du voyage, des heures passées à attendre un avion qui ne vient pas, des repas indigestes qu'on prend sur le pouce, des mésaventures dont on se souvient longtemps après avoir oublié les merveilles qu'on était allé voir, ou des maladies qu'on attrape et dont on ne se remet jamais tout à fait. Pour lui, terrorisme, bombes, détournements d'avion, piraterie de l'air, prises d'otages, toutes choses qui pouvaient nuire à ses affaires, étaient pures inventions de journalistes et il ne se gênait pas pour le dire.

IV

J e remarque que vous voyagez seule. Est-ce que vous
êtes mariée?

—Non, madame, répondit Noëlle, en y mettant plus
de soupir que d'entrain, ce qui fit croire à sa voisine
qu'elle traînait son célibat comme une croix.

—Hubert, tu as entendu? lui chuchota Astrid à
l'oreille. Puis, se retournant vers Noëlle : Je vous présente
mon fils Hubert. Célibataire comme vous. Pas tout à fait
trente ans. Comptable. Un bon parti.

—Pas si bon parti qu'on le prétend, mademoiselle,
puisque, malgré la bonne publicité dont je fais l'objet, le
produit est resté, comme vous voyez, sur les tablettes.

La mère, qui trouvait amusant tout ce que son fils
disait et qui n'aurait pas cru que ses présentations aient
pu le blesser, se mit à rire. Hubert se tenait penché pour
mieux voir Noëlle et, comme elle répondait à son regard
par un sourire, il lui tendit la main.

—Noëlle, dit-elle simplement.

—Mon «agent de liaisons», Astrid, ma mère.

«Noël! Noël!» se répétait Astrid, qui pensait à
Quasimodo et qui croyait encore au bonheur.

Depuis que l'avion avait atteint son altitude et sa vitesse de croisière, on sentait les muscles et les nerfs des passagers se détendre. La logique humaine est telle qu'on est plus à l'aise et qu'on se croit plus en sécurité à dix mille mètres au-dessus du sol qu'à deux, dix ou cinquante. Moment d'euphorie générale que partagent même ceux qui occupent les fauteuils du centre et qui sont souvent, à part les retardataires, ceux qui souffrent le plus des mille et une phobies qu'on se découvre en voyage. Peut-être par souci de n'en rien laisser paraître, ils tendent le cou, regardent sous le menton du voisin, tentent de reconnaître, par le hublot, une chaîne de montagnes, un lac, une ville, ou un village branché à d'autres villages, identiques à lui, par ce qui paraît être, à cette distance, un réseau de fils de rallonge.

—Je m'appelle Icare.

—Avec un nom pareil, vous n'avez pas peur de prendre l'avion?

—Icare, c'est un type qui n'a peur de rien.

—Icare, c'est aussi quelqu'un qui s'est brûlé les ailes.

—Je n'ai rien à perdre.

—Qu'un peu d'altitude.

—On dirait que vous souhaitez ma chute.

—Ce n'est pas ça, mais avouez que le rapprochement s'impose: Icare au pays du soleil...

—Comme Tintin!

Judith n'avait jamais lu d'albums de Tintin, mais était souvent passée devant le monument aux couleurs criardes qu'on lui a dressé au parc Lafontaine.

Icare n'avait rien de Tintin et cela lui plut, car le

Tintin qu'elle se rappelait avoir vu portait un visage nu, lisse comme un masque, rond, froid et plein comme une balle de neige et n'avait pas ces plis qu'ont les hommes qui ont vécu.

Judith, qui s'était levée, ce matin, en colère contre son mari parce qu'il n'y avait pas moyen de le décoller du plancher des vaches, oublia la querelle qu'elle s'était inventée contre la gent masculine et se prit à sourire à son voisin, qu'elle trouvait fort plaisant.

Daphné était la seule femme à porter un corsage, mais c'était un corsage de la veille qui avait mal passé la nuit, qui avait perdu de son éclat et de sa blancheur, ainsi que des feuilles et même quelques pétales, sous le manteau qui l'avait écrasé sans merci. Elle-même paraissait défraîchie, son visage ne portant, du plus beau jour de sa vie, que les traits allongés de la fatigue, de l'alcool et des adieux à son adolescence. Si on l'avait peu regardée à l'aéroport, c'est qu'elle suscitait plus de pitié que d'envie et qu'on aurait voulu la consoler en faisant, à son intention, des vœux de bonheur. Que peut-on offrir à une mariée désabusée qui porte sa couronne de fleurs d'oranger comme une couronne d'épines sur un voile de crêpe noir ? On fait beaucoup de bruit autour des enterrements de vie de garçon, mais on ne fait aucun cas des rêves qui restent collés aux robes à traîne louées pour un jour et qui laissent la peau meurtrie jusqu'à l'âme.

Paul lui avait dit, en pénétrant dans la chambre splendide qu'on avait retenue pour eux au Grand Hôtel :

—C'est bien simple, dans un décor de même, moi je ne suis pas capable.

Elle avait compris et lui en avait été presque reconnaissante tant la tête lui tournait. Quand elle revint de la salle de bains, où elle était allée mettre sa nouvelle robe de nuit choisie avec sa mère, il dormait déjà. Elle avait alors éteint les lampes une à une et s'était laissée tomber dans un fauteuil. Une lumière douce comme de la crème riche traversait les rideaux souples qui traînaient sur la moquette moelleuse avec la négligence étudiée des intérieurs somptueux. «Jamais plus, s'était-elle dit, je ne vivrai une nuit pareille. Ma nuit de noces!» Et comme, à ce moment de sa rêverie, l'homme, qui était étendu dans le noir et dont elle n'apercevait qu'un vague contour, comme celui d'un serpent enfoui dans le sable, se mit à ronfler, le décor de palais auquel elle n'était pas habituée se changea brusquement en porcherie. C'est alors qu'elle comprit le retour du bal de Cendrillon; c'est alors qu'elle comprit que le dernier coup de minuit venait de sonner et que le plus beau jour de sa vie n'avait été qu'un rêve qui prenait fin avant même qu'elle n'ait eu le temps de s'endormir. C'était comme si elle avait été punie avec la cruauté gratuite d'un dieu qui ne croit plus à l'amour et qui écrase la poésie comme un éléphant piétine les fleurs sur son passage.

Pourquoi? Elle ressentait sa déception comme une injustice. Depuis un an qu'elle préparait cette journée. Elle et lui. Ils n'avaient parlé que de cela depuis qu'il avait offert de l'épouser et qu'elle avait dit oui sans se faire prier car cela répondait à ses vœux les plus secrets et qu'elle avait trop d'honnêteté pour lui jouer la comédie.

On l'avait fêtée au bureau; on l'avait fêtée en famille. Elle avait reçu des montagnes de cadeaux. Elle avait lu toutes les revues qui se publient sur les toilettes de mariée, sur le repas de noces et les fêtes qui le précèdent. Cela avait été une belle année qui s'était terminée par un mariage comme elle n'en avait jamais vu et dont on parlerait longtemps.

Une pitié enveloppante s'appesantit sur elle comme une chape de plomb. Dégrisée, elle se mit à pleurer comme elle n'avait jamais pleuré depuis le jour où elle avait vu sa chatte blanche, répondant à son appel, mourir sous les roues d'une voiture. Et c'était sur cette image de sang et de mort qu'elle s'était enfin endormie à deux pas du lit, à une distance infinie du bonheur qu'elle avait préparé avec tant de soin. C'était, à n'en pas douter, un jour sans lendemain.

—Penses-tu que les femmes portent des jupes de paille?

Elle haussa les épaules. Elle ne savait pas. Elle ne connaissait rien de Cuba. Lui non plus. Mais il se rappelait ce que Hollywood lui avait montré de Hawaii et du Brésil et il se disait que ce serait probablement la même chose à Cuba.

Ce n'était pas aux jupes de paille qu'il pensait. C'était aux seins fermes et durs dansant au rythme d'une musique aussi douce et sensuelle que celle du vent dans les rameaux des palmiers qui font le tour des îles tropicales. Toutes les îles sont des paradis et toutes les femmes qui les habitent sont belles, jeunes et faciles comme les bêtes, qui ne connaissent que le plaisir, ignorant tout de la pudeur et des conventions. Il imaginait leurs chairs sculptées par le vent et bronzées par le soleil, des feuilles de bananier autour de la taille, des plumes d'oiseau dans les cheveux, une fleur derrière l'oreille, des coquillages, des noix ou des dents de requin au cou, aux poignets et aux chevilles. À l'heure du bain, on devait les voir sortir nues de la mer.

Elle lui en voulut de penser à un paradis dont elle était exclue et tenta de le ramener à elle en faisant éclater, comme un abcès, le ballon de ses rêves, où elle ne tenait pas de rôle.

—Les Cubains, depuis la Révolution, ne sont plus ce qu'ils étaient du temps de Hemingway. Ce sont des communistes. Et les communistes, ça travaille tout le temps. Ça ne me surprendrait pas d'apprendre qu'ils se lavent tout habillés comme ma mère le faisait quand elle était au couvent chez les sœurs.

Elle avait dit «Cubains» pour ne pas lui laisser entendre qu'elle avait suivi son raisonnement et qu'elle lui en voulait de cultiver pareille pensée, mais le coup avait porté. N'y avait-il donc rien à espérer de ce voyage de noces?

Il crut comprendre qu'elle était déçue de lui, se dit qu'elle avait raison, pensa qu'elle lui en voulait de ne pas l'avoir prise la veille et voulut la rassurer sur ses intentions.

—Attends à ce soir.

Sa galanterie ne fit que l'effrayer davantage, mais il interpréta son mouvement de recul comme un geste de pudeur feinte. Croyant qu'elle se prêtait au jeu, il lui donna la réplique, en sortant de la poche de sa veste une boîte de Chiclets qu'il lui offrit. Ce geste l'apprivoisa. C'était le premier cadeau qu'il lui faisait depuis qu'ils étaient mariés et, comme elle était très petite fille et aimait les friandises, elle tendit une main hésitante, qu'il saisit. Il se dit, en l'écoutant sucer pour faire fondre le sucre, qu'il ne prendrait pas d'alcool de la journée et que ce soir-là il en ferait sa femme.

❖

—Je prendrais bien un Bloody Mary.

—Tu peux pas attendre qu'on nous en offre?

—C'est bien certain. La raison que je t'en parle, c'est que, justement, ils sont en train de prendre les commandes. Je te prépare d'avance. Tu en prends un, toi aussi.

—Compris.

—J'ai assez hâte. Tous ces énervements, moi, ça me donne la soif.

Comme il n'y avait rien à répondre à cette logique, il ne répondit rien.

Les gens qui boivent seuls ont parfois l'impression d'être les seuls à boire. Un voyage en avion détromperait les plus durs à convaincre. Il suffit que les boissons soient comprises dans le prix du billet pour que le voyageur le plus sobre et le plus réservé chez lui se découvre des capacités d'ivrogne. On se laisse tenter par le premier verre, on court après le second et on s'impatiente si le troisième tarde à venir. C'est plus qu'un jeu, cela relève du défi. Les agents de bord, qui connaissent leur monde, demeurent impassibles et lèvent les yeux au ciel tout proche quand on se plaint du petit nombre de toilettes dans l'avion.

Le jus d'orange ayant le même effet sur la vessie que les boissons alcoolisées, Noëlle avait été s'ajouter au nombre de ceux qui faisaient la queue. Et, comme à l'aérogare, elle tendait l'oreille pour suivre ce qui se disait près d'elle.

— Tu en es sûre?

— Comme je te vois.

— Si j'avais su que je les reverrais à Cuba, ceux-là, je serais allé en Jamaïque.

— T'énerve pas trop tout de suite. Cuba, c'est grand. Ça se peut qu'on ne les revoie pas des vacances.

— C'est à espérer.

Icare avait fermé les yeux et laissé sa tête glisser sur l'épaule de Judith, qui ne l'avait pas repoussée. Quand on lui offrit à boire, elle commanda deux scotchs, se disant qu'Icare avait l'air d'un homme qui buvait du scotch.

En retournant à son fauteuil, Astrid vit Icare qui se reposait comme un enfant et dit à Judith, qui avait dix ans de moins qu'elle mais qui lui paraissait de son âge :

— Moi aussi, je voyage avec mon fils.

Judith se raidit, outragée :

— Ce n'est pas mon fils!

Icare, qu'on venait de secouer et qui ne dormait pas, compliqua les affaires :

— On arrive, mon amour?

— Je ne suis pas votre amour! Je ne suis pas son amour. Réveillez-vous, monsieur, vous êtes en train de dire des sottises. Il dit des sottises, ne l'écoutez pas.

Icare emprunta l'air des jeunes plaisirs que des femmes mûres achètent à prix d'or, ce qui fit croire à Astrid qu'elle venait de découvrir un abîme dont elle avait à peine soupçonné l'existence. Elle marmonna des excuses qui se perdirent dans le bruit des moteurs et se sauva, anxieuse à l'idée qu'on pouvait la croire capable, elle aussi, d'une conduite semblable. Hubert vit sur le visage de sa mère un air qu'il ne lui connaissait pas, vaguement relié à la culpabilité, qu'il lut comme un signe d'indigestion, et lui demanda ce qui n'allait pas.

—Ça va. Tu te fais des idées.

Hubert comprit qu'il devait s'en faire, mais se dit qu'avec le temps cela passerait, qu'on était rarement malade aujourd'hui en avion.

Icare regardait maintenant Judith comme un chien venant de souiller le tapis du salon.

—Vous n'êtes pas reposant, Icare. Vous n'êtes pas reposant pour cinq cents.

En le réprimandant de la sorte, n'établissait-elle pas un degré de familiarité entre elle et lui qui pouvait mener à de la complicité? Judith ne se comprenait plus et ne voulait plus rien comprendre.

Depuis que Diane-D. Mollard avait défait la boucle de sa ceinture de sécurité, le petit Sacha, à genoux sur son fauteuil, relevait et rabaissait les accoudoirs de chaque côté de lui, les enfonçant entre les dossiers et les rabattant avec toute l'énergie de ses cinq ans, sans montrer le moindre signe de fatigue ou d'ennui. Comme il connaissait mieux sa mère qu'elle ne le connaissait, il l'ignorait totalement. Ce qui l'intéressait, c'était le nouveau, et le nouveau, pour l'instant, c'était Énid Rinseau-Desprez, qu'il dévisageait avec l'impassibilité d'un masque et la concentration d'un serpent cherchant le point sensible où enfoncer ses crochets.

«Dire qu'il n'y a pas une heure je croyais que le pire qui puisse m'arriver était d'avoir pour voisin une claqueuse de gomme ou un vieux sent-la-pipe», se rappelait Énid, qui n'aimait pas particulièrement les enfants, tous agités quand ils ne sont pas amorphes. Semblable attitude avait fait de ses quarante années d'enseignement un véritable supplice, qu'elle avait partagé avec ses élèves soit de deuxième, soit de troisième année, qui avaient appris d'elle ce que c'est que de vivre à la merci d'une maniaque de l'ordre qui vous égratigne l'âme, vous pince le cœur, vous discipline à coups de règle sur les doigts et les fesses, et vous humilie devant les autres pour des distractions, des peccadilles, des picotements que vous ne pouvez vous empêcher d'avoir quand on s'attend à ce que vous ne bougiez pas de la journée et que tout votre corps ne demande qu'à s'étirer comme les branches des arbres au printemps.

Si elle était devenue institutrice, c'est qu'elle était forte en grammaire et avait une belle écriture. Comme elle était de sa promotion celle qui manquait le plus d'imagination, elle avait fait sien le principe de Flaubert voulant que l'on apprenne la grammaire «aux enfants dès le plus bas âge, comme étant une chose claire et facile», bien loin de soupçonner l'intention ironique de l'auteur de *Bouvard et Pécuchet*. Elle s'était donc mis dans la tête que c'était ce qu'elle avait de mieux à faire et le fit. «Tous les arbres poussent, aimait-elle dire, mais aucun ne pousse aussi droit que ceux de mon jardin.»

Les enfants qu'on lui confiait poussaient droits, en effet, et durs. Mais Dieu, qui met les enfants au-dessus des règles et des principes de l'amour même, rencontrait ces petits sur la route du retour et soufflait dans leur direction les parfums des fleurs et les chants des oiseaux jusqu'à ce qu'ils en aient les narines et les oreilles pleines. Et comme tout Lui est possible, c'était l'âme même de la nature, avec ce qu'elle contient de poésie, qui pénétrait le cœur des élèves de Mademoiselle Rinseau-Desprez. S'étant toute la journée penchés sur des livres et des cahiers, ils se tournaient en fin d'après-midi vers le soleil comme des héliotropes et leur imagination prenait la clé des champs, qui ouvre toutes les portes du possible. Ainsi, avant que chacun d'eux ait atteint sa maison, il était devenu vers libre, chantant, dansant, riant comme un armistice. Et comme les parents comprennent peu les enfants, parce que les enfants ne trouvent pas les mots pour s'expliquer, ils croyaient devoir leur bonheur à l'institutrice et ils lui en étaient reconnaissants.

Ses années d'enseignement terminées, Énid Rinseau-Desprez se découvrit des talents d'écrivaine, qu'elle mit aussitôt au service de sa mission: corriger les enfants, qu'elle trouvait de plus en plus mal élevés. Comme Sacha, par exemple. Aussi tentait-elle, pour ne pas l'encourager, de ne pas montrer de signes d'impatience. Mais, forteresse assiégée, son corps raidi accusait chaque coup que l'enfant portait à son fauteuil.

Sacha, lui, était fasciné par ce mur de pierre contre lequel il se butait avec une patience admirable. Mais même un enfant de son intelligence finit par céder devant pareil obstacle, insurmontable en apparence. Il s'assit, cessa de bouger, se concentra, tous les sens et l'esprit à l'affût. Énid respira plus librement. L'enfant s'en aperçut. Ce mouvement d'inattention redonna du courage à son petit voisin et ranima son imagination. D'un simple mouvement de la main, il fit tomber le plateau qui se trouvait devant lui. Il le releva et le laissa retomber. Le nouveau supplice, plus complexe et plus bruyant que celui qu'il venait d'abandonner, lui donnait plus de plaisir et de satisfaction. Aussi le fit-il durer plus longtemps que le premier.

Pendant ce temps, la mère de Sacha se concentrait sur les superbes photos de *Paris-Match*, qui lui parlaient de petits princes sages comme des images et de princesses qu'on voit toujours avec délices et qu'on n'entend jamais.

⁙

Comme Céline surveillait ce qu'elle mangeait, elle ne toucha point à ses crêpes et les offrit à son voisin, qui avait avalé les siennes comme des «glissantes».

—Ce n'est pas de refus!

Ils échangèrent entre eux leurs plateaux-repas et tout fut dit.

Rien ne lui faisait davantage plaisir que d'être assise à côté d'un homme d'une corpulence faisant parler d'elle. On remarquerait moins ainsi son début d'embonpoint et, de voir d'aussi près ce qui l'attendait si elle trichait, l'encourageait à suivre fidèlement son régime. «On abuse de la bonhomie de la ménopause», jugeait-elle, en mettant sur son dos tant d'abus le plus souvent imputables à la faiblesse des femmes, qui, passé un certain cap, se consolent de l'éloignement de leur mari en particulier et des hommes en général en se rapprochant de la table, dont on découvre les délices aux cours d'art culinaire et

45

qu'on partage entre amies autour d'une table de bridge les après-midi, avec son mari au restaurant le soir et avec des étrangers sur les bateaux de croisière en vacances.

Céline soignait sa personne sans trop s'inquiéter des rides que le temps tissait sur son visage, se disant que la meilleure façon de ne pas en augmenter le nombre était d'en ignorer l'injure.

Quand il eut fini, Sylvio crut nécessaire de remercier sa voisine en lui faisant la conversation et, comme on a besoin de tâter le terrain avant de s'aventurer sur des terres inconnues, il lui posa une question anodine, la première qui vient à l'esprit quand on veut ouvrir une brèche dans le silence du compagnon de route que le hasard nous a donné.

—C'est votre premier voyage dans le Sud?

Céline ouvrit de grands yeux stupéfaits puis battit des cils comme si elle avait voulu effacer la question. C'était de l'étonnement joué qu'elle lui servait et il eut un peu honte d'avoir laissé entendre qu'il croyait qu'on peut garder longtemps une si belle femme à la maison. Céline avait, en effet, la grâce assaisonnée de confiance des femmes qui n'ont jamais essuyé de refus et qui ne se sont prêtées qu'à demi, ce qui leur donne cet air de jeunes filles que l'expérience a arrondies.

—J'ai besoin de soleil, fit-elle comme un bouton de rose qui se referme quand il sent venir la fraîcheur du soir.

À côté de cette fleur délicate et fragile, Sylvio se sentit maladroit comme un gros nuage et, comme il arrive souvent en ces occasions, en voulant réparer sa gaffe par une galanterie, il commit une bourde :

—On sait bien, les chaleurs, c'est pour une femme comme vous.

Céline sentit la ménopause lui monter au nez et se mit à tousser jusqu'à devenir cramoisie. Alors qu'elle se sentait très vieille et était rouge comme le jour à son déclin, Sylvio lui vanta ses couleurs, ce qui l'acheva.

—Arrêtez! Vous allez me faire mourir!

Elle n'avait jamais dit si vrai; lui crut qu'il avait montré trop d'empressement à lui plaire. Il lui fit un sourire sucré et poursuivit, pour la rassurer sur l'honnêteté de ses intentions:

—Je ne suis certainement pas le premier homme à vous le dire.

—Mais si, je vous assure! lui lança-t-elle, réduite au désespoir, se demandant si cet homme était un chameau ou un âne. Mais, comme il affichait sur son visage la satisfaction et la fierté des imbéciles et des timides qui vous marchent sur les pieds en croyant danser avec vous, elle se dit que, quoique plus épais qu'il est permis de l'être quand on veut se faire une réputation de galant homme, il était trop gros pour se moquer.

Elle en rit, soulagée comme quand on retrouve un passeport qu'on croyait perdu et qui montre une photo de soi qu'on ne voudrait présenter qu'à un agent d'immigration ayant l'habitude de ces horreurs et que rien n'étonne.

—J'ai... commença-t-elle sans se rendre jusqu'au bout de sa phrase, calculant qu'il serait préférable de ne pas mentionner ses nombreux voyages dans le Sud, ce qui serait dévoiler en partie le secret de son âge.

—J'ai l'impression que vous connaissez Cuba,

corrigea-t-elle, lançant la conversation sur une autre piste.

—Pas du tout! C'est la première fois que je prends des vacances l'hiver. Comme je suis gros...

—Pas tant que ça. Et vous portez votre poids tellement bien que ça vous donne un genre.

C'était à son tour de rougir car il n'avait pas l'habitude des compliments, les hommes ne s'en faisant guère entre eux et les femmes ne lui en ayant adressé aucun depuis qu'on l'avait trouvé mignon dans son costume de première communion. Il ne sut alors comment réagir, ce qui, dans les circonstances, était la meilleure façon de procéder, et poursuivit son récit comme s'il n'eut pas été interrompu.

—... je prends mes vacances l'été. Je loue un chalet près d'un lac et je ne fais rien pendant deux semaines!

—Qu'est-ce qui vous a fait changer d'habitude?

—Un concours de circonstances, madame. Le chalet a été vendu. Le nouveau propriétaire le voulait pour lui.

—Quel égoïste! interjecta Céline, qui ne pouvait pas écouter de longs récits et qui se pinçait pour ne pas avoir de distractions en plaçant son mot, ce qui avait aussi l'avantage de montrer qu'elle suivait.

—Mes paroles mêmes, madame. On est faits pour s'entendre.

Céline, qui se rappelait les «chaleurs» dont elle n'avait pas encore tout à fait épongé la sueur, trouvait que c'était beaucoup présumer, mais n'en laissa rien paraître.

—Le même jour, comme quoi dans la vie il y a de ces coïncidences qui peuvent mener loin, un de mes clients m'a parlé de Cuba.

—Vous avez plusieurs clients?

—Oh! oui, madame! Fidèles aussi.

Céline, dont le mari était dans les affaires, se dit que cet homme pourrait être coiffeur ou pharmacien. Elle se rappelait avoir lu quelque part que certains métiers se portent sur le visage, d'autres sur les épaules, alors que d'autres encore laissent leur empreinte sur le bout des doigts. Où, mais où, son voisin portait-il le sien?

—J'ai un commerce de pizza, lui révéla Sylvio.

«Dans le ventre!» compléta aussitôt Céline, qui reconnut que les affaires devaient aller rondement.

—Moi qui aime la pizza! C'est un de mes péchés.

C'était lui laisser entendre qu'elle en avait d'autres et qu'ils étaient tous de même nature. Les femmes jalouses de leur vie intime se montrent capables des seules confidences qui servent d'écran à leur vie secrète, qu'elles donnent l'impression de livrer au grand jour. Le présent qu'elles font à leurs confidents de leurs faiblesses est en tous points semblable à ces cadeaux que l'on voit dans les vitrines des grands magasins, qui ne sont que des boîtes vides magnifiquement emballées. Mais comme personne ne les ouvre, on n'en est jamais déçu.

✢

—Ce n'est pas pour moi; c'était pour vous.

Judith se sentait prise en faute ou près de l'être. Qu'allait-il penser? Que c'était vraiment pour elle, mais qu'elle se faisait violence parce qu'elle avait honte de son vice ou que c'était pour lui, comme elle venait de le lui dire, mais que son intention avait été de réduire sa résistance? Elle aurait mieux fait de ne rien commander. Si seulement on pouvait reculer les aiguilles de l'horloge!

Quelques minutes suffiraient. Que de gestes on ne ferait plus! Que de mots ne rompraient plus jamais le silence! La paix du Seigneur! Elle s'imagina le purgatoire un pays où l'on recule dans le temps, renonçant à toutes ses erreurs, effaçant à mesure les fautes que l'on a commises pour arriver à l'innocence, au silence divin de la première cellule, puis au ciel qui l'a mise au monde. Comme Alice, elle aurait voulu manger du champignon de la honte, qui rend toute petite et permet de se sauver par la petite porte.

—Si ce n'est ni pour vous ni pour moi, c'est pour quelqu'un d'autre. Il ne me reste plus qu'à trouver qui.

Comme il simplifiait bien les choses! Judith lui fut reconnaissante de cette solution qui la blanchissait.

—Bougez pas.

Icare se glissa dans l'allée, prit les verres et les déposa sur le premier plateau vide, en disant:

—C'est du scotch. Vous en voulez?

Sophie se précipita dessus.

—Mon Dieu qu'il est fin, ce gars-là!

Roland en voulut à Icare de ce cadeau qui encourageait sa femme à boire. Avait-elle seulement besoin d'encouragement? Et lui-même, que faisait-il pour lui faire remonter la pente sur laquelle elle s'était engagée depuis qu'elle avait été mise à pied et restait à la maison? Au début, il lui avait fait des remarques, l'avait même réprimandée, puis, voyant qu'elle se cachait pour boire, il décida de ne plus rien dire, de lui épargner l'humiliation d'acheter elle-même l'alcool qu'il lui fallait en lui en procurant des caisses tantôt chez l'un tantôt chez l'autre distributeur, pour ne pas attirer l'attention des commis et faire parler de lui dans le quartier.

Mais ce qu'il était prêt à faire pour elle, il ne voulait pas qu'un autre s'en charge. Le pourvoyeur, c'était lui. Lui seul. Icare, en donnant du scotch à Sophie, lui enlevait la dernière prise qu'il avait sur elle. Menacé dans son amour, Roland détestait déjà cet homme. Il le détestait parce que Sophie avait fait plus de cas de ces verres qu'elle n'en avait fait de toutes les bouteilles qu'il lui avait apportées. C'était le sourire de ses vingt ans qu'elle avait rendu à Icare; c'était le sourire qu'il se rappelait avoir vu sur ses lèvres quand il venait lui faire la cour; c'était le sourire de l'amour naissant qu'elle semblait avoir oublié et qu'elle offrait comme cela à un étranger. Roland souffrait comme si on venait de lui souffler sa femme sous son nez et que sa femme s'était donnée sans se rappeler qu'elle lui appartenait. La rage maintenant lui serrait le cœur et, s'il ne s'était souvenu qu'il était un homme, il aurait pleuré en serrant les poings et les dents.

—Ma poupée, murmura-t-il en posant sa main sur la sienne dans l'espoir de la ramener à lui.

Elle se dit qu'elle était en effet sa poupée, une poupée qui boit et qui pisse, et que, pour l'instant, la poupée qui avait bu avait besoin de se soulager.

Dans la cabine, la pression d'air changea. On se sentit glisser vers l'inconnu ou attiré vers lui. Cette ambiguïté créa la confusion et la confusion, l'angoisse. Depuis qu'on se rapprochait de terre, la gaieté pâlissait devant l'inquiétude qu'on croyait avoir noyée dans l'alcool et qu'on redécouvrait intacte comme une olive au fond d'un verre. Était-il possible qu'en perdant de l'altitude on perde une partie de ses illusions, qui s'accrochaient aux nuages qu'on fendait et qui se déchiraient en charpie?

Cuba n'était plus une île quelconque sur laquelle on pouvait construire des systèmes et écrire des romans. Cuba, depuis qu'on l'apercevait, était une île baignant dans la mer, ayant ses limites, son corps de femme qu'on convoite et dont on se demande s'il nous rendra heureux ou ridicule.

—Nous atterrirons sur la piste numéro vingt-cinq, annonça le pilote.

L'avion longeait la côte nord de l'île. Ceux qui y étaient déjà venus reconnurent Varadero et ses kilomètres de plage, Guanabo, puis tout à coup La Havane, ville de nacre qui luit comme une coquille ouverte au soleil des tropiques. L'avion descendit. On aurait dit qu'il prenait de la vitesse au moment même où il en perdait. Les roues touchèrent le sol. Chacun vérifia sa montre. À l'heure où le canon grondait à Québec, où les cloches de Notre-Dame sonnaient à Montréal, le soleil brûlait midi au-dessus de La Havane, où clochers et canons ont perdu la voix. L'avion passa devant l'aérogare José Marti. On sentit une légère secousse au moment où les roues traversèrent la voie ferrée qui coupe la piste d'envol en deux. L'avion ralentit, s'arrêta, fit demi-tour, revint vers l'aérogare toujours sur la même et seule piste et s'immobilisa tout à fait.

Moteurs éteints, l'avion attendit comme une cigale au bout de son vol et de son chant. Les minutes passèrent. La porte avant s'ouvrit. Un agent de bord, suivant une directive du ministère de la Santé cubaine, vaporisa la cabine avec un insecticide sous pression.

Astrid, qui voyait en toute chose des signes à déchiffrer, y lut un oracle qui ne pouvait qu'être sinistre.

—Hubert, je n'aime pas ça.

On n'allait tout de même pas pleurer la mouche qui avait fait le voyage avec eux! Hubert haussa les épaules, renonçant à calmer l'inquiétude de sa mère qui vivait d'intuition, annonçant bonheurs et malheurs sans jamais se tromper, ce qui faisait d'elle un devin que seul son fils n'écoutait pas, unique moyen pour lui de vivre sa vie comme il l'entendait et non pas comme un scénario écrit d'avance qu'il ne lui restait qu'à suivre pour le réaliser dans ses moindres détails. Il ne croyait pas plus à la prédestination qu'aux prévisions atmosphériques, mais laissait dire sa mère, espérant qu'il était seul à l'entendre car il savait les hommes superstitieux et prêts à croire toute prophétie par crainte de l'avenir, préférant une lumière en trompe-l'œil à l'obscurité.

L'avion se vida. On passa sans transition du soleil des vacances aux devoirs d'écoliers, aux formulaires à remplir, à la tracasserie administrative avant de retrouver ses bagages, son sourire et le soleil qui attendait à la porte.

—Je n'ai jamais été si humiliée de ma vie, marmonna Claire, qui venait de recevoir une verte réprimande et qui se tenait le menton sur la poitrine comme une enfant prise en faute.

—Je te l'avais pourtant dit.

—«Je te l'avais pourtant dit.» C'est tout ce que tu trouves à dire?

—Fais-en pas un drame. Une bouteille... Il nous en reste une autre.

—Ce n'est pas rien qu'une bouteille. C'est une bouteille de cognac. De mon cognac à vingt-deux dollars et quatre-vingts. Faut-il que je te le rappelle?

—Ça se remplace. Il doit s'en trouver à Cuba.

—Merci bien. Ils n'auront pas un cent de plus de moi, les voleurs!

Claire se mit à pleurer et, à travers ses larmes, on pouvait l'entendre se plaindre comme un animal blessé, la patte prise dans un piège:

—Maudit voyage! Que ça commence mal, que ça commence mal!

François cherchait les mots qui rassurent et ne trouvait que ceux qui irritent davantage. Il finit par dire que, s'il s'en passait, ils en auraient bien assez d'une bouteille. À l'idée qu'ils n'auraient pas, en fin de compte, à remplacer celle que le douanier avait saisie, Claire se consola un peu de sa perte.

—Vingt-deux dollars et quatre-vingts. On ne rit pas, répéta-t-elle. Il ne l'emportera pas en paradis, c'est moi qui te le dis!

Forte de cette certitude, elle essuya une dernière larme et fixa sans plaisir un palmier à distance, le premier qu'elle voyait dans son cadre naturel. «Quand on est malchanceux, se lamenta-t-elle, convaincue que c'était son cas, il n'y a rien à faire. C'est pour la vie. Il n'y a pas de justice.»

❖

—Quel accueil, hein? Vous avez remarqué?, insista Céline en s'adressant au groupe réuni dans le bus. Des sourires, des «Como esta usted?», des poignées de main, des petites bises pour les dames... On se demande pourquoi c'est faire qu'il n'y a pas plus de monde qui vient ici. Pas vrai?

Il n'en fallait pas plus pour dégager l'atmosphère, pour éloigner les derniers nuages et ramener le beau temps : une brise qui souffle la bonne humeur emporte avec elle les odeurs de latrines et rafraîchit l'air. L'examen général qu'on venait de subir et qui avait duré une grosse heure n'était plus qu'un incident vite passé et aussitôt oublié.

—C'est pas tout! poursuivit-elle. Avez-vous jamais vu ça, vous autres, des douaniers fins de même? Moi, j'en ai eu un, mes amis, qui trouvait mes valises tellement bien faites qu'il a tout sorti pour voir comment j'avais fait ça puis qui m'a demandé de tout repaqueter. Une démonstration, qu'il voulait! J'ai tout replié, tout remis en place. Il n'en revenait pas!

Céline tenait son auditoire comme Clémence Desrochers à la Place des Arts. Les rires fusaient de partout.

—Ça fait que mon gars m'a donné un cadeau.

—Arrêtez donc, vous, là! s'exclama Eurydice Branchu.

—Je ne vous mens pas. Tenez!

Elle sortit du bus, puis revint avec une guitare au bout du bras.

—Elle est belle, hein?

Et tous d'applaudir.

—Seulement moi, de la guitare, je n'en joue pas. Alors, on va faire un petit concours. Vous voulez?

On voulait. La fête commençait dans les rires et promettait de se prolonger dans la musique et les chansons.

—Alors, écoutez! Pour ne pas être commodes, ils ne

sont pas commodes, glissa-t-elle, moqueuse, à Eurydice, qui riait à s'en casser les côtes. On passe la guitare, continua-t-elle dès qu'elle réussit à se faire entendre. Que ceux qui en sont capables en jouent. Que les autres écoutent. Celui qui recevra le plus d'applaudissements gardera la guitare pour lui. D'accord?

La guitare fit le tour sans s'arrêter.

—Bien voyons! Qu'est-ce qui se passe? Est-ce que je me suis trompée de bus? Ne soyez pas gênés. On recommence!

Céline avait chaud. Elle avait pris la guitare parmi les bagages et commençait à se demander si l'instrument appartenait de fait à quelqu'un du groupe. Sa petite blague risquait de tourner mal si elle s'était trompée. Aussi espérait-elle que cette fois-ci la guitare trouverait preneur.

Quand on la lui offrit une seconde fois, Icare se dit qu'il serait impoli de se faire prier davantage et que, n'ayant pas une très belle voix ni une parfaite maîtrise de l'instrument, il valait mieux se produire maintenant que plus tard alors qu'on s'attendrait à des prodiges. Il rajusta les cordes, se leva, mit un pied sur son fauteuil puis, alors que tous s'étaient tus pour l'entendre, introduisit ainsi sa chanson:

—Si vous voulez bien l'excuser, je vais vous chanter la *Ballade du cow-boy de Calgary*:

Quand j'suis seul, pis que j'm'ennuie,
Matin, midi ou minuit,
J'me dis, «Boy! OK d'abord!»
J'prends ma guitar', pis j'chant' fort
Fort, fort, fort, fort, fort, fort, fort.

P'tit cow-boy sur les Prairies,
J'me croyais au paradis.
L'vent, un jour, a changé d'bord,
J'me suis retrouvé seul d'hors
D'hors, d'hors, d'hors, d'hors, d'hors, d'hors, d'hors.

A fallu que j'gagn' ma vie
Comm' tout l'monde à Calgary.
J'pompais l'gaz dans les gros chars.
L'soir, j'buvais qu'j'en étais noir,
Noir, noir, noir, noir, noir, noir, noir.

Pis un soir, vinrent Aurélie,
Lorelei et Laure aussi.
C'est fini, depuis, les bars :
J'ai assez d'trois femm's en or,
N'or, n'or, n'or, n'or, n'or, n'or, n'or.

Comme la musique fait passer bien des choses et que la musique d'Icare suivait l'air du temps, on apprécia ce divertissement bien au-delà de sa valeur. On aurait, de fait, applaudi n'importe quoi tant on était fatigué.

—Est-ce que vous donnez des spectacles à Montréal?

—Non, madame. Je ne chante qu'à Toronto.

—À Toronto? Pourquoi faire?

—Parce que c'est là que j'habite.

—À Toronto? Tu entends, Roland?

—Oui, oui, oui. J'ai entendu.

—Mais vous n'êtes pas vraiment de Toronto, tenta de clarifier Sophie. Vous venez de Montréal.

—Non. Je suis né à Toronto.

—Comment vous avez fait ça? Ça n'a pas d'allure. Vous parlez presque aussi bien que nous autres. Il n'y a pas de Français, à Toronto, enfin pas de vrais.

—Il y a moi.

—Ah! bien... Ça parle au diable. Regarde, Roland, c'est un Français de Toronto. As-tu jamais vu ça, toi?

—Veux-tu bien le laisser tranquille! C'est de ses affaires.

Roland aurait préféré que sa femme ne montre pas autant d'intérêt envers ce gars qui ne lui disait rien de bon.

—C'est bien toi. Tu ne sais rien, puis tu ne veux rien savoir.

L'indifférence, voire l'hostilité, de son mari la dépassait. Était-il possible de voyager et d'être si peu curieux? Mais il y avait plus. Sophie sentait le besoin de se faire un allié de ce phénomène qui ne buvait pas et qui lui avait passé deux verres de scotch. L'occasion se représenterait certes et elle voulait qu'on la sache au rendez-vous. Il en va souvent ainsi de ceux qui dépendent des autres pour la satisfaction de leurs vices. Même un tyran sait qu'il ne peut compter en tout temps sur ses ministres, qui, réduits à la servitude la plus abjecte malgré le rang qu'ils occupent et qui les fait briller aux yeux de ceux qui les regardent de loin, deviennent mesquins dans leur générosité même. Tel lui paraissait Roland, qui grommelait et lui faisait la tête chaque fois qu'elle se versait à boire, comme s'il y avait eu du mal à cela et qu'elle avait dû se sentir coupable. Elle secoua vivement la tête pour se défaire de cette pensée et, avec elle, de son mari, qui lui tombait résolument sur les nerfs.

—Comment aimez-vous ça, Toronto? lui demanda-t-elle, certaine qu'on ne pouvait s'y plaire. Tout le
monde dit que c'est une ville plate que ce n'en est pas
possible! Vous connaissez la blague? On annonce un
concours à Montréal avec la chance de gagner comme
premier prix une semaine à Toronto, comme deuxième
prix deux semaines à Toronto et comme troisième prix
trois semaines à Toronto. Ce qu'on a pu en rire, dans
le temps, pour un peu! Encore aujourd'hui. Il y a des
choses comme ça, hein, ce qu'ils appellent des «vérités
de toujours», qui ne mentent jamais. Trouvez-vous ça
ennuyant, vous, Toronto?

—Non.

—Non?

—Sophie! coupa Roland, que cette conversation
irritait et mettait mal à l'aise depuis qu'il s'était aperçu
que d'autres la suivaient en secouant les épaules, saisis
par le fou rire. Il est né là. Ce n'est pas la même chose
pour lui. Lâche-le donc pour un peu!

Mais Sophie était trop bien partie pour qu'on l'arrête
aussi facilement qu'un disque, en levant le bras de
lecture. Elle fit «Tsitt!» pour le faire taire à son tour,
trouvant bien agaçants les maris qui veulent qu'on porte
toute son attention sur eux comme des enfants gâtés.
Aussi résolut-elle de le rendre encore plus jaloux pour
le plaisir de l'agacer, de lui montrer qu'elle pourrait se
passer de lui si cela lui disait, qu'il ne tenait qu'à elle de
le faire et qu'il ferait mieux de filer doux.

—Qu'est-ce qu'il y a à faire à Toronto? Tout le monde
dit que c'est morne comme un jour de pluie et qu'il y
pleut tout le temps.

—C'est Londres, ça. Tu te trompes, Sophie.

Plus il affectait envers elle une attitude conjugale, plus elle lui en voulait d'être là, de l'interrompre, de la corriger. De quel droit? Il était ridicule avec sa prétention de tout savoir.

—Veux-tu ne pas m'achaler? Je parle, là. Je m'instruis, moi. À la maison, on ne me tient jamais de propos intelligents. Permets que je me rattrape en voyage. On sait bien, ça te dépasse trop pour que tu comprennes. Alors, écoute. Sois sage. Maman t'expliquera plus tard.

Revenant à Icare, qui essayait de se dégager de cette conversation en y prenant part le moins possible, elle lui chanta le même refrain avec la persistance des obsédés qui n'atteignent jamais la fin de leur obsession:

—Qu'est-ce que vous faites à Toronto? Y a-t-il la télévision française? Voyez-vous *les Beaux dimanches*? *Des dames de cœur*? *Le Téléjournal* avec Bernard Derome et Suzanne Laberge?

—Je ne regarde pas tellement la télévision, mais je pense bien qu'on a tout ça.

—Connaissez-vous...

—Sophie! Veux-tu bien…

—Veux-tu bien me dire ce qui te prend toi-même? Je fais un brin de causette. Il n'y a pas de mal à ça. Je ne suis pas sauvage, moi. J'aime ça, rencontrer du monde, élargir mes horizons, comme dit Murielle Millard. Vous connaissiez?

—Non. Je ne peux pas dire.

—On sait bien. À Toronto... Vous pouvez pas tout savoir. À Montréal, tout le monde connaît Murielle Millard.

—Ce n'est pas de son temps.

—Laisse-moi donc tranquille! Est-ce que vous regardez *Le jour du Seigneur*?

—Pourquoi tu ne lui demandes pas s'il va à la messe tant qu'à y être?

—Est-ce que vous allez à la messe?

—Sophie! Ça suffit!

—Bien quoi? C'est toi qui m'as dit de le lui demander.

—Toronto, c'est une ville orangiste, tu sais bien. On n'y dit pas la messe le dimanche.

—Que je suis bête!

En donnant raison à Roland, Sophie eut un trou de mémoire. Saisie de panique, elle chercha une porte de sortie du côté de la fenêtre, mais, ne trouvant là aucun secours, elle s'immobilisa comme un automate, les yeux ouverts sur ce qu'il ne peut pas voir.

Le bus circulait allégrement dans de petites rues cahotantes, ce qui fit dire à Céline:

—C'est reposant! Pas besoin de se faire aller les mâchoires. Ma gomme se mâche toute seule!

Noëlle regardait les maisons cocasses alignées le long de la route en se disant que ce décor rappelait un parc d'attractions abandonné aux faucons qui y faisaient la guerre aux rats des champs. Ici et là, une maison opulente témoignait de la splendeur d'un passé récent, mais aucune allée, aucune cour ne semblait entretenue. Elle avait beau s'appliquer avec contention à trouver dans cette ville délabrée autre chose que de la misère, parce qu'elle avait besoin de croire Cuba gai pour l'être aussi, de voir tant de beauté négligée lui parut déprimant comme tout ce qui vieillit mal.

La banlieue avec ses stucs aux tons pastel déboucha sur la campagne vaste et verte. Au bout des petites rues tortueuses et étroites s'étendait, d'un bout à l'autre de l'île, une autoroute comme on en voit en Amérique du Nord, mais sans voitures. C'était un peu de soi qu'on retrouvait à l'étranger et cela rassurait comme de prendre un coca dans une oasis du Sahara. On avait l'impression que tout rentrait dans l'ordre, que l'exotisme était autour de soi, à portée de la main, mais qu'il ne s'imposerait pas comme une nécessité. L'aéroport, le bus, l'autoroute et bientôt l'hôtel étaient autant de garde-corps qui protégeaient d'un contact trop brutal avec une civilisation tellement différente de la sienne que sa rencontre ne pouvait mener qu'à une confrontation. Et l'on n'était pas venu ici pour créer des tensions. Le dépaysement, soit, pourvu qu'on en contrôle ses entrées et sorties.

Comme les palmiers royaux ne poussaient que dans les villes où les avaient plantés les premiers colons espagnols, la jungle cubaine, vue à cette distance et à cette vitesse, ressemblait à s'y tromper à quelque étendue de forêt canadienne au cœur de l'été. Noëlle le regretta un peu, se disant, non sans raison, que le décor étant le même à peu de chose près, qu'en serait-il des deux semaines qu'elle y était venue vivre? Les différences, qu'elle n'arrivait pas à saisir même en y mettant de l'application, seraient-elles trop subtiles pour changer le cours de sa vie?

Une chaleur envahissante pesait sur le groupe de voyageurs, qui ne distinguaient plus aucun détail dans le paysage, qui leur parut stable, plat et sans caractère comme une toile de fond: un décor d'opérette dans un sous-sol d'église.

Icare, qui avait tantôt profité d'un moment de

distraction du douanier pour lui reprendre la bouteille de cognac qu'il venait de saisir, la glissa entre François et Claire, qui dormaient sur les sièges devant lui. Claire, au contact de la bouteille, se réveilla, vit le bras d'Icare pendant entre elle et son mari, crut qu'il s'était permis des choses, laissa échapper un cri de pudeur offensée qui réveilla François, qui, ne comprenant rien, ne se fit pas d'idées. Puis, voyant la bouteille, elle imagina pire: elle crut qu'Icare avait tenté de la lui enlever.

—Voleur! lança-t-elle, encore plus furieuse de constater que c'était à son cognac qu'il en avait voulu.

—Tu ne l'avais pas mis dans ton sac?

—Bien sûr que je l'avais mis dans mon sac.

—Comment est-ce qu'il en est sorti?

—C'est monsieur qui s'est servi!

—Voyons, Claire. Ce n'est pas possible. Ton sac est toujours sous le siège.

—Qu'est-ce que tu vas chercher là avec tes « possible » et tes « pas possible »? Ça n'a rien à voir! Tout ce que je sais, c'est que c'est mon cognac et que monsieur avait la main dessus.

Icare était déjà loin de ces propos qui ne le regardaient plus. Ses yeux d'aigle avaient repéré un point noir devant eux et toute son attention s'y portait. Quand il reconnut sur cette route déserte une voiture arrêtée sur la chaussée, il fut intrigué par le caractère insolite de la situation. Il prit son chapeau d'une main et alla trouver le chauffeur, qui ralentit puis arrêta le bus à une distance respectueuse de la limousine noire, une Mercedes escortée par quatre agents de la police militaire sur leurs motocyclettes.

« Ce n'est qu'une crevaison », remarqua Icare, déçu de ne pas avoir découvert un secret d'État. Mais qu'attendait-on pour changer le pneu? Le mécanicien? N'importe qui peut changer un pneu. Et pourtant, personne ne bougeait dans ce tableau vivant, comme si un battement de cil aurait suffi à rompre l'illusion. Tout à coup, il prit à Icare une envie folle de sortir des coulisses et d'entrer en scène, convaincu qu'il y avait dans ce drame en suspens un rôle pour lui. Le chauffeur et, avec lui, Denyse, la représentante locale de Pluritour, visiblement tourmentés, voulurent lui faire comprendre les dangers de se mêler d'histoires de police. Mais plus on tentait de le dissuader, plus il lui devenait urgent d'agir. Le Diable en personne n'exerça jamais autant d'attrait sur un cœur d'homme que la silhouette qu'on devinait à peine derrière les glaces teintées. Qui, mais qui, l'appelait de sa voix de sirène comme une princesse de conte prisonnière dans une île enchantée?

—*La Viuda negra.*

Il n'avait jamais entendu parler de la Veuve noire. On lui aurait dit que son baiser était aussi mortel que sa morsure qu'il n'aurait pas moins voulu s'approcher d'elle. Il glissa deux paquets de cigarettes américaines au chauffeur, qui céda à cet argument et lui ouvrit la porte. Denyse essaya de le retenir, mais il était trop tard. Il n'y avait plus, entre Icare et la Veuve noire, que quatre agents de la police militaire cubaine et cette superbe voiture qui brillait au soleil de midi comme un étalon pur-sang.

La Veuve noire regarda dans le miroir de son poudrier l'homme blanc de la tête aux pieds comme un ange tombé du ciel, abaissa sa voilette, ajusta sa robe et, enfoncée dans ses coussins comme une chatte, attendit, l'œil mi-clos, la souris blanche qui s'avançait vers elle.

Sans crier gare, un agent sortit son revolver et tira dans la direction d'Icare. La balle perça son chapeau et alla se loger dans le toit du bus après en avoir traversé le pare-brise.

—Doux Jésus! s'exclama Eurydice, avant de perdre connaissance. Ils l'ont tué!

V

Depuis qu'elle était à l'hôtel, il semblait à Noëlle qu'elle ne faisait qu'entrer et sortir de sa chambre comme un chien nerveux au piquet se lançant au bout de sa corde, revenant à sa cabane, en ressortant cent fois, pour une lampée d'eau, pour se mettre le museau au vent ou pour gruger son os, avant d'y retourner tout de bon dormir.

Deux semaines ici? Était-ce seulement possible? Que la chambre lui paraissait austère avec sa petite fenêtre, sa porte pleine qui donnait sur un balcon de la grandeur d'une cuve, ses lits étroits, son plancher de terrazzo nu, son lavabo à un seul robinet, sa douche sans baignoire et ses serviettes de bain et de toilette usées!

Les airs cubains entendus à la réception au punch donnée en leur honneur, à la disco de l'hôtel, et qu'on pouvait réentendre sur un des deux postes de la radio d'État, ne la trompaient pas sur la gaieté de ce pays et n'effaçaient point le souvenir des moments de terreur vécus.

Que s'était-il passé? Un coup de feu l'avait réveillée, suivi, tout autour d'elle, de protestations voilées puis d'un silence de mort. Quand elle comprit ce qui venait d'arriver et ce qui se préparait, Noëlle en eut le souffle coupé.

Icare, les mains dans les poches, se tenait à égale distance du bus et de la limousine quand une main gantée de noir lui fit signe d'approcher. Sentait-il le revolver qui le suivait comme une aiguille attirée par un aimant et qui resta braqué sur lui tout le temps que la Veuve noire et lui se parlèrent sans que l'agent baisse le bras d'un centimètre?

Ce qui fut dit en cet instant, ce jour-là, personne ne le sut jamais. On signifia bientôt au chauffeur du bus de suivre son chemin, ce qu'il fit sans se faire prier et sans que quiconque se demande si Icare s'en sortirait vivant tant il est vrai que, dans le danger, l'instinct de conservation l'emporte sur l'esprit de camaraderie. Ce ne fut qu'en descendant à l'hôtel que Céline trouva assez de salive pour résumer en trois temps les sentiments de tous:

— On en vole quelques-uns aux douanes, lança-t-elle à Denyse, en guise de reproche, on en tue un ou deux en route et ceux qui restent — ça, c'est nous autres — qu'est-ce qu'on va en faire? Les donner aux requins? Charmantes vacances!

Ana avait envoyé David faire un tour à la plage et profitait de son absence pour défaire les valises. C'était leur troisième voyage à Cuba, qu'ils avaient connu sous l'ancien régime et retrouvé, l'année précédente, bien changé, pour le meilleur et pour le pire. S'étant rappelé qu'on n'avait pas ici l'esprit des fêtes, Ana avait apporté dans ses bagages les cartes de Noël et de Hanoukka qu'ils avaient reçues avant leur départ, auxquelles elle avait ajouté les plus belles des années passées, qu'elle revoyait avec le même plaisir que la première fois, les ayant un peu oubliées. Ces cartes, glissées entre les lames inclinées des portes à persiennes du placard, égayaient leur chambre, lui donnant un air à nul autre pareil. Ils seraient ainsi chez eux autant qu'on peut l'être à l'étranger, c'est-à-dire avec économie de moyens, ingéniosité et sans ostentation.

Quand David revint de sa promenade, il fit comme s'il croyait s'être trompé de chambre pour se donner le plaisir de voir Ana rire et de l'entendre lui dire :

—Tu ne vas tout de même pas me faire croire que tu ne t'y reconnais pas un peu ?

Il lui aurait menti pour qu'elle sache comme il l'aimait, mais il se contenta d'ouvrir grands les bras pour la recevoir et vanta son goût et ses prodiges d'invention.

—Pour le goût, ça, j'en ai. Je t'ai épousé, non ?

—C'est l'imagination qui t'y a poussée.

❖

Quand Claire ouvrit son sac, elle eut la surprise de sa vie : elle compta non pas une mais deux bouteilles de cognac ! Elle prenait l'une puis l'autre et n'arrivait pas à comprendre que deux moins une donnent toujours deux.

—Tu vois bien, lui reprocha François, que tu n'aurais pas dû accuser ce jeune homme de vol. C'est clair, non ? C'est lui qui te l'a remise.

Claire eut un soupir de défaite ou de résignation et plaça les bouteilles dans le placard.

—Qu'est-ce que tu comptes faire?

—Comment?

—Tu l'as traité de voleur devant tout le monde.

—Puis?

—Tu ne trouves pas que tu lui dois des excuses?

—Pourquoi faire? Tu sais que ce fin finaud aurait pu nous mettre dans de beaux draps avec ses tours de passe-passe. Si le douanier s'était aperçu du coup, hein? Qu'est-ce que tu penses qu'il nous serait arrivé? La prison, mon vieux. Rien que ça. Tu en as entendu parler, toi, des prisons cubaines? Moi si, figure-toi. Et c'est pas pour un tour joué à un douanier que j'aimerais y passer mes vacances. Merci!

—Le problème n'est pas là.

—Son problème ou notre problème?

—Comprends donc! insista-t-il, perdu dans les raisonnements de sa femme.

—Je comprends parfaitement bien. Je n'ai pas besoin de toi pour me dire quoi faire. Oublie ça, veux-tu? Occupe-toi plutôt de retrouver les tableaux de tu sais qui.

L'affaire était close; il n'y avait plus à revenir là-dessus. François savait trop bien ce qu'était l'empire de l'injustice pour mettre son énergie à s'y opposer. Il accepta, lui qui acceptait qu'on torture et qu'on fasse mourir de petits animaux sans défense, qu'on porte de fausses accusations contre un de ses semblables, qu'on le juge sans l'entendre et qu'on ne répare point le mal que pouvait lui faire une condamnation reposant sur une calomnie. Il regrettait toutefois qu'un homme qui lui avait rendu service soit si mal récompensé de sa générosité, mais, comme sont trop souvent portés à le faire les hommes faibles, il trouva refuge dans le silence et alla se laver les dents.

VI

C e fut au tour de Daphné de s'endormir dès que sa
tête toucha l'oreiller. Un autre y aurait vu comme
il était difficile d'aimer et en aurait pris son parti, mais
Paul refusait d'être le jouet d'un destin bafouant les
désirs des hommes.

Elle n'allait pas lui faire perdre sa nuit de noces
comme il avait eu le regret de gâcher la sienne? Ah! ça
non, tout de même! Dans l'avion, il lui avait promis
qu'il ne lui ferait pas défaut ce soir-là et, sans qu'il y soit
pour quelque chose, il manquerait à sa parole, comme
ça, pour rien? C'était trop fort! Et le punch qu'il n'avait
pas pris, c'était pour rien? Pour rien aussi qu'il le lui
avait donné à boire, qu'il n'avait presque rien mangé
au dîner pour ne pas avoir le ventre rond, qu'il avait
pris sa douche, qu'il s'était savonné partout, parfumé
même, lui qui avait horreur de cela mais qui l'avait fait
pour lui faire plaisir? Tout cela pour elle; tout cela pour
rien. Et le lendemain? Et le surlendemain? Cela pouvait durer longtemps. On ne se fatigue pas à ce jeu-là.
Daphné était sa femme, non? Ses instincts lui disaient
que, s'il ne faisait pas valoir ses droits sur elle ce soir

même, il la perdrait. Et alors, de quoi aurait-il l'air? Ce dernier argument acheva de le convaincre. Devait-elle se métamorphoser en laurier, il l'aurait!

La chambre, il est vrai, n'avait rien de ce qui porte au rêve et qu'on aime se rappeler en évoquant ses premières amours. Quelle tristesse! Une chambre pour dormir, sans prélude et sans épilogue; une chambre sans accroche-cœur et où tout tombe de fatigue!

Paul n'était pas fatigué. Une force divine le pénétrait, capable d'assouvir les nymphes mêmes. Mais, autant le décor de la veille l'avait intimidé par ce qu'il avait de somptueux, autant celui-ci le repoussait par sa rigueur janséniste. Il lui fallait un théâtre où il puisse donner sa pleine mesure: la grotte de Thétys peut-être ou le mont Olympe. Jamais il ne pourrait se satisfaire de cette chambre, même dans le noir. Et ce lit qui grinçait: quelle blague! On en rirait plus tard, mais pas maintenant. Il fallait trouver autre chose. Paul mit sa robe de chambre, prit la clé et sortit.

À ses pieds, la mer, qui à cette heure respirait lourdement comme une bête qui digère; derrière, la pinède, qui lui cachait l'hôtel; au-dessus, le ciel et des étoiles comme il n'en avait jamais vu. Paul aurait voulu remplir ce vide qu'il ne comprenait pas, ce trou béant dont il touchait le fond, ce silence, qui l'effrayait tant il était immense, d'un rugissement qui aurait été une délivrance et un blasphème. Être le maître de tout cela, marcher sur les eaux, peupler le sous-bois d'anges musiciens et de chanteurs, décrocher les étoiles pour les mettre aux branches des arbres, où elles auraient dû être, où elles étaient, rue Sainte-Catherine. Paul, que les décorations de Noël excitaient comme un enfant, retrouvait la ville à la campagne et se disait qu'on imitait bien la campagne en ville, que c'était tout à fait cela, qu'il ne manquait ici que la Vierge et l'Enfant pour que l'illusion soit complète.

Il fallait que Daphné voie cela comme il le voyait, qu'elle se rappelle cette nuit avec la même intensité que lui, le même enchantement, le même sentiment de plénitude.

Il fut étonné, en rentrant dans la chambre, d'y trouver Daphné toujours endormie, indifférente à tant de beauté, indifférente à son bonheur et à son amour. Il alluma, la secoua comme si, en la laissant dormir, il eût risqué d'entrer dans son sommeil, de disparaître dans son rêve, de perdre à jamais ce moment d'exaltation qu'il lui fallait partager pour ne pas qu'il s'évanouisse.

—Réveille, Daphné! Réveille!

Elle crut qu'il y avait le feu, ouvrit de grands yeux apeurés, les referma tant la lumière la blessait, lui demanda ce qu'il y avait, ne comprit rien à ses caresses, le pria de la laisser dormir. Mais Paul n'écoutait plus que ses tempes qui battaient, que sa propre voix qui haletait, que ses muscles tendus vers cette chair de femme douce au toucher et qui se refusait mollement. S'il ne s'était pas connu d'idéal, il l'aurait possédée sur-le-champ, mais il se contenta pour l'instant de rafraîchir ses lèvres brûlantes sur ses joues, sur ses lèvres, sur ses épaules, sur sa poitrine.

—Ma femme! Ma femme! Ma femme! répétait-il comme un amant aurait soupiré: «Mon amour!»

Comme elle ne répondait pas à sa passion, il se dit que ce devait être cette maudite chambre qui en était la cause et il voulut plus que jamais en sortir.

—Viens! lui ordonna-t-il, en la saisissant par les poignets et en la tirant vers lui.

—Attends une minute, supplia-t-elle, sans trop savoir quel profit elle pouvait tirer de ce sursis.

—Non! Viens! insista-t-il, tirant plus fort et la sortant du lit.

Daphné se heurta l'épaule à la table de chevet et fit tomber le corsage fané qu'elle avait porté avec tant de fierté la veille et qui se piqua au bas de sa robe de nuit. La douleur la réveilla tout de bon. Elle voulut protester de nouveau mais, quand elle regarda son mari dans les yeux, elle y vit une lueur qu'elle ne leur connaissait pas et elle en eut peur. C'était un regard de fauve mis en appétit.

Il la traînait à ses côtés, la soulevait de terre comme on enlève une captive, et elle le suivait, ses petits pieds nus touchant à peine les marches de l'escalier, traversant la route en courant, se blessant et se déchirant aux cônes des pins. Elle lui demandait grâce et mêlait ses pleurs à ses prières, mais Paul ne l'entendait pas. Ce ne fut que rendu sur la plage qu'il s'arrêta, transfiguré comme devant une apparition.

—Regarde! dit-il, comme s'il lui avait ouvert les portes du ciel et offert d'entrer. Regarde!

Daphné ne songeait qu'à fuir et, comme il ne la retenait plus, elle recula pour s'éloigner de lui. Son pied se posa alors sur l'épingle du corsage, lui arrachant un cri de douleur que Paul prit pour de l'admiration. Au même moment, un épais nuage couvrit le ciel, éteignant sur son passage jusqu'à la moindre étoile et le dernier croissant de lune.

La mer respira alors comme une bête qui se réveille et qui a faim. Elle seule, se dit-il, pouvait grouiller d'un grouillement semblable à ce qui s'animait en lui, et c'est la mer qu'il voulut épouser à cette heure volcanique annonçant l'éruption dont on ne sait si elle sera destructrice ou porteuse de vie. C'est un trident qu'il lui aurait fallu pour remuer et fouiller ses entrailles, soulever l'émotion qui emporte, réveiller en les aiguillonnant les passions qui sommeillaient. Rien de moins que la mer pouvait répondre à la fougue de sa passion. Dompter la mer, frapper la mer, fouetter la mer, la réduire à sa merci, en faire sa bête douce et rampante qui lui lècherait les doigts de pieds. Une rage toute nouvelle s'emparait de lui. Se pouvait-il qu'il ne soit qu'un homme alors qu'en lui une flamme brûlait, éternelle comme une lampe de sanctuaire? Tous ses nerfs étaient dans une poêle qu'un feu divin chauffait sans consumer, un feu auquel les hommes de tous les temps ont sacrifié jusqu'à leurs enfants car lui seul compte, comme un caprice d'empereur.

Paul serra Daphné contre lui et chercha au fond de ses yeux la source miraculeuse qui eût pu étancher sa soif. Sa bouche cherchait un point d'appui comme un poulpe tâtant les récifs. Ses mains marquaient sa chair comme le fer rouge. Chaque mouvement de tête, de mains, de jambes disait qu'elle lui appartenait et, alors que tantôt encore elle avait cru en retirer quelque cause de fierté, elle ne ressentait plus que de la répulsion dans les bras de cet homme qui la pétrissait comme de la pâte à pain. Elle, qui avait rêvé aux douceurs que l'on se chuchote à l'oreille, n'entendait que des grognements de bête dont elle ne pouvait savoir si elle grognait d'aise ou de haine. Son corps humilié se raidissait contre ces caresses qui lui faisaient mal.

Paul ne s'était jamais connu tant d'impétuosité et en jouissait comme d'un don nouveau. Devait-il son ardeur à Cuba, qui lui entrait dans la chair comme un crochet qui fait mal mais qu'on accueille comme une délivrance, ou à la violence de sentiments trop longtemps retenus qui se déchaînaient enfin sans contrôle, comme un orage qui aurait grondé depuis des heures et éclaté soudain?

— Viens, Daphné! Viens! N'aie pas peur; tu es avec moi.

Entre elle et la mer, il n'y avait plus que cet homme qui se mettait nu, qui lui parlait de lui et de peur et qui lui faisait avoir peur de lui. Retrouver le lit, le petit lit de religieuse et le sommeil, un sommeil sans rêve car les rêves tournent souvent au cauchemar, comme maintenant, n'est-ce pas? Allaient-ils se coucher sur l'eau et y dormir? Daphné avait tellement envie de le croire qu'elle suivit Paul, qui la tirait par la main, qui l'encourageait comme on encourage un enfant à faire ses premiers pas.

— C'est ça, viens.

Elle acceptait, oui; elle s'offrait même à la mer, ou à lui, elle ne savait plus.

— J'ai toujours rêvé de me baigner au clair de lune. Pas toi, Daphné?

L'eau se collait à elle à travers sa robe de nuit, une eau chaude, douce et bonne comme des draps. Daphné, qui avait craint de la trouver froide, exécuta quelques entrechats pour le plaisir de voir gonfler sa robe, qui s'épanouit comme un nénuphar rose. Elle se trouva belle comme une fleur rare qui ne s'ouvre qu'au clair de lune et, quand Paul reparut près d'elle comme un monstre marin prêt à mordre, elle crut l'adoucir en lui quêtant un compliment :

— Regarde comme je suis belle !

Plutôt que de lui dire qu'elle était belle, il colla ses lèvres aux siennes pour lui montrer qu'elle était à lui. Excité par la nuit, la mer et son désir, il voulut sans plus tarder posséder cette femme au fond des eaux, dans le silence d'une grotte.

— Daphné, remplis tes poumons d'air ! On descend !

Ils descendirent une fois, deux fois, trois...

Paul sortit enfin des eaux comme s'il venait d'y naître, portant dans ses bras, comme dans une coquille, Daphné plus morte que vive. Il l'étendit sur la plage et la ranima en la frictionnant des pieds à la tête.

— Daphné ! Daphné ! répétait-il, ne comprenant rien à sa faiblesse. Qu'est-ce que tu as ?

— Tu as failli me noyer.

— Bien non ! On jouait !

Où avait-elle pris pareille idée ? Comme si une femme se brisait aussi facilement qu'un jouet ! Il la berçait dans ses bras, lui donnait des baisers dans le cou, riait de son angoisse.

— J'ai toujours voulu faire ça, finit-il par avouer, comme s'il venait d'accomplir une épreuve qu'il n'aurait pas du tout été sûr de réussir.

Et voyant qu'elle n'y avait pas pris autant de plaisir que lui, il ajouta aussitôt, pour la rassurer sur son amour et sur ses intentions :

—Mais si tu n'as pas aimé ça, on ne recommencera pas. Ce ne sont pas les idées qui manquent. On fera autre chose.

Il ne faisait, en effet, que gratter la surface de son répertoire. Il lui venait à l'esprit quantité de scènes d'amour, interprétées par les meilleurs comédiens, qu'il avait vues et revues combien de fois sur le petit écran pour se les rappeler dans le moindre détail, sachant qu'un jour cela lui servirait. Penché au-dessus de Daphné qui gardait les yeux fermés, il pensa à *From Here to Eternity*, loin de se douter que Daphné ne dormait pas, mais priait que le soleil se lève tôt sur Cuba.

La plage était déserte, mais il aurait voulu que tous les copains y soient, qu'ils voient la belle femme qu'il tenait contre son corps, qu'ils en bavent de jalousie. Il n'en revenait pas! On le lui avait dit: «Toi, tu as décroché le gros lot!» C'était vrai! Et cela n'avait pas été facile, mais il l'avait eue, pour lui tout seul. À l'amour comme à la guerre! Et il n'en était pas peu fier.

Le nuage en déroute, la lune avait retrouvé son champ d'étoiles et Paul les regardait dans le blanc des yeux comme un soleil radieux devant lequel tout pâlit et se tait. Il se sentait de taille à lancer un défi au ciel même: qu'il s'ouvre comme le toit d'un stade et qu'il compare, s'il ose, son bonheur au sien! L'envie lui prit alors de jouer une deuxième fois son corps contre celui de Daphné, sa femme, sa conquête. Si le ciel ne s'abaissait pas jusqu'à lui, il savait dorénavant comment le rejoindre.

Cette nuit, sa vie prenait un tournant décisif. D'amant réservé, Paul vibrait de la force d'un mari heureux. Et le bonheur, se dit-il, est un gâteau que l'on partage ou que l'on garde pour soi. Se rappelant qu'il avait lui-même taillé le gâteau de noces, il trouva l'image malheureuse et tenta de l'effacer, s'en imposant une autre de meilleur augure. Il se passa la main sur le front pour se mettre l'esprit en marche et ce geste lui réussit. «C'est en plein ça, rectifia-t-il, l'amour est une victoire pour soi et sur les autres!» En un autre siècle, où la valeur d'un homme se mesurait en coups d'épée, il aurait mis la planète à feu et à sang, aurait accumulé les victoires, se serait constitué une montagne de trophées et de médailles.

Tout près de lui, s'étendait un champ fertile à son plaisir qu'il était émerveillé de découvrir encore une fois enveloppé de sommeil. «Comme une chatte, précisa-t-il, et comme elle, frileuse.» De la sentir grelotter dans ses bras, qu'il referma sur elle, lui fit mesurer la distance qui les séparait. La nature, qui l'avait fait fort et énergique, l'avait tellement favorisé qu'il se devait de la protéger comme sa plus tendre possession. Comme il aimait cette peau que de faibles rayons de lune rendaient blafarde! Il souleva sa chemise de nuit qui séchait au vent et se donna le plaisir de voir et de toucher ce corps frêle qu'il considérait comme le prolongement naturel et depuis peu légal du sien, sa «douce moitié», avait-il souvent entendu dire aux autres, et que, depuis qu'il le connaissait, il désirait encore plus que lui-même. Ses mains parcouraient les limites de la femme sans en saisir la profondeur mais, comme il l'imaginait à son image, il croyait la comprendre, comme une côte qu'on tâte du bout des doigts, et s'amusait du plaisir qu'il croyait lui donner.

Daphné avait si froid qu'elle aurait voulu se couvrir du corps de son mari, qu'elle tira sur elle en se glissant sous lui. Paul, qui n'avait connu que le plaisir des filles qui donnent, à leur façon, des cours d'hygiène dans le quartier de l'UQAM, vit dans ce geste désespéré une invite et se dit que c'était vrai que les femmes jouissent autant sinon plus que les hommes et qu'il suffisait de leur en fournir l'occasion pour les mettre en branle. Maintenant qu'il avait goûté au bonheur que l'on partage, jamais plus il ne voudrait du plaisir qui se vend.

Il glissait d'un rêve à l'autre, d'une découverte à l'autre, en explorant le même terrain dont il se faisait un champ d'honneur. Daphné ne serait pas déçue de lui deux nuits de suite. Il y verrait comme il voyait à lui transmettre de l'amour l'image qu'il s'en faisait, toute de feu, d'éruptions et d'étincelles.

—Regarde les étoiles, Daphné!

Son plaisir était un plaisir cosmique dont il cherchait le reflet dans les yeux de sa femme. En ce moment, les étoiles lui paraissaient toutes proches et le monde petit tant il le remplissait de son bonheur. Jamais il ne s'était senti vivre avec pareille intensité! Jamais il n'aurait cru découvrir en lui des possibilités de sensations menant aux astres les plus lointains! Et c'était à Daphné qu'il le devait, à Daphné... qui avait hâte qu'il en finisse.

Son petit corps écrasé, tendu de douleur, se fermait au plaisir et cherchait le soulagement dans l'engourdissement total depuis que le sommeil était exclu. Maintenant qu'il était étendu à côté d'elle, repu et satisfait comme s'il était sorti du banquet des dieux où on l'aurait fêté, Daphné respirait mieux, mais ressentait une nouvelle vague de froid qui la faisait frissonner. Paul, qui la tenait par la main, vit, dans cette série de contractions involontaires, des spasmes, qu'il interpréta de manière favorable et flatteuse pour sa personne, et, pour qu'elle sache qu'il avait compris, il lui serra délicatement les doigts.

—Daphné, regarde les étoiles!

Daphné n'avait pas plus que tantôt envie d'ouvrir les yeux sur la réalité de cette nuit, à laquelle il ne semblait pas y avoir d'issue et qui lui faisait encore plus peur que le monde des rêves, qui échappe pourtant à tout contrôle, mais elle obéit pour ne pas lui déplaire.

—Tu vois les étoiles?

Il était impossible de ne pas les voir; elles étaient partout!

—Daphné, je veux que tu saches, nous avons le reste de nos jours pour nous aimer aussi souvent qu'il y a d'étoiles au ciel.

L'énormité de la proposition la foudroya. Elle lui opposa, pour se défendre, un petit geste ridicule où n'entrait aucun calcul conscient de sa part. Paul vit qu'elle plissait les lèvres et soufflait dans la direction des étoiles.

—Tu as raison, Daphné. C'est comme un gâteau d'anniversaire: on voudrait faire un vœu et souffler sur les chandelles. Fais un vœu, Daphné!

Daphné ferma les yeux et souhaita ne plus jamais les rouvrir. Quand Paul lui demanda ce qu'elle avait souhaité, elle refusa de répondre, de peur, prétexta-t-elle, que son vœu ne se réalise pas.

—Moi, je peux te dire le mien. J'ai souhaité qu'on s'aime toujours comme ce soir.

Daphné tourna la tête et versa une larme, qui étoila le sable tout près d'un crabe qui rentra dans son trou.

⁂

Avant même que le soleil se lève, on pouvait suivre dans le matin indécis le tracteur qui ratissait la plage de Santa Maria del Mar. Au bruit du moteur s'approchant d'eux, Daphné, qui n'avait pas dormi de la nuit, sensible au va-et-vient des insectes sur les feuilles sous le bosquet où elle et Paul avaient passé les dernières heures de la nuit, ouvrit des yeux ahuris.

— Paul! Réveille!

C'était à son tour de sortir de sa torpeur. Comme un animal n'ayant de goût que pour une chose mais l'ayant vif, Paul se réveilla avec le goût de recommencer. Mais la lumière du jour qui montait donna à Daphné la force de repousser le bras qui, comme un grappin, l'avait retenue au sol jusqu'à maintenant.

Sa mère lui avait appris, pour qu'elle se garde vierge pour son mari, que les amourettes entre garçons et filles ne faisaient pas le tour de l'horloge et qu'au matin la fille regrettait immanquablement ce qu'elle avait perdu, au point de se détester d'avoir donné pour si peu ce qu'elle ne pourrait plus reprendre. Sa mère avait tort, se dit Daphné, qui avait eu la nuit pour réfléchir. S'il y avait quelqu'un qu'elle détestait ce matin, ce n'était pas elle-même mais cet homme qui avait abusé d'elle, de sa naïveté, de sa docilité, de sa passivité et qui s'attendait à répéter, sur chaque nouvelle page, l'aventure de cette nuit, qui allait lui servir de modèle et de mesure.

Quand il comprit que les deux hommes debout près du tracteur se disputaient sa robe de chambre, Paul se vit nu et eut honte:

— Daphné! Ma robe de chambre!

Elle reconnut que c'était en effet sa robe de chambre, mais ne comprit pas où il voulait en venir.

—Ne me regarde pas comme ça! Va plutôt chercher ma robe de chambre!

—Quoi?

—Tu m'as entendu: ne fais pas l'imbécile!

—Mais regarde-moi!

Daphné lui présentait sa chemise de nuit maculée de sable, de sang, de sueur et de quoi d'autre encore de poisseux qui collait à elle.

—Et moi? lui opposa-t-il.

—Quoi, toi?

—Je suis nu, Daphné.

—Mais ce sont des hommes!

Elle ne comprenait pas cette timidité nouvelle chez un homme qui l'avait sortie du lit et traînée sur la plage pour la prendre au clair de lune sans se soucier le moindrement d'être vu, qui avait recherché même le regard des autres comme un piquant à son plaisir, qui avait appelé des témoins qui auraient fait le récit de ses exploits, vanté sa virilité, chanté pour lui la beauté de sa femme qu'il avait fouillée avec l'indécence d'un avare plongeant ses mains dans sa cassette pour en faire jaillir une pluie de louis d'or.

—Daphné, va chercher ma robe de chambre.

Comme elle ne bougeait toujours pas, il la poussa comme un baril qu'on fait rouler sur lui-même, enfla la voix et lança, furieux comme un tyran contrarié:

—Je te l'ordonne!

L'air mauvais qu'il prit pour se faire obéir, rajouté aux odeurs qui montaient de son corps et du sien mêlées à celles de feuilles moisies et de quoi d'autre encore, d'indéfinissable mais d'affreux, qui s'élevait au-dessus des autres et qui tenait à la fois du marché de viande, de poisson et de fromage, acheva de lui lever le cœur.

Daphné, qu'un reste de vie animait encore, se leva, bien qu'elle eût mal dans tout son corps, et alla, chancelante, se présenter aux hommes qui tiraient au sort la robe de son mari. Quand ils virent la jeune épouse souillée, meurtrie, avilie, ces hommes, qui n'avaient jamais quitté leur île, reconnurent dans cette apparition l'image qu'ils s'étaient faite du viol et, de peur qu'on les accuse d'un crime qu'ils n'avaient pas commis, sautèrent sur le tracteur et fuirent sans jeter derrière eux un regard qui ne pouvait être que de dégoût et de pitié.

Sa robe de chambre sur le dos, Paul ne pensa plus qu'à rentrer.

— Misère que tu fais dur! Tu peux pas rentrer à l'hôtel de même. Attends ici, je vais aller te chercher quelque chose.

Il s'éloigna d'elle, emportant avec lui les dernières illusions qu'elle avait pu se faire sur cette nuit, sur son amour et sur sa nouvelle vie. Les larmes montèrent de nouveau en elle, mais, comme elle avait pleuré une bonne partie de la nuit, elle ne trouva pas la force d'en verser davantage et ne réussit qu'à gémir. C'est alors qu'elle aperçut, à deux mètres de là où ils étaient couchés tantôt, la carcasse d'un chat calciné, que des adeptes de la santeria avaient offert quelques jours plus tôt en sacrifice de réparation. L'horreur l'emportant sur toute autre émotion, elle trouva la force de fuir cette plage de sang et de feu, où elle laissait ses vingt ans comme une peau morte.

Daphné retrouva l'hôtel, heureusement désert, et attendit, pour frapper à la porte de sa chambre, que Paul eut fini de prendre sa douche.

—Pourquoi que tu ne m'as pas attendu?

C'était tout ce qu'il avait trouvé à dire. Daphné, hantée par une série d'images qu'elle ne pouvait conjurer, ne trouvant pas les mots pour les appeler par leur nom, déchira sa chemise, aussitôt qu'elle fut seule dans la salle de bains et la jeta à la corbeille. Vingt minutes, elle laissa couler sur elle l'eau chaude de la douche, dont elle attendait un miracle. Vingt minutes au bout desquelles elle hésitait entre la crise de larmes et l'accès de fou rire.

Le petit miroir sale au-dessus du lavabo lui renvoyait un portrait de femme qu'elle ne reconnut point d'abord, mais qui était le sien, sensiblement vieilli par l'expérience. «Daphné, ma chère, se dit-elle, intriguée par le changement qui s'était opéré en elle, qui êtes-vous, madame?»

Les matins cubains ont ceci de particulier qu'ils nous font, à l'occasion, oublier nos nuits d'insomnie. On y trouve, encore humide, le souvenir de sa baignade de la veille dans son maillot qui n'a pas eu le temps de sécher. Cette moiteur même, on l'accueille comme une caresse trop intime pour s'en plaindre.

La mer, dès l'aurore, accueille les baigneurs comme ses enfants en leur donnant de gros bécots sonores par tout le corps.

On échange peu de paroles au petit matin, mais on se fait des signes de la main, de la tête, du bout des lèvres qui s'arrondissent ou qui s'étirent. C'est qu'il est encore trop tôt pour qu'on s'intéresse vraiment aux autres, ou à quoi que ce soit. On n'en a que pour soi et l'énergie, qu'on dépense au compte-gouttes dans la mer, ne sert qu'à se tenir la tête au-dessus des eaux et à se débarbouiller d'un reste de sommeil qui colle à la peau comme des feuilles mouillées.

La mer, où qu'on la trouve, rajeunit qui s'y baigne. On lui confie ses ennuis et ses rides, qu'elle garde pour elle, et c'est pourquoi on y retourne aussi fidèlement, surtout quand on a atteint une certaine fatigue et que son âge se fait sentir davantage.

—Que ça m'a pris du temps à me mettre les yeux dans les bons trous, ce matin!

C'était Sylvio qui écarquillait les yeux derrière ses verres fumés et qui allait d'un pas hésitant vers la mer qui reculait. La remarque ne s'adressait à personne de précis. Il l'avait faite, aurait-on pu croire, pour s'exercer la voix. C'est que Sylvio, qui voyageait seul et dont c'était le premier voyage, craignait la solitude plus encore que le dépaysement et invitait la réplique, en ouvrant les portes toutes grandes. À sa pizzeria de la rue Saint-Denis, il chassait le silence, compagnon de misère, à coup de rires et de boutades, ne fermant la bouche que pour écouter les autres ou pour manger, convaincu que les bonnes affaires font les bons amis et que les bons amis ont toujours quelque chose à se dire. Mais ici, on était en vacances et ce qui était vrai à Montréal ne l'était pas nécessairement à Cuba. Devant le mutisme général, Sylvio se dit que, de toute façon, il se pouvait qu'on ne l'ait pas entendu et qu'il pourrait toujours s'assurer de la disposition de ses compagnons de voyage en rappliquant un peu plus tard.

❖

À la mezzanine, où se trouvait le cœur même de l'hôtel : réception, bureau de change, poste et salle à manger, les représentants des divers bureaux de tourisme, avides de commission, faisaient la cour aux vacanciers descendus prendre le petit-déjeuner, désireux de leur vendre des billets pour quelques excursions qu'on annonçait sur un tableau noir comme on en voyait hier encore dans certaines écoles de campagne.

NUIT AFRO-CUBAINE	15 $
HAVANA ALL-DAY	20 $
TROPICANA	20 $
VARADERO	25 $

Au bas du tableau, on pouvait lire en gros caractères : «*FIRMIZA ES VICTORIA*», ce qui, n'étant traduit ni en anglais ni en français, n'avait aucune importance et ne voulait sans doute rien dire.

—Attention ! Vous avez failli m'écraser les pieds !

—Je m'excuse, madame, mais je n'ai pas les yeux derrière la tête.

—Dites plutôt, lui lança Diane-D., vexée par le peu d'ardeur qu'il mettait à s'excuser en l'accusant, elle, de n'avoir pas prévu qu'il reculerait, que vous n'avez pas de tête derrière les yeux !

Jean-Marc aurait voulu lui répondre que, si on ne veut pas se faire marcher sur les pieds, on n'a qu'à garder ses distances, mais les mots ne lui venaient pas dans le bon ordre, l'idée qu'il voulait exprimer étant brumeuse, lui-même incertain d'être victime ou agresseur dans cet échange où il tenait à coup sûr le mauvais rôle mais sans qu'il y soit, dans son esprit du moins, pour quelque chose. Impuissant, il leva une main et la fit tourner comme s'il eût tenu un petit drapeau, secoua la tête et s'éloigna du tableau sans chercher à savoir qui était cette femme qui l'avait insulté.

❖

Dehors, sous l'auvent de l'hôtel, on ne parlait que du guitariste qui, la veille, avait échappé de justesse à une balle de revolver. Paul, que le sujet n'intéressait pas, avait déjà fait trois fois seul le tour du bus, comme s'il eût cherché par où le soulever, quand le chauffeur arriva, suivi de Denyse et d'un jeune Cubain.

—Bonjour, tout le monde! On a bien dormi? Je vous présente Carlos, enchaîna-t-elle sans attendre de réponse. Carlos est né à La Havane il n'y a pas tellement longtemps, comme vous pouvez voir, mais il connaît très bien sa ville. C'est lui qui sera votre guide et qui vous servira d'interprète. Alors, bonne journée!

Lorsque Daphné parut, tous avaient pris leur place dans le bus, sauf Icare. Il lut, dans le sourire qu'elle lui adressa et qui était prêt à chavirer dans les larmes, une blessure qui saignait et en ressentit un serrement au cœur, comme si c'eût été sa propre sœur qui se fût noyée. Sans qu'il ait pu expliquer son geste, il saisit une branche tout près et en détacha une fleur, qu'il lui présenta comme s'il eût ramassé un mouchoir qu'elle eût laissé tomber pour qu'il le lui remette.

—Pour moi?

La surprise n'était pas feinte, Daphné n'étant pas habituée à la galanterie.

—Un laurier-rose pour Daphné.

—Vous connaissez donc la légende?

Qu'il connût son nom ne l'étonna guère. Ce matin, tout lui paraissait possible et, pour effacer un tant soit peu la réalité de la nuit, elle était disposée à accepter tous les délires du jour.

—Je ne connais que ce que je vois et j'ai vu une métamorphose.

Elle s'accrocha une dernière fois à la réalité, qu'elle rappela crûment:

—Mon mari vous a dit?

—Les maris qui parlent le plus sont ceux qui ont le moins à dire. Aussi je n'écoute jamais les maris.

Cette voix, qui disait les mots qu'elle avait besoin d'entendre, la charmait comme la harpe d'Apollon qui apprivoisait, dit-on, les bêtes les plus féroces.

—Vous écoutez... les fleurs.

Daphné sentait qu'elle jouait un personnage, qu'elle interprétait un rôle, qu'on lui soufflait chaque réplique à mesure qu'avançait l'action, et cela lui plut tellement qu'elle se prêta volontiers au jeu:

—Seriez-vous, par hasard, le chevalier au laurier-rose?

—Pour vous servir, ma dame.

Sur ce, il lui offrit sa main, sur laquelle elle s'appuya pour monter dans le bus. Daphné crut que le chevalier l'emportait dans son carrosse d'or et ne s'aperçut qu'Icare l'avait conduite auprès de Paul que lorsqu'elle entendit son mari lui reprocher d'avoir fait attendre tout le monde pour aller cueillir une fleur.

Comme elle ne comprenait pas de quoi il parlait, elle

s'imagina qu'il s'adressait à une autre et cessa tout à fait de l'écouter, entièrement tournée vers l'aventure de conte de fées dont elle venait d'inventer les premiers mots.

⁘

C'était par esprit de corps plus que par inclination que Noëlle s'était laissé vendre une place dans le bus qui menait le groupe arrivé la veille à la capitale du pays. Pendant qu'elle prêtait une oreille distraite à la présentation que Carlos leur faisait de son pays, où se mêlaient des dates qui ne correspondaient à rien de ce qu'elle avait retenu de ses cours d'histoire et des noms qu'elle aurait eu du mal à répéter, elle revoyait le même paysage avec encore un peu plus d'ennui peut-être depuis que, croyait-elle, il n'y avait rien à en espérer.

Les jambes croisées, Énid Rinseau-Desprez prenait des notes de son écriture appliquée, en appuyant très fort sur son stylo pour ne pas que sa main traduise en arabesques chaque saut et chaque bond que faisait le bus, qui n'évitait aucun cahot ni aucun trou, qui avançait par secousses et qui accélérait dans les tournants. Elle retenait les faits seuls car les faits, ça peut toujours servir. «Avec ce que je saisis au vol comme ça, je vais en avoir assez pour ma grosse dent.» Comme le guide racontait les divers épisodes de la révolution cubaine en français puis en anglais, Énid avait tout le temps qu'il lui fallait pour vérifier chaque donnée sur la version anglaise :

«10.10.1868 : 1re guerre pour l'indépendance, déclarée par Carlos Manuel de Céspedes

1892 : Fondation du Parti révolutionnaire

24.02.1895 : 2e guerre pour... José Marti

1902: on proclame la République.»

Elle ne se laissait nullement attendrir par la voix émue du guide, qui en était au chapitre final, qu'elle résuma, en style de calepin:

«2.12.56: le corps expéditionnaire du Granma déclenche la guérilla dans la Sierra Maestra.

01.01.59: Fidel Castro, président de la République de Cuba.»

—Pas depuis 1959!

—Ça passe vite, hein?

—Bientôt trente ans. On ne rit pas.

—C'est comme si c'était hier.

Le refus de vieillir fait qu'on prend des raccourcis avec l'histoire, comme si, en économisant sur le passé, on se faisait des réserves pour l'avenir. Rendu à un certain âge, en effet, il semble qu'on trouve plus de plaisir à ressusciter les siècles passés qui, ne nous touchant pas, ne nous vieillissent pas, alors que le sien, auquel on a pris part depuis trop longtemps pour qu'on confesse son âge en avouant ses souvenirs, n'apporte qu'angoisse et malaise. Aussi, quand le bus s'arrêta au pied du château de la Real Fuerza, Céline souffla-t-elle d'aise, préférant ces vieux murs de pierre encore solides à tous les monuments de marbre, de bronze ou de papier érigés au cours du dernier quart de siècle. Mais elle fut malgré tout un peu déçue, en traversant le fossé, de le trouver à sec et, en parcourant le château devenu prison puis musée d'armes, de voir tant de salles vides.

Seul Sacha y trouva un plaisir extrême. Il était partout à la fois, bousculant les uns et les autres pour arriver ici le premier et se frayant un passage parmi la forêt de jambes, qui lui faisaient un barrage, pour sortir de là avant tout le monde. Il hurlait comme une âme en peine, remplissant les salles exiguës et les longs couloirs de ses cris perçants, que les murs nus renvoyaient en les multipliant. C'étaient à lui seul des apparitions, des coups de vent, le tonnerre et la malédiction de Dieu.

«Tu veux crier, petit? Eh bien! tu vas crier pour quelque chose.»

L'enfant, qui secouait des chaînes au fond d'une cellule et se lamentait comme un moribond, ne vit pas la main fermer la porte derrière lui et tirer le verrou.

Il se fit alors un grand silence glacial comme il s'en fait quand le cochon a fini de saigner.

—Où est Sacha?

—Il doit chercher sa bonne maman, ne put s'empêcher de répondre Jean-Marc, qui avait reconnu, en Diane-D. Mollard, la voix de la Française qui l'avait insulté plus tôt et qui trouvait trop belle pour la laisser passer l'occasion de lui régler son compte.

Avant même qu'on ait pu s'indigner ou rire, il s'éleva des entrailles du château un long cri de supplicié qu'on écorche. Rassurée, Diane-D. fit «Bon!» et poursuivit sa visite. Quand le groupe sortit enfin, on s'inquiéta de nouveau de l'absence de l'enfant, qu'on n'avait pas revu et qu'on avait cessé d'entendre.

C'est alors qu'il apparut, nimbé de lumière, le portrait même de l'enfant Jésus dans les bras de saint Joseph. Un gardien du château l'avait libéré de sa prison et le portait à sa mère. Sacha, barbouillé de larmes et secoué par le hoquet, attendrit tous les cœurs lorsqu'il mit ses petits bras autour du cou de son sauveur pour lui donner une bise sur la joue.

—Tu as bientôt fini de faire le guignol?

Ce fut le seul mot de sympathie qu'il reçut de sa mère, qui lui mit la main derrière la tête pour le faire avancer devant elle. L'enfant sécha ses dernières larmes puis, le visage durci, se retourna et dévisagea chacun, cherchant à démasquer le traître qui l'avait enfermé, lisant enfin, sur les lèvres d'Énid qui se mirent à trembler, l'aveu de sa faute. Énid frémit à l'idée que l'enfant avait deviné juste et, saisie d'épouvante comme une esclave devant l'empereur Dioclétien, se serait jetée à ses pieds pour implorer son pardon si le guide ne les avait pas appelés à le suivre. Elle sentait, elle qui croyait avoir tout vu, qu'il n'y avait plus, entre la mort et elle, que ces yeux d'acier qui lui entraient dans la chair.

❖

À La Havane, les pierres appartiennent au passé, qu'on foule comme les pierres. Mais l'eau est à l'honneur. La mer d'abord, qui se soulève et s'écrase avec fracas au pied du Malecón, mais qui se calme, domptée, dans son havre, sous l'œil sévère des châteaux de la Punta et del Morro. Les fontaines aussi, qui rafraîchissent l'air des beaux quartiers aux pelouses soignées bordées d'arbustes en fleur. Sa source enfin, la plus importante du pays, qui jaillit au cœur de la capitale comme un gage d'amour, de longévité et de fidélité et à laquelle donne accès une buvette ayant le charme d'un estaminet de village.

—Qu'est-ce que tu vas prendre?

—Ce que je vais prendre? Il n'y a pas de choix: on ne sert que de l'eau.

—De l'eau? Moi qui m'étais fait un goût...

Sophie jetait un regard déçu sur le comptoir, où

brillaient des plateaux de verres vides qu'une petite femme remplissait à l'aide d'un pichet qu'elle soulevait avec peine au-dessus de ses épaules pendant qu'un homme vêtu de blanc, costaud et deux fois plus grand qu'elle, la suivait des yeux comme un inspecteur, un patron, un mari ou un fainéant. Elle ne pouvait pas croire qu'il n'y ait pas autre chose. Aussi cherchait-elle désespérément des yeux une bouteille, quelque part debout ou couchée, peu lui importait. Rien. Rien que de l'eau. Elle crut qu'elle allait mourir de soif.

—C'est cinq centavos! avertit le guide, qui avait entière confiance dans le pouvoir magique de ce qu'il croyait être la vraie fontaine de Jouvence, découverte par Ponce de Léon, et qui trouvait que c'était le meilleur placement qu'on pouvait faire sur son avenir.

—C'est pas avec de l'eau qu'on va me conserver, bougonna Sophie, pour qui le seul miracle digne d'être rapporté et répété était celui des noces de Cana.

La somme, dérisoire en soi, en fit reculer plusieurs autres, qui n'avaient pas pris la précaution de convertir en pesos quelques billets au bureau de change de l'hôtel. Sylvio comprit ce qui se passait et, craignant l'exode en masse comme si c'eût été sa pizzeria qui se vidait, lança, magnanime:

—C'est moi qui paie la première tournée!

Il n'en fallait pas davantage pour que les îles se rapprochent et forment continent autour de cette montagne de chair qui leur offrait si généreusement à boire, comme si l'eau fraîche avait coulé de son flanc. Sylvio se sentit entouré d'un joyeux pépiement fait de présentations, de toasts et de remerciements. C'est à peine s'il put se dégager pour remettre au guide un billet de cinq pesos en lui soufflant qu'il ne voulait pas en voir la monnaie.

Voyant qu'on avait du mal à se rendre au comptoir pour se servir, Adèle saisit un plateau et circula parmi le groupe, offrant aux uns et aux autres, comme une serveuse de cabaret:

—¿Agua fresca, señor? ¿Señora?

Elle se dirigea bientôt vers Icare, qui écoutait Jean-Marc lui raconter une blague, ou était-ce simplement une histoire, dont les premiers mots s'étaient perdus dans les conversations des autres et à laquelle rien de ce qu'il avait saisi ne laissait soupçonner une fin prochaine.

—¿Señor?

—¿Señorita?

Icare vit plus de fraîcheur dans les yeux d'Adèle que dans l'eau de source qu'elle lui présentait et n'entendit pas Céline quand elle leva haut son verre et invita, sur un ton moqueur, tout le monde à trinquer avec elle:

—Au cow-boy de Calgary qui s'est fait tirer dessus et qui n'en est pas mort, mort, mort, mort, mort, mort, mort.

Énid et Roland saisirent en même temps le dernier verre qui restait sur le plateau.

—Hip, hip, hip; hourra!

Honteux de s'être jetés dessus comme deux assoiffés, ils se firent aussitôt des excuses et, joignant l'acte à la parole, chacun céda à l'autre ce verre, qui tomba sur le carrelage et éclata en mille morceaux.

—Vive la mariée! plaisanta Jean-Marc.

Les rires et les toasts fusèrent de toutes parts. Adèle regardait Icare, qui la regardait comme si c'avait été eux qu'on fêtait. Seule Astrid demeurait sur la réserve et ne prenait pas part à la gaieté générale. Hubert vit qu'elle avait, de fait, pâli et il eut peur qu'elle ne se sente mal.

—Hubert, c'est affreux.

Quand il comprit que sa mère allait lui annoncer quelque malheur, il la prit par le bras et lui dit doucement, comme quand on parle à un enfant qui fait de la fièvre:

—Maman, je t'en prie.

—Hubert, écoute.

—Non, maman.

Et pour ne pas qu'il ait le temps de s'enfuir sans l'avoir entendue, elle parla très vite, comme quelqu'un qui récite une leçon apprise:

—Quand on lève son verre en se riant de la mort et que le verre se brise, c'est que la mort rira la dernière. Hubert, quelqu'un va mourir.

—Nous allons tous mourir, maman.

—Avant la fin du voyage, Hubert.

—Je vais prendre l'air.

Hubert retrouva, à la sortie de la buvette, Jean-Marc et Suzanne ainsi que Sophie, mais s'éloigna d'eux pour regarder, seul, Noëlle, qui faisait le tour d'un arbre comme une chèvre attachée à son piquet. «Et le loup la mangea!» Il sourit à l'idée que le loup, ce pouvait être lui surprenant Blanquette. Le point de vue du loup, dans cette histoire, lui parut affreusement délicieux. Tapi derrière les bosquets, le ventre vide, la gueule ouverte, la langue pendante, les narines toutes grandes ouvertes au-dessus des herbes mouillées et des fleurs aux sucs capiteux, flairant la chair fraîche sous le pelage blanc que le soleil faisait miroiter dans la clairière, le loup était ce gourmet se mettant à table et n'ayant qu'à allonger la patte pour saisir les morceaux les plus tendres et se les mettre sous la dent. Le point de vue du loup est celui qui s'ouvre sur le plaisir anticipé. Le loup est riche, jeune et fort. On ne lui demande pas d'être beau. De fait, on ne lui demande rien. C'est lui qui choisit. Ses caprices sont des lois et ses lois sont celles de la nature. Quand il convoite, il n'est que convoitise ; quand il possède, il se fait possession ; quand il jouit, il est tout à sa jouissance. Le regard qu'il porte sur autrui est un regard intérieur qui se replie sur soi, qui recherche son propre plaisir. Ce qu'il aime, il le déchire et le digère ; il a un estomac à la place du cœur. Hubert, incapable d'ouvrir la bouche ou de faire un pas de plus, se dit que tous les loups ne sont pas cruels et qu'il doit y en avoir qui meurent de faim dans la montagne en entendant bêler tout près.

Adèle était retournée au comptoir chercher d'autres verres mais, quand elle revint là où elle avait laissé Icare, il n'y était plus. Noëlle l'aperçut qui venait vers elle et, plutôt que de le recevoir avec la grâce d'une femme du monde, elle resta plantée comme un piquet.

—J'ai demandé au guide, précisa Icare, comme s'il avait poursuivi une conversation commencée plus tôt, et il m'a confirmé que c'était après et non pas avant qu'il fallait en faire le tour.

—Après ? Après quoi ?

—Après avoir observé le silence complet pendant vingt-quatre heures.

—Je ne comprends pas.

—Pour vrai ?

Noëlle regardait, étonnée, ce cow-boy qui semblait

tout droit sorti d'une réclame de Marlborough et qui lui parlait comme s'il l'avait prise pour une autre, plus fine ou mieux renseignée qu'elle, qui aurait compris. Comme elle aurait voulu briller aux yeux de cet homme qui répondait à son appel le plus secret et, pour cela même, le plus violent! Mais, quand le moment vint de parler, elle ne trouva que des mots d'une fadeur telle que, plutôt que de les avoir dits, elle aurait préféré vomir:

—Je ne comprends pas.

Comme elle s'en voulait de ne pas avoir en réserve ces formules toutes faites qu'on lance à l'occasion pour détourner une conversation qui nous dépasse et la ramener à son niveau, à ses intérêts, à n'importe quoi plutôt que de passer pour une insignifiante à qui il faut tout expliquer! Plus elle s'efforçait de comprendre, plus son visage se plissait comme un pruneau et plus elle avait l'air constipée du cerveau. «Stupide! Que je suis stupide!» Et, à force de se le dire, elle ne fut pas loin de le paraître aux yeux d'Icare, qui se demanda s'il avait bien fait de déranger cette simplette, pour qui faire le tour d'un arbre n'avait de sens autre que celui de faire le tour d'un arbre et qui trouvait dans ce geste toute la félicité qu'on voulait y mettre.

Consciente de l'effet dont elle était la cause, elle serra les poings de rage et, dans son impuissance, s'en couvrit la bouche et le bas du visage. «Des histoires de même, ça n'arriverait pas à Catherine Deneuve.»

—Qu'est-ce que tu as? Ça ne va pas? Attends une minute. Bouge pas.

Inquiet, Icare courut à la buvette et en ressortit, un verre à la main, qu'il lui remit:

—Bois. Ça va te faire du bien.

Noëlle saisit le verre mais tellement brusquement qu'elle en versa sur elle.

—T'inquiète pas. Ce n'est que de l'eau. De l'eau de source. Ça a à faire avec la fertilité.

Noëlle s'étouffa, lui remit le verre.

—Je veux dire longévité. Vas-y. N'aie pas peur.

Pendant qu'elle vidait le verre, Icare lui dit, pour la calmer :

—Tu es nerveuse sans bon sens. Prends sur toi : personne ne te veut de mal ici.

Puis, voyant qu'elle se remettait, il ajouta :

—Tantôt, je blaguais. Tu te rappelles ? Au sujet de l'arbre. On dit que les filles qui en font le tour après avoir observé le silence pendant vingt-quatre heures se trouveront un mari au cours de l'année. Ce qu'on ne dit pas, c'est si c'est le mari de leur choix, celui qui leur apporterait le bonheur.

—Merci.

—Si c'est pour l'eau, c'est Sylvio qu'il faut remercier. L'anecdote, c'est Carlos qui nous l'a racontée. Ça va mieux ?

—Oui.

—Comment t'appelles-tu ?

—Noëlle.

« S'il me demande si je suis en vacances de Noël, c'est bien simple, je le mords ! »

Icare avait des distractions et ne montra pas qu'il avait entendu. C'est que le groupe s'éloignait dans la direction de la cathédrale et qu'il fallait suivre, si on ne voulait pas le perdre tout à fait de vue. Mais, avant de rejoindre les autres, il pensa à « vacances de Noël » et eut du mal à comprimer un soudain accès d'hilarité.

—Dis-le! Dis-le, que je te morde!

—Tu veux me mordre?

Icare avait retrouvé son sérieux. Noëlle, qui n'en avait jamais tant dit, rougit, étonnée de son manque de réserve, elle si timide à Montréal, où elle se permettait à peine de regarder les gars qui lui plaisaient.

—Griffes-tu aussi? lui demanda Icare, dans un sourire qui la jeta dans la confusion la plus totale.

Eurydice avait été la première à pénétrer dans la salle à manger et, à l'heure qu'il était, on aurait pu croire qu'elle venait de s'y installer tant étaient hautes les montagnes de fruits, de pains, de crêpes et de petits gâteaux qu'elle avait savamment disposés sur la table, devant elle, selon un art qui n'appartient qu'à quelques maîtres d'hôtel, héritiers des vieilles traditions. On aurait dit que, depuis qu'elle avait mis au monde Rombaut, le dernier et le plus malingre de ses enfants, elle mangeait pour elle, pour lui et pour tous ceux qui avaient faim. Consciente qu'elle n'arriverait jamais au bout de sa faim, elle en avait pris son parti et adopté la conduite qui convenait le mieux à sa condition: comme les baleines qui se nourrissent de plancton, elle mangeait toute la journée mais ne prenait que de très petites bouchées, qu'elle promenait longtemps dans sa bouche pour les réduire en bouillie avant de les avaler.

Le personnel, habitué à une clientèle moins remarquable entrant et sortant à la course après avoir vidé les plats, la regardait avec la fascination des indigènes qui reçoivent un roi étranger et qui croient reconnaître en lui un dieu. Il observait le moindre de ses gestes, qui étaient à ce point soignés que la reine Caroline, qui donnait le ton à Brighton au siècle dernier, aurait pu prendre d'elle des leçons d'élégance.

Ana et David, qui venaient d'entrer, trouvèrent tellement délicieuse sa façon de pincer le pain et de n'en prendre qu'une infime portion à la fois qu'ils s'invitèrent à s'asseoir à sa table pour lier connaissance avec elle.

—Vous permettez?

—Bien sûr que oui, chère madame. Manger seule, c'est bien simple, ça me coupe l'appétit.

La remarque, faite dans ce contexte, avait de quoi étonner et aurait pu porter à rire, mais Ana, qui connaissait le monde et avait beaucoup voyagé, s'en garda bien, ne voyant pas de contradiction essentielle entre les paroles naïves d'Eurydice et le buffet qu'elle s'était servi. Pour elle, l'appétit ne se mesurait pas à la quantité de nourriture que l'on prend et qui se voit, mais à la sensation de vide, que chacun éprouve et qui ne se communique pas. Sensible au fait que les personnes obèses évitent de parler poids et mesures et apprécient qu'on fasse dévier la conversation sur un sujet autre que la nourriture, elle lui demanda, après les présentations d'usage, si elle connaissait La Havane.

—Pas une miette, chère madame.

En entendant qu'Eurydice n'irait pas parce qu'elle était trop à l'étroit dans les bus et ne voulait pas ralentir les autres, Ana se dit qu'il est parfois aussi difficile d'éviter certains sujets que de sortir d'un mauvais lieu sans croiser quelqu'un de sa connaissance.

—Vous avez peut-être raison. Vous êtes bien ici, pourquoi risquer de l'être moins ailleurs?

Plus elle regardait Eurydice, plus elle lui trouvait une beauté peu commune, une grâce réservée aux seules femmes fortes qui, pour peu qu'elles donnent à leurs gestes un mouvement naturel comme le vent dans les arbres, fait d'elles des monuments dont on admire la justesse et la finesse des proportions. Et si les gens de goût recherchent tant leur compagnie, c'est peut-être à cause de leur masse même, qui, si elles en usent avec art, donne à tout ce qui les entoure un air de fragilité qui en rehausse la valeur.

Observez la femme forte lorsqu'elle approche une tasse de thé de ses lèvres. Cette tasse peut être de céramique ou de plastique, elle prendra la transparence et le teint de la plus fine porcelaine de Meissen. Et si la dame joue de l'auriculaire comme cela se voit dans un tableau de Boris Kustodiev, vous aurez sous les yeux le portrait même de la chatte que le plaisir éveille. Maintenant, offrez à la femme sans rondeurs la plus belle tasse de votre collec-tion. Elle lui donnera, en la saisissant, l'air du plus lourd et du plus vulgaire papillon de nuit pris entre les pattes fines d'une araignée avançant les lèvres pour en sucer le sang. La femme bien en chair donne sur tout un coup de baguette magique qui transforme chaque chose en jeu de lumières: c'est une fée. L'autre, décharnée, ternirait le soleil même si elle pouvait poser dessus ses doigts osseux comme des clous de cercueil: c'est une goule.

Ana oubliait qu'elle n'avait rien mangé tant elle était absorbée par sa méditation. David la rappela à elle, mais trop tard: le café était froid et elle n'avait plus faim.

❖

À l'hôtel Nacional, on faisait la queue devant la porte des toilettes des dames. Daphné, qui s'était levée de table avant les autres, s'y était rendue la première et se frottait maintenant les mains sous l'eau chaude comme si elle avait essayé d'enlever une tache qui eût pénétré jusqu'à l'os.

Dans la salle à manger, ne restaient plus que Roland et Sophie qui finissait sa troisième bouteille de bière.

—Tu vas avoir envie tout l'après-midi.

—Veux-tu bien pas m'achaler? Est-ce que je t'empêche de te servir une deuxième fois du dessert, moi? Je l'enlève à personne, cette bouteille-là. Elle était ouverte; je l'ai prise. De la bière, ça ne se garde pas.

—Surtout quand tu es dans les parages.

—Roland, fatigue pas! Je ne suis pas encore de mauvaise humeur mais, si tu continues de même, ça prendra pas de temps. Pourquoi est-ce que tu ne vas pas prendre l'air?

Il n'osait lui répondre que c'était pour la surveiller afin qu'elle ne vide pas dans son verre la bière que les autres avaient laissée, comme il l'avait surprise à faire à Cancun alors qu'elle le croyait parti et qu'il était revenu à l'improviste. Elle devina ce qui lui trottait par la tête et le rassura en lui donnant sur la main de petites tapes qui auraient pu passer pour des caresses :

—Pas peur. Sois tranquille. Sophie va être sage. Mais va. Allez, allez! Bye bye!

—Dans une demi-heure.

—J'ai pas l'habitude de faire attendre le monde. Au revoir, Coco.

❖

Icare avait fait le tour de l'hôtel, s'était même rendu jusqu'à la mer et attendait maintenant près du bus, à l'ombre, sous un palmier. Céline le regardait et se disait que décidément les hommes ne sont pas tous pareils et que celui-ci était de ceux qui lui plaisaient.

Astrid avait remarqué qu'Hubert s'était rembruni depuis qu'il avait goûté à l'eau de la fontaine de Jouvence et s'en voulait d'en être la cause.

—Au sujet de tantôt, tu te rappelles? Oublie ça. C'est plus fort que moi. Quand j'ai des prémonitions, il faut que j'en parle et, si c'est à toi que je raconte tout, c'est que tu es le seul à m'écouter sans me trouver folle. Entendu?

—Entendu.

—Mais quoi?

—C'est comme ça. Moi aussi, j'ai eu une vision.

—Toi aussi? Oh! Hubert! si tu savais comme cela me fait plaisir! Le fils de sa mère! J'ai toujours su qu'on était faits pour se comprendre, toi et moi. Alors, dis-moi, ça concernait qui?

—Moi.

—Alors, ce n'est plus du tout la même chose. Pauvre petit, tu me fais peur.

—Ne t'en fais pas. C'est plus une idée qu'une vision.

—Ça se raconte?

Hubert fit signe que non et Astrid comprit qu'il était de nouveau amoureux et qu'il ne lui en parlerait qu'après, alors qu'il serait trop tard. Pourquoi fallait-il, pensa-t-elle, que lorsqu'on a vingt, vingt-cinq ou même trente ans, on croit être le premier à les avoir et que plus personne après soi ne les aura plus? Un chagrin d'amour. Elle s'attendrit à cette idée comme s'il se fût agi de sa première peine d'amour, de celle qu'on n'oublie jamais, dont on ne se remet jamais, dont on porte la trace toute sa vie et la couleur sur toutes ses affections à venir.

Comme il lui parut beau à cette heure, le fils dont elle avait accouché! Beau et triste comme un héros de tragédie. Le bonheur jamais ne le rendrait aussi beau. D'avoir pensé cela lui donna un coup au cœur et elle se dit qu'elle était une mauvaise mère. Non, Hubert serait beau, même heureux.

Comme le groupe se reformait, elle ne fit rien pour se rapprocher de lui, mais le besoin de faire un geste, même dérisoire, était tellement grand chez elle qu'elle s'épongea le front, qu'elle avait sec.

—C'est le grand monde qui t'a appris à être généreux de même?

—Je lui ai donné ma bière, ce n'est pas la fin du monde. Ça ne m'a rien coûté et ça lui a fait plaisir.

—Je sais, je sais. Mais ce dont tu ne sembles pas t'être rendu compte, c'est que cette femme boit trop.

—C'est de ses affaires.

—Justement, ne t'en mêle pas. Tu ne pourrais qu'empirer les choses.

—Voyons donc!

—J'exagère? Regarde.

François se retourna. Sophie descendait les marches du perron de l'hôtel, soutenue par Roland qui exécutait les mêmes pas de danse qu'elle. Icare se porta à leur secours, mais Roland le chassa de sa main libre, le rudoyant avec une violence où entraient tellement de haine et d'envie que tous demeurèrent interdits. Puis, retrouvant son calme avec son équilibre, il tenta d'expliquer:

—Vous savez, la fatigue, le soleil, cette chaleur. Et puis, ma femme n'a pas l'habitude de la bière d'ici. Ça l'a plutôt mal frappée.

—Pouh! Pouh! Coco!

Les yeux renversés, les paupières lourdes, Sophie riait tristement en levant un index désapprobateur dans la direction de son mari.

—Pouh! Pouh! répétait-elle à chacune de ses phrases d'excuses, comme pour en souligner le mensonge.

On n'avait d'ailleurs pas attendu les reproches mous de Sophie pour comprendre et on aurait donné cher pour ne pas être témoin de cette scène lamentable, qui, c'était à espérer, ne se renouvellerait pas. Seul Jean-Marc semblait à l'aise, comme s'il s'était senti meilleur devant la honte des autres.

—Il y a pire que moi, murmura-t-il à l'oreille de Suzanne, qui sentit, mêlée à la bière, l'odeur du scotch qu'il avait trouvé le moyen de prendre sans qu'elle s'en aperçoive.

C'était vrai. Jean-Marc avait la face rouge et, passé dix heures, il affichait un sourire béat qui en disait long sur ses habitudes, mais il savait se tenir en public. Pour combien de temps encore?

❖

—Où est-ce que vous avez trouvé ça?

Céline venait de sortir d'une enveloppe un collier de coquillage.

—À la boutique Intur de l'hôtel.

—Il est beau.

—Ce n'est rien et ça m'a coûté moins que rien. J'aime acheter, en voyage, des petites bêtises comme ça. Moi, les choses de prix, voyez-vous, ça ne m'intéresse pas.

Elle mentait à demi mais, comme elle croyait être sincère, elle le dit simplement et Lise Camelot la crut sur parole.

La chaleur, la bière, le soleil voyageaient de compagnie avec le sommeil et le silence. On n'entendait plus dans le bus que les voix des deux femmes qui parlaient de bijoux de plage, de souvenirs de voyage, de ce qu'on achète à la dernière minute dans les boutiques hors taxe en attendant son avion.

—Autrefois, je revenais à la maison les valises pleines de photos, de cartes postales, de dépliants pour montrer aux autres où j'étais allée. Je me suis vite aperçue que, mes voyages, ça ne les intéressait tout simplement pas. C'est alors que j'ai commencé à me monter une collection de bébelles. Pour moi; pas pour les autres. Ça me suffit; je n'en demande pas plus.

Paul, qui n'avait pas suivi la conversation qui se déroulait derrière lui mais en avait saisi quelques bribes, se dit que des «bébelles», c'étaient des caprices que les femmes se passaient et que ça n'avait aucune importance, mais qu'un homme, un vrai, n'offrait à la sienne que des bijoux de valeur. Fort de cette conviction, il avait fait un trou dans ses économies pour se procurer, chez le bijoutier voisin du garage où il était mécanicien, une bague de fiançailles, un magnifique solitaire que

Daphné pouvait montrer avec orgueil à sa famille et à ses amies. Un collet bleu? Soit, mais pas regardant quand il s'agissait de plaire à sa femme, de la gâter. C'était pour lui une question d'honneur, de virilité.

Comme un avare inquiet qui eût couché sur son or, Paul étira le bras pour tâter son trésor. Daphné crut qu'il lui prenait la main par tendresse et se tourna vers lui, heureuse de se sentir ainsi aimée. Quand il vit que le doigt était nu comme un doigt de pauvre, tout le sang qu'il avait au cœur lui monta au cerveau. Catastrophe!

—Daphné, tes bagues! As-tu oublié de mettre tes bagues ce matin?

Daphné, qui s'était crue sur le sentier des amoureux, aurait voulu lui prendre les mains et les couvrir de baisers, mais Paul lui serrait les doigts, insistant:

—Qu'est-ce que tu attends pour répondre?

—Je pense. J'essaie de me rappeler.

—Voyons, Daphné, on n'oublie pas une chose comme ça.

Elle les portait ce matin encore. Oui, dans la douche et, en montant dans le bus, elle avait remarqué le diamant qui brillait au soleil et annonçait qu'elle était mariée, qu'elle appartenait à un autre. Mais depuis?

—Pense, Daphné! Pense!

Elle se rappelait maintenant. Tout sortait de l'oubli, comme le soleil derrière un nuage à la fin d'un orage. Il lui avait pris à table une démangeaison telle qu'elle avait cru en perdre la tête. Elle s'était gratté le doigt discrètement d'abord, mais plus son doigt s'échauffait, plus le prurit augmentait, allant jusqu'à lui donner des frissons par tout le corps comme une chatte aux prises avec des puces. Ne tenant plus en place, presque folle de rage, elle s'était enfuie de la salle à manger pour aller se savonner les mains sous l'eau chaude.

Le soulagement était venu dès qu'elle avait retiré ses bagues urtiquantes, qui semblaient lui couper aussi la circulation. Puis elle avait longtemps laissé couler l'eau froide sur son doigt jusqu'à ce qu'il se fût engourdi. Elle avait fermé les yeux et s'était laissé emporter par le délice de la sensation qui l'enveloppait toute, avec le souvenir doux de sa mère lui tenant, sous le robinet, le doigt qu'une guêpe venait de piquer. C'était si facile, le bonheur: un peu d'eau fraîche, un rayon de soleil, une main se posant sur la sienne et en effaçant la douleur.

—Daphné?

—Oh! Paul! Je les ai perdues!

—Où?

—À l'hôtel. Quand j'ai été aux toilettes, je les ai enlevées pour me laver les mains. J'ai dû oublier de les remettre.

—C'est tout ce que ça te fait? Des bagues de deux mille dollars! Non mais, ce que tu peux être tête de linotte quand tu t'y mets!

Daphné secouait sa petite tête d'oiseau comme pour en faire tomber toute la stupidité qu'y voyait Paul.

—Tu n'es pas pour te mettre à pleurer? Il ne manquerait plus que ça!

Que faire alors? On a beau accuser les larmes d'être une réponse passe-partout, il y a des moments où on peut difficilement ne pas avoir recours à elles. Que peut-on opposer de plus désarmant à la colère d'un homme, de plus éloquent à un procès en règle, de plus déroutant à une insulte, de plus tendre à la violence? Ces pleurs, n'en était-il pas la cause, lui qui lui faisait une scène, la pressait de questions, la tourmentait et lui faisait mal?

Paul se dit qu'un homme marié devait penser pour deux:

—Reste avec les autres, je vais retourner les chercher à l'hôtel. Je te reverrai au Marazul, ce soir. Ne va pas te perdre maintenant!

Daphné était trop secouée pour sentir autre chose que sa misère, son inutilité, son insurmontable stupidité. Elle savait bien que les bagues étaient perdues et que Paul ne le lui pardonnerait jamais. Elle eut alors un geste comme en ont, en péril de mort, les insectes dépourvus de système de défense. Elle pencha lentement la tête et replia les genoux jusqu'à son front pour former une boule jaune, comme ces chenilles aux longues soies que l'on prend, pour les observer de plus près, dans le creux de sa main. Elle se berça, dans cette position, en se chantant une romance que sa mère lui avait apprise, jusqu'à ce que le bus ralentisse avant d'entrer dans le Cementerio de Colón, qui, dit la légende, aurait reçu les restes de Christophe Colomb. Tel qu'il est, c'est un champ de marbre blanc qui, s'il ne conduit pas tout droit au ciel, attirerait les anges ici-bas s'ils le voyaient d'en haut.

Mais le plus beau des cimetières n'exerce son charme que sur les natures mélancoliques, qui y trouvent l'atmosphère des élégies des siècles passés. Les yeux baignés de larmes et le cœur tordu de désespoir, ils vont y lire, au pied des cyprès ou à l'ombre des saules, les vers qui font pleurer parce que les poètes, qui y racontent leurs amours contrariées, leur solitude et leur éternel ennui, ont donné la mesure de l'homme et que l'homme se trouve ici tout entier.

Dans le bus régnait un silence de mort partagé entre

ceux qui faisaient la sieste et ceux qui regardaient avec étonnement les tombes blanches alignées comme de bons apôtres attendant, dans la prière des fleurs et des croix, que le Dieu vivant redescende parmi eux comme à la Pentecôte.

—Veux-tu bien me dire ce qu'on est venus faire ici?

Claire n'aimait pas les cimetières, ne les avait jamais aimés, n'y mettait les pieds que pour accompagner un proche parent et ne retournait jamais prier sur leurs tombes, comme si elle avait eu peur que les morts, envieux des vivants, se vengent sur elle et l'attirent à eux. François, depuis qu'il avait découvert la douce tranquillité du Musée des beaux-arts, reconnaissait, lui, aux cimetières en général et à celui de la Côte-des-Neiges en particulier, un visage radieux qui ferait défaut chez les vivants n'étaient certains parcs parmi les plus petits, les moins fréquentés, où l'on ne vient pas pour jouer ou pour parler mais pour lire, rêver, donner forme à une pensée, comme le vent qui prend un nuage et en fait quelque chose de beau, de périssable, de changeant, qui se transforme, se déforme et se recompose, mais plus loin, alors qu'on l'a perdu de vue. Là où tout est fini, qu'il est bon, se disait-il, de recommencer. C'est ainsi qu'il comprenait la vie éternelle, si vie éternelle il devait y avoir.

—Tu ne trouves pas ça beau?

L'insensibilité de sa femme le déroutait.

—On se croirait chez la blanchisseuse, poursuivit-il, comme s'il avait voulu lui apprendre à regarder d'un œil nouveau.

—C'est gentil, ici, hein? Mais un peu grand juste pour une petite sieste. Vous trouvez pas, vous autres?

Céline, comme ceux qui ne craignent pas tant de se mouiller que de se trouver seuls dans le bain, avait souvent besoin de sentir qu'elle parlait au nom de tous, d'où les questions qu'elle posait chaque fois qu'elle avançait une opinion. D'avoir raison était pour elle aussi important que, chez d'autres, de penser juste.

— Moi, je trouve que ça tombe bien ; je pensais justement que j'aurais aimé m'allonger un peu.

— Les draps ont l'air propres. Un peu raides, on sait bien, mais il ne faut pas faire les difficiles.

— Voici un billet de la direction de l'hôtel Nacional, que je prends la peine de traduire pour ceux qui ne comprendraient pas l'espagnol : « Vous avez bien mangé ? C'était bon ? On vous souhaite une bonne digestion. » C'est signé : Lucrèce Borgia, cuisinière en chef.

Rien de tel que l'humour noir pour semer le fou rire et que le rire hystérique pour donner à chacun le sens de la répartie.

— Vous voyez là-bas ? C'est écrit : « Fosse commune. On fait des prix de groupe. »

Jamais, de mémoire d'homme, avait-on tant ri au cimetière de La Havane. Même Lise, pourtant réservée chez elle, ne put se retenir d'ajouter sa blague au cortège :

— Chacun peut aussi se trouver un petit coin tranquille et se reposer en paix. Pensez-y bien.

Quelques touristes anglophones, qui ne comprenaient pas ce qui se disait, mettaient cette conduite scandaleuse sur le compte de la joie de vivre qui caractérise les Québécois dans l'esprit de ceux qui ne le sont pas.

Le guide comprit que, étant donné leur présent état d'esprit, il était préférable de ne laisser personne circuler librement parmi les tombeaux. Mais alors qu'il allait demander au chauffeur d'accélérer, il vit quatre agents de la police militaire sur leurs motocyclettes se placer devant le bus, ralentir et s'arrêter.

Pas besoin de mettre un doigt sur la bouche: tout le monde s'était tu. On n'entendit plus que la lourde respiration de Sophie, qui se mit à geindre: elle rêvait qu'elle était dans une oasis où on servait de la bière, mais aux hommes seulement, et protestait qu'elle aussi avait soif. Roland se dit qu'elle faisait un mauvais rêve et qu'il devrait la réveiller, mais décida de n'en rien faire pour que cela lui serve de leçon.

Icare, l'œil rivé sur la limousine noire qui avait suivi le bus comme une panthère ayant repéré un bœuf de belle taille à l'écart du troupeau, se leva sans bruit, glissa entre les bancs comme l'ombre de la mort et sortit comme un voleur.

—Misère, François, que j'ai peur! confessa Claire, qui sentait le sang lui battre contre les tempes. Si ça continue de même, je vais virer folle avant la fin des vacances. C'est moi qui te le dis!

—Je savais que vous viendriez.

Icare, qui, lui, n'en avait rien su et se demandait ce qu'il faisait devant un caveau de cimetière dont la Veuve noire refermait la porte à clé, échappa, intrigué:

—Ah! oui?

—Tous les touristes font la tournée de La Havane le lendemain de leur arrivée et on les conduit toujours au cimetière.

—J'aurais pu ne pas venir.

—Vous êtes venu.

En donnant cette réponse, c'était elle-même qu'elle lui donnait et Icare voulut la saisir comme on prend un bouquet de fleurs fraîches qu'on vous offre, mais, se rappelant qu'ils étaient dans un cimetière, il se contenta de la regarder en mettant dans son regard l'intensité de la possession.

La Veuve noire lui tourna le dos comme si elle eût voulu lui échapper et c'est ce qu'il crut d'abord, mais il se ravisa aussitôt que lui revint en mémoire un après-midi chaud et ensoleillé comme celui-ci à Charlevoix. Une jument, le diable au corps, s'était frôlée à un étalon qui était resté de marbre, mais, connaissant son homme, elle l'avait planté là dans le pré, s'était roulée dans le trèfle au bas de la colline, puis, parfumée, était remontée vers lui à reculons, en exécutant des mouvements de hanches propres à le rendre fou de désir.

Pour dissiper tout malentendu, la Veuve noire lui dit, en pointant du nez dans la direction du caveau de famille :

—Mon mari.

Sa voix trahissait une émotion si vive qu'elle put à peine enchaîner :

—Il m'aimait à la folie.

—Je n'ai pas de mal à le croire.

La Veuve noire n'était pas insensible à la flatterie et aimait que les hommes de son choix la séduisent par leur galanterie.

—Vous vous moquez parce que vous connaissez ma faiblesse.

—Qu'est-ce que...

—Ne protestez pas.

—Vous l'aimiez?

Il avait prononcé le mot qu'il fallait pour qu'elle ne se sente pas coupable à ses yeux et trouve, pour lui ouvrir son cœur, l'innocence de son premier amour.

—Malgré les apparences, qui sont contre moi, vous ne le savez que trop, me croirez-vous si je vous dis: moins alors que maintenant? Pourtant, quel homme c'était! Tous s'accordaient pour lui reconnaître du mérite. Et comme il avait de l'ambition, il se lança dans la politique, où il ne tarda pas à se faire remarquer. Quand il devint ministre, il eut moins de temps pour moi, partagé qu'il était entre son étude, son ministère et Batista, qui, ne craignant pas que ses conseils soient intéressés, le consultait à toute heure du jour et de la nuit. Tant de travail et de responsabilités ne pouvaient que nuire à sa santé. Mais, je crois le comprendre aujourd'hui, ce qui le minait le plus, c'était de s'éloigner de moi, qui ne faisais rien pour le retenir. Comme tous les enfants trop choyés, je ne savais pas aimer, habituée à recevoir et à donner si peu en retour que, plutôt que de prendre part à ses succès, je les lui enviais, y voyant autant d'obstacles à mon bonheur, que je finis par dissocier tout à fait du sien. Ce fut là mon erreur.

—L'erreur est commune et la faute partagée.

—Je savais que vous comprendriez. Voilà. J'étais riche, j'étais belle...

—Vous êtes belle.

—J'étais jeune. Comme, par dépit, j'affichais une indifférence à tout ce qui avait trait à la politique, des amies qui m'étaient restées de mes années d'université crurent que mon manque d'intérêt pour la chose publique trahissait un secret enthousiasme pour la révolution qui se préparait. Elles tâtèrent le terrain, me parlèrent du comandante et de ses compagnons, me présentèrent à l'un d'eux. Comme je n'en tire aucun orgueil, je ne vous dirai pas lequel, mais vous le connaissez ou vous ne connaissez rien à la révolution de Cuba. Je crus, en le voyant, qu'il devait être le plus bel homme qu'il me serait jamais offert de rencontrer. Je lui aurais donné mon âme, à lui qui avait déjà mon cœur tout entier et qui ne voulait que ma fortune. Quand je vis que le pouvoir allait changer de main, je fis jurer à mon amant que, quoi qu'il advienne, mon mari devait avoir la vie sauve. Il me le jura sur notre amour.

—Et votre mari est mort.

—Tué de la main même de mon amant. Quand je l'appris, je n'eus plus qu'une pensée: venger sa mort.

—Vous avez tué votre amant?

Icare trouvait cette femme de plus en plus extra-ordinaire et ne cherchait pas à lui cacher son admira-tion.

—Je l'aurais pu que je ne l'aurais pas fait.

La réponse le déçut. Ce pouvait-il que le désir de vengeance tarisse si tôt chez les femmes qu'a animées une telle passion?

—Comprenez-moi: cela aurait passé pour un assassi-nat politique car mon amant, le nouveau gouvernement en place, était devenu un personnage. Mais le destin s'en est chargé pour moi.

—Il est mort aussi?

«Voilà qui est bien», se dit Icare qui se demandait quel rôle on lui réservait dans cette histoire.

—En héros! Venez voir.

—Pas besoin, je vous crois sur parole, fit-il, désireux qu'on passe à autre chose maintenant que l'histoire était finie.

—Je tiens à ce que vous le voyiez.

Ce caveau-ci était d'une sobriété toute militaire, au-dedans comme au-dehors. Quand la Veuve noire referma la porte derrière eux, il leur fallut du temps pour se retrouver dans la pénombre, éclairés par les quelques rares rayons de lumière qui traçaient une croix en pointillé sur les dalles. Icare, dont la devise était Jouis et fais jouir, sans faire de mal ni à toi ni à personne, maxime qu'il aurait relevée chez Chamfort s'il l'avait lu, n'avait pas de goût pour les passions inassouvies et les rancunes immortelles, mais comme la Veuve noire était belle, à la vérité, et qu'il avait grande envie de la connaître mieux, il se dit, se rappelant les soldats qui montaient la garde tout près, que ce serait folie de résister.

VII

U n écrivain en vacances ne dépose jamais tout à fait la plume. C'est ce qu'il aurait dit en partant, si on lui en avait fourni l'occasion, et qu'il n'était pas loin de croire. À défaut d'une grande œuvre à faire, il tenait un journal, aurait-il encore ajouté. C'est ce qu'il avait résolu de faire tous les matins et qu'il entreprit au troisième jour.

Le mardi 15 décembre
Le commerce des hommes m'a appris que plus on les fréquente, plus on les trouve petits, limités par leur mortalité même. Plus je les observe, moins ils m'étonnent. Je me retrouve, au Marazul, en pays de connaissance et je n'y ai pourtant jamais mis les pieds. C'est que j'y vois et entends des personnages rencontrés ailleurs jouer des rôles qui me sont familiers. Il n'y a rien à attendre d'eux; je pourrais leur souffler leurs répliques et réciter pour eux la dernière scène. Si j'étais venu ici me renouveler, je devrais fermer les yeux et me boucher les oreilles tant il est vrai qu'un écrivain doit puiser son encre en lui-même et la répandre comme le pélican donne son sang.

Il crut en avoir assez dit en justifiant sa manière et sa conduite et ferma le petit cahier d'écolier qui lui servait de journal. Il pouvait maintenant disposer du reste de la journée comme il l'entendait.

❖

Dans les cuisines, ce matin-là, on écoutait pour la sixième fois le récit circonstancié du retour d'Icare à l'hôtel. Jamais le Marazul, si correct, si pudique même, n'avait été témoin d'un pareil scandale! Teresa avait précisé plus tôt qu'il devait être deux heures. Ricardo prétendait maintenant qu'il en était trois. Il avait raison, pensa-t-elle, en se rappelant que le cabaret était fermé et que les gardiens avaient éteint le téléviseur du hall de l'hôtel depuis Dieu sait quand. Ce qu'elle n'était pas prête à admettre, c'est qu'elle s'était endormie, pas qu'on lui en aurait fait reproche mais sait-on jamais? Dans un pays où, sur la foi d'un seul, on risque de perdre son poste et les avantages qui s'y rattachent, on apprend tôt, si on est le moindrement astucieux, à retenir sa langue à temps. De penser qu'il pourrait se trouver, parmi ses camarades, un mouchard qui prendrait note des variantes dans son récit, qu'il interpréterait de façon à lui porter préjudice, lui fit perdre tout le plaisir de raconter. Teresa se mordit les lèvres et, plutôt que de continuer comme on la priait de faire, coupa court, prétextant que sa journée, à elle, était finie et que toutes ces histoires, c'était bien beau mais on l'attendait à la maison.

«¡*Que hombre!*» se répéta-t-elle en cours de route, savourant la scène dont elle avait été témoin, se la rappelant jusque dans le moindre détail, s'y donnant un rôle de plus en plus grand, à tel point que, rendue chez elle, elle ne savait plus si elle l'avait rêvée ou vécue, ce qui la convainquit qu'elle avait été infidèle et la remplit d'angoisse.

✢

Astrid n'avait pas dormi de la nuit. Elle avait dû fermer le climatiseur, qui faisait un bruit d'enfer, qui masquait cependant la musique du cabaret, dont elle entendit par la suite chaque note. Quand elle remit le climatiseur en marche, il était passé l'heure de dormir et, comme elle n'avait pas le goût de lire à la lumière électrique, elle jongla jusqu'à ce qu'une lumière blafarde pénètre dans sa chambre et l'avertisse qu'il faisait jour. Elle sortit alors et s'installa dans le couloir ouvert du cinquième étage, qui était le sien, pour lire quelques passages de trois gros livres qu'elle avait mis dans son sac et voir, par-dessus les pages imprimées, le soleil se lever.

Si seulement Hubert avait été avec elle, ils auraient pu causer et le temps aurait passé plus vite, mais Hubert avait tenu à faire chambre à part. S'il ne voulait pas de sa mère, c'est qu'il voulait d'une autre. Après tout, c'était de son âge. Loin de lui en vouloir, Astrid se disait que ce serait bon pour lui et que les vacances, c'était un peu pour cela. Passé vingt-cinq ans, il faut courir au-devant des occasions et, en voyage, ce ne sont pas les occasions qui manquent. Trois heures d'insomnie pour en arriver là: laisser Hubert s'amuser et faire en sorte qu'il n'ait pas à s'occuper d'elle. «Les mères comme moi, soupira-t-elle, se sacrifient toujours pour leurs fils», ce qui était une façon habile de mettre du baume sur la plaie.

Quand Céline en maillot passa devant elle, Astrid se dit que, puisqu'elles avaient passé la veille plus ou moins ensemble à La Havane, elles se connaissaient assez bien pour qu'elle puisse lui demander quel était son signe du zodiaque. Céline, qui n'aimait pas qu'on mette le nez dans ses affaires, surtout quand elle était en voyage et avait l'intention de vivre ses vacances loin de son mari en femme libre, hésita avant de répondre, se demandant si Astrid, après avoir obtenu ce renseignement, ne tenterait pas d'en pêcher d'autres, plus intimes, et ne finirait pas par en savoir plus long sur elle que la Gendarmerie royale, son gérant de banque et son mari. Les tarots, les boules de cristal et les horoscopes, tout ce monde qui hésite entre le naturel et ce qui ne l'est pas, lui faisaient un peu peur, comme les douanes, Revenu Canada et l'informatique.

—Si vous me donnez votre date de naissance, je peux vous le dire, proposa Astrid, qui n'entrait pas dans les raisonnements de Céline et qui ne voyait, dans les connaissances qu'elle avait de l'astrologie, qu'une façon aimable d'amorcer une conversation dont l'essentiel porterait sur l'avenir, que tout le monde voudrait connaître et qu'elle savait prédire.

Combien sont-ils de par le monde, ces gens qui, ignorant le passé et suivant avec peine le présent qu'ils jugent trop compliqué, se lancent de toute leur âme, de toutes leurs capacités intellectuelles et de tout leur pouvoir d'aimer, de craindre et d'espérer dans l'astrologie? Astrid était du nombre et, chaque jour, elle consultait le journal pour savoir comment jouer sa journée. Comme elle misait peu, elle gagnait et perdait peu aussi, ce qui lui évitait les grandes joies et leur pendant, les grosses déceptions. Ce qu'elle perdait en intensité, elle le gagnait toutefois en étendue, se faisant un plaisir de jouer dans la cour du voisin, où la lumière était plus forte et les risques moins grands pour elle.

Avide de confidences, elle savait rompre toute résistance et allait chercher, par ses silences, ses mouvements de tête ou de sourcils, ses sourires de pitié et parfois même la pression de sa main sur un bras, les secrets honteux de la famille, les péchés qu'on cache à son curé, ses rêves perdus, ses amours qu'on avait crues inavouables. L'astrologie lui faisait faire des voyages dans le cœur surtout des femmes, moins bavardes que les hommes quoi qu'on dise, mais plus ouvertes, plus portées aux épanchements, elles à qui mari et enfants confient bonheurs et malheurs également, ce qui fait d'elles des confesseurs-nés dont la place naturelle au confessionnal devrait être assises plutôt qu'à genoux comme on les y voit. À qui lui ouvrait son cœur pour qu'elle y voie clair, elle ne ménageait en retour ni avis ni conseils, car elle jugeait qu'il était de son devoir de faire profiter les autres de ses dons et de sa science, et on aurait eu tort de ne pas lui faire confiance. Aussi, quand il arrivait qu'on n'en fasse qu'à sa tête, on ne le lui disait pas pour ne pas la blesser inutilement car on estimait son amitié. Si on lui en parlait, c'était uniquement pour lui avouer son erreur. Quel plaisir alors on lui causait en annonçant:

—Vous aviez raison. Si seulement je vous avais écoutée...

L'aveu lui faisait chaud au cœur. Elle aurait voulu protester que, en pareilles circonstances, elle ne l'aurait pu. Elle fermait alors les paupières sur son bonheur pour le savourer modestement sans témoin, mais son sourire et le léger bercement de sa tête, qui avait quelque chose d'ancien et, qui sait? d'éternel comme les chaises berçantes sur les vérandas de nos maisons l'été, la trahissaient. Elle sentait, au-dessus de sa tête, se dessiner une auréole et une gloire rayonner autour d'elle, aussi heureuse qu'une statue de plâtre adorée par les petits venus déposer quelques fleurs devant elle et allumer un lampion les soirs du mois de mai. C'était tellement beau et rassurant de la voir ainsi qu'on aurait voulu lui donner un baiser comme à une relique pour emporter avec soi une parcelle du mystère dont on était témoin.

Prévenue qu'à Cuba elle ne pourrait pas consulter les journaux de Montréal, Astrid avait mis dans sa valise trois livres d'astrologie qu'elle lisait religieusement, chaque matin avant le petit-déjeuner, comme elle venait de le faire, et qu'elle reprenait après le repas tant et tant de fois qu'à midi elle savait par cœur les prévisions astrologiques de la journée, pouvait comparer les trois versions et dire laquelle s'appliquait le mieux à chacun.

Céline, qui ne voyait pas de fin aux questions d'Astrid si elle avait la faiblesse de lui fournir une première réponse, lui échappa en disant:

—Tout ce que je sais, et je n'ai pas besoin d'en savoir plus long pour l'instant, c'est que mon maillot manque d'eau. On en reparlera plus tard, ajouta-t-elle, se promettant de n'en rien faire. Salut!

Les nuages, les pluies, les vents passent sur Cuba sans insister, ce qui en fait le pays des ciels bleus et du soleil, des plages au blond sable fin et de la mer qui s'excite comme un jeune chien à la moindre provocation.

Jusqu'à sept heures, la plage appartient aux crabes. Comme les goélands n'ont pas découvert l'île ou que les Cubains se sont fait, dans le temps, un goût pour la chair de goéland, les crabes s'y sont multipliés de façon biblique et occupent aujourd'hui le littoral sans qu'on leur dispute leurs droits de squatters. Tous les matins, cependant, des tracteurs recouvrent leurs trous, peignent le sable, déterrent des éclats de verre et enfoncent la menue monnaie qui tombe des pantalons. Ce travail utile, voire nécessaire, est en partie responsable de la mauvaise humeur des crabes, qui se ménagent aussitôt une nouvelle ouverture, menacent l'air de leurs pinces, puis disparaissent en un clin d'œil dans le sable de la même couleur qu'eux.

Céline aurait voulu se laisser tomber dans la mer comme un sac de ciment car l'air frais annonçait que l'eau l'était aussi mais, comme il n'y a pas de quai à Santa Maria del Mar, il lui faudrait se mouiller graduellement. L'idée lui déplaisait autant que de prendre plusieurs petites cuillerées de sirop plutôt qu'une grosse quand elle avait le rhume. De voir, entre les vagues, qu'on nageait là-bas, loin de l'encourager à en faire autant, lui donna le frisson. Dans un mouvement instinctif de défense, elle serra les coudes sous sa serviette de plage pour mieux conserver sa chaleur. Il ne pouvait plus être question pour elle de se baigner; elle en avait perdu le goût et, pour une raison qu'elle s'expliquait mal, elle ne voulait pas non plus s'asseoir ou s'étendre au soleil, peut-être parce qu'elle était seule et que cela ne lui paraissait pas convenable. Mais elle ne pouvait pas non plus retourner à sa chambre. Astrid l'arrêterait au passage pour lui demander des tas de choses et il faudrait lui répondre ou la rudoyer, ce qui lui semblait également désagréable.

Un homme était sorti de l'eau, trop loin pour qu'elle lui parle mais assez près pour qu'elle se sente moins seule. S'il l'avait vue, il n'en laissait rien paraître, s'épongeant, s'étirant et bâillant comme si la plage lui avait appartenu. C'était un petit homme, à la figure encore jeune malgré une calvitie prononcée, à la peau tendue et luisante, le nez fin, les lèvres minces sous une moustache blonde. Il aurait pu passer pour un colonel de l'armée britannique, mais Ian MacDonald était professeur de gymnastique à Glasgow. Quand il eut mis ses espadrilles, souvenirs d'un récent voyage en Espagne, il prit son élan et courut dans la direction de l'hôtel. En traversant la pinède, il croisa un compatriote qui faisait du jogging et qui lui demanda comment était l'eau.

—Great! Just great! lui répondit-il, sans ralentir.

Céline se dit qu'il serait fatigant de vivre avec un homme qui avait plus d'énergie qu'elle, mais qu'il était peut-être bon de s'offrir en voyage ce qu'on n'a pas à la maison.

❖

—Vous avez entendu la dernière?

—Au sujet d'Icare?

Oui, elle savait mais n'avait aucun détail. Cela viendrait. Comme toutes les personnes qui ont dépassé un certain poids, Eurydice savait patienter. Plusieurs, en effet, depuis qu'elle était à Cuba, se faisaient un point d'honneur de la renseigner sur tout ce qui se passait à l'hôtel, soit qu'ils l'aient prise en pitié à cause de ce qu'ils qualifiaient entre eux d'infirmité, soient qu'ils l'aient identifiée à ces statues païennes devant lesquelles on raconte sa vie après s'être retiré au plus profond de soi-même.

—On m'a dit qu'Icare avait fait une entrée spectaculaire hier soir.

—Spectaculaire? lança Judith. C'est pas le mot. Dites plutôt: scandaleuse! On dirait que cet homme-là a juré de nous faire honte devant les étrangers.

Et pour qu'Eurydice partage le sentiment commun, elle lui raconta, après avoir pris une respiration profonde et s'être donné un air de circonstance, comment il était arrivé aux petites heures du matin, dans le plus simple appareil, et avait lancé son chapeau de cow-boy sur la tête de la réceptionniste plutôt que de s'en servir comme cache-sexe.

—Le petit bonjour! s'écria Eurydice, secouée de la tête aux pieds par le rire. A-t-on idée de faire des gamineries pareilles!

—Eh bien! si c'est comme ça que vous le voyez.

—Je vais vous dire, ma chère dame: j'ai mis au monde douze enfants dont sept garçons, huit si vous comptez Arthur qui est mort-né. Je les ai aimés, bercés, brossés, coiffés, déshabillés, dorlotés, embrassés, engueulés, fessés, frottés, habillés, lavés, nourris, peignés, promenés, punis, réchauffés, rafraîchis, récompensés, secoués, servis, sortis, talochés, torchés; ils m'ont fait crier, parler, pleurer, rire, sacrer, suer; je les ai vus fumer de la mari, se soûler, manger comme des cochons; je me suis fait du mauvais sang pour eux, j'ai ramassé derrière eux, passé des nuits blanches à les attendre, prié pour leur salut. Maintenant, il n'y a plus rien qui m'étonne venant d'un homme, plus rien qui me scandalise, plus rien qui m'énerve. Mais je vais vous dire une chose: je m'inquiète encore pour les miens, je les aime comme ils sont et je ne voudrais en échanger aucun contre un ange, même le plus beau du paradis du bon Dieu.

—Vous ne vous entendez pas, madame. C'est quasiment un blasphème que vous dites là.

—Je me comprends et le bon Dieu aussi.

Judith lui trouva le jugement simple, se dit qu'il y avait probablement plus de graisse que d'idées dans son cerveau et renonça à la convaincre qu'elle avait tort en ce qui concernait Icare, non sans toutefois avoir placé son dernier mot:

—En tout cas, moi, je trouve que c'est un vulgaire polisson et je ne suis pas la seule à le penser.

—Est-ce que quelqu'un le lui a dit?

—Pensez-vous!

—Le voilà qui descend.

—Moi, je me sauve. Je ne veux pas être vue avec un type pareil.

—Qu'est-ce qu'on m'apprend sur ton compte, méchant garnement?

—Madame Branchu, lui répondit Icare, dont les yeux démentaient le sérieux du visage, il ne faut pas croire tout ce qu'on dit sur mon compte.

—Est-ce que ça veut dire qu'il ne faut rien croire et que tu n'as rien fait?

—Ce que j'ai fait, et je n'en tire aucun orgueil, aucune bête ne l'aurait fait.

—C'est Guillaumet qui a dit cela!

—Et on l'a cru?

—On l'a cru.

—Et moi?

—On fait plus que te croire. On en rajoute.

—Ça, c'est facile. C'est d'en enlever qui aurait été difficile.

—Espèce de grippette!

—Il paraît que j'ai raté quelque chose de beau, hier soir?

Liljana, l'air étonné, très petite fille, étirait les «o» en arrondissant exagérément les lèvres, ce qui donnait à ses phrases une inflexion exotique comme un accent venant de loin.

—Vous n'avez rien manqué, madame. Et le moins on en parlera, le mieux ce sera.

—Madame Branchu m'a fait jurer de ne plus jamais recommencer, ajouta Icare, l'air chagrin.

—Je n'ai jamais dit ça! protesta Eurydice.

—Alors je peux?

—Ma foi du bon Dieu! C'est le Diable en personne!

Elle n'en croyait rien et c'est pourquoi elle le disait, mais Liljana, qui l'écoutait à demi, regardait Icare, convaincue qu'il y avait là un mystère et qu'il ne tenait peut-être qu'à elle de le découvrir.

⁜

Sur la plage, Icare se déshabilla comme un fou de bassan muant, arrachant son plumage et le semant à l'aventure pour qu'il en pousse un lit de duvet doux et chaud puis, déployant les ailes, plongea dans la mer, qui lui tendait la main en murmurant: «Oui, je le veux!» Et le vent qui écoutait reprit dans les pins: «Oui, je le veux!» Mais il ne l'entendit pas. Il frappait la mer de ses mains et de ses pieds, et la mer lui rendait chaque coup. Noces sauvages qui épuisaient et faisaient mal. Icare aurait voulu fouiller la mer encore et encore, mais il devait déjà relever la tête au-dessus des vagues et respirer. Ce qu'il aurait donné pour pouvoir marcher au fond de l'eau entre les étoiles et se laisser guider par elles jusqu'au récif, où tout un monde fantastique évolue loin des hommes! Misère et grandeur de l'homme: être mortel et avoir la mer pour maîtresse!

À bout de force, Icare s'abandonna aux flots, qui le déposèrent inerte sur la plage, recouvert d'écume et de sel comme un bois de mer. Il avait deux herbes folles au côté droit.

Tout près, des bunkers à moitié détruits montaient la garde. Avaient-ils servi? Y avait-il eu échange de coups de feu à Santa Maria del Mar? des morts? des blessés? «Il y a toujours des blessés, se dit Judith. Les gens sont si gauches.» Mais elle éloigna d'elle ce nuage pour se livrer tout entière au plaisir du moment. «C'est bien ici, pensa-t-elle, même très bien, pas trop chaud et si près des États qu'on se sent en sécurité. La nourriture est quelconque, mais tout le monde est tellement gentil qu'on ne fait pas attention aux détails, aux chambres par exemple.»

François attira l'attention de Claire sur un groupe de jeunes Cubains qui couraient sur la plage.

—Ils devraient être à l'école, gronda-t-elle. Comment veux-tu qu'ils sortent de leur misère s'ils n'envoient pas leurs enfants à l'école?

—S'ils étaient plus instruits, ils chargeraient plus cher et on n'aurait pas pu venir.

—On sait bien. Mais plutôt que de chasser des papillons, ils feraient mieux d'aider leurs parents.

Comme François ne lui donnait pas raison, Claire ajouta :

—En parlant d'avoir mieux à faire, tu n'es pas censé être en train de chercher tu sais quoi ?

—Donne-moi le temps. Il fait trop chaud.

—Et tantôt, il fera trop noir. On sait bien.

François se dit qu'il n'aurait jamais le dernier mot et qu'il valait mieux partir n'importe où plutôt que de poursuivre une conversation ne menant nulle part.

✦

—*Holà! Señor el pdjaro! Està muerto?*

Icare ouvrit et referma les yeux avant de répondre en espagnol :

—Séché et salé, oui, mais pas mort.

—Plumé aussi.

Icare se tourna sur le ventre et interrogea la jeune fille, qui, pour toute réponse, lui montra du doigt un Cubain en maillot qui s'éloignait avec une chemise et un pantalon qui n'étaient pas les siens.

Icare ne fit qu'un bond, sauta sur le voleur comme l'aigle fond sur sa proie et roula avec lui dans le sable jusqu'à ce que le rat s'immobilise sous ses griffes. Le rat, c'était Marco et Marco le suppliait de ne pas le dénoncer à la police. C'était la première fois qu'il volait. Ça se voyait, non ? Il ne recommencerait plus.

—Par pitié ! implora-t-il.

Il aurait ajouté une larme ou deux à ses prières si Icare, qui ne croyait rien de ce qu'il disait, ne s'était mis à rire. Alors, Marco rit aussi et changea de tactique. Il savait des choses, des tas de choses qui pourraient à l'occasion servir à Icare. Copains? Icare lui posa une question. Marco connaissait la réponse. Quand il l'eut donnée, Icare se leva, se rhabilla et lui signifia d'un mouvement de tête qu'il pouvait partir.

—Vous n'avez pas honte de vous battre comme un voyou?

—Toi aussi, Mariposa, tu vas me faire la leçon?

—Comment sais-tu mon nom?

—Je le sais.

—Comment?

—C'est écrit sur toutes les fleurs dont tu portes le miel et le parfum.

Mariposa se dit que c'était Marco qui l'avait renseigné. Un vaurien, Marco. Un filou et un mouchard sans intérêt ni envergure. Icare, c'était une autre paire d'ailes.

—Est-ce que tu perds tous tes costumes de la même façon?

—Qu'est-ce qui te fait croire que ce n'est pas le premier?

—Depuis ce matin, il n'est question que de cela de Santiago à La Havane. Dis: c'est vrai?

—Si on parlait d'autre chose?

—De quoi?

—Est-ce que je sais? De coquillages, par exemple.

—Qu'est-ce qu'on peut dire sur les coquillages?

—Les coquillages, tu les prends, tu les regardes de très près et tu leur parles de toi. Si tu sais leur parler, ils te parleront à leur tour.

—Tu crois?

—Puisque je te le dis.

—Et s'ils ne me répondent pas?

—On ira au Musée des sciences naturelles en voir de plus gros et de plus beaux. Et, si ceux-là ne nous disent toujours rien, on fera autre chose.

—Tu promets, pour le musée?

—Foi d'animal!

Dès qu'Icare disparut derrière les pins, Mariposa s'envola, comme elle était venue, sans le moindre regard vers les coquilles bavardes qui la virent filer, indifférente aux secrets qui pendaient à leurs lèvres ouvertes.

❖

Des chairs blanches étendues comme des mouchoirs, des linges ou des draps un peu usés par endroits, mais propres, combien se faisaient croire que, bronzées, elles paraîtraient plus minces, comme si une semaine de plage valait un mois de régime?

—On se croirait à Old Orchard, remarqua Énid. C'est plein de Québécois ici.

—Pas rien qu'à Old Orchard. Les Québécois, ça voyage. On les voit partout.

Old Orchard! Céline y était allée, il y avait de cela un siècle! Mais elle se rappelait les étés qu'elle y avait passés avec ses parents comme si c'était hier. Les dimanches surtout, à cause de la glace à l'orange qu'on servait dans ce qui lui paraissait à l'époque être d'énormes cornets. Juste à y penser, elle ressentit le même frisson qu'alors, quand la glace fondue coulait sur ses doigts et le long de ses bras jusqu'aux coudes, qu'elle essuyait sur sa robe. Que la vie était simple et ce qu'on pouvait être heureux!

—Vous avez connu ça, vous, Old Orchard?

Pour ne pas qu'on la croie plus vieille qu'elle n'était, Céline renia ce qui lui avait paru les plus belles années de sa vie. Blessée par le coup qu'elle s'était elle-même porté au cœur, elle en voulut à Énid d'avoir trahi son enfance et, pour ne pas qu'elle salisse d'autres souvenirs qui lui étaient aussi chers, elle ferma les yeux et fit semblant de dormir.

Quand la porte de l'ascenseur s'ouvrit, Noëlle se dit qu'elle ferait mieux de prendre l'escalier, mais, comme elle ne voulait offenser personne, surtout pas les gens du pays qui la recevait, elle entra dans le nuage de fumée qui la déposa au premier étage de l'hôtel, verte et pâle comme une plante manquant d'air et de soleil. Que faisaient les femmes dans ce pays où les hommes fument le cigare? Noëlle ne leur connaissait pas de parfum et se dit qu'elles devaient s'en passer et que cela devait les faire souffrir horriblement, car une femme a tellement besoin de se protéger de son milieu par mille petits soins qui occupent son esprit, ses loisirs, sa journée.

Le soleil sur la plage n'était déjà plus aussi traître que tantôt. On pouvait s'étendre sans peur de brûler et c'est ce qu'on faisait en grand nombre, exposant tout ce qu'on pouvait de chair pour l'imprégner de cette chaleur qui devait durer jusqu'au printemps. Noëlle déplia sa serviette de plage bleu ciel, que Marguerite et les autres caissières du Steinberg lui avaient remise avant qu'elle parte, en lui recommandant de bien penser à elles là-bas, ce qu'elle ne manquait pas de faire comme un devoir, honteuse de ne pas profiter du beau temps comme elles l'auraient fait si elles avaient été à sa place. Que leur dirait-elle à son retour? Trop tendue pour se coucher, trop nerveuse pour fermer l'œil, trop angoissée pour jouir du temps qu'il faisait, elle s'en voulut de ne pas être comme les autres, qui savaient profiter du présent, qui ne faisaient rien et qui étaient heureux de ne rien faire. Ce devait être si facile d'être et de se sentir en vacances. Alors, pourquoi n'y arrivait-elle pas?

Elle aurait dû prendre un livre, une revue, n'importe quoi pour passer le temps, mais, au lieu de cela, il n'y avait que la mer à regarder, la mer qui se répétait et le soleil qui l'écoutait sans bouger. Que c'était fatigant de ne rien faire quand on n'avait rien à faire et qu'on aurait voulu qu'il se passe quelque chose!

Diane-D. Mollard, qui levait la tête pour voir où se trouvait Sacha, lui parut tellement plus belle qu'elle et tellement plus sûre d'elle-même que Noëlle en fut jalouse. Elle l'envia même d'avoir cet enfant que tout le monde s'entendait pour trouver insupportable et qu'elle aurait voulu aimer pour faire de lui un bon garçon et plus tard un excellent mari. Un mari... Nous y revoilà! Noëlle ne voulait pas se l'avouer, mais, force lui était d'en convenir, elle ne pensait qu'à cela. Comme elle aurait voulu qu'un homme l'aime, elle, telle qu'elle était, pas très brillante mais assez renseignée pour se faire une opinion sur presque tout ce qu'on lisait dans les journaux. Si elle avait été plus belle, elle aurait peut-être été plus heureuse avec les hommes mais, telle qu'elle était, la compétition lui paraissait injuste.

Ce fut au moment où elle se dépréciait le plus qu'elle aperçut Icare à contre-jour, planté à côté d'elle, qui la regardait comme on regarde dans les zoos ou les musées quelque chose de gros, de gauche et d'amusant. Elle aurait voulu lui sourire et, par ce sourire, effacer la fâcheuse opinion qu'il pouvait se faire d'elle, mais elle mit tellement d'effort à vaincre sa timidité et à lutter contre la lumière trop forte que ce fut une grimace qu'elle lui fit, et ce qu'il vit ressemblait plus au visage contrefait d'un gnome sortant des profondeurs d'une mine, aveuglé par le soleil matinal, qu'à celui d'une jeune fille qui aurait voulu mettre ses charmes à l'épreuve. Icare n'insista pas et laissa ses jambes le mener vers d'autres conquêtes.

Ce fut Sacha qui l'arrêta, en lui prenant la main pour qu'il inspecte le château de sable qu'il venait de construire. Icare en fit le tour, admira ce qu'il vit, nomma les tourelles et les créneaux, parla de fossé et de pont-levis et alla jusqu'à suggérer qu'on le protège d'une enceinte fortifiée avec canons en forme de coquillages. C'était un projet de longue haleine qui fut accueilli avec enthousiasme parce qu'il exigeait du renfort. L'heure y passa. Comme l'enfant poussait de petits gloussements de joie, il attira sur lui l'attention de sa mère, qui le vit revenir de l'un de ses voyages d'exploration avec une feuille d'aluminium à la main, dont il fit un drapeau pour couronner son ouvrage.

Icare, assis sur le sable, les genoux à hauteur du menton, surveillait l'enfant, qui ne cessait de trouver des choses à lui dire, tout en agrandissant et enjolivant le château, qui prenait des dimensions imposantes avec ses remparts, qui traçaient les frontières d'un territoire vaste comme la Chine sous l'Empire.

Diane-D. se dit qu'un fils, ça pouvait avoir du bon, surtout s'il s'avisait de trouver pour sa mère des divertissements comme cette bête qui semblait attendre, docile, qu'on lui fasse signe.

Noëlle vit qu'Icare était menacé et se découvrit pour lui des instincts de lionne. Ses muscles se tendirent, prêts à bondir. Un geste, l'esquisse même d'un geste, et elle sautait sur Diane-D. et la déchirait de ses griffes et de ses dents. Ah! comme elle lui parut ridicule, cette mère qui dévorait des yeux le jeune homme indifférent à l'appétit qu'il éveillait!

On avait eu raison de la prévenir qu'il y a plus de femmes que d'hommes qui voyagent seules. Quelle misère! Noëlle n'en pouvait plus et, pour ne pas qu'on lise ses pensées, se leva trop tôt pour voir qu'Icare laissait la mère et le fils pour se jeter à la mer comme un monstre marin rentrant chez lui.

Quand il décida de regagner l'hôtel, Sacha et sa mère n'étaient plus sur la plage, mais, comme il ne pensait ni à lui ni à elle, Icare ne remarqua pas leur absence. Il reconnut toutefois, là où les herbes poussent tout près de l'eau, Paul et Daphné, qui s'éloignaient, et Adèle, sur le sentier sous les pins, qui semblait l'y attendre.

Dans la salle d'attente du dentiste où il était allé se faire nettoyer les dents pour mieux paraître sur ses photos de mariage, Paul avait lu quelques numéros de Tourisme plus. Il y avait cherché en vain un article sur Cuba, mais avait lu et retenu quelques conseils donnés par un photographe professionnel qui prétendait que, pour des raisons d'éclairage, on prend de meilleures photos le matin ou tard l'après-midi. Puisqu'il en était ainsi, c'était ce qu'il ferait, car rien ne lui importait davantage que les photos qu'il comptait montrer à ses compagnons de travail. L'appareil était neuf et, lui avait-on garanti, faisait lui-même tous les calculs sans qu'on ait à s'en occuper. On n'avait qu'à pointer la lentille dans la bonne direction et faire clic! Daphné étant photogénique, les photos ne pouvaient faire autrement qu'être réussies.

Mais Daphné se remettait mal de sa troisième nuit d'insomnie et son beau teint commençait à se faner. Contrairement à ce qu'elle avait cru, cependant, Paul lui avait pardonné son étourderie lorsqu'il s'était rappelé, de retour à l'hôtel Nacional, que les bagues étaient assurées. Il avait alors retrouvé son sang-froid et obtenu de la police un papier officiel sur lequel il était écrit, en espagnol, que les bagues avaient bel et bien été perdues.

— Peux-tu le lire?

— Oui, lui avait-elle répondu dans les larmes.

— Qu'est-ce que ça dit?

Elle prit la feuille qu'il lui présentait et lut:

— «*DIRECCION GENERAL DE LA POLICIA COMPARECENCIA. — En La Havana y en Su Comisaria de Policia a las 14'30 horas del dia...*»

— Tu parles espagnol pour vrai? s'exclama-t-il, soudain rempli d'admiration pour cette femme, la sienne, qui avait des connaissances qu'il ignorait.

— Juste un peu. J'ai suivi trois mois de cours du soir, mais mon professeur était un vrai Espagnol. Il ne parlait pas comme les Cubains. Je ne comprends rien à ce qu'ils disent ici, mais je peux comprendre assez bien ce qui est écrit.

—Peux-tu traduire?

La question était tellement naïve que Daphné essuya ses larmes et se mit à rire. Cet homme, qu'elle avait tant craint, ne l'effrayait plus autant. Il ne la battrait pas parce qu'elle avait perdu ses bagues. Il l'avait traitée de bien des choses et ça, elle le méritait, mais il n'avait pas levé la main sur elle.

Il la rejoignit sur le lit, où elle lui avait fait signe de s'asseoir. Elle s'était alors appliquée à lire la déposition de Paul, séparant chaque syllabe, soulignant du doigt chaque mot comme un enfant qui apprend à lire, traduisant les plus évidents, sautant les autres, devinant le sens de la phrase. C'était un document assez facile à lire puisqu'il y était question d'eux, de leurs noms, de leur récent mariage, de leurs occupations et des bagues qu'elle avait perdues vers les treize heures et qu'il avait réclamées quatre-vingt-dix minutes plus tard. C'était signé par Paul et initialé par le commissaire au bas de la page, après la formule d'usage:

«*Que no tiene más que manifestar, firmado la presente en conformidad con el Sr. Instructor de lo que como Secretario CERTIFICO.*»

Il lui avait laissé entendre qu'il ne remplacerait pas le diamant perdu—à quoi bon puisqu'elle les perdait tous?—et qu'elle devrait se satisfaire d'une alliance nue. Il dirait aux compagnons de travail que la bague n'avait pas été assurée et il n'en serait plus question.

En lui parlant d'elle et du diamant, c'était à la caméra-magnétoscope qu'il pensait, celle qu'il avait vue annoncée en solde pour à peu près le même prix que la bague. Ce serait plus pratique et les deux en profiteraient. Les bijoux, c'est bien beau, mais le cinéma, c'est encore mieux. On ne s'en fatigue jamais.

Daphné comprit que, s'il se consolait si vite de sa perte, c'est que, dans son esprit, il l'avait déjà remplacée et qu'elle-même ne tenait plus le rôle de favorite. Elle se sentit détrônée comme une sultane dont on vient d'apercevoir la première ride.

Par qui? Par quoi? Elle y pensa toute la nuit et ne s'endormit qu'au petit matin.

Comme il n'avait jamais fait de photos, Paul se livrait à des expériences pour se familiariser avec son appareil, qui ne se trompait peut-être jamais dans ses calculs mais qui ne composait pas. Or, la composition n'avait jamais été son fort, mais, comme pour la première fois de sa vie il y voyait son intérêt, il voulait apprendre. Ce qu'il exigeait de Daphné, c'était d'être belle, chic et souriante, ce voyage étant le prolongement naturel du plus beau jour de sa vie, comme la traîne qui fait partie de la robe de la mariée.

Consciente que sa beauté était ce qui pouvait la mieux racheter aux yeux de son mari, Daphné s'était appliquée à sa toilette et avait mis dans son sac un arsenal d'accessoires pour ne pas être dans la même tenue d'une photo à l'autre, ce qui donnerait la fâcheuse impression que sa garde-robe était vide, indice de pauvreté, ou qu'elle voyageait avec un seul sac, signe qu'elle négligeait sa personne comme une femme depuis longtemps mariée.

Dès qu'il se mit à chercher un cadre pour Daphné, Paul se rendit compte que le charme des îles tient en partie à ce qui se traduit mal sur pellicule: la chaleur caressante que rend douce la brise dans les pins, la mer qui s'étend à l'infini, la plage qui disparaît à l'horizon.

Quand Icare sortit de l'eau, il le vit là où les herbes

hautes envahissaient la plage jusqu'à la mer, Daphné, à quelques pas derrière lui, posant chaque fois qu'il se retournait. Mais Paul, l'appareil collé au visage comme un masque de carnaval, hésitait, faisait non de la tête. Chaque fois, Daphné se sentait moins belle parce que Paul refusait de la photographier. Comme il lui avait répété tant de fois que l'appareil était parfait, elle se dit que c'était elle qui ne l'était pas et s'en fit reproche.

—Qu'est-ce qui ne va pas, Paul?

—Rien, grogna-t-il, mécontent de lui, d'elle, de tout. Pourquoi tu demandes ça?

—Parce que...

Le soleil continuait de baisser et, aurait-on cru, de plus en plus vite, comme s'il avait perdu pied et ne pouvait plus se retenir de tomber.

—On ferait peut-être mieux de rentrer.

Paul n'entendit pas, foudroyé par ce qu'il crut être une apparition. C'était comme s'il s'était superposé, à ce qu'il avait sous les yeux, une autre image, infiniment plus belle, comme celles qu'on redécouvre alors qu'on les croyait à jamais perdues.

—Daphné! s'écria-t-il. Vite! déshabille-toi!

—Ici?

—Oui! Enlève tout ça! Fais vite avant qu'il soit trop tard!

—Paul! C'est des folies!

—Qu'est-ce que tu as? On est seuls!

Paul venait de revoir une série de photos de *Playboy* qui l'avaient fait rêver, adolescent. C'était à Malibu. Une starlette, dans la beauté de sa jeunesse dépravée, entrait dans l'eau comme une nymphe épuisée qui serait retournée à sa source pour se renouveler. C'était une autre plage, mais le même coucher de soleil qui dorait la peau de Daphné comme celle d'un fruit mûr qu'il faut cueillir avant qu'il tombe.

Qu'avait-il l'intention de faire de ces photos? Daphné se sentait humiliée comme une esclave que l'on vend pour sa chair. «Je ne suis pas cheap! Je ne suis pas cheap!» se répétait-elle, tout en marchant nue, s'arrêtant, se penchant, entrant et sortant de l'eau, s'asseyant dans le sable, se relevant pour montrer ses fesses recouvertes de sable blond, qui brillait comme des paillettes d'or, se passant la main dans les cheveux, relevant la tête. Elle avait tellement honte du rôle qu'il lui faisait tenir qu'elle cessa tout à fait d'y penser.

Elle était maintenant Isadora Duncan exécutant, sur une musique douce, une danse ancienne qui avait été celle des vestales de Chypre.

—C'est ça, Daphné! En plein ça! Approche.

Elle n'écoutait pas, emportée par son propre tourbillon. Elle sautait, tournait, pliait le genou, pirouettait, s'approchait de lui, s'éloignait comme une abeille qui ne serait pas arrivée à se poser tant toutes les fleurs lui auraient paru bonnes et l'auraient mise en appétit.

—Pas si loin, Daphné! Reviens! Tu bouges trop vite! Arrête-toi!

Dans cet état de transe où le rythme de la danse commandait chaque pas, Daphné crut entendre un tonnerre d'applaudissements, auquel elle répondit en saluant bien bas Paul, qui avait renoncé à la photographier et qu'elle prit pour un spectateur au premier rang du théâtre.

Ce n'était pas le tonnerre: c'était la mer. On dit que les dieux païens se sont tus, mais se pourrait-il que, dans leur silence, ils continuent d'agir sur la destinée des hommes qu'ils favorisent de leur attention ? Se pouvait-il que, du fond des eaux, Aphrodite, émue par la danse que Daphné avait exécutée pour elle, venait l'en remercier et châtier l'homme qui l'avait offensée ? Paul, qui reculait comme devant une vision dont on ne sait si elle nous vient du ciel ou de l'enfer, ne vit pas derrière lui la mer qui se soulevait comme une poitrine se gonflant et ne fit pas attention à la voix qui criait de rage, écumant au haut de chaque vague qui montait et montait pour s'écraser sur lui de tout le poids de sa furie au moment même où, trébuchant sur un tronc de laurier-rose, il tomba à la renverse.

« Il va encore dire que c'est ma faute. »

✤

À la même heure, Astrid, qui prenait l'air sur une chaise dans le couloir, près de l'escalier, remarqua que le vent avait subitement tourné et qu'il pourrait bien y avoir de l'orage au cours de la nuit.

— Prendriez-vous un verre avec moi ? proposa Brigitte.

La question la surprit et elle ne sut que répondre, mais elle avança la tête en levant légèrement l'épaule gauche, l'air de dire : Pourquoi pas ?

— Je vais aller chercher ce qu'il faut.

« Tiens, tiens... Je me trompe ou il se passe des choses. » Après l'échec essuyé plus tôt, Astrid n'avait plus tenté de rapprochements. Si, pour les autres, être en vacances, cela signifiait s'éloigner de la routine, de ses ennuis et du passé comme du présent, mieux valait sans doute ne pas leur laisser entendre que personne n'échappe à son destin et que, peu importe où nous nous cachons, les astres nous suivent. Nos révoltes mêmes sont prévues des dieux, qui voient les hommes comme eux voient les astres, c'est-à-dire à cette distance où la vie se réduit à des formules algébriques. Les connaître, c'est connaître l'œuvre de Dieu, sa Création et toutes ses créatures. C'est à cette connaissance que se livrent les astrologues de tous les temps, accumulant depuis des siècles des renseignements que les ordinateurs brassent comme des cartes à jouer, cataloguent, groupent, divisent et regroupent pour arriver à des résultats dont chacun ouvre une voie nouvelle à la recherche. Les calculs semblent infinis, le sont peut-être, et c'est ce qui, aux yeux de certains, indique le mieux, le plus sûrement, qu'ils mènent à Dieu.

Il y a, bien sûr, des charlatans parmi les astrologues, peut-être même plus que dans d'autres professions, mais cela aussi reste à prouver. Encore faudrait-il pouvoir distinguer. Les non-initiés croient qu'il n'y a qu'une astrologie comme s'il n'y avait qu'une religion, une médecine, une philosophie. On serait étonné d'apprendre qu'il y a autant d'écoles en astrologie qu'il y a de maîtres, chacun ouvrant le plus souvent seul, gardant jalousement pour lui les secrets de ses travaux et ne dévoilant que les résultats de ses recherches. Comme un pape, un astrologue qui dirait tout n'aurait plus rien à dire. Et il y a toujours du nouveau dans une science vivante.

Astrid n'était pas une professionnelle et n'essayait pas de passer pour telle. Elle s'en tenait à quelques lectures, celles qui l'avaient le mieux assistée dans ses prévisions, abandonnant celles qui l'avaient conduite à l'erreur. Elle ne retenait pas tout, non plus. L'astrologie, pour elle, devait avoir un but pratique : aider les autres. Là où elle s'éloignait de la pensée des grands maîtres, des «professeurs» comme certains se faisaient appeler, c'était quand ils prétendaient que l'homme, étant la dernière créature de Dieu, représente la perfection de la Création. L'homme, selon elle, pouvait et était probablement le résumé de la Création, qu'il portait en lui, ce que les savants traduisent par la formule : L'homme est le microcosme de l'Univers. Mais de là à dire qu'il en était ce qu'il y avait de plus parfait, comme si Dieu s'était fait la main d'abord sur les astres, puis les plantes et les animaux, pour finir avec les hommes, il y avait tout un monde. Selon Astrid, qui s'éloignait de plusieurs des doctrines enseignées, l'homme était le résultat de la fatigue de Dieu, ce qu'il avait terminé juste avant de dire qu'il en avait assez. Or, Astrid savait par expérience qu'on est à son meilleur le matin alors qu'on est frais et dispos et que, plus la journée avance, plus ce qu'on accomplit se ressent de la fatigue accumulée, jusqu'à ce qu'on tombe de sommeil. Il n'y a pas de mal à cela ; c'est normal, dans l'ordre des choses, l'observation ne nous le dit que trop. Mais, comme l'homme est une créature fière, il aime se croire supérieur à tout ce qui l'entoure et c'est ce péché d'orgueil qui lui a coûté le paradis sur Terre, le détourne de l'évidence et lui fait perdre la tête tout à fait pour peu qu'il s'écoute. De chacun des éléments du macrocosme qui font les trois règnes—le minéral, le végétal et l'animal—, l'homme n'a hérité que des faiblesses. C'est pourquoi il a besoin des secours de l'astrologie. Si l'homme n'était que grandeur, il n'aurait besoin de rien ni de personne. Mais l'homme est un être misérable qui se sait misérable et qui a besoin de consolation.

Comme elle avait l'esprit missionnaire, Astrid se voyait dans le rôle de l'ange de la miséricorde, qui panse les cœurs comme d'autres pansent les corps et d'autres encore, les âmes. Elle trouvait, comme ceux qui ont la vocation, que le sien était le meilleur rôle puisque les plaies du corps offensent tous les sens et qu'il faut beaucoup de courage et d'abnégation pour les soigner; que, pour tenter de refermer celles de l'âme, sujettes aux lésions et aux complications et se rouvrant souvent, il faut beaucoup de foi; alors que, pour celles du cœur, qui sont plus nombreuses et variées il est vrai, il ne fallait, pour amener la guérison, qu'un peu d'affection, ce dont elle avait en surabondance.

—Je ne vous ai pas demandé si vous preniez du gin.

—Ça me paraît une excellente idée. Vous avez même des glaçons! Comment avez-vous fait?

—J'ai demandé au bar: «Cubitos de hielo, por favor». J'ai trouvé ça dans mon guide Berlitz et ça a marché.

Astrid leva son verre à sa santé.

—Je n'aime pas boire seule et, ce soir, j'avais envie de prendre quelque chose.

Brigitte laissait tellement de portes ouvertes qu'Astrid ne savait par laquelle entrer dans ce cœur exposé à tous les vents. Pourquoi avait-elle envie de prendre un verre? Pourquoi avec elle? Astrid se trémoussait d'aise; la soirée serait bonne. On venait à elle, le cœur meurtri, elle en était sûre. C'était son heure; elle jubilait. À elle de jouer:

—Moi non plus, je n'aime pas boire seule. Je vous comprends.

C'était habile: elle lui laissait entendre qu'elle pouvait s'ouvrir à elle et que, étant âmes-sœurs sur certains rapports, ses confidences ne tomberaient pas dans une oreille indifférente. Comme le jus prenait du temps à sortir du citron, Astrid pressa celui-ci du bout des doigts :

—Qu'est-ce qu'on fête ?

—Il n'y a peut-être rien à fêter.

«Nous y voilà ! Je me trompe ou cette petite souffre du mal d'amour. Surtout ne pas la brusquer par une autre question ; un cœur blessé, c'est si vulnérable ! »

—Il y a peut-être moyen, sinon de voir l'avenir, du moins de savoir s'il nous sera propice et, ainsi prévenus, de nous préparer en conséquence.

C'était parler médecine et pharmacie à un malade qui se taisait sur son mal parce qu'il le croyait incurable et lui donner une lueur d'espoir qu'il ne restait plus qu'à alimenter.

—Vous n'allez toujours pas me tirer les cartes ?

—Non, je ne tire pas les cartes.

S'en tenir à cette réponse, c'était insinuer qu'elle faisait autre chose. Comme il est important d'entretenir le mystère quand on soigne les cœurs, Astrid ne se pressa point pour dévoiler sa spécialité, mais se porta plutôt à la défense d'un art qu'elle ne pratiquait pas pour donner plus de poids au sien :

—Remarquez qu'on peut apprendre beaucoup des cartes, qui font voir les choses d'un angle nouveau. Dites-vous qu'il y a une solution pour tout et que, si vous n'en voyez pas à vos problèmes, c'est que vous ne les voyez pas comme il faut. Si vous avez mal aux dents, vous pouvez prendre une aspirine et, si le mal s'en va, vous pouvez vous dire guérie. Mais si le mal revenait et que vous preniez une autre aspirine, vous n'arrangeriez rien. Vous feriez mieux alors de vous confier à un spécialiste.

Brigitte n'avait peut-être pas l'air très éveillée, mais

on voyait à ses soupirs qu'elle avait compris. Inutile d'insister. Astrid prit une gorgée de gin, dit qu'il était bon et attendit.

Il est souvent plus facile de parler à des étrangers qu'à des amis, car les amis, même les plus fidèles, nous laissent parfois tomber et il s'en est trouvé combien pour aller répandre ce qu'on leur avait confié dans le plus grand secret. Mais par où commencer? Brigitte avait vu Adèle entrer dans la chambre d'Icare et avait alors ressenti un serrement si fort qu'elle avait aussitôt compris qu'elle était jalouse de sa meilleure amie. C'était cela qu'elle aurait voulu dire à Astrid. Mais, toujours méfiante, elle lui demanda:

—Si vous ne tirez pas les cartes, comment pouvez-vous lire l'avenir? Dans les mains?

Astrid rit de bon cœur pour éloigner de sa pensée toute idée de charlatanisme:

—Même si je le voulais, il fait trop noir pour que j'y voie quelque chose. Non, ma mère n'a jamais cru si bien faire en me nommant Astrid. Ce sont les astres que je consulte. Il vous arrive de lire votre horoscope dans le journal?

—Comme tout le monde, sans trop y croire, ne retenant que ce qui fait mon affaire.

—Et vous faites bien. Quel est votre signe? Non! ne me le dites pas; je crois le connaître. Vous êtes née sous le signe des Poissons.

—Formidable! Comment avez-vous deviné?

Astrid regretta d'avoir cherché à l'impressionner. Comment pouvait-elle s'en sortir sans lui dire qu'elle voyait, à son caractère indolent, à son manque d'énergie et à sa timidité, qu'elle ne pouvait pas être née sous un autre signe?

—C'est votre regard qui vous trahit, et votre teint. Vos cheveux châtain clair aussi et ce qui fait de vous une personne fort délicate, fragile même.

—Fragile...

—Vous avez des ennuis de... santé, peut-être?

—Non... répondit-elle, évasivement, comme si la santé avait pu y être pour quelque chose, mais qu'il y aurait eu plus.

—Parce que, pour ce qui est de votre santé, les astres vous sont favorables. Les livres que j'ai consultés sont d'accord que, cette semaine, vous ne courez aucun danger, ce qui ne devrait pas vous pousser à l'imprudence. Mais on recommande que vous vous distrayiez.

Elle avait prononcé le verbe en détachant chaque syllabe.

—Le voyage, ça peut être une distraction. Alors, on peut dire que c'est en plein ce que vous faites. Vous vous distrayez.

Lui demander après cela si elle se distrayait vraiment aurait été trop insister. Devant le mutisme de Brigitte, Astrid adopta une autre ligne d'attaque:

—C'est peut-être le travail?

—Le travail?

On aurait dit que Brigitte ne voulait pas coopérer, comme si elle avait craint qu'on lui fasse payer la consultation. Elle ne répondait que par monosyllabes ou en répétant les questions qui lui étaient posées, ce qui forçait Astrid à faire tous les frais de la conversation. À ce rythme-là, les femmes se sépareraient qu'elle ne saurait toujours rien à son sujet.

—Ça ne doit pas être ça non plus, car on dit que votre activité vous donnera toute satisfaction. Mais attendez que je me rappelle. Oui, c'est ça. Si les choses ne sont pas à votre goût, il ne faut pas désespérer. On vous recommande de vous organiser, d'établir un programme précis. Tout ce qu'il vous reste à faire, c'est de savoir exactement ce que vous voulez et d'agir en conséquence. Ce ne devrait pas être long avant qu'un changement s'opère car on dit que vous êtes tout près du but.

—C'est vrai seulement pour le travail, ce que vous venez de dire?

—C'est ce qu'on dit pour le travail, mais ça peut s'appliquer à autre chose.

—C'est tout ce qu'on dit?

—Pas tout à fait. Il est aussi question de votre vie amoureuse. Mais ça aussi, ça regarde bien.

—Ah! oui?

—On dit que cette semaine vous ferez de nouvelles rencontres, que vous plaisez beaucoup et que votre vie sentimentale vous apportera d'intimes satisfactions. C'est beau, ça. On va jusqu'à parler d'épanouissement sentimental. Je ne vois pas d'ombres au tableau.

—Eh bien! tout ce que j'ai à vous dire, c'est que vous vous êtes trompée!

Astrid aurait voulu lui dire qu'elle ne s'était jamais trompée depuis qu'elle consultait les bons auteurs, mais à quoi bon? Quand on est malheureux, veut-on vraiment être consolé? Brigitte pleurait et Astrid se disait que ses larmes avaient besoin de couler et qu'elle ne pouvait que lui nuire en en arrêtant le flot. Elle attendit donc et, quand elle crut qu'elle avait fini, elle lui passa un mouchoir de papier en lui disant:

—Brigitte, il ne faut pas désespérer. Nous ne sommes qu'au début de la semaine.

⁙

Très tard ce soir-là, quand Adèle rentra dans leur chambre, elle vit Brigitte couchée sur le côté qui lui tournait le dos et comprit qu'elle ferait mieux de rouler la chemise blanche d'Icare et de la ranger au fond de sa valise sans lui parler du cygne qui avait conquis Léda.

VIII

Comme il aurait aimé être de ces écrivains jamais à court de mots, qui font de toute encre un flot continu d'images que seule la fatigue interrompt, qui s'endorment, dit-on, au milieu d'une phrase et la reprennent le lendemain là où ils l'avaient laissée! Cela ne lui était jamais arrivé et, depuis qu'il était à Santa Maria del Mar, c'était pire encore: la sécheresse la plus totale. Le désert. Comme si son esprit s'était vidé en route et les muses, envolées.

Le mercredi 16 décembre
Le peuple cubain, ça se définit; c'est limité par le golfe du Mexique au nord, la mer des Caraïbes au sud, une main de fer tout autour qui protège comme des barreaux de prison. Être cubain, c'est avant tout être insulaire, sans bateau ni avion pour los pueblos. On y cultive les bananes, le sucre, le tabac et la peur de ses voisins immédiats.

Il relut, se félicita d'avoir trouvé les mots qu'il fallait pour traduire sa pensée sans l'aide de dictionnaires et se dit qu'un autre écrivain n'aurait pas fait mieux dans les mêmes circonstances.

⁙

Judith aussi écrivait, mais c'était son cœur qu'elle vidait, à deux pas de sa chambre, dans le couloir du troisième étage, et ce qu'il en sortait éclaboussait sa feuille comme des vomissures d'égouts dans un lac. Sans s'être fait remarquer, Liljana avait pris l'autre fauteuil près de l'escalier et suivait des yeux la main qui traçait les mots comme pour les graver sur la pierre. Elle pensa : pierre tombale. Pourquoi faut-il, poursuivit-elle, qu'on traîne ses amours mortes sur la claie comme si, en les outrageant, on s'en purifiait ?

Judith marmonnait ; il ne suffisait plus d'écrire, il fallait aussi qu'elle dise les mots qui exorcisent. Mais la main n'allait pas assez vite, suivait mal les lèvres, qui répétaient maintenant chaque syllabe en les détachant.

Après deux pages de cette écriture, son visage se décontracta, sa main ralentit, sa bouche cessa de bouger. Les phrases n'enveloppaient plus les mots, qui tombèrent comme des fruits secs qu'on ne se donne pas la peine de cueillir. Deux pages. Était-ce tout ? Elle avait cru qu'il lui en aurait fallu bien davantage et que la journée y passerait. Deux pages ? Le temps d'écrire cette lettre, elle ne s'était pas appartenue et, maintenant qu'elle se retrouvait, elle se sentait dépouillée comme un arbre un jour de grand vent à la fin de l'automne.

Il faudrait reprendre la lettre plus tard et l'écrire sans qu'on puisse en relever la moindre trace d'émotion dans l'écriture qu'elle voulait sage, posée, réfléchie.

—Si j'étais vous, je n'enverrais pas cette lettre.

Depuis quand cette femme était-elle assise vis-à-vis d'elle à l'épier? Elle ne se rappelait pas l'y avoir vue et trouvait inconvenant qu'elle s'immisce dans ses affaires. Liljana opposa à son sentiment d'irritation un sourire doux que Judith trouva mielleux et condescendant.

—On écrit parfois des choses, sous l'impulsion du moment, qu'on regrette par la suite.

—Je ne vous comprends pas.

Renoncer à cette lettre? Se priver de vider son sac avant de claquer la porte? Quelle déception, comme tout ce qui avait trait à leur mariage d'ailleurs.

—Accordez-vous le temps de réfléchir. Gardez cette lettre. Si vous décidez plus tard de l'envoyer, il sera toujours temps de le faire.

—On dirait que vous savez ce qu'elle contient.

—Je ne sais rien. Mais je vous ai vue l'écrire et vous aviez l'air mauvais.

Ce qui l'effrayait, c'étaient la foudre et le tonnerre, tout le tapage qu'elle y avait mis.

—On garde pour soi ses grimaces, finit-elle par dire. Et vous grimaciez.

—Tant que ça?

—Eh oui! tant que ça.

—Alors...

Judith cédait, prête à lui donner raison. Fernand ne l'avait jamais comprise et ne comprendrait probablement pas mieux son accès de colère.

—Croyez-moi, j'ai l'expérience. On ne regrette jamais d'avoir retenu sa main à temps, mais il arrive qu'on regrette la gifle qu'on a donnée, même à qui la méritait.

Astrid, qui descendait l'escalier, ayant reconnu Liljana

comme faisant partie du groupe de Montréal, tendit le cou pour savoir à qui elle parlait. Quand elle vit la mine déconfite de Judith, elle recula en s'excusant.

—Ne vous dérangez pas pour moi, je partais.

—Je ne vous chasse pas au moins?

—Non, non. Nous bavardions.

Astrid la suivit du regard jusqu'à ce qu'elle soit sûre de ne pas être entendue puis, se tournant vers Liljana, elle dit:

—Elle me paraît songeuse.

—Judith? Judith a ses malheurs et ses inquiétudes, comme nous tous...

—Astrid. Je m'appelle Astrid. Vous aussi...

—Liljana.

—Vous aussi, Liljana, vous êtes malheureuse?

—Des malheurs? Ce serait beaucoup dire. Mais je m'inquiète un peu.

Astrid, qui préférait les confessions aux romans psychologiques, à cause des contacts humains qui ajoutent tellement de piquant au récit, ne chercha même pas à déguiser sa curiosité:

—À quel sujet?

—Mon âge, peut-être.

—Je ne vois vraiment pas ce que vous voulez dire, lui opposa-t-elle.

Accumuler les ans, était-ce un si grand mal, surtout quand on les portait avec autant de grâce? Astrid trouvait que la tenue comme les toilettes de Liljana la mettaient à l'abri de certains ravages et que rien sur son visage n'accusait les injures du temps.

—Les rides, chère amie, les rides me trahissent. On ne peut rien contre elles. Oui, vous me direz qu'on peut encore les choisir, sourire davantage et ne pas laisser se former celles qui viennent de la fatigue, de l'ennui ou de l'inquiétude. Mais, aux yeux d'un jeune homme, une ride est une ride et, quand on n'en a pas soi-même, une ride, c'est ce que portent les vieilles.

—Vous êtes si chic qu'il faudrait être un parfait imbécile pour s'apercevoir que vous en avez.

—Vous êtes bonne et j'aimerais que les hommes pensent comme vous, mais leurs regards ne s'attardent pas longtemps sur les bijoux de clinquant.

—Ne dites pas cela. Tout le monde les a remarqués, moi la première, et vous les portez avec tellement de goût que c'est une éducation pour moi de vous regarder.

Sans qu'elle s'en soit rendu compte, Astrid tenait le rôle du renard flattant le corbeau pour qu'il ouvre plus grand le bec. Quand Liljana dépréciait sa personne, Astrid lui opposait aussitôt des arguments qui, venant d'un cœur aussi naïf que généreux, n'en avaient que plus de poids. Plus Liljana déposait contre elle-même, plus Astrid se portait à sa défense. Elle avait beau souligner chaque ride au crayon noir, Astrid les effaçait en la rassurant sur sa beauté, son charme et son pouvoir de séduction. Plaire, voilà ce que voulait Liljana et, pour se faire dire qu'elle plaisait, elle se livrait volontiers à toutes les humiliations.

—Vous voulez parler de mes boucles d'oreilles?

Elle leva ses mains lourdement baguées, retira les boucles et les lui remit.

—Ça n'a aucune valeur autre que sentimentale.

—C'est en nacre?

—Tout le monde pense comme vous. Ce sont des perles d'Ohrid.

Astrid, qui n'avait jamais entendu parler d'Ohrid et qui savait encore moins qu'on y pêchait des perles, fronça les sourcils, comme si, en les regardant plus attentivement, elle eût pu voir la différence entre la nacre et ces perles.

— Ne vous fatiguez pas. Les perles d'Ohrid ne doivent rien aux huîtres. C'est une matière que des artisans fabriquent à partir d'écailles de poisson qu'ils mélangent à une pâte dont ils détiennent le secret. Vous comprendrez que, la source étant inépuisable, le produit se vend peu cher. Mais ça fait un beau bijou léger qui se porte le jour aussi bien que le soir. Très pratique en voyage.

Astrid écoutait et ne perdait rien. Liljana n'avait-elle pas dit tantôt que les boucles avaient une valeur sentimentale?

— Mon premier amour. Je serais tentée de dire mon seul amour. Ohrid...

Pour ne pas perdre le rêve qui l'envahissait, elle ferma les yeux et respira profondément. Astrid se dit qu'elle n'en saurait pas davantage et regretta, si près de la falaise, ne pas voir la mer à ses pieds.

— Ce que vous me demandez, c'est de vous raconter l'histoire de ma vie, Astrid. Rien que cela.

Astrid ouvrit la bouche pour s'en défendre et lui remit les boucles qui l'avaient conduite à l'indiscrétion. Liljana les reprit et commença :

— Mon accent, vous l'aurez reconnu, n'est pas du Québec et je ne cherche pas à m'en cacher. L'accent, c'est ce qui rappelle le mieux nos racines et personne ne devrait avoir honte d'être ce qu'il est. C'est pourquoi il est si dangereux de le changer en cours de route. Si l'on perd de vue d'où l'on vient, peut-on jamais être sûr de savoir où l'on va? On se flatte, au Canada, de parler l'une et l'autre langues sans accent. Quelle drôle d'idée! Et, quand bien même ce serait possible, je ne serais pas loin de croire, si on y parvenait, que ce serait une trahison. Les Européens pensent différemment et, même parmi les plus cultivés, il n'en est aucun qui ne laisse des traces de ses origines en pratiquant la langue de ses voisins. C'est une façon d'affirmer ce que l'on est et au nom de quoi y renoncerait-on? Mais passons. Je suis née à Ohrid, en Yougoslavie.

— En Yougoslavie?

Judith avait prétendu qu'elle venait de la Hongrie; Astrid lui avait parié que c'était de la Roumanie. Liljana se recueillit de nouveau pour mettre de l'ordre dans ses souvenirs, qui lui venaient par images.

— C'est fou, n'est-ce pas, mais, de son enfance, on ne retient que les jours ensoleillés. Il devait pleuvoir à Ohrid, mais je ne m'en souviens pas. C'est peut-être que les enfants ne sortent pas à la pluie et que, pour qu'ils ne s'ennuient pas dans la maison, on leur fait des gâteaux et on leur raconte des histoires. Toujours est-il que je ne me rappelle que nos étés, beaucoup plus longs que les vôtres. Mes parents avaient une maison, semblable à de nombreuses autres sans doute, entre la tour à créneaux et les remparts de la ville. Je vous fais grâce des détails, mais la nôtre avait un patio bleu et, sur chaque marche qui conduisait de la ruelle à la porte, ma mère avait mis des fleurs en pots. C'est là que j'ai passé ce qui me semble aujourd'hui avoir été les plus belles années de ma vie. Les dimanches, nous allions à l'église Saint-Clément, que, pour des raisons que je n'arrive pas à m'expliquer, je ne pourrais pas vous décrire tant les photos que j'ai vues depuis ont occulté l'image première. Si je vous en parlais, ce serait comme si je vous parlais d'une image vue dans un livre.

—Je vous comprends, plaça Astrid, qui n'était pas sûre d'avoir compris mais qui savait l'importance de ne pas forcer les gens à dire ce qu'ils préfèrent taire.

—Ce que je revois comme si j'y étais, ce sont les balcons encombrés de fleurs. Ohrid, pour l'enfant que j'étais, s'étalait à mes yeux comme un jardin de délices.

—Pourtant...

—Le vent a tourné quand j'ai dû quitter la ville et son lac avec mes parents. J'étais adolescente. Nous nous sommes enfuis en Italie, pays d'origine de ma mère, ce qui explique en partie mes cheveux noirs.

Liljana s'interrompit et sourit, laissant entendre que si ses cheveux étaient noirs à cette heure c'était pour une raison autre que celle-là.

—On jurerait...

—C'est gentil. Vous trouvez toujours le mot qu'il faut dire. Mais vous vous trompez. C'est comme pour les bijoux: les faux paraissent plus authentiques que les vrais. C'est d'ailleurs comme cela qu'on arrive souvent à les distinguer.

—Vous voulez dire que vos bagues...

Astrid ne savait plus comment achever sa phrase. Dire qu'elles paraissaient fausses n'aurait pas été flatteur. Dire qu'elles paraissaient vraies voudrait-il dire qu'elle les croyait fausses?

—Je ne me suis jamais posé de questions sur leur valeur. Ce sont, sauf une, des cadeaux. D'autres ont des photos de famille dans leur portefeuille; moi, je garde mes souvenirs, comment dirais-je, encore plus à portée de la main.

—Vous en avez beaucoup.

Astrid ne s'était pas rendu compte de ce qu'il pouvait y avoir d'offensant dans sa remarque. Aussi fut-elle surprise d'entendre Liljana lui dire en riant:

—Trop peut-être. Et il y en a encore plus car je choisis le matin les souvenirs de la journée. Pour certains, c'est une pensée; pour d'autres, une prière. Pour moi, ce sont mes temps forts. Plus je suis triste, plus j'aime me rappeler ne pas l'avoir toujours été. Voyez comme je me sens aujourd'hui.

—Pas possible!

—Vous me dérideriez tout à fait, si rire effaçait les rides, ma chère Astrid.

Astrid avait raison de s'étonner. Elle en comptait, sans en avoir l'air, dix ou douze, elle qui n'en portait jamais plus qu'une avec son alliance.

—Vous êtes donc à plaindre?

—Peut-être. Sait-on jamais. Je ne voudrais pas m'attrister, cela n'arrangerait rien, et encore moins vous causer de chagrin. Alors, parlons d'autre chose, voulez-vous?

Astrid lui demanda si elle irait au Tropicana ce soir-là. Liljana avait son billet. Et elle? De même. La conversation, qui tantôt allait si bon train, s'enlisa puis glissa, sans qu'on puisse lui faire remonter la pente, vers le silence absolu.

❖

Il y a de tout dans la nature et pour tous les goûts. On ne se fatigue pas de la regarder, de l'étudier et de retirer d'elle des leçons qui, mises en pratique, changeraient le cours de l'histoire. Mais, comme les hommes retiennent de ce qu'on leur enseigne seulement ce qui fait leur affaire, on sait beaucoup de choses sans qu'il y paraisse.

Ana aimait la nature avec la passion d'un prosélyte depuis que ses enfants avaient quitté la maison et qu'elle s'était retrouvée seule avec David. Elle avait fait du dessin dans le temps, même un peu de peinture, et s'était attiré les éloges de ses professeurs, qui l'avaient encouragée à poursuivre ses études et ses recherches dans ce domaine. À la naissance de son premier enfant, elle avait tout abandonné car elle ne faisait jamais rien d'important à moitié.

À l'âge où plusieurs tentent de se renouveler en embrassant une nouvelle carrière, Ana avait redécouvert ses crayons, ses papiers, ses toiles et ses tubes de peinture. Elle s'était remise aux paysages, mais trouvait qu'ils paraissaient à l'étroit sur de petites toiles et que décidément les grands espaces s'accommodaient mal de la peinture de chevalet. On lui suggéra les natures mortes, dont le seul nom répugnait à son âme sensible mais qui lui plurent davantage, les sujets convenant mieux aux dimensions de ses toiles. Mais à côté des Bruegel, Fantin-Latour et Van Gogh, ses bouquets avaient l'air fanés. On ressentait devant eux de la fatigue et de l'ennui, ce qui portait même ceux qui l'aimaient à bâiller un peu en protestant beaucoup.

Sa vue venant à faiblir, Ana s'éloigna de la peinture, jusqu'au jour où il lui vint une idée qui détermina son avenir. La miniature, pensa-t-elle, s'adresse aux jeunes car il faut de bons yeux pour en admirer les détails; le gros plan, aux vieillards qui ont besoin d'une loupe pour mieux voir. Comme il est impossible de grossir un paysage, Ana fit du jardin son royaume et des fleurs, ses sujets. Elle les peignait tellement grosses qu'on se sentait comme si on avait eu le nez dessus, comme si on était entré dedans. C'était ce qu'elle appelait avoir le regard de l'insecte, qui y découvre un monde en y trouvant ce qu'il lui faut.

Ce matin-là, elle avait commencé un hibiscus qui devait occuper tout un pan de mur.

—*¡Qué flor tan hermosa!*

—Tu aimes les fleurs? demanda Ana en espagnol.

Elle avait gardé son pinceau sur la toile, sachant par expérience que, pour ne pas éloigner les curieux, il valait mieux continuer comme s'ils n'avaient pas été là, tout en leur parlant pour qu'ils se sentent bienvenus.

—Je les aime et je m'y connais.

—Tu t'y connais? Comment ça?

—Je suis un papillon. Je m'appelle Mariposa.

—Un papillon. C'est intéressant cela. Mais les papillons ont des ailes.

Ana, qui avait joué à de nombreux jeux, enfant, ne se rappelait pas avoir été un papillon, mais elle avait longtemps aimé croire qu'elle était une petite fée parce que son père le lui avait dit.

—J'ai des ailes.

—Montre voir.

—On ne peut les voir que lorsque je suis sage.

—Et aujourd'hui?

—Je ne suis pas sage.

—Tu les as déjà vues, tes ailes?

—Jamais.

—Tu n'es donc jamais sage?

Mariposa ne semblait pas avoir entendu la question. Elle regardait intensément la toile et écoutait les insectes que l'odeur de peinture fraîche attirait.

Des guêpes myopes s'approchaient pour mieux voir, s'éloignaient, revenaient se cogner contre la toile, qu'elles tâtaient de leur dard pour se décoller les pattes prises dans la pâte épaisse, tournaient autour de la tête d'Ana, qui avait cessé de peindre, et lui soufflaient à l'oreille quelques commentaires que reprenaient une dizaine d'admirateurs rangés en demi-cercle derrière elle.

—Vous n'avez pas peur des guêpes?

—Non, mais je me méfie. Toi?

—Elles ne m'ont jamais fait de mal.

—À moi non plus.

—Attention, madame! s'écria tout à coup Adèle. Il y en a tout un essaim à vos pieds.

—Celles-là? Pas de danger! Ce n'est pas à moi qu'elles en veulent, mais à la peinture. J'avais mis tantôt un peu de rouge, tenez, là justement. Le croiriez-vous? Elles s'y sont aussitôt précipitées comme si je leur eusse servi la pâtée. J'ai essuyé la toile et jeté la guenille. Eh bien! vous voyez? Les guêpes ont suivi.

—Parlant de guêpes, tu viens, Sacha?

Sacha ne fit pas attention. Sa mère le laissa derrière elle et s'en alla avec les autres à la plage. Il ne resta bientôt que lui et Mariposa. Ana se remit à peindre.

—C'est gros, finit-il par dire.

—Tu aimes ça? lui demanda Ana, qui s'intéressait à l'opinion des enfants, qui ne savent pas mentir en l'absence de leurs parents.

—C'est très gros.

Il y avait tellement d'admiration dans sa voix qu'Ana fut satisfaite.

—Tu aimes les fleurs, peut-être?

—Les fleurs?

—Beaucoup d'hommes les aiment, mais c'est pour les donner aux dames. Tu en as déjà offert à ta maman?

Sacha ne semblait pas comprendre ce qu'elle voulait dire et se désintéressa de la conversation. Il s'approcha des guêpes, s'assit à croupetons et étendit la main pour qu'elles viennent à lui.

—Fais attention! Les guêpes piquent si on les dérange.

—Ça fait mal, les guêpes?

—Très mal. Il ne faut pas toucher.

Elle aussi, enfant, avait été fascinée par les insectes. Les fourmis surtout, parce qu'il y en avait tant et qu'elles travaillaient si fort, mais aussi les araignées, qui se sauvaient dans leur trou dès qu'on touchait leur toile. Quant aux guêpes, elle leur avait trouvé très tôt un air mauvais et rien depuis ne lui avait fait changer d'idée.

Sacha préférait les guêpes aux femmes, sa mère et maintenant Ana, qui lui interdisaient des tas de choses. C'était aussi nettement plus intéressant que les fleurs: ça bougeait. Les fleurs, c'était pour les femmes; on venait de le lui dire. Les guêpes, ce devait être pour les hommes. Oui, Sacha aimait les guêpes.

—*That's great! Just great!*

—*Thank you!*

Ana avait reconnu la voix du joggeur et s'était retournée à temps pour le saluer.

—Il ne s'est même pas arrêté pour regarder!

Mariposa n'en revenait pas, époustouflée de voir qu'on pouvait être à ce point pressé en vacances.

—Ne t'en fais pas pour moi. Il est très gentil, ce monsieur, et pas aussi insensible à ce que je fais que tu sembles croire. C'est un peu pour lui que je fais mes tableaux, lui et ceux qui n'ont pas le temps de regarder ou qui ont du mal à voir. Les fleurs sont si petites que ceux qui passent leur vie à courir ne les voient pas. Mes fleurs sont tellement grosses qu'on passerait devant en voiture et on les verrait toujours.

—Tout de même...

—Quand je fais un tableau, lui confia Ana, je n'ajoute pas une image à tant d'autres. J'arrête le temps en arrêtant le regard. C'est cet hiatus que je recherche, ce moment de silence entre deux mouvements. Quand on regarde mon tableau et qu'il retient l'attention, c'est le soleil qui s'arrête et c'est une victoire que j'enregistre. On ne s'en éloignera jamais sans l'emporter un peu avec soi et on le sortira au besoin pour retrouver un peu de la paix que j'y ai mise.

—Vous croyez que le joggeur a emporté votre fleur?

—J'aime le croire.

—Quand un homme regarde une femme, c'est la même chose?

Ana se dit que la petite n'était pas aussi jeune qu'elle l'avait cru d'abord et qu'il ne fallait pas la troubler ni lui mentir. C'était cela le difficile.

—Le regard des hommes est comme le vent qui agite les fleurs et en emporte le parfum.

—C'est au papillon que je pensais.

Les conseils qui lui venaient à l'esprit lui parurent tellement démodés qu'elle ne trouva rien à lui dire. Ses fleurs servaient-elle vraiment à quelque chose? Si elle y pensait trop, Ana ne peindrait plus et elle avait besoin de peindre. Elle releva la main pour rehausser le teint de l'hibiscus auquel elle travaillait depuis que le soleil s'était levé. Demain, la fleur serait morte et elle n'en trouverait aucune qui lui ressemblerait. Il fallait qu'elle achève cette toile. Quelques heures encore. Pas le temps de régler les problèmes des autres. Travailler. Vite. Comme le joggeur. Avait-elle pris le temps de lui dire comme il courait bien? Il lui avait accordé plus qu'elle n'avait donné. Ana se sentit coupable tout à coup, comme si, plutôt que d'ajouter un peu de paix dans le monde, elle n'avait semé que de l'inquiétude. Elle s'en voulut d'avoir ces pensées alors qu'elle travaillait. Sa toile s'en ressentirait. Serait ratée. Ne l'était-elle pas déjà?

Quand elle l'eut fini, l'hibiscus jaune lui parut si triste et maladif qu'elle prit un linge et en frotta la toile pour l'effacer. Demain, elle s'attaquerait à un autre sujet. Elle remit ses tubes dans la boîte, trop fatiguée et mécontente de sa journée perdue pour s'apercevoir qu'ils n'y étaient pas tous.

Il faisait nuit quand l'autobus quitta le Marazul pour le Tropicana. Sylvio était monté le dernier et avait pris la meilleure place, son nouvel ami Antonio s'étant assis derrière le chauffeur.

—Il n'y a pas de presse, avait-il dit, on va tous arriver en même temps. Laissons passer les autres. On aura moins chaud à attendre dehors qu'en dedans.

C'est ce qu'ils avaient fait et, comme il arrive souvent

en pareilles circonstances, les premiers s'étaient rendus au fond du bus, de peur sans doute qu'on les accuse d'être pharisiens ou égoïstes, et les autres, chez qui on avait cultivé le même complexe, avaient suivi sans se poser de questions, comme si c'eût été la chose à faire, remplissant le bus comme une peau de saucisson de sorte qu'il ne restait à la fin que les deux places les plus près de la porte, retenues, aurait-on pu croire, pour Sylvio Morin et Antonio Vervier, avocat.

Les deux hommes étaient aussi gros l'un que l'autre et il était difficile de ne pas les remarquer. Aussi était-il inévitable qu'ils se rencontrent. Plus sorteux que bien des célibataires du quartier qui se contentaient de péter de la broue à la taverne la plus proche ou la plus accueillante en regardant distraitement une partie de hockey, de football ou de basket selon la saison, Sylvio allait régulièrement au Théâtre des Variétés applaudir avec chaleur la Poune, Gilles Latulippe et Olivier Guimond dont il apprenait les rôles par cœur, retournant deux et même trois fois voir le même spectacle. Sa mémoire étant prodigieuse dans les petites choses, il leur devait son sens de l'humour pertinent, son rire percutant, ses facéties qui faisaient de lui le boute-en-train de toutes les parties.

Au petit-déjeuner ce matin-là à l'hôtel, par exemple, il s'était étouffé sur une bouchée de banane.

—Qu'est-ce que tu as, Sylvio? Ça ne va pas? lui avait-on demandé, en lui appliquant force tapes dans le dos.

—Ça va aller, ça va aller... Je me suis étouffé sur le noyau!

Cette réponse absurde avait été accueillie par un fou rire général.

—Sacré farceur de Sylvio! Avez-vous entendu ça, vous autres? demandait-on aux tables voisines. Sylvio s'est étouffé sur un noyau de banane.

La blague fit le tour de la salle jusqu'à ce qu'une voix s'élève pour lui donner la réplique. C'était Antonio, qui avait vu, lui aussi, *Balconville, P. Q.*:

—Pauvre Sylvio, fais attention maintenant de ne manger que le blanc.

Nouveau tollé! Sylvio avait rencontré un amuseur qui le valait; il n'en fallait pas plus pour qu'ils se lient d'amitié.

Sylvio ne prenait jamais de boisson alcoolique; Antonio non plus. Ni l'un ni l'autre ne fumaient. Sylvio habitait seul un petit appartement bruyant rue Saint-Denis, près de Mont-Royal; Antonio, une maison cossue à Outremont avec sa femme. Sylvio aimait la compagnie et n'était jamais d'aussi bonne humeur que lorsqu'il était entouré; Antonio préférait passer ses soirées en tête-à-tête et ne pas dissiper ses réparties saillantes aux quatre vents. Rien n'aurait fait plus plaisir à Antonio que de recevoir Sylvio chez lui, mais sa femme s'objecterait avec tellement de virulence à un tel projet qu'il ne le reverrait jamais ailleurs qu'au Théâtre des Variétés, refusant l'hospitalité de Sylvio parce qu'il ne pouvait la lui rendre. De fait, quiconque serait allé au Théâtre des Variétés cinq ans plus tard, jour pour jour, y aurait entendu Antonio et Sylvio rire à toutes les blagues comme à des nouveautés. Mais ce serait la dernière fois. La perspective d'une soirée aux Variétés dont Antonio ne pourrait plus partager la franche gaieté, comme il en avait pris l'habitude depuis son voyage à Cuba, devait l'assombrir et le porter à croire que ce serait outrager la mémoire de Sylvio que de jouir, si peu après son décès, de ce qui avait fait le bonheur de sa vie. Il resterait chez lui. Que ferait-il au prochain spectacle? Antonio devrait vivre, les semaines qui suivraient, surtout le soir qu'ils avaient élu pour leur sortie hebdomadaire, le drame de tous les deuils. Mais ce soir-là, il était tout au bonheur de leur nouvelle amitié et avait l'impression de mener le groupe à la fête.

✥

Au Tropicana, on boit à la belle étoile pendant que des danseuses, dans des costumes de plumes, battent des ailes comme des perroquets excités par la musique et les applaudissements.

Quand les garçons déposèrent une bouteille de rhum et deux colas à chaque bout des deux longues tables réservées pour le groupe du Marazul, Sophie compta six personnes par bouteille:

—Il n'y en aura jamais assez.

—Commence par ça. On verra après.

—On dirait qu'ils ont peur qu'on fasse les fous, lança Jean-Marc, qui avait entendu Sophie et qui partageait son inquiétude.

—On dirait, approuva Sophie, qui crut voir en lui un complice, mais aussi de la compétition.

—Passez la bouteille. Ça a l'air qu'on se sert ici.

—C'est ce qu'ils entendent par service compris, se plaignit Judith, qui n'arrêtait pas de rouspéter depuis qu'elle était à Cuba.

Sophie noya ses glaçons, se disant qu'il se pouvait que la bouteille ne revienne pas.

—Tu n'es pas obligée de la vider. Laisses-en pour les autres.

—Je n'en ai pas pris tant que ça. Les glaçons sont gros sans bon sens. Ils prennent toute la place.

Roland passa la bouteille sans se servir et prit une goutte de cola.

—Et de une! annonça Jean-Marc.

—Déjà! s'exclama Sophie, qui souffrait comme si on venait de lui arracher une dent et qu'elle devait les perdre toutes au cours de la soirée.

À la table voisine, Sylvio passa le rhum à Antonio en lui confiant, mi-figue mi-raisin :

—Ce qui me retient de devenir alcoolique, c'est le prix de la boisson. À vingt-cinq dollars la bouteille, on ne rit pas, mes économies y passeraient le temps de dire Cin Cin! Mais à Cuba, à deux dollars cinquante le litre, je ne sais pas ce que je deviendrais.

Antonio ne craignait rien pour lui, mais pensait à ce qu'il avait lu de Rouquette dans la belle édition de luxe illustrée par Clarence Gagnon : «... l'homme est le seul animal qui puisse boire plus loin que sa soif». Il se garda toutefois de dévoiler sa pensée, l'occasion de faire la leçon aux autres n'étant à ses yeux jamais propice. Il y avait sur Terre, jugeait-il, assez de faibles s'accusant de tous les crimes et de forts faisant la morale au nom de principes supérieurs, comme s'ils avaient été eux-mêmes justes ou inspirés, sans qu'il se mêle de prêcher dans une boîte de nuit. Il l'aurait voulu qu'il était trop tard. On baissait les lumières; le spectacle allait commencer. Icare profita de l'obscurité pour vider son verre dans celui de Sophie, assise derrière lui. Suzanne échangea le sien contre celui, vide, de Jean-Marc.

Pour voir, Céline se retourna et ce qu'elle vit, c'était Icare et Liljana assis côte à côte. Au même moment, Judith lui donna un petit coup de coude pour attirer son attention sur les amoureux, en lui soufflant à l'oreille :

— Les tourtereaux. C'est plus de notre âge, on sait bien, mais je trouve ça encore beau.

Plus de son âge? Céline, grugée par le dépit, la honte et le ressentiment, aurait donné cher pour éloigner d'elle ces sentiments mauvais et Judith, qui en était en partie responsable. Judith, elle, n'avait pas remarqué Icare et Liljana. C'étaient Hubert et Noëlle qu'elle avait vus et, connaissant les vœux d'Astrid qui lui en avait parlé, elle se réjouissait de la tournure des événements, qui favorisait un rapprochement entre les jeunes gens. Elle s'expliqua mal la froideur de Céline, la crut insensible au bonheur des autres, trop égoïste pour comprendre, de mauvaise compagnie et détestable avec elle pour des raisons inexplicables puisqu'elle ne lui avait jamais voulu de mal. Elle comprenait qu'elle voyage seule, se disant que son mari devait être un chic type qui endurait beaucoup et était mal payé de retour alors que c'était le contraire dans son ménage, où c'était Fernand qui avait tous les torts. Fernand... C'était un spectacle qu'il aurait aimé, Fernand. Que des femmes en petite tenue! De belles femmes. Jeunes. Bien faites. Qui souriaient beaucoup et ne pensaient pas plus loin que leurs pieds.

Hubert en avait voulu un peu à sa mère de l'avoir poussé vers l'autre table comme un enfant dont on se débarrasse avec tendresse mais fermeté, jusqu'à ce qu'il se soit aperçu que le sort l'avait placé à côté de Noëlle et que le sort avait été sa mère, qui aimait, comme elle disait à ses amies, «mettre de l'ordre dans sa vie», ce qui se traduisait par «lui trouver une fille à marier». Lorsqu'il lui avait demandé la permission de s'asseoir près d'elle, Noëlle lui avait souri en disant :

— On se croirait à une garden-party avec ces fauteuils de jardin. Tout ce qui manque, c'est un barbecue.

Elle s'était dit qu'une femme qui veut se faire remarquer devrait tenter de connaître les secrets des professionnelles. C'était ce qu'elle était venue faire au Tropicana.

De la première partie du spectacle, elle retint qu'il fallait sourire beaucoup, mettre de la vivacité dans son regard, se déhancher vigoureusement, ne rien dire et porter des plumes. Était-ce cela, l'éternel féminin ? Noëlle n'avait pas fait beaucoup d'études et n'était pas très compliquée, mais jamais voudrait-elle paraître aussi insignifiante pour plaire à un homme.

À l'entracte, quand Hubert lui demanda si elle voulait danser, elle faillit l'envoyer promener, mais se ravisa en apercevant Icare, qui suivait Liljana à la piste de danse. Il ne fallait pas qu'elle ait l'air de s'embêter ; c'était le meilleur moyen de décourager les avances, les hommes ne voulant pas d'une femme dont aucun ne veut, première leçon que retiennent les amoureuses, qui préfèrent qu'on les croie frivoles alors qu'elles ne pensent souvent qu'à un seul, se prêtant par calcul aux autres.

— Tu viens danser ?

— Aussi bien, maintenant qu'on est ici.

Claire n'avait pas voulu venir, mais s'était laissé convaincre lorsque François lui avait fait comprendre qu'on leur demanderait, à leur retour, comment ils avaient trouvé le Tropicana et qu'ils passeraient pour des gens ne sachant pas voyager s'ils n'allaient pas aux endroits que tout le monde connaissait. Elle fut agréablement surprise de retrouver, dans les bras de son mari, la chaleur qui l'avait troublée naguère et elle lui fut reconnaissante du plaisir qu'il lui procurait et de ce moment de réelle détente, le premier qu'elle prenait depuis leur départ de Montréal. «Ne gâchons pas cet instant en lui parlant des tableaux de Morrice. S'il n'en a rien dit, c'est qu'il n'est pas plus avancé.» François la serrait très fort dans ses bras pour lui dire qu'il l'aimait autant qu'autrefois et pour qu'elle ne lui demande pas de rendre compte de sa journée, passée à errer dans les rues de La Havane à la recherche de tableaux que personne n'avait vus et dont l'existence même était problématique.

Suzanne avait demandé à Jean-Marc de la faire danser et Roland, à Sophie de l'accompagner. Mais Sophie et Jean-Marc étaient bien, là où ils étaient, et n'avaient pas l'intention de s'éloigner de la bouteille.

—Voyons, tu sais que je danse comme un gorille. Vous, Roland, puisque vous aimez ça, pourquoi ne pas danser avec Suzanne? Moi, je veux pas faire rire de moi.

—Je suis comme vous, enchaîna Sophie. Les danses sud-américaines, je ne les ai jamais apprises. Roland, lui, les danse assez bien. N'est-ce pas, Coco? Va donc avec Madame puisque son mari te le permet. Vas-y. Va t'amuser. Ça va me faire plaisir de te voir. Je vais t'attendre ici. Pas peur que je me sauve. Jean-Marc n'est pas pour m'enlever. Hein, Jean-Marc?

—Ah! C'est une chance à prendre.

Suzanne et Roland partis, il ne resta entre eux que la bouteille de rhum. Jean-Marc lui versa à boire:

—Une goutte?

— Deux doigts, s'il vous plaît, rectifia-t-elle en collant l'index et l'auriculaire au verre.

Les masques tombés, ils savaient tout ce qu'ils avaient besoin de savoir l'un sur l'autre : qu'ils n'avaient rien à partager que cette bouteille.

L'air ne s'étant pas rafraîchi, on se fatigua vite de danser. Il ne resta bientôt plus sur la piste que les plus jeunes et les Cubains, que la chaleur ne décourageait pas. Liljana appuyait la tête sur la poitrine d'Icare et comptait ses battements de cœur. Noëlle trouvait qu'Hubert dansait bien et appréciait, qualité rare chez les bons danseurs, qu'il la fasse bien danser aussi. Brigitte et Adèle, amusée de voir Icare parti à la conquête de la «vieille Europe», comme elle appelait Liljana, avaient invité Sylvio et Antonio, qui, pour des hommes de leur poids, n'avaient pas fait mauvaise figure, mais avaient dû retourner à leur place dès la troisième danse. Adèle s'était trouvé un partenaire parmi les Cubains, qui, avec les quelques mots d'anglais qu'il possédait, lui fit comprendre qu'il la trouvait à son goût et aimerait l'épouser. Elle se moqua de sa flamme en le traitant de vilaine bête, ce qu'il interpréta en sa faveur car elle le disait en riant très fort.

Quand Brigitte, en s'asseyant à table, dit qu'elle prendrait bien un peu de rhum, elle vit tout autour d'elle qu'on fermait les yeux et baissait la tête pour ne pas avoir à lui répondre. Seule Judith soutint son regard, pour lui faire signe de jeter un coup d'œil à l'autre bout de la table. Elle vit alors Jean-Marc et Sophie qui se disputaient la dernière goutte de la bouteille et comprit que la fête tirait à sa fin.

Roland et Suzanne n'avaient échangé aucune parole. Roland lui avait pris la main et regardait devant lui pour ne pas voir qu'elle pleurait. Quand elle fut certaine qu'elle avait fini, elle le remercia et se sépara de lui. Brigitte, qui les vit revenir, révéla, pour dissiper l'air lourd qui pesait autour de la table et éviter une scène désagréable, ce qu'elle avait appris des talents d'Astrid et proposa de les mettre à l'épreuve

— Saviez-vous qu'Astrid peut deviner sous quel signe du zodiaque vous êtes né et vous dire ce que la semaine vous réserve?

— C'est vrai, Astrid?

— Pas toujours, mais des fois.

— Dites-nous le signe de Céline.

«La chipie!» se dit Céline, qui aurait voulu qu'on cesse ce jeu qui la mettait en cause. Astrid la rassura aussitôt:

— Je ne réponds qu'à ceux qui me le demandent.

— Alors, dites quel est le mien, proposa cette fois Lise Camelot.

— C'est le plus facile de tous, parce que c'est aussi le mien. Je reconnais en vous mes défauts et mes qualités. Tout vous porte à l'économie. Comme vous n'êtes pas sûre de l'avenir et vous en inquiétez, vous accumulez les choses et les conservez. Vous le faites toutefois avec méthode car vous tenez à l'ordre. Vous êtes native de la Vierge.

— Pas possible! C'est vrai que j'aime l'ordre et que je garde tout. Je n'aime même pas jeter les vieux journaux. Je fais pire que ça: je les garde des mois avant de les lire. J'ai un peu honte de le dire, mais j'ai emporté dans mes valises tous les journaux du samedi depuis juin dernier. Je ne lis que le journal du samedi; je n'ai pas le temps d'en lire davantage. Mes vacances vont y passer. Je n'ai

donc pas besoin que vous me disiez ce qui va m'arriver
cette semaine.

—À qui maintenant?

Roland et Suzanne avaient repris leurs places. Sophie,
la bouche échancrée d'un sourire vide de sens et de
gaieté, mit Roland au courant:

—On joue aux devinettes.

Puis, avant que son mari fasse un commentaire sur la
bouteille vide, elle offrit:

—C'est à mon tour, Astrid.

—Sophie, commença Astrid, je ne vois pas très bien.

Astrid refusait d'accabler Roland en disant, ce qu'on
ne savait que trop, que sa femme exerçait sur lui son
autorité en despote, qu'elle était méfiante et peu sympathique parce qu'orgueilleuse, croyant pouvoir se passer
de lui alors qu'elle n'aurait pas pu vivre seule.

—Eh bien! moi, je vais vous le dire. Je suis née sous
le signe du Lion. Vous connaissez mon horoscope pour
la semaine, Astrid?

—Oui, Sophie, et cela, je puis vous le dire. On vous
suggère de garder votre tête sur les épaules, d'être sur vos
gardes et de ne pas trop en dire sinon vous risqueriez de
perdre ce que vous avez acquis avec peine. On prévoit,
côté santé, de la fatigue et un peu de nervosité. On vous
dit de persévérer, de faire face à vos engagements, si
pénibles qu'ils puissent vous sembler, et de croire que
vous n'êtes pas seule. Pour ce qui est de l'amour, on
dit que si vous aimez le Taureau ou la Balance, votre
bonheur est à son maximum.

—Tu vois? Il n'en tient qu'à toi, Coco.

✛

175

Quand Sophie se leva à la fin du spectacle, elle remarqua sur la table voisine qu'on n'avait pas touché à la deuxième bouteille et qu'il restait encore du rhum dans la première. Elle laissa son sac sous la table et sortit au bras de Roland, s'appuyant pesamment sur lui.

—Madame! lui cria Jean-Marc, vous avez oublié votre sac!

—Tu te mets à oublier ton sac maintenant?

—Ça peut arriver à n'importe qui.

Elle remercia Jean-Marc sans desserrer les dents, ce qui lui fit comprendre qu'elle ne l'avait pas oublié et que les bouteilles qu'il avait également aperçues y étaient pour quelque chose.

—Je vais passer au petit coin, si tu veux bien m'attendre. Je te rejoindrai dans le jardin.

Elle entra aux toilettes et en ressortit aussitôt. Même s'il y avait encore du monde dans la boîte, elle se rendit aux tables qu'ils venaient de quitter, revissa les bouchons des deux bouteilles et les enfouit au fond de son sac, qu'elle suspendit à son épaule pour pouvoir le porter sans qu'il paraisse lourd.

En quittant les lumières du cabaret, le groupe entra dans l'obscurité totale et découvrit au firmament des myriades d'étoiles qui faisaient leur cour à des constellations qu'on avait du mal à identifier, vues sous cet angle.

—Est-ce qu'on peut voir l'étoile Polaire d'ici? demanda Claire.

—Ça n'a pas l'air à ça, lui répondit distraitement François, qui ne regardait pas le ciel mais où il mettait les pieds.

—Cherche un peu.

—Cherche, cherche! C'est tout ce que je fais depuis que je suis ici. J'en ai assez de chercher pour toi!

—Je ne voulais pas te le demander mais, puisque c'est toi qui mets le sujet sur le tapis, tu n'as rien trouvé? Aucune piste?

—Non.

—Je le savais.

Claire ne pensa plus qu'à la folle dépense qu'ils avaient faite en venant à Cuba et regretta d'avoir écouté son mari. Elle s'était dit aussi qu'il ne trouverait rien, mais ses rêves de fortune, c'était tellement beau qu'elle avait fini par y croire un peu, assez tout de même pour céder et le laisser acheter les billets. Mais si c'était à recommencer...

—Vous avez tout ce qu'il vous faut, madame Rolland? demanda Jean-Marc, en tapotant son sac.

—J'ai mon Taureau à moi toute seule, lui répondit-elle, en changeant son sac d'épaule. Le reste, je m'en balance. Hein, Astrid?

—C'est en plein ça, Sophie.

Dès qu'ils furent dans le bus, Roland lui demanda ce qu'avait voulu dire Jean-Marc.

—Est-ce que je sais, moi? Prends-le comme tu voudras, Coco.

Et elle serra son sac contre sa poitrine avec tellement de précautions qu'il comprit qu'elle lui cachait quelque chose.

—Donne-moi ça, ordonna-t-il, mettant la main sur son sac.

—C'est une sacoche. Les sacoches, c'est pour les femmes. Toi, tu es un homme ou presque. Ôte tes mains de là.

Roland tira le sac à lui, mais Sophie ne lâcha pas prise. Il tira plus fort. Sophie tint bon.

—Vas-tu enfin le lâcher?

Les deux avaient parlé en même temps. Roland, sûr qu'elle lui cachait de l'alcool, la poussa d'une main pour qu'elle perde l'équilibre et saisit le sac de l'autre. Sophie ne se tint plus de rage. Elle lui tomba dessus à grands coups de poing. Denyse, se sentant responsable du groupe, voulut intervenir, mais Antonio la prit fermement par le bras et lui dit de retourner à sa place.

—Rends-moi mon sac! répétait-elle, comme une mère à qui on aurait enlevé son fils.

—Tu as une bouteille, là-dedans. C'est ça, hein?

Il ouvrit le sac, y plongea la main et en sortit une. En la voyant, Sophie s'arrêta de frapper. Mais, quand elle comprit qu'elle risquait de la perdre tout à fait, elle revint à la charge:

—C'est à moi! C'est ma bouteille! Donne-moi ça! Tu m'entends? Rends-moi ma bouteille!

Elle remplit le bus de ses vociférations et se remit à frapper comme une furie. C'était déchirant et ridicule à la fois, comme tout ce qui est tragique. Elle le traitait de tous les noms, disait sur lui des horreurs qu'on n'était pas loin de croire, le déshabillait, lui fouillait l'âme, racontait tous ses péchés, toutes ses faiblesses, ses petitesses, ses mesquineries, ces choses qu'on a plus de mal à avouer que les fautes les plus graves parce qu'elles sont encore plus révélatrices de sa nature. Elle l'humiliait, le traînait dans la boue, lui crachait à la figure, lui tirait les cheveux, les arrachant par touffes. Mais il tenait toujours la bouteille au-dessus de sa tête.

—Parle toujours, tu ne l'auras pas.

Pour s'en assurer, il lança la bouteille devant lui. Jean-Marc la saisit au vol, disant:

—Avec ça, je vais pouvoir changer mon poisson d'eau.

—Lâche! Tu t'en prends à moi parce que je suis une femme. Lâche!

Ce furent ses derniers mots. En perdant ce qui lui était le plus cher au monde, Sophie se rappela ce qu'Astrid lui avait dit plus tôt et, pour qu'on la plaigne d'avoir épousé une brute, elle se mit à geindre comme une bête que l'on ferait souffrir et qui ne verrait pas de fin à sa misère.

Quand Roland descendit du bus, Denyse, épouvantée de lui voir la tête et le visage en sang, insista pour qu'il se fasse soigner par le médecin de l'hôtel. Sophie traversa le hall, la tête haute, l'œil sec, emportant la deuxième bouteille au fond de son sac, qu'elle laissait pendre au bout de son bras comme s'il avait été vide.

❖

Dès qu'il aperçut Icare, Wifrido lui fit signe. Avec son faux air de saint Sébastien à la fois hautain et bassement servile, éthéré et sensuel, dédaigneux et envieux, il répondait en tous points au portrait typé du chef de réception qu'on place dans les grands hôtels d'Europe, figure de proue qui en définit l'accueil et en résume le caractère. On l'aurait lié à un arbre et percé de flèches que cette chair, corsetée mais sans consistance comme la guimauve, aurait reçu les coups sans en porter la marque. «Un pet sait qu'il empeste, avait dit de lui Céline à ses voisins qui s'impatientaient devant la lenteur du service et voulaient porter plainte le jour de leur arrivée au Marazul. Lui dire qu'il vous incommode, c'est lui accorder une valeur et une importance qu'il n'a pas. Alors, je vous conseille de faire comme moi : pincez-vous le nez et attendez que le vent passe. »

Icare, lui, avait su s'en faire un allié et depuis, Wifrido, qui fumait ses cigarettes, portait sa montre à affichage avec calculatrice et réveil et le collier de corail noir qu'Icare avait reçu de la Veuve, veillait sur lui comme un ange gardien.

Icare comprit, sur un signe, que des complications à sa vie sentimentale avaient surgi en son absence, se dit qu'il devait y voir aussitôt, fit des projets pour retrouver Liljana et retourna seul à sa chambre. Quand il ouvrit la lumière, il vit Mariposa, couchée sur son lit, qui l'attendait.

— Toi, dehors !

— Tu n'es pas gentil.

— Décampe ! Tu m'entends ?

— Pourquoi tu es méchant avec moi ?

— Ouste !

— Moi qui croyais que tu aimais les papillons.

— Sors ou je t'écrase, chenille !

— Tu dis ça parce que tu me crois trop jeune.

— Je dis ça parce que je veux que tu sortes.

Sans lui donner le temps de placer un autre mot, Icare la prit dans ses bras et la déposa rudement dans le couloir.

— Défense de recommencer ! *Comprendéis ?*

Mariposa baissa la tête pour cacher sa honte, sa déception et son chagrin.

— Si tu n'es pas chez toi dans dix minutes, je ne

t'emmènerai pas en ville demain. Un, deux, trois...

Mariposa courait contre le temps, ses sandales à la main. Icare crut la voir se métamorphoser en papillon de nuit et se mettre à tourner autour d'un lampadaire en attendant qu'il fasse jour et que l'appellent les fleurs comme autant de soleils.

Il s'approcha du lit, qui avait gardé son empreinte comme une signature, et retapa l'oreiller, où persistait une odeur de femme. Puis, il mit le climatiseur en marche. Quand il se retourna, Liljana était dans l'embrasure de la porte.

—Je passais, dit-elle simplement.

Dans l'incertitude qu'elle était de le revoir jamais, elle était allée au-devant de lui et n'avait pas attendu l'heure de leur rendez-vous.

—Mais entrez donc.

—Je ne crois pas...

—Si ce n'est qu'une question de foi...

Liljana, qui ne demandait qu'à croire, ne se fit pas prier davantage. Il lui fit renoncer à sa vie passée en retirant de ses doigts toutes les bagues qui s'y trouvaient sauf une, qui, l'assura-t-elle, n'était rattachée à aucun souvenir coupable. Il la menaça alors du baptême. Il faudrait un pape pour lui pardonner toutes ses fautes, lui confessa-t-elle. Il était ce pape plein d'indulgence. Quand il la conduisit à la salle de bains, elle hésita encore avant de se mettre sous la douche avec lui :

—Derrière mon maquillage, se cache une vieille femme, avoua-t-elle en tremblant.

—C'est le démon qui parle par ta bouche.

—Dis plutôt l'expérience.

—Ma douche est une fontaine de Jouvence. Tu vas sortir de ses eaux éternellement jeune et belle comme Vénus.

Liljana, en sentant les premières gouttes s'abattre sur elle comme une pluie de grêle, se blottit contre Icare pour qu'il ne la voie pas vieillir. Ses mains lui donnaient espoir, mais elle évitait ses yeux. Quand Icare lui releva la tête, il rinça de son visage les larmes qui s'y mêlaient aux traînées de mousse, regretta ce jeu qui la faisait souffrir, chercha les mots qui redonnent confiance et, n'en trouvant aucun, posa ses lèvres sur les siennes. Liljana y lut de la pitié d'abord et en eut le frisson, puis, y sentant de la volupté, répondit avec toute l'ardeur d'une néophyte.

—Je ne te promets pas le ciel, lui dit-il dans un sourire plein de perversité, mais si tu es bonne fille, je te ferai voir le Vatican.

—Je n'aurai plus alors qu'un bond à faire pour l'atteindre. Mais le voudrai-je?

La nuit se referma sur ses enfants comme des bras enlaçant, retenant et protégeant. Les nuits de cette qualité, Dieu les destine au sommeil, mais le Diable, qui s'en mêle toujours un peu, les voue à l'amour. Le premier met la lune en veilleuse et envoie la fraîcheur de la nuit, qui calme les sens; le second anime les vents frôleurs, qui caressent, cajolent, flattent, soulèvent, emportent, déposent, fécondent, pollinisent et souillent tout délicieusement, et il multiplie les parfums capiteux des fleurs, qui tordent leur calice d'un jour jusqu'à la lie. L'un et l'autre remportent des victoires et comptent leurs défaites pendant que les hommes ronflent à la lune comme des loups et que les loups dévorent les petites chèvres.

IX

Comme il évitait, par principe, les lieux que les autres écrivains avaient rendus célèbres, il n'avait, ce matin-là, rien à ajouter à son journal, le grand événement de la veille ayant été la sortie au Tropicana. Il dut alors, encore une fois, s'en tenir à ce qu'il savait déjà et puiser dans ses réserves.

Le jeudi 17 décembre
L'Espagne a envoyé tout ce qu'elle avait de voyous en Amérique, confia-t-il à son journal, qui grinça sous sa plume. J'entends les conquistadores, Hell's Angels de l'époque, brutes assoiffées de sang qui vivaient de violence et dégénérés pourris jusqu'à la moelle qui ont apporté avec eux la vérole comme les Américains sèment aujourd'hui le sida.

On s'étonne, après cela, des horreurs qui s'y sont commises, qui continuent de s'y commettre et qui s'y préparent. Il y a au sud de la Rio Grande une force destructrice qui, concentrée, pourrait avoir sur l'Amérique du Nord l'effet d'un cyclone. Ce qui nous sauve, ce sont les intérêts particuliers, qui s'accommodent rarement de l'intérêt général. Sans front commun, pas moyen de tenir tête aux Américains. À développer.

En perdant le point de vue historique, plus facilement contrôlable, il s'embourba dans la politique, à laquelle il ne comprenait rien, ne suivant plus l'actualité depuis qu'il avait, comme il aimait le dire, quitté le monde pour se consacrer à la littérature. Les seuls conflits qui l'intéressaient étaient ceux que les arts avaient consacrés et rien ne pouvait animer davantage son esprit et ébranler son imagination qu'un bronze antique ou un roman d'un autre âge. Tout ce qui avait été fait dans le genre depuis *Les Thibault* de Roger Martin du Gard n'avait aucune valeur à ses yeux.

Quand des amis bien intentionnés lui avaient recommandé *La vingt-cinquième heure* de Virgil Gheorghiu, il avait pris le livre que tant d'autres avant lui avaient lu. Mais en le refermant, il avait retrouvé ses préjugés intacts. Jamais, avait-il annoncé sur le ton de la prophétie, trouvera-t-on sous les décombres de cette Deuxième Guerre mondiale un geste noble à relever. Et ce même soir, il avait entrepris de relire *Guerre et paix*.

Il venait à Lise une odeur de feuilles brûlées qu'elle associa aux printemps de son enfance alors que ses parents ratissaient les feuilles mortes qui avaient pourri et engraissé la terre au cours de l'hiver. Les voisins brûlaient les leurs à l'automne, mais pas eux. Et, au printemps, la fumée qui montait des feuilles noires tenait de l'encens mâle.

C'était un parfum âcre qui collait aux vêtements et à la peau et qu'on emportait avec soi le soir en se couchant. Une bonne odeur comme il ne s'en trouve plus dans les villes, où l'on interdit les feux d'herbes et de feuilles dans les cours, une saine odeur de campagne qui donnait de la joie et qui la faisait pleurer quand le vent lui jouait des tours et lui soufflait un peu de fumée dans les yeux.

Lise baissa les paupières, respira profondément et, comme elle venait de quitter l'hiver à Montréal, se crut, dans le couloir du troisième étage inondé de soleil, de nouveau au printemps. La journée serait belle et elle se croirait jeune.

—Si c'est pas effrayant de nous empester de même! tempêta Judith, qui revenait de la plage.

—La fumée vous dérange?

—Pas vous? Eh bien! vous n'êtes pas difficile! Ils auraient pu construire l'hôtel un peu plus loin du dépotoir.

—C'est le dépotoir?

—Regardez vous-même.

Un épais nuage montait paresseusement de derrière une haute haie d'arbustes, grimpait la colline que couronnaient quelques bungalows et où le vent le repoussait vers l'hôtel, en l'étendant comme un voile.

—Je ne sais pas comment vous faites. Moi, c'est bien simple, le cœur me lève.

Judith n'attendit pas une seconde de plus pour retourner là d'où elle était venue, disparaissant dans l'escalier comme le mauvais génie dans la lampe merveilleuse, ne laissant derrière elle qu'un peu de fumée et le souvenir troublant de son apparition. Lise se trouva soudain très seule et se sentit vide comme une robe sur son cintre. Était-ce si fragile le bonheur pour qu'il soit si facile de le détruire? À la pensée que les paroles de Judith avaient suffi à rompre l'enchantement, elle fut saisie d'un tel vertige qu'elle porta la main à son cœur, soupirant:

—Ah! Mon Dieu!

Puis elle se calma en le sentant palpiter, lui sembla-t-il, comme à l'accoutumée.

—Ça va passer. C'est fini.

C'était de son enfance qu'elle parlait, tout en pensant à l'illusion qui l'avait trompée tantôt. Judith avait eu raison. On brûlait des ordures tout près et cela puait. Comment avait-elle pu confondre cette senteur désagréable qui irritait sa gorge et l'odeur des feuilles mortes que son père brûlait au printemps?

Lise reprit la lecture de ses journaux du samedi en y mettant la même application qu'en toutes choses, comme si c'eût été matière à examen. Elle en était là quand Céline, qui descendait, lui demanda, pour se moquer gentiment d'elle:

—Quoi de neuf?

Lise, qui n'avait pas saisi l'intention ironique et qui croyait qu'une autre qu'elle pourrait s'intéresser à des nouvelles vieilles de six mois, lui répondit avec beaucoup de sérieux:

—C'est au sujet du joggeur.

—Qu'est-ce qui lui est arrivé? demanda Céline, visiblement ébranlée.

—Électrocuté.

Puis, croyant reconnaître de l'intérêt dans l'air effaré de Céline, Lise précisa:

—Il écoutait la radio sur son baladeur et puis zap! un éclair! Bêtement, comme ça. On n'aurait pas cru que des choses de même étaient possibles, hein?

Céline n'entendait plus qu'un bourdonnement assourdissant. Elle se sentit mal.

—Mon doux Seigneur!

Le cri lui avait échappé sans qu'elle s'entende le lancer. En la voyant défaillir, Lise vola à son secours et la fit asseoir à sa place.

—Pauvre vous! Je vous comprends. Les nouvelles, ça m'affecte comme vous. C'est pourquoi je lis les journaux longtemps après les avoir reçus, alors que tout est fini ou que tout s'est arrangé. Avoir su que vous le prendriez de même, je vous aurais raconté autre chose.

—Non, non! Vous avez bien fait. C'est des choses qu'il faut savoir. Autant l'apprendre de vous. Quand est-ce que c'est arrivé?

—Vous voulez dire la date exacte? Attendez, je vais vérifier.

Le sang lui remontait aux tempes. Où avait-elle donc la tête? Elle se leva d'un bond pour montrer qu'elle s'était ressaisie.

—Mon Dieu que vous m'avez fait peur avec vos histoires!

Lise ne comprenait pas ce soudain revirement et Céline, ne tenant pas à ce qu'elle en sache davantage, se recomposa aussitôt un visage et se rendit maîtresse de la situation:

—Comme ce dut être beau! Je l'imagine, votre joggeur, en plein vol, les deux pieds ne touchant pas à terre, comme s'il se fût apprêté à bondir dans l'autre monde. Sans y penser, mais tout de même...

—Vous avez de ces idées!

—J'aime à croire qu'il écoutait l'*Ave Maria*. Qu'il

l'écoute toujours. Sans transition. Il était beau?

—Je n'ai pas fait attention. Jeune...

—Jeune et dur. Oui, c'est ça. Je n'ai pas besoin de le voir. Je le sens, c'est comme si je le touchais, le modelais. Il était beau. Et le sera longtemps dans la mémoire de ceux qui l'ont connu et qui vieilliront, eux.

Se moquait-elle? Avec Céline, ce n'était pas toujours facile à dire. Lise, ne trouvant rien à lui répliquer, reprit ses journaux. Le temps passait et il lui en restait encore tant à lire qu'elle craignait d'être obligée d'en rapporter à Montréal.

Elle était à ce point absorbée dans les nouvelles du passé qu'elle n'entendit pas le professeur de gymnastique monter deux à deux les marches de l'escalier. C'est la voix de Céline qui lui fit lever la tête de son journal. Elle parlait anglais et Lise ne comprenait pas ce qu'elle disait. Pourtant, ce qu'elle disait était facile à comprendre. Elle demandait à l'Écossais s'il courait sur la plage et apprit qu'il courait en effet sur le sable dur, mais aussi sur la promenade de ciment et la grand-route de préférence à la piste de l'hôtel, où, parce qu'on tournait en rond, on avait l'impression de n'aller nulle part. Il allait loin? Dix kilomètres tous les matins, en toute saison, peu importe où il se trouvait. Si l'esprit a besoin de repos, de changement, il n'y a pas de vacances pour le corps, qui réclame la routine pour fonctionner au mieux. Elle admirait son énergie, elle qui avait du mal à se lever le matin et qui prenait l'ascenseur pour monter et descendre. Elle devait être paresseuse. Il ne fallait pas qu'elle pense de même; les femmes, ce n'est pas comme les hommes. Mais si, mais si. Mais non, mais non. C'était plutôt une question de tempérament. Ce professeur de gymnastique allait obtenir par la douceur ce qu'elle avait refusé à d'autres sous la menace même: elle allait faire un effort, elle allait, tenez, monter dorénavant les cinq étages de l'hôtel à pied! Il l'admirait, l'encourageait dans sa résolution et lui trouvait des tas de qualités sans oser les relever toutes, mais le regard approbateur qu'il promenait sur elle parlait avec assez d'éloquence pour lui faire rouler les hanches et baisser les yeux. Il voyageait seul? Elle aussi. C'est bien, voyager seul, surtout les premiers jours. Mais on finit par s'ennuyer un peu, n'est-ce pas? si ça dure trop longtemps. Une semaine passe encore. Mais deux?

Céline se sentait maternelle, voulait s'occuper de lui, lui montrer du moins qu'elle en était capable. Elle sortit son mouchoir et lui épongea le front et le nez, qui ruisselaient de sueur. Il devait vraiment faire mauvaise figure. Mais non, ce n'était pas cela. Mais si. Il ferait mieux d'aller prendre sa douche. C'est ça, elle ne voulait pas le retenir. Ils pourraient peut-être reprendre cette conversation s'il n'avait pas mieux à faire? Il n'avait certes pas mieux à faire. Cela lui ferait même plaisir. Il ne prit pas rendez-vous, laissant le hasard agir pour lui. Le hasard? Pourquoi pas? Bien dirigé, il fait bien les choses. «Il est grand temps que je sorte mes baskets de la valise et que je leur fasse faire un petit tour de plage. Demain matin, par exemple.»

—Vous avez remarqué? hasarda Lise, qui avait suivi la scène sans rien comprendre. On dirait que le monsieur auquel vous parliez a engraissé depuis qu'on est arrivés. Que c'est malheureux! Ça arrive donc souvent en voyage!

—Je n'avais pas remarqué.

—Vous regarderez la prochaine fois. Il prend du ventre.

—Un petit bedon, ça sied bien à certains hommes, corrigea Céline, qui lui trouvait fière allure.

Lise n'insista pas. À quoi bon? Il suffit à certaines personnes qu'on leur dise que c'est blanc pour qu'elles soutiennent que c'est noir. Céline devait en être. Elle soupira, étirant les lèvres et se pinçant le nez, et replongea la tête dans son journal car elle avait hâte d'apprendre ce qui s'était passé en août dernier.

Tous les matins, de retour du petit-déjeuner, pendant que sa femme se brossait les dents, Roland prenait, de la terrasse du quatrième étage, deux fauteuils qu'il plaçait dans le couloir près de leur chambre pour que Sophie puisse lire ses magazines à l'ombre, les jambes seules au soleil. Mais même s'il prenait soin de les disposer comme la veille, elle bougeait l'un puis l'autre comme une grive refaisant son nid, ne trouvant rien à son goût, ce qui la dispensait de le remercier de sa peine.

Sophie ne lisait de magazines sérieux qu'en vacances, alors qu'elle cherchait à se divertir. C'est pourquoi elle avait mis dans son sac les derniers numéros de Décormag et de Luxe. Un jour, c'était l'un; le suivant, l'autre. Toujours les deux mêmes, en alternance. Elle tournait toutes les pages en se mouillant l'index et recommençait sa lecture comme si cela avait été la première fois, et c'était tout comme puisqu'elle avait la mémoire courte et laissait son esprit s'égarer bientôt loin de ses yeux, qui passaient sur chaque mot sans en lire un seul, comme s'ils avaient été de verre. De voir tant d'intérieurs bourgeois lui faisait oublier, au bout de quelques jours, ce qu'elle avait laissé derrière elle à Montréal et, pour qu'on la croie plus riche qu'elle ne l'était, elle tenait ses magazines de manière qu'on en voie la page couverture, sans se douter que leurs plus fidèles abonnés sont des gens simples qui, comme elle, y trouvent un décor précis à leurs rêves de grandeur.

Ce matin-là, Roland avait mis une casquette qui lui couvrait le front et lui cachait une partie du visage lorsqu'il penchait un peu la tête. Icare le vit passer devant sa porte, un fauteuil au bout de chaque bras, et le suivit à distance jusqu'à l'escalier où l'attendait Sophie, les mains sur les hanches :

— Où est-ce que tu étais parti ?

— Tu es obligée de me le demander ?

Elle lui avait fait sentir qu'il avait tort ; le reste, excuse ou rebuffade, la laissait indifférente. Pour mettre encore davantage son amour-propre à l'épreuve, elle se fit aussi câline pour Icare qu'elle avait été maussade pour lui, comme si elle eût voulu que le jeune homme efface de sa mémoire le souvenir de la veille qu'il aurait pu garder d'elle.

— 'Ave iou 'ad brèquefeust ? lui demanda-t-elle, en battant des paupières.

Icare lui répondit en anglais, renonçant à lui faire comprendre qu'on pouvait être de Toronto et parler français, tandis que Roland, irrité et jaloux, traînait les fauteuils de bois en les faisant grincer sur le terrazzo.

— C'est prêt. Tu peux t'asseoir.

—Va donc me chercher un oreiller, lui ordonna-t-elle, sans le regarder. Ces fauteuils-là sont durs sans bon sens.

Elle reprit la conversation là où elle l'avait laissée, s'intéressant à tout ce qu'Icare avait l'intention de faire au cours de la journée, intimant qu'on la privait, elle, de ce qui faisait la joie des autres.

—Je t'ai apporté les deux oreillers.

—As-tu mon magazine?

Roland rentra dans la chambre et en ressortit aussitôt.

—Tiens!

Sans se retourner, elle lui dit:

—L'autre.

—Tu l'as lu hier, l'autre.

—Ça ne fait rien. Hier, ça ne compte pas.

Hier, c'était une erreur. Cela n'aurait pas dû arriver et seul un malappris le lui aurait reproché. Si elle passait l'éponge sur la veille, les autres n'avaient qu'à faire comme elle. Icare avait compris sans qu'elle eusse eu à lui expliquer ou à s'excuser. C'était peut-être ce que les femmes aimaient le plus en lui. Un homme sans façon. Pas compliqué. Pas intimidant non plus. Elle en était là dans son évaluation quand Claire et François sortirent de leur chambre. Claire salua Sophie froidement en passant devant elle, mais s'anima quand elle reconnut au doigt d'Icare une des bagues que Liljana portait la veille au soir.

—Là je t'ai, mon voleur! Bouge pas! Vous, surveillez-le!

Icare, se rendant compte de sa méprise, voulut l'arrêter, mais Roland l'en empêcha:

—Tu as entendu? Bouge pas!

Il triomphait devant Sophie, qui recula en le voyant faire l'homme, elle qui avait l'habitude de le voir ramper. L'avait-elle mésestimé? La scène lui parut plaisante tout à coup. Comme elle n'avait plus rien à espérer d'Icare, que Roland tenait à distance, elle jouissait de le voir pris en faute devant elle, comme si la saleté des autres avait pu la blanchir. C'était vrai qu'il lui arrivait de prendre un coup de trop et de se mal comporter, mais cela pouvait arriver à n'importe qui, tandis que, pour voler, il fallait être voleur. Ça, c'était spécial.

—Je n'aurais pas cru, murmura-t-elle, en mettant une main protectrice sur ses bagues comme si elle eût risqué de se les faire enlever. Avec ses airs de sainte-nitouche, on lui aurait donné le bon Dieu sans confession.

—Tu vois ce qui peut arriver quand on se fie à des étrangers?

Puis, s'adressant à Icare, qu'il n'avait pas quitté des yeux:

—Maudit rat! Tu sais de quoi ça a l'air une prison cubaine? Eh bien! mon petit gars, tu vas le savoir pas plus tard qu'aujourd'hui ou je ne m'appelle pas Roland Rolland.

Il élevait la voix, emporté par son propre courant, comme un homme riche et puissant. Sophie se découvrait de l'admiration pour lui et, oubliant tout ce qu'elle lui avait dit par le passé, lui adressa ce compliment bien senti:

—On peut compter sur toi, Roland. Ça, c'est vrai.

C'était tellement inattendu qu'il aurait voulu la prendre dans ses bras, mais, le devoir le retenant loin d'elle, il se contenta de rougir et de bomber le torse.

Du groupe, seul François ne disait rien, ne faisait

rien. Un rat, Icare? Dans sa perception des choses, un rat n'était coupable de rien. C'était un animal décrié sur lequel on se permettait tous les crimes dans les laboratoires parce qu'on savait que personne n'élèverait la voix pour le protéger du mal qu'on lui faisait subir au nom de considérations supérieures à sa misérable vie. Un rat, Icare? François se tenait à l'écart et attendait.

Claire frappait joyeusement sur la porte de Liljana, qui lui ouvrit, étonnée que ce soit elle.

—Venez! J'ai une bonne nouvelle pour vous!

Liljana prit sa clé et suivit Claire dans l'escalier. Quand elle vit l'air piteux d'Icare, elle comprit de moins en moins.

—Votre bague! Ne cherchez plus: la voici!

—Qui vous a dit que je la cherchais?

—Vous ne vous étiez pas aperçue qu'elle manquait?

Ah! ça alors! Ce n'était pas Claire qui aurait perdu pareil bijou sans s'en être rendu compte.

Liljana reconnut la bague qu'elle avait passée à son doigt aux petites heures du matin, en lui disant:

—Je renonce à tout pour toi.

—Et tes péchés te sont remis, avait-il enchaîné en lui remettant toutes ses bagues, y compris celle-là.

Mais elle avait insisté pour qu'il la garde en souvenir d'elle. C'était une tête de panthère des neiges remarquable en or blanc, aux yeux de saphir d'un bleu pur et profond comme ceux d'Icare, qui fit «Grrrr!» en la recevant d'elle. Liljana s'était fait faire ce bijou après un voyage au Tibet et y tenait plus qu'à tous les autres, mais au petit matin Icare lui avait fait oublier le plaisir qu'on peut avoir à posséder une bague, même de ce prix.

—Vous ne dites rien? insista Claire, qui s'affolait

devant le calme imperturbable de Liljana.

—C'est qu'il n'y a rien à dire, confessa-t-elle.

Avant qu'elle aille plus avant dans sa confession, Icare, qui aimait au théâtre les scènes où l'on se parle à genoux, se jeta aux pieds de Liljana et implora sa grâce, la voix changée et la larme à l'œil. À la fin, quand il lui remit la bague au doigt, on aurait pu se croire à une cérémonie de mariage tant il y avait de promesses dans son repentir et de sensualité dans son geste.

—Allez, je vous pardonne parce qu'il m'a été beaucoup pardonné.

Roland hésitait à le laisser partir:

—C'est tout? Vous ne le faites pas arrêter?

—C'est inutile. J'ai la bague maintenant.

—Mais il pourrait recommencer.

—Qu'il recommence! lança-t-elle avec plus d'âme qu'il n'aurait fallu.

—Quoi?

—Cuba est une île. Il ne pourrait pas aller très loin, précisa-t-elle, sur un autre ton.

Roland aurait préféré le savoir derrière les barreaux, mais il se plia à ces raisons. Sophie, avec la malice des gens qui, parce qu'ils font parler d'eux, aiment salir les autres, comme les enfants malpropres qui, plutôt que de se laver les mains, les essuient sur des linges nets, tenta un dernier effort pour les accabler en posant, perfide, une question insidieuse dont le sens n'échappa à personne.

—Doit-on en déduire que la bague n'avait pas été volée?

Icare était déjà dans l'escalier. Liljana aussi, mais elle s'arrêta au troisième, d'où elle l'écouta descendre jusqu'au rez-de-chaussée.

Il faisait un temps superbe et, devant lui, s'étendaient la route, la plage et la mer, qui l'invitaient à prendre le large. La vie l'appelait là où les murs sont des arbres et où les fenêtres ouvrent toutes sur l'immensité de la mer et du ciel, mais il avait donné sa parole et irait au Musée.

Avant même de traverser la route, il aperçut Mariposa au pied du lampadaire près de l'arrêt d'autobus, comme si elle s'y était cognée la veille au soir et venait tout juste de reprendre connaissance. Dès qu'elle le vit, ses traits se ranimèrent et elle battit des mains.

—Tu m'attends depuis longtemps?

Elle aurait passé la nuit à l'attendre que de le voir le lui aurait fait oublier. Alors, plutôt que de lui répondre, elle lui montra le bus qui venait:

—Juste à temps! Tu as de l'argent?

—Oui.

—Pour nous deux?

—*Si, mi queridita*. T'inquiète pas.

—Je ne m'inquiète pas. Où va-t-on?

—Au Musée d'abord. Ensuite, là où tu voudras. Tu as des idées?

Si elle en avait des idées, Mariposa! Mais elle les garda pour elle. Comme elle mettait un pied dans le bus, Icare, qui était le dernier à monter, vit François courir puis s'arrêter net en l'apercevant. Icare lui fit signe de faire vite. François ne bougea pas. Alors, Mariposa, qui ne comprenait pas la raison de tant d'hésitations, sortit du bus et, tout excitée, lui cria qu'on ne l'attendrait pas s'il ne se dépêchait pas, accompagnant ses cris de grands gestes comme en font les matadors pour que le taureau fonce sur eux.

—*El autobus para el centro no sále frecuentemente*, lui confia-t-elle quand il fut monté.

Icare, voyant à son air hébété qu'il n'avait rien compris, lui apprit que le bus ne passait qu'à toutes les demi-heures et qu'un billet coûtait vingt centavos.

—Je sais, dit François, essoufflé. Mais je n'ai que de gros billets. Pourriez-vous...

Icare ne le laissa pas achever, paya pour lui et lui glissa quelques centavos pour le retour.

—Je vous les remettrai, promit François, qui ne voulait rien lui devoir, confus de la conduite de sa femme qui l'avait accusé deux fois à tort et sans qu'il soit intervenu en sa faveur, alors qu'il ne l'avait jamais cru coupable. C'était comme avec les rats : il rêvait souvent qu'un maître rat viendrait un jour libérer les siens. Mais il ne fallait pas compter sur lui, ni les rats ni personne.

—Intérêt et principal, compléta Icare en se moquant, la somme étant dérisoire.

François aurait voulu, le moment lui paraissant propice, excuser sa femme et se justifier lui-même, mais, comme il aurait fallu élever la voix dans le bus qui menait un train d'enfer, il garda pour lui les paroles qu'il avait rêvé de dire.

—Ça bouge beaucoup, fit Icare, qui semblait comprendre que François avait hâte d'arriver, mais on dirait que ça n'avance pas.

C'était l'impression qu'on avait, en effet, tant le décor demeurait le même et qu'on se faisait secouer dans le petit bus, plein à fendre et qui se vida une demi-heure plus tard à l'entrée de la ville.

✣

Quand Judith vit Ana et David s'entretenir avec Eurydice et Liljana, elle fonça sur eux comme un carcajou sur sa proie.

—Ça ne vous dérange pas de voir des posters antisémites sur les murs de l'hôtel?

On pouvait en compter cinq qui disaient quoi penser, comme des sages qui, après avoir beaucoup lu, auraient résumé en une formule lapidaire le fruit de leurs années d'étude et de méditation.

—Il faut faire la part des choses, lui répondit David. Dans chaque conflit, il y a au moins deux points de vue et qui oserait dire que les torts sont tous du même côté? Quand j'ai lu ces affiches, j'ai compris qu'il s'agissait du point de vue des Palestiniens. Le mien n'est pas le même, mais je respecte le leur. Je préfère y voir une propagande propalestinienne plutôt qu'antisémite.

Judith n'allait pas le laisser s'en sortir à si peu de frais.

Elle-même, portant un prénom juif, ce qu'elle n'avait jamais pardonné à ses parents, devait doubler d'efforts pour ne pas qu'on la croie juive: elle n'entrait pas dans leurs magasins, ce qui la limitait beaucoup à Montréal, confiait son argent à la Caisse populaire Desjardins pour ne pas qu'en profitent les banquiers juifs, ne portait pas de bijoux, mangeait du porc en public même si c'était la viande qu'elle aimait le moins, ne prenait de bœuf salé qu'à la maison, ne comptait pas de Juives parmi ses amies et ne ratait jamais l'occasion de mettre les Juifs mal à l'aise, quand il lui arrivait de leur parler, ou de dire du mal d'eux absents.

—C'est trop facile! protesta-t-elle. Non, non, non. Le

message est clair pour que tout le monde comprenne : on ne peut pas se fier aux Juifs.

Elle marcha droit à l'affiche la moins équivoque, qui représentait le cheval de Troie et où les rôles étaient tenus par Juifs et Palestiniens, et elle prit un malin plaisir à leur faire lire, comme si elle eût voulu leur mettre le nez dedans, ce qu'on disait d'eux : « Qui dépouille les autres vit toujours dans la terreur », soulignant chaque mot en y mettant tant de pression que, lorsqu'elle retira sa main, on pouvait y suivre la trace de ses griffes.

— Cela est général et peut s'adresser à n'importe qui, commenta David, qui ne voyait pas de mal à ce qu'on fasse la morale pourvu que ce ne soit pas sur le dos des autres. C'est ce qui le retenait de lui demander, à son tour, pourquoi elle tenait tant à les dépouiller de cet instant de bonheur qu'ils vivaient paisiblement à Cuba. Ne craignait-elle pas un plus méchant qu'elle qui pourrait lui faire la guerre ?

— Ce n'est pas si général que ça, insista-t-elle, tout près de perdre patience, comme si elle se fût adressée à des enfants qui n'admettaient pas que deux et deux font quatre. On sait bien que ce sont les Juifs qui ont dépouillé les Palestiniens et qu'ils ont maintenant tout à craindre.

— Si c'est comme ça que vous voulez l'entendre, continua David, qui avait l'habitude de ces discussions et qui s'amusait de la voir s'échauffer.

S'il ne paraissait pas irrité, c'était qu'il avait renoncé depuis longtemps à changer l'opinion des autres, qui se rangent à la vôtre devant vous et retournent à la leur aussitôt qu'on les laisse à eux-mêmes.

— Ce n'est pas seulement moi, c'est tout le monde.

Je n'ai jamais compris que les Juifs, qui ne s'intéressent qu'à l'argent, soient tant en faveur du communisme et fréquentent les pays de l'Est, où ils sont mal traités à ce qu'il paraît.

Ana et David, qui avaient quitté la Pologne au début de la Guerre et y étaient retournés depuis, ne trouvaient rien à lui proposer qui ait pu jeter une lumière nouvelle sur ce qu'elle voyait si mal. Ce n'était pas, selon eux, une question d'éclairage, mais plutôt d'ouverture de lentille. Judith avait fermé la sienne. On aurait pu l'inonder de soleil qu'elle ne serait toujours pas arrivée à voir. Ce fut Liljana qui tenta de lui répondre et sa réponse lui vint sous la forme d'une anecdote :

—Un pays, vous l'admettrez, c'est plus qu'un régime politique. Un pays, surtout pour ceux qui ont quitté celui de leur origine, c'est fait des souvenirs qu'on y a laissés. Je connais une Juive qui m'a dit ne pouvoir jamais retourner en Belgique, qui n'est pourtant pas communiste. Pour elle, ce pays, si beau à voir qu'on voudrait y être en toute saison, c'est son enfance malheureuse, craintive, menacée, vécue dans un grenier où elle a poussé dans le silence comme une plante sous un pot de grès. Quand elle vit enfin le soleil, il était trop tard et tout ce qu'il y avait en elle de vie blanche et fragile s'est défendu de la lumière et recroquevillé pour conserver intacte et à tout jamais la nuit interminable de ses premières années. Son enfance, c'est un voile noir sur la Belgique. Y retourner serait y retrouver la nuit et perdre le jour. C'est tout l'un ou tout l'autre, un esprit comme celui-là ne pouvant être des deux côtés du mur à la fois. N'allez pas croire cependant que tous les Juifs sont des écorchés qui regardent chaque matin le numéro qu'ils portent dans la peau en éprouvant la même brûlure qu'au jour de leur tatouage. Non. Comme le malheur n'est jamais collectif, il n'y a pas d'attitude commune devant le malheur.

«Celle-là, avec sa bouche en cœur, je ne peux pas la piffer! se dit Judith, qui se mordait les lèvres. Serait-elle juive, elle aussi?»

—Et vous, lui lança-t-elle, qu'est-ce que vous êtes venue faire ici?

Liljana reconnut dans sa voix tant d'amertume que, plutôt que de lui répondre, elle tenta de l'adoucir, en se demandant ce qui l'avait provoquée:

—S'il fallait une raison pour toute chose, on n'agirait jamais. Je suis portée à croire que chacun est venu ici pour y vivre un rêve et que le révéler avant qu'il ait eu la chance de se réaliser serait le mettre en péril. Je dis ceci plutôt que de vous donner les réponses qu'on vous fournirait si vous vous adressiez à d'autres et qui ne vous apprendraient rien, des réponses comme «Pour me reposer», «Pour le soleil», ou encore «Parce que c'est moins cher qu'ailleurs». On répond rarement aux questions pertinentes, qui forcent à gratter la surface pour laisser paraître, sous la peinture, le grain du bois. S'il est vrai qu'en vacances on laisse tomber son masque, c'est souvent pour en laisser paraître un autre. Vous-même, Judith, si vous posez la question, serait-ce que vous avez une réponse à nous proposer?

Judith sentit le piège et voulut l'éviter. Plutôt que d'avouer qu'elle avait voulu s'éloigner de son mari pour voir si elle s'y ferait, elle reprit sa rengaine:

—En tout cas, si j'étais juive, ce n'est pas ici que je viendrais. Garanti!

C'était, en les quittant, laisser à David et à Ana un reproche en souvenir de leur conversation.

— Ne vous en faites pas, leur dit Liljana avant de remonter à sa chambre se chercher un livre. Judith n'a pas voulu vous blesser. Elle vous imagine insensibles parce que vous lui paraissez heureux. Elle est plus à plaindre que les Juifs qu'elle vilipende car, enfermée dans ses préjugés, elle s'imagine libre. Vous comprenez ce que je veux dire ?

Ils comprenaient et n'avaient rien à ajouter.

De nouveau seuls avec Eurydice, Ana et David l'invitèrent à venir faire un tour à la plage avec eux.

— Vous n'y pensez pas ! De quoi est-ce que j'aurais l'air sur la plage ? Ce n'est pas un endroit pour moi. J'aurais trop chaud au soleil. Et puis, si c'est pour m'asseoir à l'ombre, aussi bien rester ici, où je suis confortable.

— Un bain de mer, insista Ana, qui hésitait à la laisser seule, ça ne vous tenterait pas ?

— Je ne dis pas non, mais merci. Pas aujourd'hui.

David, qui avait peur qu'elle ne s'ennuie, lui demanda s'ils pouvaient faire quelque chose pour elle.

— M'ennuyer ? Voyons donc ! Pas avec mon tricot. Hé ! C'est la seule chose que je sais faire plus vite que n'importe qui que je connais. Regardez-moi.

C'était en effet merveille de voir ses petits doigts potelés glisser la laine autour des aiguilles qui croisaient le fer, infatigables comme des duellistes automates.

— Qu'est-ce que je vous disais ?

Il fallait en convenir : jamais Ana n'avait vu du si beau travail fait à cette vitesse. Quand elle lui demanda si elle avait un petit-enfant, Eurydice leva les yeux au ciel, qui l'avait comblée de tant de bénédictions, et dit, dans un souffle qui passa de la fatigue à la joie extatique:

—Un petit-enfant? Ah! madame! J'en ai, j'en ai... Tenez, c'est bien simple, je pourrais vous les nommer tous, mais je ne sais pas combien j'en ai.

C'était ainsi que cette femme simple parlait de son amour pour les siens. La voix du sang était si forte en elle que jamais, même devant trois ou quatre petits du même âge, elle n'avait pris l'un pour l'autre, alors que combien de mères confondent par distraction le nom de leurs enfants, appelant Michel, Pierre et Pierre, Michel, comme si cela était sorti du même moulin, un saucisson maison en valant un autre, les ingrédients et le plaisir qu'on y avait mis étant les mêmes.

Une mère, pensait Ana, qui elle aussi aimait les siens, c'est vaste comme le monde. Elle est l'univers de chaque enfant qu'elle a porté, un univers unique qu'elle a inventé à chaque maternité. Rien ne pouvait remplacer cet amour et c'était pourquoi elle s'était sentie pillée quand des étrangers étaient venus les lui enlever. C'était, comme vieillir et mourir, dans l'ordre des choses et elle l'avait accepté sans rancœur, mais elle en porterait toujours les rides au cœur, qui ne battait plus comme avant depuis qu'ils vivaient loin d'elle et qu'elle ne les voyait presque jamais.

—Vous les voyez donc souvent?

Sa voix était à ce point chargée d'émotion que David, qui croyait tout savoir d'elle, en fut étonné et sans doute un peu blessé aussi. Un mari, tout aimable qu'il soit, ne sera jamais pour sa femme ce que ses enfants ont été, le fruit de ses entrailles et de son cœur. Un peu de l'âme de la mère passe à ses fils et à ses filles, assez du moins pour se reconnaître en eux comme Dieu dans sa Création. Le mari, quoi qu'il fasse, sera toujours un autre, jamais plus qu'un miroir derrière lequel se trouve un pays également merveilleux mais étranger, impénétrable et plus limité que celui de la femme parce qu'il ne nourrit que lui-même. Rien ne pouvait remplacer ce qu'elle avait perdu et il devait l'aimer davantage, sans espoir toutefois de combler le vide que leurs enfants avaient laissé derrière eux.

—Ils sont toujours rendus à la maison.

Elle dodelinait de la tête, comme pour saluer chacun d'eux à mesure qu'il traversait le seuil de sa porte.

—Ils doivent s'ennuyer de vous cette semaine, hasarda-t-elle.

—Les enfants ne s'ennuient jamais de leurs parents. Pas pour longtemps en tout cas.

Elle pensait aux fruits de l'arbre, qui tombent tout autour et roulent plus loin, et à l'arbre trop gros pour bouger et qui les voit partir, impuissant à les retenir.

—Et puis, s'ils s'ennuient, bougonna-t-elle, c'est rien que de leur faute. Voulez-vous que je vous dise? Ce sont mes enfants qui m'ont payé le voyage.

Ses enfants! Il suffisait qu'elle dise ce mot pour que s'épanouisse sur son visage le plus tendre des sourires. Les aimer plus qu'elle les aimait, seul Dieu l'aurait pu et encore! Cet amour s'étendait à tous les enfants du quartier, qui montaient sur son perron, où il y avait toujours pour eux des croustilles, des cacahuètes ou des pastilles. Ils lui racontaient leurs chagrins et leurs joies, lui montraient les cadeaux qu'ils avaient reçus, les devoirs qu'ils avaient faits, si l'on pouvait lire dessus une remarque obligeante de la maîtresse, ou lui présentaient un nouvel ami. Eurydice croyait qu'elle aurait pu aimer tous les enfants de l'Univers parce que tous les enfants qu'elle avait connus l'avaient aimée. Mais depuis qu'elle était au Marazul, elle se disait: «Tous les enfants, sauf un». Sacha n'était pas comme les autres. Il l'appelait «Grosse torche!» chaque fois qu'il passait devant elle et sa mère ne disait rien. Cela blessait horriblement Eurydice, qui souffrait déjà beaucoup de l'absence des siens, qui lui prodiguaient normalement tous les soins et l'entouraient de tant d'affection.

—Je n'ai jamais quitté la maison, continua-t-elle en fermant les yeux pour la retrouver en elle-même. Je ne suis bien que chez nous. Quand on est grosse comme moi, on a toujours peur de briser quelque chose chez les autres, alors on ne sort pas. Mais ils ont tellement insisté qu'on aurait dit qu'ils ne voulaient plus me voir pour un bout de temps. Alors, j'ai fini par accepter pour leur faire plaisir.

C'est ce qui la troublait tant: l'insistance qu'ils avaient mise pour qu'elle parte, loin de soupçonner que, depuis son départ, ils étaient chez elle à repeindre, retapisser les murs, changer les rideaux, remplacer les vieux meubles qui croulaient, laver, frotter et remettre tout à neuf. Elle ne s'y reconnaîtrait pas, la mère, et c'était la face qu'elle ferait quand elle rentrerait chez elle qui serait belle à voir. On ne l'oublierait pas et on parlerait longtemps de la surprise qu'on lui avait faite, en riant fort de son étonnement.

Voyant que sa mine se rembrunissait, Ana lui demanda, pleine de compassion:

—Vous n'aimez pas ça, ici?

—Oh! ce n'est pas ça. Il fait beau. Les gens sont gentils. Mais ce n'est pas comme à la maison. La routine, les habitudes. Au moins, avec mon tricot, je peux me faire accroire que je suis chez nous, l'été, bien sûr.

De son fauteuil, Eurydice regardait le monde passer, sensible aux drames petits et grands qui se jouaient au Marazul pendant qu'au loin, entre les fûts des pins, elle voyait la mer et, au-delà, vers les dix-neuf heures tous les jours, se coucher le soleil. Il ne lui en fallait pas plus pour remplir ses journées en attendant de retourner chez elle.

Noëlle s'ennuyait. Elle n'avait ni livres ni magazines à lire, ni journal à tenir, ni lettres à écrire, ni cartes postales à envoyer. Elle ne tricotait pas, ne cousait pas, ne peignait pas, ne dessinait pas, n'herborisait pas. Il faisait trop chaud pour qu'elle reste sur la plage et elle ne voulait pas aller en ville seule. Comme on n'avait pas prévu d'excursion pour la journée, il lui restait, comme champs d'exploration, les couloirs inondés de soleil à cette heure-ci et le hall de l'hôtel. Elle choisit le hall, ouvert à tous les vents, frais et assez gai avec ses plantes tropicales poussant directement dans le sol. Énid s'y trouvait déjà et, comme elle était seule, Noëlle alla s'asseoir près d'elle, croyant que c'était la chose à faire.

—Vous écrivez?

—Oui.

Il suffisait de l'avoir affirmé pour que la réponse cesse d'être vraie. Énid attendait maintenant qu'on lui pose la question suivante et tenait sa réponse prête.

—Qu'est-ce que vous écrivez?

—Un conte.

—Un conte?

Noëlle n'avait jamais rencontré d'écrivain.

—Un conte pour enfants. Je suis la dernière d'une longue tradition, ajouta-t-elle, la larme à l'œil, comme si elle eût assisté à ses propres funérailles.

C'était présumer beaucoup de l'avenir mais, en le disant, elle prenait sa place dans l'arbre des conteurs sur lequel s'étaient greffés ses prédécesseurs, que viendraient rejoindre tous les conteurs à venir, qui continueraient au fil des siècles et des siècles de se dire les derniers d'une race n'ayant pas survécu au raz de marée de la modernité.

On lui avait dit que sa grand-mère était conteuse, mais Noëlle ne l'avait jamais entendue raconter. Est-ce que sa grand-mère écrivait des contes? Il lui semblait que non. Elle n'en avait jamais vu.

—Vous en avez publié?

Énid sourit comme on sourit à un enfant qu'on va étonner. Rien ne pouvait lui faire davantage plaisir que de dire qu'elle était en effet publiée et que, si Noëlle avait eu des enfants, elle aurait eu de ses livres à la maison car peu de familles n'en possédaient aucun.

—Vos petits-enfants doivent vous aimer.

—De quoi parlez-vous? Je n'ai ni petits-enfants ni enfants. Je ne suis pas mariée. C'est d'ailleurs pourquoi j'ai le temps d'écrire.

Noëlle n'aurait jamais cru qu'on puisse irriter quelqu'un à ce point en se trompant sur lui. Aussi tenta-t-elle de réparer aussitôt sa gaffe en enchaînant sur ce qu'Énid venait de lui dire:

—Ça doit prendre beaucoup de temps pour écrire un conte.

—Le premier, oui. Les autres viennent plus facilement.

Énid en écrivait, depuis sa retraite, deux ou trois par année, pas davantage, pour ne pas saturer le marché et ne pas donner l'impression que c'est une petite affaire d'écrire un conte pour enfants. Noëlle l'admirait, elle qui avait du mal à répéter une anecdote. Écrire un conte, ce devait être fichtrement difficile.

—Cela exige des qualités particulières, lui assura Énid. J'irais même jusqu'à dire que ce ne sont pas tous les écrivains qui en seraient capables.

Dans sa naïveté, Noëlle croyait qu'on écrivait dans ses moments de loisir et qu'un écrivain était quelqu'un qui faisait quelque chose d'abord et écrivait ensuite. Elle aurait voulu lui demander ce qu'elle faisait dans la vie, mais se ravisa en se disant qu'Énid était assez âgée pour être à la retraite.

—Cela vous prend combien de temps pour écrire un conte?

—Cela dépend si je suis dérangée ou non, coupa Énid, que la conversation commençait d'embêter.

Noëlle, qui ne demandait pas mieux, derrière la caisse du Steinberg, que d'échanger quelques mots avec les clients, n'avait pas cru que c'était déranger quelqu'un qui travaille que de lui parler. Aussi se sentit-elle très mal à l'aise quand Énid la détrompa.

—Pardon! dit-elle en se levant. Je ne me rendais pas compte.

Énid ne fit rien pour la retenir, heureuse au contraire de la voir s'éloigner. Mais elle n'eut pas le temps de se remettre au travail qu'elle entendit s'élever tout près d'elle la voix suppliante de Noëlle:

—Quand vous aurez fini, me lirez-vous votre conte? J'aimerais être la première à l'entendre. On ne m'en a jamais raconté quand j'étais petite.

—Bien sûr! Comme vous êtes gentille!

Avait-elle mal jugé la jeune fille? Énid se sentait tout chose. Elle se ferait un plaisir de lui lire son conte. Elle l'apprendrait même par cœur pour elle et le lui réciterait comme elle faisait quand on l'invitait à rencontrer les petits dans une école ou une bibliothèque. Elle imiterait les voix et mimerait les gestes. Cela l'amuserait beaucoup.

Dans la salle des papillons du Musée des sciences naturelles Felipe Poey, les enfants avaient regardé Icare et Mariposa comme s'ils eussent été les deux spécimens les plus rares de l'espèce. Icare s'était même demandé s'il lui poussait des ailes quand on s'était mis à faire le tour de sa personne en riant de ce rire qu'ont les enfants lorsqu'ils voient une chose qui leur paraît bizarre parce qu'ils n'en ont jamais vu de semblable. Quant à Mariposa, elle avait l'habitude et leur insistance ne l'avait pas dérangée.

Plus loin, Icare s'était senti épié, mais n'était-ce pas qu'une impression? On a beau ne pas être paranoïaque chez soi, on le devient facilement à l'étranger, où il suffit d'un regard oblique pour se rendre compte jusqu'à quel point, par son costume, sa coiffure, sa langue, ses manières, on éveille chez nos hôtes autant de curiosité que de méfiance, voire d'hostilité. Dans un pays communiste, où ce pressentiment est encore plus aigu, il suffit de peu pour que les histoires qu'on a entendues et qu'on croyait bêtes se détachent soudain et glissent à la surface de notre mémoire comme des icebergs pour nous glacer d'effroi.

Icare se rappelait, par exemple, avoir entendu dire par une amie journaliste qu'elle avait été pistée tout le temps de son séjour à Moscou. Comme il se montrait sceptique, elle lui avait fait voir quelques photos qu'elle avait faites. Sur chacune, paraissait un individu en trench-coat comme on en voit dans les films d'espionnage. C'était si évident comme déguisement que c'en était drôle. Mais elle n'avait pas ri sur le coup. Cet homme, une brute d'homme, ne cherchait pas à se fondre dans le décor. Il l'intimidait, et peut-être ne lui en demandait-on pas plus. La tactique avait d'ailleurs réussi. Elle ne s'était plus éloignée du groupe, n'avait pas tenté de voir ce que les touristes ne voient pas ordinairement, n'était plus sortie seule le soir dans les rues désertes de l'immense capitale. Bouleversée par l'expérience, elle s'était juré que, puisque c'était comme cela, jamais plus elle ne remettrait les pieds dans un pays communiste. Icare se promit de lui téléphoner à son retour pour lui annoncer que lui aussi avait été observé. Et puis, non, il n'en ferait rien car il n'en avait pas la preuve.

De retour à l'hôtel, où Mariposa et lui s'étaient séparés, il continua de s'interroger. Avait-il réellement été suivi ? Il ne le croyait pas. Qu'on ait suivi une journaliste, passe encore : la presse étrangère est toujours suspecte. Mais lui ? Repéré seulement, distingua-t-il, mais, pour que ce regard qui n'avait pas duré l'ait remué, il fallait qu'il vienne d'une femme. Pas de doute possible. Comment la retrouver ? Retourner au Musée ? À quoi cela scrvirait-il ? Le Musée était fermé et, avant qu'il puisse se rendre au Parque Fraternidad, il ferait nuit. Que faire alors ? Passer l'éponge sur l'incident ? Impossible. Icare ne se coucherait pas sans avoir interrogé la ville.

En descendant du bus vers dix-neuf heures trente, il ne reconnut pas l'Avenida del Puerto, comme si on eût changé le décor pour la représentation du soir. La place, mal éclairée, paraissait déserte et les murs du Castillo de la Fuerza, qui s'élevaient de toutes parts, semblaient se fermer autour de lui comme s'il avait été dans la cour d'une prison et non au pied de la forteresse. C'était hallucinant. Il n'en fallut pas davantage pour qu'il se sente de nouveau surveillé. Devant la cathédrale, d'où sortaient quelques vieilles femmes, Icare crut entendre des pas qui emboîtaient le sien. Il s'arrêta pour mieux entendre. Rien. Il repartit. Quelqu'un le suivait comme une ombre. L'écho peut-être? Il se retourna. Personne. Mais on voyait tellement mal qu'ils auraient pu être vingt à la traîne qu'on ne les aurait toujours pas vus.

Icare découvrit un frisson nouveau qui ne manquait pas de volupté. Il voyait des yeux là où il n'y avait que des murs, et ces murs avaient la chaleur de la peau. Étrange, tout cela: on aurait dit qu'il était attendu et il avait aussi l'impression que toutes les portes se refermaient sur son passage.

Devant lui maintenant s'élevait la fière coupole du Capitolio et de voir un monument aussi classique lui fit perdre un peu de ses idées fantastiques. Ce serait insensé d'aller plus loin, raisonna-t-il. Pour voir quoi? Qui?

Au café, on buvait, on jasait, on devait rire aussi, mais les voix ne portaient pas. Cela valait tout de même mieux que des ombres. Icare s'assit à une table et attendit qu'on lui serve de la bière dans un récipient de fer blanc, une boîte de conserve recyclée. Il resta attablé une heure sans toucher à sa boisson. Il n'avait pas soif. Les tables se vidèrent. On rentrait chez soi. Il était maintenant seul sur la terrasse. Sans qu'il s'en soit aperçu, on avait fermé.

La Havane avait repris la respiration calme de ses nuits tristes. Quelques pas pressés se faisaient encore entendre, mais ils étaient rares à rompre la monotonie des lieux. Icare ferma les yeux et s'endormit sur sa chaise. Des bruits de savates traînant sur les pavés le rejoignirent dans son sommeil et, quand il se réveilla, il les entendit qui s'éloignaient. Il releva la tête trop tard pour voir qui c'était. Se pouvait-il?... Ces bruits de pas lui étaient connus. Était-ce qu'il venait de les entendre ou venaient-ils de plus loin? Du Musée peut-être?

Quel animal était venu le relancer? Icare retira aussitôt ses souliers, pour ne pas faire de bruit, se leva et courut jusqu'à la rue Muralla. Un enfant pleurait et Icare n'entendit plus que ses pleurs. Il tâta son chemin dans le noir, jusqu'à la rue Cuba, tourna le coin et marcha quelque temps encore dans la direction du port, où autrefois les bars restaient ouverts vingt-quatre heures sur vingt-quatre. Comme rien ne coupait le silence, il comprit qu'il n'en saurait pas plus long ce soir-là et qu'il ne lui restait plus qu'à remettre ses souliers et à rentrer.

—Icare! C'est toi?

C'était François. Était-il là depuis longtemps? Il n'avait pas bougé depuis des heures, pas depuis, se garda-t-il de dire, qu'il avait cru reconnaître, baigné des derniers rayons du soleil, le mur aux volets clos. Seul manquait au tableau l'arbre au feuillage vert et l'ombre bleue qu'il jetait sur la terre battue.

—Tu as vu passer quelqu'un?

Non. François s'était endormi dans l'entrée de la porte et c'était Icare qui l'avait réveillé, en laissant tomber ses souliers à quelques centimètres de sa tête.

Dans le taxi qui les ramenait au Marazul, François pria Icare de ne pas dire à Claire qu'ils s'étaient rencontrés. Si elle l'apprenait, elle croirait qu'ils étaient allés prendre un coup ensemble.

Quand il vida ses poches avant de se mettre au lit, Icare trouva un bout de papier qu'il n'y avait pas mis et l'approcha de sa lampe de chevet. C'était le coin déchiré d'une page de journal sur lequel une main tremblante, incertaine, avait écrit, en gros caractères inégaux, un seul mot: «SANTIAGO».

X

À l'heure où l'on s'habillait pour le dîner, l'écrivain s'était rendu à la plage dont on lui avait dit tant de merveilles qu'il fut un peu déçu de n'y trouver que du sable. Comme il enviait les auteurs qui retiennent des lieux leurs éléments essentiels pour que le lecteur, qui ne les a jamais vus, les recompose avec les seuls mots qu'ils lui donnent et se les imagine comme s'il y était! Il lui semblait que, pour décrire cette plage de sable fin et blond descendant en pente douce vers la mer, il lui aurait fallu une phrase qui s'étende jusqu'à l'horizon, où la mer sans vague traçait une ligne de la même encre que le ciel. Parce qu'il s'en savait incapable, il évitait les descriptions panoramiques, qui situent une côte, sur cette côte une ville, dans cette ville un quartier, une rue, une maison, pour s'arrêter là où commence l'histoire, où l'on reverra la maison, la rue, le quartier, la ville, la côte, cette fois-ci animés par des personnages se distinguant les uns des autres comme les arbres, par leurs racines, leur écorce, la sève coulant dans leurs veines et l'ombre qu'ils jettent sur chaque chose.

Les critiques s'accordaient pour dire qu'il faisait son

plat principal de ce qui passait inaperçu des autres, ce qui revenait à dire qu'il excellait dans la finesse et la justesse des descriptions de détails. Dans la vie comme dans ses livres. Il serait probablement le seul, croyait-il, à être venu à Santa Maria del Mar enquêter sur les mollusques qui y vivent et il le ferait en les appelant par leur nom, les choses n'existant que si on les nomme, comme les élèves dont les professeurs notent la présence au début de chaque journée. Ne devaient toutefois faire l'objet de son étude que les plus petits coquillages et débris de coraux, qu'il choisit bien secs pour ne pas mouiller son costume ni en déformer les poches.

Au petit matin, une odeur de poisson se dégageait des coquilles qu'il avait disposées en rang sur son bureau. Aussi se pressa-t-il d'en faire l'inventaire et de les jeter aussitôt après à la corbeille.

Le vendredi 18 décembre
On trouve à Santa Maria del Mar quantité de strombes pas plus grands que la main, aux rangées d'épines émoussées, qui laissent voir quand on les retourne leur nacre blanche, jaune, grise ou orangée.

J'y ai ramassé quelques valves droites de pectinidés, très épaisses, lourdes, qui laissent filtrer une lumière jaunâtre.

Il y a ici également une étonnante variété de terebras, dont les tours de spire, tantôt arrondis, tantôt épineux, donnent à ces coquilles à forme conique l'aspect d'une tour de Babel ou d'un sentier de montagne.

Pour finir, j'ai devant moi un bel exemple de méandrine dont les calices saillants, de couleur ivoirine, rappellent, mais en plus solide, plus durable, le cerveau humain. Je me sens, devant ces restes, un peu comme Hamlet auprès de

215

*la fosse de Yorik et me demande à quoi pensent les coraux
avant de mourir.*

Ce que le journal taisait, c'était le nombre de
coquillages qu'il avait rejetés faute de mots pour les
décrire. Qui n'a jamais mis les pieds à Santa Maria del
Mar pourrait croire qu'on n'y trouve ni diodora listeri,
ni antillophos candei, ni phacoïdes pectinatus. Il donnait
ainsi l'impression de tout savoir alors qu'il n'avait écrit
que ce qu'il savait.

✣

—Claire, qu'est-ce que tu fais?
Pendant qu'il se faisait la barbe, Claire avait étendu
sur chaque lame des portes à persiennes du placard des
mouchoirs de papier mouillés et froissés.
—Tu vois bien: j'étends les Kleenex pour les faire
sécher.
—Fais pas ça. C'est dégoûtant. Je t'ai acheté une
boîte de Kleenex avant de partir justement pour que tu
n'aies pas à laver de mouchoirs en vacances. Je suis bien
avancé.
—C'est pas si pire que ça. Je ne les lave pas; je ne fais
qu'étendre ceux qui n'ont presque pas servi. Les autres,
je les jette.
François murmura entre les lèvres:
—Misère! On n'est pas si pauvres que ça!
Claire bondit:
—On n'est pas si riches que ça, non plus! Tu te
mouches une seule fois dedans puis tu les jettes aussitôt.
C'est bon pour deux ou trois fois, un Kleenex. On n'en

a rien qu'une boîte. À ce train-là, elle ne durera jamais deux semaines.

— Ce n'est pas grave; il doit s'en vendre au magasin de l'hôtel.

— Ça, jamais! Tu m'entends? Jamais! Ils m'ont pris mon cognac aux douanes; je ne leur laisse rien. Plutôt me moucher dans leurs draps!

Il n'avait jamais vu sa femme dans un état pareil et, saisi d'embarras, il se dit que si les voisins étaient toujours dans leurs chambres, ils les entendraient.

— Je ne suis pas sourd. On peut se parler sans se crier par la tête. Qu'est-ce que tu as ce matin?

— J'ai ce matin que je n'ai rien de plus ni de moins qu'hier matin.

— Veux-tu essayer de parler pour que je te comprenne?

Il lui prit les bras et les serra contre elle pour qu'elle cesse de faire le moulinet contre un ennemi invisible. Mais elle continuait de le voir, elle, l'ennemi, le voyait toujours dans ses haillons, les joues et le ventre creux.

— Tu nous as minés avec tes folies! On était pauvres. On l'est encore plus qu'avant. Tu veux savoir? Je commence à ne plus y croire à tes histoires de peintures perdues. Je n'y crois pas, moi, à Morrice.

Il s'était attendu à cette scène depuis qu'il lui avait vendu l'idée d'aller à Cuba y passer deux semaines, mais il avait cru que cela viendrait plus tard, comme si le malheur était aussi patient que le bonheur, qui, lui, sait se faire désirer.

— Tu as peut-être raison, concéda-t-il, n'ayant pas la force de lui opposer des arguments auxquels il ne croyait pas.

—Tu vois? Tu n'as même pas le culot de le nier! Maudit menteur! Pourquoi c'est faire que tu nous as fait venir ici alors? Où est-ce que j'avais la tête pour t'écouter?

À Montréal, il lui avait parlé du temps que Morrice avait vécu et travaillé à Cuba et du peu de tableaux de cette époque qu'on connaissait de lui. Il lui avait dit, et avait fini par croire, qu'il devait y en avoir d'autres à n'avoir jamais quitté l'île et qu'il pourrait les trouver, en cherchant un peu. L'entreprise paraissait fort simple.

—Tu as peut-être raison, répéta-t-il.

Avec une dizaine, une douzaine de tableaux tout au plus, ils en auraient pour un million. Pour arriver au même montant, il aurait fallu un plus grand nombre de pochades. L'avantage, c'était qu'elles se rangeaient plus facilement. À bien y penser, il aurait préféré les pochades. Claire aussi. C'était plus sûr. Pour voir comment ils s'y prendraient, ils avaient pris des cartes, un jeu complet, en avaient mis quelques-unes dans leurs poches et disposé les autres dans les valises pour qu'elles n'attirent pas trop l'attention. Même eux, qui n'avaient pas l'habitude de ces choses, étaient arrivés à les dissimuler assez bien.

C'était comme s'ils avaient déjà eu les Morrice. Claire avait même placé l'argent. Elle n'en avait pas parlé à François: il ne connaissait rien aux finances. C'était elle qui avait toujours fait tous les calculs. Elle continuerait, mais avec plus d'argent. Et ils n'auraient plus peur, plus autant de raisons d'avoir peur. Millionnaires! Presque plus d'inquiétude jusqu'à la fin de leurs jours. Cela ne tenait qu'à quelques bouts de carton ou de toile avec de la peinture dessus. Et une signature: J. W. Morrice. Le bonheur tenait à si peu de chose qu'elle s'était laissé convaincre. « La fortune est là pour tout le monde, lui avait-il dit combien de fois. C'est une question d'être au bon endroit au bon moment et de savoir quoi faire. » C'était le moment. C'était l'endroit. Mais savait-il, avait-il jamais su quoi faire ?

Fouiller La Havane ? Entrer dans les maisons ? Examiner chaque mur ? En deux semaines, il n'aurait pu à lui seul suffire à la tâche. Et Morrice était aussi allé à Santiago, à l'autre bout de l'île. Y aller aussi ? Pour combien de temps ? Chercher où une fois rendu là ? Mêmes difficultés qu'à La Havane. Et après Santiago ?

—Tu as peut-être raison, ne cessait-il de répéter.

—Tu ne peux pas trouver autre chose à dire ?

Tout le monde profitait de la vie. Tout le monde s'enrichissait. Pourquoi pas elle ? Les autres avaient eu leur tour ; c'était maintenant le sien. Et elle sentait que son incapable de mari allait le lui faire rater.

—Cherches-tu seulement ?

La voix était dure, méchante.

—Qu'est-ce que tu penses ? Tu ne te rappelles pas à quelle heure je suis entré hier soir ?

—Ça ne veut rien dire.

Il savait mieux que personne qu'elle avait raison. Cette femme tracassière voyait clair en lui et ne laissait rien passer. Se pouvait-il qu'elle ait deviné ? Pour lui donner le change, il se défendit en lui avouant la vérité :

—On dirait que tu penses que je me suis endormi dans une entrée de porte plutôt que de chercher dans les rues de La Havane.

—Qu'est-ce que tu pouvais chercher à dix heures du soir ? Tu ne vas tout de même pas me dire que tu pouvais voir dans les maisons à la noirceur ? Je commence à penser qu'en effet tu t'es probablement endormi quelque part.

—Je disais ça pour blaguer.

—On dit ça.

François regrettait d'avoir tant dit. Pourvu qu'elle n'apprenne jamais qu'il avait rencontré Icare.

—Comment es-tu revenu à l'hôtel? Tu n'as pas été prendre un taxi au moins?

—Bien voyons...

Cela était dit si mollement que Claire, qui cherchait à savoir, comprit tout de suite qu'il mentait.

—Tu as pris un taxi! Ah misère! C'est le bouquet! On aura tout vu!

—C'est Icare qui a payé!

Cela lui avait échappé. Et puis, tant pis! Mentir était trop compliqué pour lui, qui avait l'habitude de ne parler qu'aux bêtes et de mener une vie honnête, sans complications.

—Tu as dit: Icare a payé?

Il l'admit une seconde fois. Il fallut recommencer à zéro, lui raconter sa soirée telle qu'elle avait été, lui dire comment Icare l'avait trouvé et ramené à l'hôtel.

—Un voleur! Voilà que tu fréquentes un voleur maintenant! C'est beau, mon petit gars. On t'enverra encore en ville y passer tes soirées. Hier soir, c'était un voleur; aujourd'hui, qu'est-ce que ça va être? Hein? Dis-le! Une putain? On peut pas faire confiance aux hommes. Ça commence par un petit mensonge, puis un deuxième vient s'ajouter au premier, puis un autre et ça finit qu'on ne sait plus distinguer le vrai du faux. Une chose, en tout cas, que je commence à comprendre, c'est que tu perds ton temps à La Havane, que tu ne cherches même pas ce que tu es censé chercher. Alors, encore une fois, peux-tu me dire ce qu'on est venus faire ici?

—La paix! Je suis venu chercher la paix!

Il s'était rapproché d'elle et, pour être sûr qu'elle ne le lui redemanderait plus jamais, il le lui avait crié de toutes ses forces. Claire n'avait pas eu le temps de se boucher les oreilles et en était tout étourdie.

—C'est comme ça que tu me parles, maintenant?

Sa voix était douce comme celle d'une petite fille étonnée qu'on la dispute parce qu'elle ne se rendait pas compte qu'elle avait mal agi. La paix? Claire ne comprenait pas ce qu'il avait voulu dire. Ne l'avait-il pas à la maison, la paix? Que lui manquait-il donc qu'il puisse trouver ici? Elle ne voyait pas, vraiment pas. Cuba ne lui avait rien donné, à elle, parce que ce qu'elle avait voulu de Cuba, c'étaient des peintures, de petites peintures qui valaient très cher et qu'elle ne voulait pas garder, mais vendre. Si elle devait quitter Cuba sans les peintures, elle serait encore plus malheureuse qu'avant. Garanti. La paix? Comme si on pouvait trouver la paix ailleurs, comme s'il y avait un endroit où trouver la paix. «Tout le monde y serait, pensa-t-elle, et alors on ne l'aurait plus, la paix.» François ne savait pas ce qu'il disait et il était en train de lui faire perdre la tête avec sa paix.

François pensait à la première fois qu'il avait vu les tableaux de Morrice, à la sensation qu'il avait éprouvée et qu'il recherchait depuis. La paix. C'était cela pour lui, le monde de Morrice où tout tourne au ralenti. Personne ne s'y presse. Les costumes de l'époque y sont sans doute pour quelque chose, mais il y a plus. On ne parle pas dans ses tableaux. On écoute et, ce qu'on peut entendre, ce sont le clapotis des vagues contre la jetée, le vent frais du soir dans les arbres, un verre qu'on dépose sur la petite table de la terrasse, des bruits de pas qui traînent sur les pavés. On agit peu, mais on se déplace par curiosité, comme s'il y avait du nouveau à voir un peu plus loin. Question de point de vue. Les personnages de Morrice sont gourmands de couchers de soleil. Sans être riches, ils se paient le luxe d'une promenade, d'un digestif, d'un café, d'un coup d'œil sur le plus beau des sites vu du meilleur angle. Ce sont des gens de goût qui savent profiter de la vie. Des couples ou de petits groupes. Pas de foules. On ne se sent jamais à l'étroit dans ses toiles, comme s'il avait pris soin d'éliminer les gêneurs qui font ombre dans la vie, ce qui lui laisse des espaces aérés même près du Rialto, où, comme l'on sait, il y a toujours trop de monde pour qu'on le regarde à son goût. À Trinidad, ce sont les anses qu'il a peintes, avec rarement plus d'un personnage, tout petit dans ce décor de rêve qui le domine, comme le rêve, s'il doit avoir un sens, devrait dominer la vie des hommes.

Le tableau qui l'avait le plus marqué était *Scène à La Havane*, où la paix, aurait-on dit, s'était arrêtée, comme l'étoile des mages, au-dessus de la petite place. Pourrait-il jamais communiquer à Claire le sentiment de plénitude éprouvé la veille à La Havane, devant le mur aux volets clos? Valait-il même la peine d'essayer puisque, de toute façon, l'épiphanie, si on pouvait l'appeler ainsi, avait duré quelques heures, un jour, et que ce jour était passé?

Claire ne s'appartenait plus. Elle se leva en soupirant, comme si le devoir l'eût appelée. Devant elle, les mouchoirs de papier plissaient comme des prunes. «Être pauvre, c'est donc pas beau», se dit-elle.

L'œil humide, elle passa la main sur chaque mouchoir pour le repasser, mais les plis revenaient, obstinés comme sa hantise de la misère. « C'est déjà trop tard, se dit-elle, sentant sous ses doigts les mouchoirs qui avaient raidi. Il va falloir se moucher dans les plis. » Mais ses mains continuaient de frotter les petits papiers comme s'ils avaient été des feuilles d'or.

— Veux-tu m'expliquer, marmonna-t-elle, peux-tu seulement m'expliquer ce qu'on est venus faire ici ?

Cela était dit pour elle seule et la question demeura sans réponse. Que pouvait-elle espérer d'un mari rêveur qui s'imaginait que des pauvres comme eux pouvaient participer à la vie des riches, qui voyagent et jettent leur argent aux quatre vents parce qu'ils en ont tant qu'ils ne savent pas quoi en faire ?

Pourrait-il jamais lui faire comprendre ? Tout espoir de se retrouver sur un terrain d'entente lui paraissant perdu, François se leva à son tour et, plutôt que de s'approcher d'elle et de lui demander pardon, il sortit.

— C'est ça. Laisse-moi toute seule.

Il lui restait encore une semaine. Allait-il la passer à se justifier, à écouter Claire se plaindre, à battre sa coulpe ? S'il avait été porté à la boisson, il aurait bu et beaucoup. L'alcool aidait-il à faire oublier ce qui allait mal ou n'allait pas du tout ? L'alcool brouillait les obstacles au bonheur sans doute, faisait monter devant soi un brouillard qui arrondissait le contour des choses, les rendait indéfinissables, moins réelles. Noyer son chagrin dans l'alcool. L'expression lui était connue et il commençait d'en saisir le sens. Noyer ici ne voulait pas dire noyer jusqu'à la mort — un chagrin ne meurt jamais —, mais diluer comme si le chagrin, étant sec comme certains ennuis, on avait besoin, pour l'avaler, de l'arroser un peu, de le faire tremper, macérer. C'est à quoi servait l'alcool.

Morrice buvait et ne devait pas être debout avant midi, ce qui expliquerait l'absence de levers de soleil dans son œuvre marquée par l'atmosphère opaque qui en fait le charme. On sent que le monde s'est éveillé avant lui, est en marche depuis longtemps et se ressent de la fatigue de la journée. La seule façon pour lui de le rattraper semble être de l'attendre, assis à la table d'un café car c'est déjà l'heure de l'apéro.

François ne s'était jamais assis à la table d'une taverne, n'avait jamais pris de verre avec les copains, n'avait jamais eu de temps à perdre ni d'argent à jeter par les fenêtres. Il ne lui restait qu'une semaine à vivre à Cuba, à perdre puisque c'était comme cela que le voyait Claire, et il ne savait pas comment s'y prendre.

—Qu'est-ce qui t'arrive? On dirait que tu viens de lire ton arrêt de mort.

—Ce n'est rien.

—Pas besoin d'un bon avocat?

François sourit à Antonio et lui fit signe que non. La santé? Claire? Non? Vraiment? L'avocat le cernait de questions sans parvenir à lui délier la langue.

—Mon vieux, dis-toi que, des fois, ça aide de parler à quelqu'un. Si tu changes d'idée, ne te gêne pas. À moi, on peut tout dire. J'ai déjà tout entendu au moins cinq fois. Compris?

Allait-il lui dire? Mais lui dire quoi? Qu'il était venu à Cuba dans l'espoir d'y trouver des tableaux de Morrice? L'avocat lui dirait les ennuis qu'il s'attirerait s'il réussissait.

—C'est personnel.

Antonio lui mit une main paternelle sur l'épaule et lui fit comprendre que des ennuis personnels, tout le monde en avait.

—Rumine pas ça trop longtemps ; tu ne seras pas plus avancé. Un petit conseil entre amis, tu permets ? Change-toi les idées. Je ne te dis pas d'oublier. Non. Mais mets ça de côté quelques heures. Pas plus. Quand tu vas y revenir, parce que tu vas y revenir, les problèmes, ça ne disparaît pas si facilement qu'on le souhaiterait, eh bien ! tu les verras différemment. Dis-toi que la solution est souvent plus simple qu'on se l'était imaginé. Ça vaut la peine d'essayer, non ?

François y réfléchirait, mais pour l'instant il aperçut Icare et voulut lui dire qu'il avait tout confessé à Claire. C'est Icare cependant qui s'adressa à lui en premier.

—Ça te dit quelque chose ?

Il lui présenta le bout de papier journal qu'il avait découvert la veille dans la poche de son pantalon. Non, ça ne lui disait rien. Pourquoi demandait-il ? Une idée comme ça. Icare en fit une boule et la jeta dans le cendrier tout près. Quand il fut parti, Antonio étira la main, déplia le papier et lut :

—« SANTIAGO ». Cela sent la trahison et le meurtre. Je ferais mieux de conserver ça. Sait-on jamais.

—Vous croyez ?

Déformation professionnelle. Tout détective rêve d'être avocat et tout avocat veut jouer au détective. Surtout en vacances. Mais revenons à toi. Qu'est-ce que tu comptes faire ?

—Je pensais retourner à La Havane.

—Dans un but précis ?

—Pas vraiment.

—Tu m'inquiètes. Je n'aime pas te savoir seul. Pourquoi ne viendrais-tu pas avec nous? Sylvio et moi allons suivre les traces d'Hemingway. Restaurants, bars, hôtels. Ça te dit? C'est comme tu voudras. Aucune obligation.

Comme François hésitait, Antonio comprit que c'était peut-être une question d'argent.

—Tu tombes bien, c'est moi qui paie aujourd'hui.

—Ce n'est pas cela...

Mais comme c'était surtout cela, François ne trouva aucune raison de refuser et accompagna les deux gros hommes dans leur excursion littéraire.

❖

Céline avait mis son réveil pour se lever tôt et se donner le temps de se faire une beauté avant de chausser ses baskets. Il n'était pas tant question pour elle de faire des exercices que d'avoir l'air d'en faire. «Je pourrais être grand-mère, mais on ne le dirait jamais.» Le miroir, ce matin-là, lui donna raison.

Quand elle arriva à la plage, elle ne vit que Daphné qui se baignait dans la mer, tout près du rivage.

—Vous ne devriez pas vous baigner seule, lui cria Céline, chez qui l'amour naissant éveillait l'instinct maternel.

Daphné y vit un reproche et, docile, sortit de l'eau qui lui apportait douceur et consolation. La journée s'annonçait comme les autres, mais elle sentait qu'elle avait triché un peu le destin en lui volant ces quelques minutes de bonheur avant que Paul se lève et que tout le monde lui dise ce qu'il fallait faire et penser. Comme elle se savait un peu sotte, elle obéissait sans se poser de questions, les questions qui lui venaient à l'esprit ne pouvant qu'être aussi sottes qu'elle et ne méritant donc pas qu'on se donne la peine d'y répondre. La vie était toute simple : il suffisait de ne lui opposer aucune résistance.

Daphné s'épongea les cheveux et se tamponna le corps pour ne pas irriter sa peau en la frottant. Il y avait dans ses yeux et dans son sourire résigné toute la candeur qu'on s'imagine trouver chez les jeunes filles des îles du Pacifique parce que Gauguin l'y a vue. Céline se dit, en la voyant, que la beauté était jeune et qu'elle risquait de paraître vieille si on la surprenait près d'elle.

—Daphné, dites-moi, ma petite, lui demanda-t-elle, comme une vieille dame parlant à une enfant, vous n'avez vu personne sur la plage, ce matin ?

Elle avait vu des gens. Assez peu à la vérité. Certains avec leur appareil photo pour capter les premières lueurs du jour, d'autres venus y faire du jogging. Du jogging ? Cela intéressait Céline. Où se dirigeaient-ils ? Comme chacun suivait sa piste, Daphné répondit qu'ils allaient comme souffle le vent, dans toutes les directions. Aurait-elle reconnu un homme dans la quarantaine, un bel homme bien fait, solide, un vrai sportif, haut comme cela ? Céline le modelait dans le vide, s'étonnait que Daphné n'ait pas reconnu Ian à la description qu'elle faisait de lui, n'était pas loin de la traiter de petite sotte tant elle semblait y mettre de mauvaise volonté. Allait-elle le lui dire à la fin ? Faudrait-il qu'elle lui avoue qu'elle n'était ici que pour le rencontrer ? Ce n'était pas assez évident, nom d'un chien ?

—Comme le monsieur là ? demanda Daphné.

Céline se retourna. C'était lui. Elle voulut l'embrasser, se dit que la petite ne comprendrait pas et qu'il valait mieux n'en rien faire. Moins elle en dirait, mieux ce serait. Elle partit donc sans remercier à la suite de l'Écossais, qui, ne l'ayant pas remarquée, rentra à l'hôtel au pas de course sans qu'elle ait pu l'atteindre. «Demain, se promit-elle, je l'attendrai sous les pins et ne me laisserai pas distraire.»

⁙

Près de l'entrée de l'hôtel poussait un laurier-rose qui offrait ce jour-là la plus belle de ses fleurs. La voyant, Daphné ne put s'empêcher de la toucher, mais aussitôt qu'elle y eut mis le doigt, la fleur tomba dans sa main comme par enchantement. Le mal étant fait, Daphné la porta à ses lèvres et crut sentir que la fleur, loin de lui en vouloir, lui donnait un baiser doux et parfumé, lui apportant un bonheur inédit qu'elle voulut conserver comme le plus cher des secrets.

Elle se livrait à ces douces pensées, où entrait une part d'angoisse causée par un sentiment de culpabilité, quand elle croisa Ana dans l'escalier. De peur qu'elle ne l'accuse de quelque crime, elle mit instinctivement la main derrière le dos, comme une enfant prise en faute, attirant ainsi l'attention sur ce qu'elle avait voulu dissimuler.

—Daphné, que cachez-vous là?

Elle lui montra la fleur, qui s'était épanouie depuis qu'elle la tenait, une fleur rose aux multiples pétales dentelés d'une beauté extraordinaire.

—Oh! madame, dit-elle pour toute défense, je ne l'ai pas cueillie. Elle m'est tombée dans la main.

Ana en avait le souffle coupé. Jamais n'avait-elle vu une fleur d'une telle beauté.

—Prenez, insista Daphné, en la lui rendant. Elle est à vous.

Mais quand la fleur toucha la main d'Ana, ses pétales se refermèrent comme si elle allait faner.

—Non, Daphné. Reprenez-la. Vous voyez bien qu'elle vous appartient.

Quand elle vit que la fleur se ranimait dans la main de la jeune femme, Ana lui demanda si elle consentirait à la tenir ainsi pendant qu'elle la peindrait.

—Vous comprenez, Daphné, qu'il m'en faut garder le souvenir. Feriez-vous cela pour moi?

Daphné, qui avait craint d'être grondée, accepta, se disant que, si elle était sage, on lui pardonnerait peut-être d'avoir touché au laurier-rose.

Des trois, Antonio était le seul à avoir lu Hemingway. Sylvio avait vu deux ou trois films faits d'après ses romans et François savait qu'il s'appelait Ernest et qu'il avait une petite-fille, Mariel, qui faisait du cinéma. À les entendre, dans le taxi qui les conduisait à Cojimar, on aurait cependant pu les croire spécialistes en la matière, chacun présentant sa thèse sur sa vie, son œuvre et sa mort.

Antonio avait relu quelques passages qu'il avait autrefois soulignés dans ses livres, obtenu des adresses et, à partir des documents réunis, organisé la journée pour être aux bons endroits au bon moment. C'était sa journée, comme il l'avait dit à François, et il tenait à la réussir jusque dans les moindres détails.

—Fiez-vous à moi et laissez-vous mener, avait-il lancé en s'asseyant sur le siège avant de la voiture.

Le guide, ce serait lui. Ils allaient commencer par le petit village de pêcheurs entre Santa Maria del Mar et La Havane, où ne vont pas les touristes, qui, pour la plupart, en ignorent l'existence, la grand-route ne suivant pas la côte.

Ils trouvèrent Cojimar tel que l'avait quitté le grand écrivain, il y avait trente ans. C'étaient la même baie profonde, le même rivage échancré, les mêmes petites maisons qui égayaient la côte, mais en plus fragiles, comme de petites vieilles encore debout et laissant deviner ce qu'elles avaient été à l'époque de leurs belles années. Le temps ne s'était toutefois pas complètement arrêté.

Près de la place qui porte son nom, le buste d'Hemingway continue de veiller sur les pêcheurs, qui, au lendemain de sa mort, se sont cotisés et ont fait fondre les hélices de leurs bateaux pour ériger un monument à la mémoire de l'homme qui avait, en 1954, partagé avec eux le fruit de son prix Nobel, qu'il leur devait en partie parce que c'était d'eux qu'il avait parlé, de leur vie et de leur village dans *Le vieil homme et la mer*, écrit deux ans plus tôt. Ce fut ce qui émut le plus Antonio, ce témoignage de gens qui ne liraient jamais ce qu'on avait dit d'eux et qui n'avaient pas besoin de mots, eux qui avaient connu l'homme et se rappelaient ce qu'ils lui avaient donné: l'amour du pays, du métier et de la vie. Ce buste noir disait leur reconnaissance et beaucoup plus encore, qu'on ne se dit pas entre hommes mais qui passe dans la moindre description pour peu que l'on raconte les choses telles que le cœur les a vues.

Antonio récita pour lui seul ce passage du roman qu'il avait lu dans le texte et qui lui revenait à la mémoire comme si une voix mâle et riche le lui eût lu pour qu'il voie comme il fallait voir ce qu'il avait sous les yeux :

« *They sat on the Terrace and many of the fishermen made fun of the old man and he was not angry. Others, of the older fishermen, looked at him and were sad. But they did not show it and they spoke politely about the current and the depths they had drifted their lines at and the steady good weather and of what they had seen. The successful fishermen of that day were already in and had butchered their marlin out and carried them laid full-length across two planks, with two men staggering at the end of each plank, to the fish house where they waited for the ice truck to carry them to the market in Havana.* »

Les hommes qui avaient inspiré ces mots avaient fait confiance à l'étranger et il le leur avait rendu.

François ne voyait pas de poésie à Cojimar. Les préoccupations de Morrice l'ayant toujours tenu loin du monde du travail, il n'y avait rien dans ce décor, qui sentait la sueur et le poisson qu'on écaille, filète et fait sécher au soleil, qui pût rappeler l'œuvre du peintre. C'était peut-être mieux ainsi. Depuis qu'il avait compris que les portes du paradis évoqué par Morrice s'étaient à jamais refermées sur lui et que, plus il reviendrait s'y cogner, plus l'image qu'il en avait s'effacerait de son souvenir, il ne savait plus dans quelle direction tourner ni où mettre ses espoirs.

Hemingway était tout le contraire de Morrice et pourtant les deux hommes avaient été heureux à Cuba. Comment pouvait-il en être ainsi ? François ne comprenait pas. Quel rapport pouvait-il exister entre le bonheur dans l'inaction tel que l'avait conçu Morrice et le bonheur dans l'action qui avait été la philosophie de Hemingway? Il en était à ce point dans ses réflexions quand Antonio proposa de s'asseoir à La Terraza, restaurant qu'avait fréquenté l'écrivain, et de manger un peu.

Sylvio se disait que ce qu'il manquait pour mettre un peu de vie dans le décor, c'était une pizzeria. Le poisson, il n'y a pas à dire, c'est bon, mais c'est triste aussi, surtout quand ça vous regarde dans le blanc des yeux du fond de l'assiette. Et puis, quand on est pêcheur, on doit de temps en temps se faire un goût pour autre chose. Ce que tout le monde aimait, c'était une pizza, surtout les pizzas de Sylvio. Pas battables! Combien de fois lui avait-on dit: «Sylvio, avec ta recette, tu ferais un malheur n'importe où en Italie, même à Naples!» Il jeta un coup d'œil autour de lui: une couche ou deux de peinture, de nouvelles lampes au plafond, des petites nappes à carreaux rouge et blanc, une chandelle sur chaque table, un juke-box au fond de la salle pour créer une atmosphère rétro avec des disques des années cinquante et quelques airs cubains, le menu affiché à la porte, comprenant une variété de pizzas et de salades, du cola et, concession faite aux mœurs locales, du rhum, même s'il aurait préféré ne pas en servir, c'était tout ce qu'il aurait fallu.

Les trois hommes mangèrent en silence. Sylvio, de sa main libre, pétrissait une pâte imaginaire; Antonio essayait de se rappeler un autre passage du même roman, qui commençait par: «*The shack was made of the tough budshields of the royal palm which are called guano and in it there was a bed, a table, one chair, and a place on the dirt floor to cook...*»; François, comme un amant blessé qu'on a trompé et qui jette son dévolu sur la première occasion qui se présente, cherchait désespérément dans Cojimar la première lettre d'un paradis insoupçonné.

❖

Comme elle avait raté l'hibiscus jaune, Ana craignait le pire, le laurier-rose étant beaucoup plus complexe et difficile à saisir. Il fallait pourtant qu'elle le réussisse, car exercer un métier sans espoir de s'élever au-dessus de la médiocrité était pour elle plus triste encore que de n'avoir rien à faire.

Or, ce matin-là, Ana n'arrivait pas à mettre un pied devant l'autre sans trébucher, échappait tout, renversait tout, était gauche comme on peut l'être à douze ans. David, voyant cela, l'installa lui-même à l'ombre d'un grand arbre et, pour ne pas l'énerver davantage, s'éclipsa.

—Comment voulez-vous que je la tienne? demanda Daphné, qui, la fleur dans la main, se sentait comme un vase.

—Comme vous voudrez, répondit Ana, qui n'avait jamais peint dans de pareilles conditions. Seulement, arrangez-vous pour être confortable; ça risque d'être long.

Daphné tenait la fleur entre ses doigts mais, comme elle avait peur de l'échapper, elle en pinçait la tige très fort et ses doigts devinrent blancs, ce qui l'inquiéta. Elle demanda, après quelque temps, si elle pouvait la coincer derrière l'oreille comme le font les jeunes filles à Hawaii. Ana n'y vit pas d'inconvénient, mais changea vite d'avis quand elle s'aperçut que la fleur qu'elle avait commencé de peindre empruntait, à la joue et à l'oreille de Daphné, un teint plus vif, plus sensuel, comme celui des bergères de Fragonard. Ana se dit que ce n'était pas un tableau qu'il lui faudrait faire, mais plusieurs, qui tiendraient compte de ces changements. Daphné ne comprenait pas pourquoi Ana montrait des signes d'impatience, mais sentait qu'elle y était pour quelque chose et regrettait de plus en plus d'avoir pris la fleur, qui risquait de lui valoir des ennuis et de gâcher sa journée. Le temps passait et Daphné éprouva du chagrin de ne pas voir la fleur alors qu'elle était à son meilleur, mais, de peur d'indisposer Ana par ses caprices, elle se résigna à ne la revoir que fanée.

Icare, qui allait à la plage, s'arrêta un instant derrière Ana, mais ce n'était pas le tableau qui l'intéressait, ni les fleurs. Daphné lui sourit comme les enfants qui s'ennuient et découvrent tout à coup qu'on les regarde avec attention, avec amour peut-être. Mais en redressant la tête, elle fit tomber la fleur sur ses genoux et le soleil, qui était à son plus haut, la fit blanchir aussitôt comme un lis de Pâques.

—Je n'y arriverai jamais! échappa Ana en levant les bras au ciel.

Ses mains fouillèrent dans la boîte à peinture pour y trouver plus de blanc.

—Daphné, ma petite Daphné, que vous êtes changeante! dit-elle enfin.

La jeune femme crut qu'on lui reprochait de tant bouger, s'excusa, prétextant qu'elle n'avait jamais posé, qu'elle n'aurait jamais pensé que ce soit si difficile de faire la statue de sel, qu'elle n'y arriverait jamais, même si elle y mettait beaucoup de volonté, car elle avait toujours été agitée, tant à la maison que sur les bancs d'école, où elle se faisait souvent disputer pour son manque de discipline et d'application.

Plus Ana tentait de la rassurer en lui disant que ce n'était pas ce qu'elle avait voulu dire, plus Daphné se reprochait d'être soit sotte, soit distraite, jamais comme on voulait qu'elle soit. Elle aurait mieux fait de ne jamais toucher la fleur, mais la fleur était tellement belle, souriante, douce et parfumée que Daphné la porta de nouveau à ses lèvres.

De blanche qu'elle était un instant plus tôt, elle devint carmin, comme si le sang eût monté aux pétales. Ana aurait voulu qu'elle la tienne ainsi, car jamais n'avait-elle vu couleur si éclatante sur une fleur de laurier-rose. Mais elle n'osait plus dire quoi que ce soit car chacune de ses paroles blessait Daphné, qui lui parut plus fragile encore qu'une fleur coupée.

La fleur parlait à Daphné comme une sœur, en lui souriant, sans qu'il passe entre ses pétales ouverts plus qu'un léger parfum qui l'intoxiquait. Et Daphné lui répondait de même.

Derrière son immense toile, Ana laissa tomber ses pinceaux dans les herbes hautes, se prit la tête à deux mains et pleura de découragement. Jamais n'arriverait-elle à saisir la physionomie mobile de cette fleur !

Tout ce temps, la fleur changeait comme si elle avait dû à elle seule résumer un jardin. Puis Daphné s'endormit, médusée, la fleur collée à ses lèvres comme une bête des bois repue de trèfles, de marguerites et de boutons d'or. Ce fut ainsi qu'Ana la vit quand elle releva la tête. « Une dernière fois », se dit-elle pour s'encourager, en reprenant ses pinceaux et sa palette puis en se remettant à l'œuvre. Ce coup-ci, on aurait dit que c'étaient les pinceaux qui choisissaient les couleurs, des couleurs qu'Ana ne se rappelait pas avoir mélangées, et les étendaient sur la toile, où chaque pétale prenait forme, prenait vie.

Quand Daphné se réveilla, Ana était penchée au-dessus d'elle et lui souriait comme une fée, une baguette magique à la main. Ce n'était à la vérité qu'un pinceau souillé de peinture, mais il en était sorti une merveille.

—Daphné, ma petite, venez voir!

Daphné regarda la toile et reconnut la fleur.

—Qu'en pensez-vous?

Les mots ne venant pas, Daphné, plutôt que de dire une sottise, ne dit rien, mais elle mit la fleur près de la toile pour qu'on voie comme la ressemblance était bonne. Puis elle partit, emportant la fleur dans le creux de sa main comme un objet rendu plus précieux par la copie qu'en avait fait Ana.

Antonio, Sylvio et François prenaient une dernière orange pressée au restaurant La Bodeguita del Medio avant de rentrer à l'hôtel. La journée avait été splendide pour les trois hommes, qui avaient ri beaucoup plus que François n'avait cru qu'il soit possible de rire et autant qu'Antonio et Sylvio riraient chaque fois qu'ils se rencontreraient à l'avenir. Mais au moment où Sylvio se levait de table, il fit un faux pas et alla s'écraser contre le mur.

—Qu'est-ce que je vois? s'écria Antonio, les yeux écarquillés.

—Ce que tu vois, lui lança Sylvio en riant, c'est un homme qui a pris une orangeade de trop.

—Ce n'est pas ce que j'ai voulu dire, rectifia Antonio,

en l'aidant à se remettre sur pied. Regarde plutôt!

Sylvio avait beau regarder, il ne voyait rien de plus que tantôt. Mais François vit aussitôt ce qu'il voulait dire. Sur le mur, parmi des centaines de signatures, on pouvait lire, en gros caractères inégaux: «SANTIAGO». Antonio sortit le bout de papier journal qu'il avait retiré du cendrier ce matin-là à l'hôtel et le tint près de la signature sur le mur. C'était, à n'en pas douter, la même écriture tremblante, incertaine.

—De plus en plus intéressant. Mais qu'est-ce que cela veut dire?

❖

Le prix du billet comprenait l'aller-retour en bus, le spectacle et deux verres de punch au rhum.

—Deux verres! Des plans pour nous faire mourir de soif, avait murmuré Sophie, qui trouvait qu'au prix où était le rhum on aurait pu leur en servir davantage. Après tout, ce n'étaient pas eux qui conduisaient. Alors, pourquoi priver tout le monde?

Cette fois-ci, elle avait pris ses précautions et Roland, pour éviter une répétition de la scène de l'autre soir, avait été lui acheter une bouteille de rhum, qu'elle avait aussitôt mise dans son sac.

—C'est frais sans bon sens le soir à Cuba. On va avoir besoin de quelque chose pour se réchauffer, dit-elle, pour se justifier, quand il lui remit la bouteille, qu'elle promit de ne pas toucher avant d'avoir pris les deux verres auxquels elle avait droit.

❖

Quand Daphné aperçut celles qu'on appelait sur le programme les «deux divinités féminines rivales» du Chequere Congo, elle comprit ce qu'ils étaient venus faire à la «Nuit afro-cubaine». Paul avait dû se renseigner et apprendre que le folklore cubain, cela se traduisait en canadien par de belles femmes se trémoussant sur une scène en plein air au rythme d'une musique endiablée excitant les hommes encore plus qu'elles, qui en avaient l'habitude et qui ne faisaient que leur métier. «Joli métier», pensa-t-elle, un peu honteuse de faire partie de l'auditoire.

Deux tables plus loin, Judith attira l'attention de ses voisines sur le couple de jeunes mariés en disant. :

—Si c'est pas effrayant! Ça ne fait pas une semaine qu'ils sont mariés et il la trompe déjà.

—Il la trompait probablement avant.

—Surtout avant! renchérit Judith, qui pour une fois était d'accord avec Liljana.

—Rien d'étrange à cela.

—Vous trouvez? Comme vous avez l'esprit large!

—Je ne suis pas la seule à le reconnaître, allez! Vous connaissez la salle des mariages de l'hôtel de ville de Menton?

Personne ne connaissait.

—Il faudrait y mener toutes les jeunes filles qui se préparent au mariage et les y enfermer une heure au moins. Jean Cocteau, qui connaissait le cœur des femmes...

—Ce n'est pas ce qu'on dit.

—Laissez parler. Je dis et je sais ce que je dis. Jean Cocteau connaissait le cœur des femmes et celui des hommes, je vous l'accorde, l'un n'empêchant pas l'autre. Eh bien! On lui doit la décoration de cette salle unique au monde. Sur le mur de droite, on voit de jeunes mariés qui chevauchent, laissant derrière eux la maîtresse du jeune homme, que son frère tente de consoler. Qui ne verrait dans cette représentation le cœur inconstant des hommes? Un homme, voyez-vous, est toujours follement amoureux. De sa maîtresse d'abord, de sa femme ensuite, qu'il trompera plus tard au nom d'un amour plus grand encore.

—Pourquoi alors tant de cérémonies?

—La robe, le voile, le bouquet, les fleurs, les filles d'honneur, le gâteau de noces et la lune de miel?

—Oui.

—Le mariage est une fête pour les yeux. C'est du théâtre. Et tout le monde aime le théâtre.

—Mais il y a plus: il y a échange de vœux.

—Du théâtre, vous dis-je. On répète dans l'intimité. Vient le grand jour, on récite son «par cœur» devant la famille et les amis. Chacun joue son rôle. L'homme tient le sien, la femme aussi. Mais l'homme sait que c'est du théâtre, alors que la femme pense qu'on joue pour vrai. Si, une fois les noces terminées, le mari redevient l'éternel amant, il ne faut pas s'en étonner.

—Les femmes se font rouler dans cette histoire.

—C'est pourquoi je ne me suis pas mariée, avoua Diane-D. qui avait jusqu'ici suivi la conversation sans rien dire, Liljana résumant assez bien sa pensée.

—Vous Liljana, vous vous êtes mariée pourtant, non?

—Oui. Et même plus d'une fois.

—Alors?

—Il n'y a pas d'alors. J'aime la vie et j'aime le théâtre.

Céline trouvait un peu énervante cette conversation,

qui tournait autour du mariage et de l'infidélité, et elle avait hâte qu'on change de sujet. Voyant qu'on n'en ferait rien et apercevant une place libre à côté d'Ian, elle se leva sans s'excuser, pour ne pas attirer l'attention, et alla s'asseoir à sa table.

❖

—Icare, est-ce que François t'a parlé?

—Pas depuis ce matin. À quel sujet?

Antonio sortit de sa poche un bout de papier journal, qu'Icare reconnut aussitôt.

—Je ne sais pas si ça peut t'aider, mais on a vu la même signature sur un mur de La Bodeguita del Medio, où Hemingway allait souvent prendre un verre. Tu connais?

—Ça ne me dit rien.

—Tu as lu *Le vieil homme et la mer*?

—Oui.

—Tu te rappelles le nom du vieil homme?

—Non.

—Santiago.

Icare n'écoutait plus. Sur la scène, où s'étaient succédé diablotins, divinités et souverains des mythologies et légendes qui ont formé l'âme des esclaves noirs originaires d'Afrique, parut, entourée de vestales, la déesse de l'amour, hautaine, coquette, sûre de sa beauté et de ses pouvoirs. Devant tant de splendeur provocatrice, Antonio reconnut que la nuit était propice aux enchantements et se retira avant qu'on l'accuse d'être un trouble-fête. Déjà Ochun, venue envoûter les hommes, avait choisi d'ensorceler Icare en n'affectant pour lui que de l'indifférence. Mais, plus elle tentait de paraître dédaigner l'homme, plus sa sensualité débordante se soumettait aux charmes de l'inconnu, qui s'était levé et se tenait maintenant le dos appuyé à un arbre pour la mieux voir.

Au début du numéro suivant, pendant que Chango troublait les femmes et tenait les hommes à distance par ses bonds, ses contorsions et ses gestes menaçants, Icare disparut dans le noir retrouver Ochun, qui l'entraîna sous les orangers dont les fruits mûrs, à ce temps-ci de l'année, fleuraient le bouquet de mariée.

—Ça, c'est pour nous autres! prononça Lise, qui parlait au nom de toutes.

Noëlle trouva l'homme beau, en effet, mais effrayante l'image de la virilité qu'il projetait. Tant de force, tant d'énergie incontrôlée qui se traduisaient en tonnerre et en foudre ne pouvaient que blesser l'objet de sa passion sauvage, primitive, déchaînée. Jamais ne s'était-elle sentie aussi vulnérable que devant ce danseur, qui incarnait l'homme dans ce qu'il a de plus brutal, de plus bestial, de plus instinctif. Depuis qu'elle l'avait sous les yeux, ce n'était plus de cet homme qu'elle voulait, elle en était sûre même si elle avait rêvé autrefois au corsaire merveilleux, au capitaine de retour de campagne recouvert de gloire et de sang et à l'homme gorille qui grognerait, en l'étouffant dans ses bras. Plus Chango tapait du pied, plus Noëlle était convaincue qu'elle ne pourrait jamais s'accommoder de tout ce tapage chez elle; plus il grimaçait, plus elle éprouvait le besoin qu'on lui sourie; plus il jappait, plus elle avait soif de paroles douces comme on en dit dans l'obscurité, qui rend moins crus les mots Je t'aime. Beaucoup. À la folie.

À la lueur des flambeaux et des étoiles, Noëlle redéfinissait l'image qu'elle se faisait de l'amant idéal, qui, de rêve informe comme une humeur ou un nuage, s'était beaucoup précisée ces derniers jours. Le vent, qui continuait de l'agiter, semblait jouer contre elle, ce soir encore, alors qu'elle avait gardé une place libre près d'elle dans l'espoir que le hasard y conduirait Icare. Mais la place était restée vide, ce qui la mettait mal à l'aise car elle l'avait défendue contre Diane-D., qui croirait qu'elle ne voulait tout simplement pas d'elle à sa table. Hubert? Pas un mot de lui non plus depuis au moins deux jours. Si la situation se prolongeait, Noëlle finirait par croire qu'elle était de ces filles avec qui un homme ne veut pas être vu, qu'elle était, en un mot, laide.

Loin de l'éviter, Hubert, qui s'ennuyait près de sa mère, se retournait de temps à autre dans sa direction pour se donner le plaisir de la voir, cherchant aussi le signe d'encouragement qui le ferait changer de place, mais jamais leurs regards ne se rencontraient, ce qui lui faisait croire qu'elle détournait le sien ou faisait semblant de ne pas le voir. Pourquoi tant de froideur? Si elle ne lui prêtait pas attention, crut-il comprendre, c'était qu'elle en aimait un autre: Icare, sans doute, plus jeune et plus beau que lui. Le moyen de s'en assurer? Le lendemain serait jour de marché. Consentirait-elle à passer la journée avec lui à La Havane? Si elle refusait sans lui offrir de raison valable, il cesserait de s'illusionner et de l'importuner, mais cela ne se ferait pas sans sacrifice car Noëlle lui plaisait. Oui, elle lui plaisait et même beaucoup. Il avait fallu cette musique, qu'il ne connaissait pas et qui lui parlait de sensations et de sentiments nouveaux, pour qu'il se rende compte qu'il était amoureux.

❖

Le spectacle tirait à sa fin. On en était à étourdir un coq en lui faisant tracer des arabesques au bout de la corde qui lui liait les pattes. Astrid, voyant qu'on allait le mettre à mort, en accompagnant son immolation de chants, de danses et de fumée d'encens, mit une main sur le bras d'Hubert pour l'avertir qu'elle partait :

—Reste si tu veux. Moi, je m'en vais.

Hubert se dit qu'il n'aurait probablement jamais d'autre occasion d'assister à un sacrifice rituel et qu'il n'allait pas laisser passer celle-ci. Astrid comprit qu'elle ne le ferait pas bouger et n'attendit pas qu'il lui réponde pour tourner le dos à l'officiant, qui déplumait le coq, lui déchirait la peau du cou avec ses ongles et lui broyait les os en les mordant à belles dents jusqu'à ce que la tête, séparée du corps, lui reste dans la bouche.

En voyant le sang gicler comme d'une fontaine, Noëlle, jusque-là paralysée par le dégoût, se leva d'un bond, transportée d'horreur comme si les portes de l'enfer se fussent ouvertes devant elle. Hubert la vit courir dans le noir aussi loin que ses pas pouvaient la conduire, poursuivie par la musique sauvage à laquelle se mêlaient les cris des initiés, qui buvaient le sang et s'en barbouillaient le visage et le corps. Mais, plutôt que de se diriger vers le parking comme elle l'avait cru, elle s'était enfoncée plus avant dans la campagne et ne voyait plus comment en sortir. Retourner ? Jamais !

Pendant qu'elle reprenait son souffle et se demandait quoi faire, elle entendit des bruits se rapprocher d'elle. Qu'est-ce que cela pouvait bien être ? Une panthère ? Un serpent ? Qu'y avait-il à Cuba qui puisse l'attaquer la nuit? L'énervement, l'inquiétude, la peur finirent de brouiller ce qu'il lui restait d'instinct de préservation et, plutôt que d'écouter, elle recula et mit le pied sur une branche qui craqua. Tout se tut autour d'elle et, au même instant, un nuage obscurcit le ciel, puis passa.

«Ce n'est rien, se dit-elle pour se calmer. Je me fais des peurs comme quand j'étais petite.» Mais, quand la lune reparut, Noëlle se trouva transportée en plein cauchemar. Tout près, un homme, le bras levé, tenait une machette. Saisie d'épouvante, elle ne pensa plus qu'à fuir, mais resta figée sur place, incapable du moindre mouvement.

Noëlle se mit alors à crier comme une perdue et ses cris secouèrent le silence de la nuit, qui s'anima de toutes parts. Comme dans un mauvais rêve, l'homme maintenant courait vers elle à toute vitesse alors qu'elle semblait à peine avancer. Elle courait pourtant, elle courait à tout hasard, se heurtant aux arbres et appelant au secours, quand une main soudain la saisit. Voyant que c'était l'homme à la machette, elle se dit que, si elle devait mourir, ce ne serait pas sans avoir vendu chèrement sa peau et, rassemblant tout ce qu'il lui restait d'énergie, elle lui donna un coup de poing vigoureux dans les côtes, mais sans effet autre que celui de se faire terriblement mal. «Ciel!» se dit-elle, sentant sa fin proche. Mais avant que l'homme ait eu le temps de frapper, il s'écrasa lui-même dans un bruit de paille que l'on froisse.

—Noëlle!

Hubert était derrière elle. Noëlle courut vers lui avant même de voir qui avait assommé l'homme à la machette.

—Hubert!

Elle n'était qu'un paquet de nerfs que traversaient des chocs électriques. Hubert, lui-même trop secoué par ce qu'il avait vu, n'arrivait pas à dire quoi que ce soit d'intelligible.

—Il a voulu me tuer! Il a voulu me tuer!

Dans le bus, il enroula son bras autour des épaules de Noëlle et en ressentit tellement de bonheur qu'il bénit le ciel, qui favorisait ses amours d'une si étonnante façon.

—Ça va aller, répétait-il, en la serrant tout contre lui. Ça va aller. C'est fini.

Il voulut s'assurer qu'Icare, qu'il avait vu assommer Chango par-derrière, était avec eux dans le bus, mais comme Noëlle se serrait contre lui comme une bête qui a froid, il ne voulut pas bouger, de peur de rompre le charme de ce moment précieux qui le favorisait. Dirait-il la part qu'Icare avait prise aux événements? Si elle apprenait qu'elle lui devait la vie, il risquait de la perdre. Lui dire plutôt qu'un homme, sans préciser lequel, avait assommé le danseur. Cette nuit, il voulait croire que le bonheur était possible et à sa portée.

Astrid, qui les observait, n'en revenait pas: Hubert avec Noëlle? Et Noëlle dans les bras d'Hubert? C'était trop beau!

Devant elle, Jean-Marc se plaignait qu'on ne leur avait servi qu'un verre de punch au rhum plutôt que deux. Suzanne ne lui rappela pas qu'il avait pris le sien et celui de Noëlle, sachant que Jean-Marc en aurait pris trois autres sans qu'il y paraisse.

—Tu vois comme on ne peut pas se fier à eux. J'ai donc bien fait de prendre mes précautions, dit Sophie en replongeant la tête dans son sac.

XI

Il croyait que le but de toute forme d'art était de multiplier les points de vue et dénonçait, quand on lui demandait là-dessus son avis, les écrivains qui font œuvre de savant au détriment d'une certaine vraisemblance. Une description, même d'un quartier de tomate, devait, dans un roman, partir non pas des connaissances de l'auteur mais de celles du personnage percevant la chose, d'où l'importance, à ses yeux, de la littérature dite bourgeoise, qui ouvre au lecteur les portes des salons et des universités, où la langue que l'on parle est tellement plus nuancée que celle de la rue.

L'étude des coquillages terminée, il se tourna vers les hommes et, comme tout le monde semblait s'être donné rendez-vous sur la plage, il s'y rendit aussi, mais s'installa un peu à l'écart, à l'ombre sous les pins, d'où il pouvait jeter sur toute chose ce qu'il appelait, dans le jargon du métier, le regard de l'homme de lettres.

Sa pensée vagabonda un temps au-dessus des peaux étendues au soleil puis, ne trouvant où se poser, alla bourdonner au loin, très loin, jusqu'à Montréal, où l'on marchait vite dans les rues pour ne pas mourir de froid, et s'arrêta enfin au pied de *L'homme qui plie d'horreur devant le monde.*

Le samedi 19 décembre
C'est un monde que ce monument. On y trouve de tout à commencer par soi-même, heureux de ne pas être reconnu des autres. L'homme abandonné à sa peur; l'homme dans ce qu'il a de plus primitif. Quand l'homme cesse de regarder le ciel, semble dire L'homme de Pierre-Yves Angers, quand il cesse de regarder devant lui, quand il cesse encore de regarder les autres, son regard comme son champ d'intérêt n'embrasse que lui-même et se condamne à ne plus voir que son nombril, qui lui paraît un abîme. C'est la plus triste sculpture de Montréal et peut-être la moins comprise.

Ce qu'il avait sous les yeux, c'étaient, à quelques détails près, autant de copies du même monument, mais, comme il faisait chaud, on avait étendu la pâte blanche sur le sable plutôt que de la rouler en boule. Chacun se gardait pour soi cependant et ramènerait le moment venu, il n'en doutait pas, ses extrémités vers le centre.

Diane-D. occupait à elle seule le petit point d'ombre sous son parasol et regardait avec plus de pitié que d'envie Brigitte, qui avait trouvé à se coucher près d'Icare qui lui versait de la lotion hydratante sur les jambes avec l'attention d'un pâtissier décorant un gâteau.

«Petite sotte! se dit-elle, oubliant qu'elle n'avait pas toujours pensé ainsi. On ne pourra pas dire qu'elle n'a pas couru après.» Elle aussi avait aimé; elle aussi avait connu le désir. Mais on ne l'y reprendrait plus. C'était fini et pour toujours, même si elle avait parfois encore de petits moments de faiblesse.

«Les hommes! Parlons-en, des hommes! Des pigeons, voilà ce qu'ils sont, inlassables, fatigants, collants, roucoulants, caressants, persistants, les bras autour de la taille, les mains courant sur tout le corps à nous faire des pinçons, des petites pressions par-ci par-là. Les yeux renversés, la voix étranglée, la pomme d'Adam montant et descendant comme un yo-yo, ils nous disent des mots d'amour avec passion, pendant que les agrafes sautent, les ceintures se débouclent, les manches tombent, les jupes glissent, les collants décollent, les slips «slippent». Émues, troublées, fascinées, ensorcelées, nous nous défendons sans conviction, puis nous laissons faire, cédant à la loi du plus fort et finissant par les aider un peu car les hommes, c'est toujours gauche, l'expérience ne leur servant à rien.

«On ne les a pas vus venir que déjà ils sont partis. Dire qu'on était si bien tantôt dans leurs plumes, même si on étouffait un peu. Mais c'est fini, bel et bien fini. Ils gémissent plus morts que vifs, à l'amour comme à la guerre, un dernier regard de reproche jeté du côté de la femme qui les a menés au bord du précipice, un pied au-dessus du vide.

«S'il y a une Providence, ma foi du bon Dieu, elle est un homme et je lui dois, à la salope, un fils qui a hérité jusqu'au caractère de son père, qu'il n'a pourtant jamais connu.»

Tout en maudissant la Providence, et les hommes qu'elle favorise, Diane-D., qui suivait les mains d'Icare sur les cuisses de Brigitte, qu'elles pétrissaient comme de la bonne pâte, sentit monter en elle le levain du désir comme si ces mains se fussent posées sur elle. Renonçant pour l'instant et à contrecœur à son amertume, elle s'étendit mollement sur le dos, ferma les yeux et poursuivit l'illusion, s'abandonnant à la chaleur, que la brise rendait douce, et au souvenir, dont il ne restait presque plus rien de récupérable n'était cette sensation fugitive qui lui revenait de plus en plus rarement à mesure qu'elle s'éloignait de ses dix-huit ans et qui lui parut précieuse tout à coup comme s'il lui eût été encore possible de croire à l'amour. Oui, elle enviait Brigitte de ne pas avoir connu les regrets qu'on emporte avec soi pour le reste de ses jours.

Les yeux ainsi fermés, Diane-D. paraissait aussi heureuse que les autres, qui demandaient à Cuba de leur tenir lieu de paradis, une semaine encore.

✣

Hubert venait de passer sa meilleure nuit depuis qu'il était à Cuba et s'était levé encore plus heureux qu'un pape en voyage. La veille, il avait accompagné Noëlle à sa chambre, ouvert la porte pour elle et allumé, un peu déçu de ne voir que des murs, un plancher, des lits et un fauteuil identiques aux siens. Mais de savoir que c'était ainsi qu'était hébergée Noëlle lui rendit sa propre chambre plus vivable, comme si un peu d'elle l'avait partagée avec lui.

Quand sa mère frappa à sa porte puis entra dans sa chambre pour lui demander s'il descendait petit-déjeuner avec elle comme il avait coutume de le faire, il lui répondit, en s'étirant et en faisant la moue, qu'il n'avait pas faim et qu'il n'était pas du tout sûr de manger avant l'heure du dîner.

—Tu n'es pas malade, au moins?

— Mais non, voyons. Que vas-tu chercher ?

Astrid vit qu'il lui mentait sans pouvoir préciser quel était le mensonge qu'il lui faisait, mais, jugeant qu'il était préférable de ne pas avoir l'air de faire enquête, elle lui sourit en lui tapotant la joue pour lui montrer qu'elle n'était pas dupe et qu'il pouvait compter sur sa discrétion et même sur son aide s'il voulait lui confier ses sentiments et avoir recours à son expérience.

Hubert attendit qu'elle disparaisse dans l'escalier avant de refermer la porte et de respirer. Noëlle ! Noëlle ! Il n'avait que ce prénom à la bouche et sentit encore le poids de sa tête sur son épaule. Moment divin ! Saurait-il le faire renaître ? Ah ! c'était cela qui l'inquiétait. Alors que d'autres profitent de tout, Hubert laissait les occasions lui glisser des mains. Sa mère, qui l'aimait pourtant, disait souvent en branlant la tête de découragement devant l'ineptie de son fils qu'elle qualifiait d'un autre terme : « Je n'ai jamais vu quelqu'un d'aussi peu chanceux que mon Hubert. On dirait que les filles ne sortent avec lui que pour rencontrer ses amis. » Elle disait vrai. Jamais Hubert n'avait réussi à revoir l'une d'elles plus de deux ou trois fois. Il y avait de quoi nourrir un complexe et Hubert finit par croire tout de bon qu'il n'avait pas ce qui plaît aux femmes, sans arriver à définir ce qui lui manquait.

La veille, il avait paru au moment opportun et s'était montré brave. Cela devait compter aux yeux de Noëlle, même si elle n'avait rien dit lorsqu'ils s'étaient séparés. Il la reverrait ce matin et saurait à quoi s'en tenir.

Noëlle n'était pas dans la salle à manger quand il y jeta un coup d'œil. Elle était dans sa chambre à se demander si elle devait en sortir et risquer de revoir l'homme à la machette. Mais, quand elle entendit la femme de chambre frapper à sa porte, elle lui ouvrit et profita de sa présence pour s'aventurer dans le couloir, marchant très vite, prête à courir au moindre signe de danger.

—Te voilà! s'écria Hubert en l'apercevant dans l'escalier.

—Tu m'attendais?

Qu'aurait-elle pensé de lui s'il avait dit oui? non? Hubert ne répondit pas.

—Tu as dormi?

—Pas tellement.

—Tu as faim?

—Ça peut te paraître étrange, mais oui. J'ai très faim. Reste-t-il quelque chose à cette heure-ci?

—Entrons voir.

À part Eurydice, installée près du buffet de telle sorte qu'on aurait pu la croire, en entrant, assise au bout de la table, la salle s'était dégarnie.

—Le choix est mince, prononça Hubert devant les plats presque vides.

—Ça va aller.

En voyant Noëlle remplir son assiette de papaye en cubes, de tranches de bananes, de quartiers d'orange et de petits pains, Hubert sentit que la faim lui venait et l'imita comme s'il eût voulu se faire à ses goûts. Noëlle s'en aperçut et commenta:

—Est-ce que c'est ce que tu prends tous les matins?

Noëlle le taquinait-elle? Bon signe, se dit-il. Mais comme il ne voulait pas paraître bête à ses yeux, il répondit à côté de la question:

—À la maison, je prends un jus de fruits et des céréales avec du lait. Je mange assez peu, peut-être parce que je me lève trop tard et que je n'en ai pas le temps.

C'était la faire entrer dans son intimité, lui révéler un aspect de sa vie que personne, à part sa mère, ne connaissait et peut-être aussi l'inviter à la partager un jour avec lui. Pareilles idées ne lui avaient pas traversé l'esprit, incapable qu'il était de calculs semblables, mais elles lui vinrent à la suite des mots. Hubert se disait : « Récapitulons : hier soir, elle a posé sa tête sur mon épaule, je l'ai reconduite à sa chambre et ce matin nous petit-déjeunons ensemble. Ce n'est pas beau, cela ? Si c'était arrivé à tout autre qu'à moi et qu'on me le racontait ainsi, séquence par séquence, je présumerais qu'ils ont passé la nuit ensemble. » Était-ce ce qu'on penserait d'eux ? Hubert rougit un peu d'avoir imaginé que Noëlle soit une fille qui se donnerait aussi facilement.

Il en était là dans la fabrication de ses rêves lorsque Noëlle, le nez dans son assiette, lui conseilla :

— On ferait bien de manger. Je pense qu'ils nous attendent pour fermer.

Hubert regarda autour de lui et ne vit personne. C'était comme dans certains vieux films américains alors que les amoureux transis s'isolent tellement par les sentiments qui les envahissent que la foule disparaît, les laissant seuls, enveloppés d'une musique douce, ouateuse et chaude comme un lit de plumes roses sur un nuage blanc. Hubert était heureux, heureux de se trouver seul avec Noëlle dans cette vaste salle déserte, où ne manquait plus que la musique pour que son rêve se matérialise, seul comme si dans l'Univers entier il n'y avait qu'elle et lui.

— Tu ne manges pas ?

Noëlle avait fini son assiette ; Hubert n'avait pas touché à la sienne.

—Faut croire que j'avais les yeux plus grands que la panse.

—Je peux?

Hubert lui passa son assiette pour qu'elle se serve et elle prit un peu de tout.

—Mange un peu tout de même, lui recommanda-t-elle.

Elle s'intéressait donc à lui? Hubert la trouva charmante, absolument ravissante, un peu maternelle aussi, ce qui ne lui déplaisait pas. Il était de fait étonné de ne pas ressentir envers elle ce brin d'hostilité qu'éveillait en lui sa mère quand elle le traitait en enfant. Noëlle, ce matin-là, n'aurait pas pu l'irriter même si elle l'avait voulu. Hubert se savait amoureux et, plus il vivait en sa présence, plus il prenait goût à la vie. Pour ne pas qu'elle ait l'air gourmande et pour lui faire plaisir, il attaqua ce qu'elle lui avait laissé sans regarder dans son assiette, piquant au hasard, du bout de sa fourchette, sans se demander s'il ne fallait pas plutôt, comme le faisait Noëlle, utiliser sa cuiller pour manger des fruits.

—Noëlle, dit-il enfin, quand il ne resta plus au fond de leurs deux assiettes que des peaux de banane et des pépins d'orange.

—Oui?

En ce moment, il jouait son destin et la moindre gaucherie pouvait lui coûter ce qu'il avait acquis par chance et qu'il croyait devoir à son adresse. Aussi, avant que le maître d'hôtel, qui s'impatientait, leur demande d'évacuer les lieux, Hubert, qui jugeait la conjoncture favorable, s'emplit les poumons de courage et dit:

—Noëlle, voudrais-tu passer la journée à La Havane avec moi?

Noëlle s'essuya les lèvres, prit une dernière gorgée d'eau glacée, puis, se levant de table, lui répondit comme si cela eût été entendu entre eux:

—Donne-moi quinze minutes.

❖

Céline avait réussi à faire disparaître toute trace de sang sur sa robe, non sans avoir frotté jusqu'aux petites heures du matin. «Ils sont drôles avec leur vaudou, les sacrifices!» s'était-elle dit en se couchant. Comme elle était très fatiguée, elle se trouva comique, fut prise de fou rire et ne retrouva assez de calme pour dormir qu'une heure plus tard. Quand elle se réveilla, il était près de midi. La femme de chambre était entrée et sortie deux fois sans qu'elle en ait eu conscience.

Était-ce Sophie qui avait lancé dans le bus, au moment où elle y prenait place: «Plus de rhum pour Céline. Rien que du scotch, à cette heure!» en appuyant sur «scotch»? Qui d'autre se serait permis? Oh! qu'elle aurait voulu l'étriper! «Maudite commère qui voit tout à travers un fond de bouteille qui lui sert de loupe et de télescope. On ne peut rien lui cacher!» Encore heureux qu'Ian, si timide dans le fond, n'ait pas compris. Il aurait pu lui dire que le marché du samedi, ça ne le tentait plus.

—Le marché! Si ça parle au diable! s'écria-t-elle. Est-ce que je vais rater notre premier rendez-vous?

Ils devaient partir à dix heures. Deux heures de retard! Il ne l'avait certainement pas attendue. Et s'il l'attendait?

—Deux heures, c'est beaucoup, mais c'est encore moins long que trois. Envoie, Céline. Grouille-toi! Tu es mieux d'être belle, ce matin—pardon : ce midi !—si tu veux qu'il oublie ça, ma fille !

⁜

Aussitôt qu'elle vit Céline s'avancer vers elle, Eurydice lui demanda :

—C'est Monsieur MacDonald que vous cherchez de même ?

«Les nouvelles n'ont pas pris de temps à circuler. On en est à quelle édition ? se dit-elle. Si Eurydice le sait, tout le monde le sait ! Ce n'est pas un hôtel ici, c'est un pensionnat. Chacun surveille les autres et potine. Charmant ! On reviendra !»

Céline était sur la défensive. Les mains sur les hanches, la tête légèrement inclinée vers la grosse femme, les lèvres pincées, elle allait lui dire quelque grossièreté quand Eurydice ouvrit tout grand la bouche pour l'arrêter :

—C'est Monsieur MacDonald qui m'a demandé de vous parler si je vous voyais passer. Un bien gentil monsieur. Saviez-vous qu'il parle français ? Pas grand-chose, mais il sort des petits mots comme «Madame» et «merci». Ça fait plaisir d'entendre ça. Même dit avec un drôle d'accent. Je lui ai fait assavoir que je comprenais l'anglais même si je ne le parlais pas bien, bien et qu'il n'avait pas à se forcer pour moi.

«Va-t-elle finir par le cracher, le motton ?» Céline, que le verbiage de la grosse femme impatientait, finit par l'interrompre :

—Il vous a laissé un message pour moi ?

Eurydice eut l'air de sortir d'un rêve, plongea la main dans son sac, en sortit une croustille qu'elle porta à sa

255

bouche, se lécha les doigts et répondit :

—Il m'a dit de vous dire qu'il lirait une escousse sur la terrasse du troisième.

—C'est tout ?

—C'est tout.

L'attendait-il toujours ? Céline aurait couru pour s'en assurer plus vite si elle n'avait senti sur elle le regard d'Eurydice, qui enregistrait et rapporterait tout. « La presse parlée du Marazul, pensa-t-elle. Un chien de garde qui ne mord pas mais à qui rien n'échappe. »

Quand elle vit Ian en train de lire, Céline ralentit le pas et se recomposa un visage plus serein. Qu'allait-elle lui dire ? Comment prendrait-il ses excuses ? Ils se connaissaient si peu. Voudrait-il toujours aller au marché avec elle ? Elle s'approcha de lui, affectant beaucoup de soulagement à le voir, et le salua en lui laissant entendre qu'elle avait oublié l'endroit précis où ils devaient se rencontrer, qu'elle l'avait cherché partout et allait renoncer quand elle l'avait soudain vu. Il s'excusa en se levant et l'invita à s'asseoir, le temps de reprendre souffle.

Que la vie lui parut facile auprès de cet homme, qui simplifiait tout parce qu'il prenait tous les torts à son compte, par courtoisie et générosité ! Céline se dit que l'air de Cuba rendait les gens meilleurs et que, s'il y avait un paradis sur Terre, elle y était.

Ian l'avait attendue. Ce serait la dernière fois qu'elle le ferait attendre, jura-t-elle, sûre de tenir promesse car rien ne lui ferait davantage plaisir que de l'obliger. Oui, ils iraient au marché, à La Havane, si elle le voulait toujours.

À l'arrêt d'autobus, ils rencontrèrent Brigitte et Icare, qui allaient aussi au marché. Tout le monde s'y trouverait, lança Céline, en riant. Qu'ils la voient tous! Tant mieux! Elle était heureuse et voulait qu'on le sache. Si cela déplaisait aux pisse-vinaigre, dommage, mais Céline allait jouer sa vie comme elle l'entendait et les autres n'avaient qu'à se le tenir pour dit car elle ne laisserait rien ni personne se mettre entre elle et son bonheur. Voilà!

Elle évitait les yeux d'Icare —les hommes sont si vaniteux qu'il suffit qu'on les regarde pour qu'ils s'imaginent des choses—, mais adressa à Brigitte un sourire de connivence. «Il n'est pas mal, ton mec», semblait-elle lui dire avec sans-gêne, «mais as-tu vu le mien?» Brigitte, qui aurait préféré qu'on entoure de discrétion les prémices de son cœur, lui rendit son sourire, persuadée que le moment était mal choisi de paraître froissée.

Depuis qu'ils avaient quitté la route secondaire, il faisait une chaleur torride dans le petit bus et l'air s'alourdit. Céline sortit alors de son sac un vaporisateur et se parfuma légèrement. Il n'en fallut pas davantage pour dissiper autour d'elle l'odeur de «condition humaine», comme elle l'appelait, et créer pour tous un paradis de fleurs qui les accompagna jusqu'à La Havane. Ce serait, à n'en pas douter, sa meilleure journée à Cuba.

❖

Quand il apprit que Noëlle était caissière chez Steinberg, Hubert se dit que, plutôt que de l'amener au marché de La Havane, qui lui rappellerait son travail, ce qui est toujours désagréable quand on est en vacances, ils iraient voir une exposition spéciale au Palacio de Bellas Ailes.

N'ayant rien de mieux à lui proposer sur le coup, Noëlle accepta, mais sans enthousiasme. Ce qui importait pour elle, ce n'était pas tant où elle irait que de ne pas être seule de la journée.

Les beaux-arts? En général, cela ne lui disait pas grand-chose. Les tableaux entrevus dans les vitrines de certaines galeries et dans les grands magasins n'avaient jamais retenu son attention assez pour qu'elle s'y arrête, soit qu'ils lui aient paru trop chers ou que, peu éveillée aux valeurs esthétiques de son époque et peu sensible aux expériences artistiques de ses contemporains, elle n'ait tout simplement pas reconnu de mérites à ces collages, ces bavures, ces giclures, ces griffures, ces éclaboussures, ces taches ou ces traînées de couleurs, que certains s'étaient appliqués à faire avec leur nez, leurs pieds ou leurs coudes, quand ce n'était pas avec leurs fesses enduites de peinture à l'huile ou acrylique. C'était, pour elle qui n'y connaissait rien, des gribouillages d'enfants ou des «barbots» d'aliénés mentaux à valeur purement cathartique ne pouvant intéresser, croyait-elle, que la médecine ou la famille des artistes. «C'est gentil, tout cela», se dit-elle sans le croire vraiment, mais elle n'aurait jamais consenti, sous aucun prétexte, à ce qu'on en accroche à ses murs, étonnée de fait qu'on qualifie de professionnel ce que tout le monde pouvait faire sans apprentissage.

Elle ignorait aussi presque tout du monde des musées, n'en ayant vu qu'un seul, le Musée de cire de Montréal, devant l'oratoire Saint-Joseph, assez près de là où elle demeurait. Elle s'y était beaucoup amusée à tenter d'identifier les personnages historiques qui y figuraient, préférant, aux explorateurs et aux martyrs, les personnalités de l'heure: papes, présidents, premiers ministres et surtout comédiens. Sa copine Marguerite, qui était un peu cynique à ses heures, surtout le lundi matin, lui avait dit, quand elle lui en avait parlé: «Ce sont tous des comédiens, mais seulement ils ne nous font pas tous rire de la même façon.» Noëlle l'avait laissée dire et s'était promis d'aller voir les autres musées de la ville, qui l'intéresseraient, sait-on jamais, peut-être autant. Mais elle avait tellement peu de temps libre que, lorsqu'elle n'avait rien à faire, elle préférait aller au cinéma ou au restaurant, où au moins elle était assise.

«Ce qui est bien, se dit-elle en entrant au Musée, c'est que c'est petit. Si ce n'est pas bon, on n'y perdra pas trop de temps.» Hubert pensait à peu près le contraire, lui qui avait espéré y passer la journée. Où iraient-ils en sortant de là?

—Je pensais qu'il n'y avait pas d'art religieux dans les pays communistes.

—Ils doivent avoir gardé quelques vieux tableaux.

Pourquoi alors *La Virgen del Rosario* de Juan del Rio plutôt qu'un autre? Voyait-on aujourd'hui, dans le portrait de la Vierge immensément ronde et solide comme un pilier de cathédrale, une intention caricaturale là où l'artiste naïf du dix-huitième siècle avait peut-être voulu représenter une Vierge pleine de grâce et de douceur, puissante, à la figure rassurante comme une abondante récolte? Plutôt que de répondre par un oui ou par un non, Hubert attira l'attention de Noëlle sur les chérubins qui portaient la masse lourde de la Vierge sur un croissant de lune, comme un gâteau étagé sur un plateau de cuivre, et rit avec elle. Noëlle n'était pas très pieuse et cette peinture lui rappela qu'elle n'avait pas voulu emporter dans son appartement un chromo de la Vierge du Rosaire, justement, qu'elle avait dans sa chambre, causant ainsi de la peine à sa mère, qui comprenait mal qu'elle s'éloigne de la religion de son enfance en quittant le toit paternel.

—Ont-ils voulu se moquer?

Devant eux, une autre vierge mais plus récente, *La Virgen del Paso* de Tomás Sánchez Requeiro, tombait du ciel comme une grosse matriochka de bois, accompagnée de deux anges qui retenaient son voile. L'artiste l'avait saisie au moment où elle allait atterrir sur une tranche de melon d'eau, devant une foule de vacanciers plutôt indifférents à l'étrange apparition. On avait l'impression que, dans cette chaleur, on ne pouvait avoir soif que de melon et que la Vierge pouvait retourner là d'où elle venait. Était-ce cette indifférence à la question religieuse qui avait plu aux nouvelles autorités? Qu'en pensait-il?

Hubert n'en savait rien. Sans être très religieux lui-même, il n'était pas non plus de ces fanfarons qui se moquent des croyances des autres et c'était peut-être à cause de cela qu'il ne se sentait pas à l'aise devant cette gravure, qu'il n'arrivait pas à interpréter dans un sens ou dans l'autre.

Ce fut alors qu'il lui vint une idée. Si on lui offrait gratuitement trois tableaux de la collection, proposa-t-il à Noëlle, lesquels prendrait-elle?

—Trois, c'est trop. Je n'ai qu'un tout petit appartement.

—Un alors.

Hubert imagina Noëlle dans son petit appartement, accrochant au mur le tableau qu'il aurait voulu lui offrir et qui assurerait sa présence auprès d'elle.

—Si moi, je te dis celui que je veux, vas-tu me dire celui que toi, tu veux?

Marché conclu. «Quelle heureuse façon, pensa-t-il, de se connaître!»

Ni l'un ni l'autre ne voulant de sujets religieux, ils passèrent sans s'arrêter devant une annonciation d'Antonio Eiriz où l'on voit la Vierge, assise à sa machine à coudre, tournant le dos à un squelette couronné qui la touche du doigt à l'épaule pour attirer son attention.

Les tableaux macabres de Rafael Blanco avaient de quoi étonner, mais auraient-ils voulu de scènes de cimetières sur les murs de leur salon?

—Pas chez moi, en tout cas!

Hubert aurait aimé l'entendre dire «Pas chez nous!» car il s'imaginait déjà décorant leur appartement ensemble, un appartement imaginaire qu'il ne tenait qu'à eux de créer et qui lui parut tout à coup du domaine du possible.

—Ni chez moi, ajouta-t-il, pour qu'elle comprenne qu'ils s'entendaient sur certaines choses et, qui sait, peut-être même sur l'essentiel.

Noëlle ne comprenait pas qu'il y ait des gens pouvant passer des heures à regarder sur des murs des images auxquelles elle n'entendait rien. On ne l'y prendrait pas, elle, en tout cas. Maintenant qu'Hubert avait donné un but pratique à leur visite, qu'il la suive; cela ne traînerait plus.

Elle continua de longer les murs de la première salle, en regardant chaque tableau comme si elle s'y fût intéressée. La deuxième salle, qui ne contenait que des grands formats, se visita plus vite. Elle traversa la troisième en ligne droite, se contentant de regarder à droite et à gauche sans approcher des murs, et ne fit qu'entrer et sortir de la quatrième. Noëlle prenait de la vitesse. La cinquième, maintenant qu'elle avait son système, fut visitée en un éclair. On aurait dit qu'elle avait très hâte de sortir de là et on ne se serait pas trompé.

Hubert s'inquiétait de la voir trotter d'une salle à l'autre, la retenait, lui posait des questions, la rappelait pour regarder de plus près tel tableau qu'elle n'avait certainement pas remarqué au rythme où elle allait. Avait-elle, par exemple, vu *Ofelia* de Cosme Proenza Almaguer? Non? Mais alors qu'elle vienne. Cela en valait la peine. Noëlle ne connaissait pas Ophélie et la grosse fille couchée, entourée de mites, la tête appuyée sur un bras, une corneille sur la cuisse, ne lui donnait pas tellement le goût d'en savoir davantage.

—Tu imagines cela chez moi?

—Tu ne trouves pas ça drôle?

—Je trouve ça fou. Pas toi?

Ah! oui, lui aussi trouvait cela fou! Elle avait raison, Noëlle, et il aimait voir les choses comme elle les voyait. Mais il aurait aimé les voir un peu moins vite.

—Je pensais que tu voulais savoir lequel j'aimerais avoir chez moi?

Oui, en effet, mais pour cela ne fallait-il pas qu'elle les regarde tous avec attention?

—Je les regarde. Je les vois. Pas peur. Je sais ce que j'aime, puis je sais ce que je n'aime pas. Ça ne me prend pas des heures pour me faire une idée. Elle est déjà faite, mon idée.

Hubert ne pensait qu'à ce qu'ils allaient faire ensuite. Aller à un autre musée? Il ne saurait en être question. De toute évidence, Noëlle n'aimait pas les musées. À la vitesse où elle visitait celui-ci, elle en aurait avalé dix en une journée, par obligation, mais n'en aurait retiré aucun plaisir. À quoi bon insister, la rendre malheureuse alors que c'était tout le contraire qu'il voulait? Que la vie lui sembla compliquée, à lui qui la croyait si simple encore il y avait quelques heures à peine!

Il pensait à tout cela en regardant le portrait de La Niña Amparo de Federico Martinez, portrait d'une autre époque fait de rubans roses, d'un chapeau de paille et de fleurs dans un décor champêtre. Hubert se dit qu'il aurait pu être heureux dans ce paradis de bonbonnière et, s'il n'avait pas senti sur lui l'œil vigilant du gardien, il aurait touché la fillette, qui lui parut soudain très triste, pour la consoler, comme si, du contact de leurs deux malheurs, il eût pu découler un bonheur commun.

—Je l'ai trouvé!

Noëlle était entrée en courant dans la salle où il s'était arrêté seul.

—Viens voir! Un temps, j'ai cru que je ne trouverais rien, mais quand on s'y met on finit toujours par trouver, comme disait ma mère. Tu me diras ce que tu en penses.

C'était un tableau compliqué qui réunissait, sans ordre ni logique apparente, une fillette peinte en jaune vif tenant à la main un cerceau rouge, autour de laquelle on reconnaissait une poupée couchée dans l'herbe, une colombe sur une échelle, une maison, un parasol rose renversé, un cavalier, une autre fillette, en bleu celle-là, et quantité d'autres personnages. Cela aurait pu être de Chagall, mais était signé Pedro Pablo Oliva Rodriguez et s'intitulait Y qué mala *Magdalena*.

—Ça te plaît?

Hubert aurait aimé lui parler de la fillette rose, mais

Noëlle avait l'air tellement heureuse qu'il ne voulut pas l'assombrir en lui parlant de lui-même.

—C'est très beau.

—Et ça va avec mes couleurs, ajouta-t-elle, sans préciser. Hubert ne pouvait pas s'imaginer d'intérieur où pareil tableau n'aurait pas juré.

—Et toi?

—Moi? Oh! moi... Je n'ai rien trouvé de mieux que ça.

—Tu as raison. Il n'y avait pas grand-chose. Est-ce qu'on peut partir maintenant?

Ils pouvaient partir.

—Où est-ce qu'on va aller?

—Où?

—Oui. As-tu des idées?

—À vrai dire...

Noëlle eut l'air soulagée, comme si elle eût craint qu'il ne la traîne dans un autre musée.

—Ça te dirait d'aller au marché?

—Au marché? Pourquoi pas?

Lui qui s'était cru inspiré...

—Faisons vite, dit-elle, avant qu'il soit trop tard!

Les plus anciens monuments de la vieille ville de La Havane appartiennent au style baroque colonial, comme sa cathédrale trapue et ramassée, qui en est le plus parfait exemple, avec sa façade encadrée de deux tours de masses inégales servant d'œillères aux portes latérales surmontées d'oculi qui surveillent la grand-place où se tient le marché. Les jours de semaine, la place est vide mais, le samedi, le cœur de la capitale se remet à battre et l'on croirait à l'entendre qu'il n'a rien perdu de sa verte jeunesse.

Ici se retrouvent marchands de glaces et de tapis, chanteurs et guitaristes, couturières et tailleurs, dentellières et orfèvres, peintres et graveurs, libraires et cultivateurs, chacun laissant venir à lui, dans le silence et la dignité, les clients, qui regardent et se laissent tenter.

Quand il vit la foule que les rues du quartier déversaient en flots continus sur la place encombrée, Antonio déclara:

—Sylvio, mon vieux! Regarde-moi ça! As-tu déjà vu tant de monde? On pourra jamais passer!

—Envoie, envoie. Un petit bain de foule, ça ne fait de tort à personne.

—Tu penses? Écoute, si je mets le bout de l'orteil là-dedans, il va se faire tant et tant de remous que les murs vont s'écrouler!

Sylvio n'écoutait pas.

—Voyons, voyons! Si on avance à petits pas, on devrait pouvoir traverser et se rendre jusqu'à la cathédrale sans faire de dégâts.

—Y tiens-tu tant que ça?

—C'est simple, si je ne le fais pas, je le regretterai toujours.

Il disait vrai: on ne regrette que ce qu'on n'a pas fait. Antonio hésitait encore:

—Tu en es sûr?

Sylvio le poussa dans le dos, en l'encourageant:

—Marche avant que tout le monde nous remarque. Tu bloques le passage. Avance, avance.

Une heure plus tard, Céline les vit sous les arcades, le visage rouge, les tempes recouvertes de sueur, traînant des pieds, quantité de sacs au bout des bras, riant comme si c'eût été déjà Noël et qu'ils se fussent offert des cadeaux. Il s'était formé autour d'eux un cercle de gamins qui se bousculaient, qui riaient, qui voulaient toucher l'un puis toucher l'autre, comme si, d'avoir mis la main sur eux, allait leur porter bonheur. Pu-tai ou Mi-lo Fo, on ne savait trop, mais on semblait reconnaître en eux des divinités païennes originaires de pays lointains et exotiques descendues parmi eux.

—Qu'est-ce que vous avez bien pu acheter? s'émerveilla Céline, qui n'était pas loin de les envier.

—Madame veut une démonstration? Vas-y, Sylvio, vide tes sacs!

Céline eut beau protester, Sylvio déposa ses sacs par terre et les ouvrit tous pour en sortir chemises, sandales, ceintures, petites boîtes de marqueterie et bagatelles de tous genres. Puis, ce fut le tour d'Antonio, qui avait acheté, en plus de bagues, de colliers et de bracelets pour sa femme, à peu près les mêmes choses que son ami mais en plus grande quantité encore.

—Pas besoin de faire le tour. Vous n'avez qu'à regarder ce qu'on a. C'est simple, on a pris de tout!

C'était cette folie autant que leur poids qui avait attiré les enfants, qui les trouvaient fabuleux comme les pachas des contes orientaux. Eux, qui avaient pourtant l'habitude de ces marchandises, les regardaient comme s'ils ne les avaient jamais vues et, chose qu'ils ne se seraient pas permise avec d'autres, ils les prenaient dans leurs mains, se les passaient, commentaient et les remettaient dans les sacs. Antonio et Sylvio ne s'étaient jamais tant amusés et leur bonheur se communiquait aux enfants, qui se sentaient à l'aise en leur présence comme s'ils avaient eu sous les yeux le père Noël et son double en personne.

Une petite fille plus gourmande que ses compagnons et qui ne s'en laissait pas imposer demanda en étirant la main:

—Chiclets?

Ce fut le signal. On n'entendit bientôt plus que «Chiclets», comme le froissement d'ailes d'une nuée de sauterelles s'abattant sur un champ de blé. Ce vacarme assourdissant, sous les arcades qui amplifiaient les voix aiguës, sortait tellement de l'ordinaire qu'il se fit tout autour un silence gêné, que saisirent bientôt les enfants eux-mêmes qui, s'apercevant qu'on n'entendait plus qu'eux, se firent signe et se turent à leur tour. Une voix s'éleva alors de l'arcade opposée, qui entama un chant populaire, bientôt accompagnée d'une guitare, et le marché reprit peu à peu sa respiration normale.

—Ouf! fit Sylvio. Je me demandais comment ça finirait.

Céline regardait les sacs, qui contenaient tant de merveilles, et applaudissait les deux hommes avec enthousiasme, répétant: «*That's what we should do!*» à l'intention d'Ian, mais l'Écossais était de toute évidence de ceux qui se contentent de regarder sans acheter. Ce n'était pas joli, cette jupe, ce collier, ces bracelets, ces bagues, hein? Ian riait de la voir surexcitée et la traitait de gamine.

—Je ne peux rien vous vendre, finit par dire Antonio, en riant. Eh bien! puisque c'est comme ça, je prends mes cliques et mes claques puis je m'en vais. Tu viens, Sylvio?

—Où ça?

—Au restaurant, cette affaire! Tu n'as pas faim, toi?

—Je trouverai bien moyen de me faire une petite place.

«Les chanceux!» se dit Céline, qui regardait les sacs partir et qui aurait aimé aller au restaurant comme Antonio et Sylvio. Ian, lui, n'avait pas faim, ne mangeait jamais à cette heure, mais lui offrit une orange, ce qui devait être à ce temps-ci de l'année ce qu'il y avait de moins cher au marché.

De l'autre côté de la place, Brigitte léchait une glace à la vanille, sa troisième de l'après-midi.

—Elles sont si bonnes, avait-elle dit, pour se justifier, surprise qu'Icare n'y ait pas goûté.

Ils étaient au marché depuis des heures et n'avaient rien acheté. Icare s'ennuyait-il? Si seulement elle avait trouvé quelque chose à dire. Mais non et, de son côté, il ne l'aidait pas beaucoup. Elle s'inquiétait. Combien de temps resteraient-ils encore ici? Comment finirait la journée?

La foule les pressa encore une fois l'un contre l'autre. Ce n'était pas désagréable, mais ils n'étaient tout de même pas pour passer la journée à jouer aux petites voitures qui se frappent!

—Il y a trop de monde ici, lui dit-elle.

Dans le taxi qui les ramenait à l'hôtel, Brigitte se disait: «Ce n'est pas ce que j'ai voulu dire», sans pouvoir préciser ce qu'elle avait voulu dire. Comme elle aurait voulu que la voiture aille moins vite! La campagne était si belle!

—C'est beau, hein?

Pourquoi avait-elle dit cela et au moment où il n'y avait rien de particulier à voir? Icare saurait qu'elle était fleur bleue et se moquerait d'elle. Ce serait le bouquet : se faire déflorer et faire rire de soi en plus! Brigitte, qui sentait son cœur battre la chamade, se disait qu'elle n'était probablement pas psychologiquement prête, qu'elle ferait mieux de remettre cela à plus tard. Mais comment le lui dire? Lui aussi avait une sensibilité à ménager. Et puis, après tout, elle se mettait des idées dans la tête. Qu'est-ce qui lui faisait croire qu'il la conduisait à sa chambre? Il n'avait rien dit. C'était cela qui la troublait. Il n'avait rien dit. Il l'avait simplement enlevée. Elle se dit: «Je vais me faire violer!» puis: «J'exagère. Ce n'est pas si grave que cela. Pourquoi tant d'histoires? J'ai presque vingt ans. Adèle me l'a-t-elle assez dit que plus j'attendrais, plus j'aurais du mal à passer à travers?» Elle voulut regarder Icare, mais n'osa pas. «Je suis ridicule! Le mieux, c'est de laisser venir. On verra bien.»

Quand ils arrivèrent à l'hôtel, Icare lui demanda:

—Ça va?

—Oui, ça va.

«C'était le moment de dire non. Tu ne l'as pas dit. Maintenant c'est trop tard. Tu ne peux plus reculer.» Brigitte eut tôt fait de se convaincre qu'elle ne s'appartenait plus et que, quoi qu'il advienne, on ne pourrait pas la tenir entièrement responsable de ce qui allait lui arriver, ce qui était réconfortant pour elle et la réconciliait avec sa conscience.

✤

Judith se plaignait de l'ingratitude des hommes en général et de celle de Fernand en particulier, qui était, à l'entendre parler, un abîme:

269

—Quand je pense à tout ce que j'ai fait pour lui!

Lise l'écoutait avec sympathie, sans savoir de quoi elle se plaignait car Judith n'entrait jamais dans les détails. Liljana aurait voulu lui dire qu'une femme qui calcule en domestique, qui exige salaire et compensation, mérite que son mari la traite en domestique, mais elle se contenta de regarder le buste de Supervielle, qui eut pour elle un sourire ironique, et fut soulagée de voir arriver enfin le bus qui les reconduirait à l'hôtel.

Penchée au-dessus d'Icare, Brigitte plongeait dans ses yeux bleus de mer avec le désir fou d'en toucher le fond, comme s'il avait recelé des trésors infinis. Elle avait faim et soif de lui et le lui disait sans pudeur, comme s'ils avaient été de petits sauvages sur une île déserte. Brigitte ne se reconnaissait pas et, quand elle se vit une seconde fois sous la douche avec Icare, elle se dit: «Faut croire que j'étais psychologiquement prête» et se colla contre lui pour s'en assurer.

À la voir, on aurait cru que Brigitte venait d'inventer le bonheur, comme si cela s'inventait, le bonheur! Cela se trouve et se prend, Astrid le savait, mais elle n'aurait jamais été dire pareille chose à qui le découvre, de peur d'être accusée d'hérésie. Ce bonheur-là est toujours une terre nouvelle et, pour chacun, la grande aventure de sa vie, son voyage d'exploration. On en revient avec une riche cargaison ou les mains vides, mais on porte au fond de soi, et pour toujours, l'appel des pays lointains, que ne connaîtront jamais ceux qui sont restés sur le quai à attendre que les bateaux reviennent.

Brigitte ne l'avait pas crue sur le coup, mais Astrid voyait maintenant qu'elle avait eu raison de lui prédire de la réussite dans sa vie amoureuse. N'avait-elle pas parlé, de fait, d'« épanouissement sentimental » à son sujet? Il lui semblait que si, et cela lui faisait plaisir, d'avoir vu juste d'abord, mais aussi de voir un couple heureux, la fille surtout parce qu'elle avait été si triste plus tôt alors que l'homme paraissait d'humeur plus égale, signe, à ses yeux, de sagesse peut-être, certainement de maturité. Peut-on jamais être tout à fait malheureux quand on sait qu'on ne le sera pas toujours? Astrid savait que la vie réserve à chacun des revirements de fortune et qu'on peut compter sur eux pour le meilleur comme pour le pire, mais de savoir que rien n'est stable rend plus modeste quand tout nous sourit et plus serein dans la détresse même. C'est ce qu'elle aurait voulu dire à ceux qui s'inquiètent de l'avenir, mais on ne l'aurait pas écoutée, chacun fermant les yeux sur l'expérience des autres et menant sa vie comme personne avant lui.

✢

De voir Brigitte pendue à l'épaule d'Icare comme une serviette de bain alors qu'ils rentraient de la plage bouleversa Noëlle comme si on lui eût appris qu'elle avait perdu sa journée et qu'on l'avait dévalisée en son absence. Hubert lui parut alors tellement insignifiant qu'elle eut honte d'être avec lui et ne pouvait comprendre qu'ils aient passé la journée ensemble.

L'homme à la machette? Qu'il vienne, l'homme à la machette! Il serait dans sa chambre à l'attendre que Noëlle irait au-devant de lui sans trembler.

—Je te remercie pour la belle journée, Hubert, dit-elle sans conviction mais en se forçant pour lui sourire. Ne m'attends pas pour dîner: je suis trop fatiguée pour avoir faim.

Hubert n'avait pas besoin qu'on lui en dise davantage pour comprendre. Il lui remit ses sacs sans prendre rendez-vous pour le lendemain et s'éloigna d'elle à reculons dans le sot espoir qu'elle changerait d'idée et le rappellerait.

❖

Quand Paul prit place à table, il s'excusa auprès de tous de sentir le cheval.

—Ne vous gênez pas pour moi, j'adore les odeurs qui viennent de la campagne.

—Chaque chose à sa place, rectifia Judith.

—Voyons, ma chère Judith! Nous sommes à la campagne. Ne l'écoutez pas et dites-nous plutôt comment ça s'est passé.

Comme il arrive souvent à ceux qui ont peu à dire, Paul raconta longuement sa journée, n'omettant aucun détail, comme si ce qui le touchait avait dû intéresser tout le monde. On n'écoutait que d'une oreille et saisissait la moitié de ce qu'il disait entre les bouchées qu'il avalait vite pour se donner le temps de poursuivre un récit dont on désespérait d'entendre la fin. C'était la première fois qu'il faisait de l'équitation, finit-on par comprendre, et cela aurait suffi pour expliquer qu'il ait très mal aux cuisses et trouvé son après-midi fatigant. Quand il eut terminé, il avait à ce point usé le sujet qu'on ne trouvait plus de sente sur quoi relancer la conversation. Le reste du repas se prit donc en silence, chacun se levant de table aussitôt qu'il avait fini.

— Était-ce vraiment nécessaire de lui dire que vous aimiez l'odeur de cheval? se plaignit Judith en rejoignant Liljana, qui sortait de l'hôtel avec Lise.

— Nous ne pouvions rien y changer, ma pauvre Judith. Paul s'installait. Vous auriez préféré qu'on le chasse? On ne pouvait pas faire cet affront à Daphné. La pauvre était déjà assez morfondue comme cela. Alors, je me suis dit que nous ferions aussi bien d'en prendre notre parti.

Depuis la mort de son deuxième mari, Liljana s'était dit qu'il était préférable d'accepter l'inévitable, que le bonheur ne venait pas du mécontentement et que tout finissait par sourire à qui le prenait en riant.

— Moi, je ne trouve pas l'odeur de cheval si désagréable, dit Lise.

— Sur un cheval, passe encore! insista Judith. Sur un homme, ce n'est pas la même chose.

— C'est peut-être que vous avez des idées trop arrêtées sur ce que doit sentir un homme.

— J'aime qu'un homme sente bon. Ce n'est pas trop demander, non?

— Qu'entendez-vous par «bon»? Diriez-vous qu'un homme sent bon parce qu'on relève sur lui l'odeur de la jacinthe, de la fleur de rocaille, de la lime?...

— Du lilas, compléta Lise.

— Du lilas? Jamais! Il y a des odeurs qui sont

incompatibles avec l'homme. Méfiez-vous des hommes qui sentent le lilas ou la lavande, Lise ; ils ne sauraient rendre une femme heureuse.

—C'est exactement ce que je voulais dire par « bon » : un homme qui sent le savon ou l'eau de Cologne.

—Ce ne sont pas les hommes que vous aimez alors ; ce sont les parfums.

—Vous voulez dire...

— Parfaitement, Lise ! J'aime l'odeur de sa peau quand elle est propre, je vous l'accorde, quand elle sort de la douche ou du bain. Mais j'aime être celle qui porte le parfum et je n'apprécie pas qu'un homme entre en compétition avec moi.

—Il n'y avait pas de danger avec Paul ce soir.

Liljana se mit à rire.

—C'est autre chose. Avez-vous déjà fait de l'équitation ?

Judith en avait fait, mais cela remontait à loin ; Lise, jamais.

—Pourquoi pensez-vous que l'équitation jouit d'une si grande popularité auprès des jeunes Anglaises de bonne famille des deux côtés de l'océan ?

—Je n'en ai aucune idée, dit Lise.

—Faire de l'équitation, c'est, pour elles, monter une bête qui les excite et les fatigue un peu, c'est s'abandonner aux délices du dressage et à l'intoxication des parfums émanant des sous-bois et du cheval, qui ont de quoi troubler l'imagination la moins exercée. Et celui qui profite de leur trouble et de leur émoi est souvent celui qui se trouve sur place : le garçon d'écurie.

—Comme vous y allez !

Judith passait en revue les garçons d'écurie qu'elle

avait connus. Aucun ne répondait à ses fantasmes ni maintenant ni alors.

—L'affaire est plus courante qu'on ne croit, insista Liljana.

Judith l'accusa d'exagération. La chose s'était sans doute déjà vue, mais n'était pas courante. Elle mit tant de vigueur dans ses protestations que Liljana, qui ne voulait offenser personne, se tut.

Maintenant, Judith regrettait de l'avoir interrompue en lui donnant l'impression qu'elle ne voulait pas qu'elle poursuive. Elle fit alors signe à Lise de dire quelque chose pour lui faire reprendre son récit.

—Vous avez fait beaucoup d'écuries?

—Pardon?

—Je veux dire: d'équitation?

Judith se couvrit le visage pour se dissocier de cet impair.

—D'équitation, oui. D'écuries, comme vous dites, et l'expression me paraît jolie, une seule fois. Moins par vertu que par dignité. Il est permis de s'encanailler à l'occasion, mais il n'y aurait aucun plaisir à devenir canaille soi-même.

—Ça a dû être révoltant, souffla Judith, qui espérait en savoir davantage pour le plaisir de se rendre malade de dégoût comme ceux qui dévorent les journaux à sensation.

—Pas vraiment.

Liljana, qui connaissait les femmes aussi mal qu'elle comprenait bien les hommes, se trompa sur les intentions de Judith et jugea préférable de ne pas aller plus avant dans ses confidences. Qu'auraient pensé Lise et Judith si elle leur avait raconté un certain après-midi d'automne qu'elle reconnaîtrait entre tous à ses odeurs particulières ? Elle s'excusa et se sépara d'elles pour se donner entièrement au plaisir d'évoquer seule l'heure, l'homme... et la femme qu'elle avait été.

Ce jour-là, elle s'était laissé prendre par l'orage. Le garçon d'écurie l'avait attendue, impatient toutefois de rentrer chez lui, et n'avait pas caché sa mauvaise humeur tout le temps qu'il l'avait aidée à brosser le cheval et à le sécher pour ne pas qu'il prenne froid. Il n'avait rien dit, mais aurait-il parlé que cela n'aurait rien changé, Liljana ne comprenant pas le hongrois. Il n'y avait d'ailleurs aucun mystère dans ce regard brutal qui se collait à elle avec une insistance effrontée et la salissait comme tantôt les feuilles mouillées tombant des arbres.

Elle vit en lui le barbare qui se présente devant la ville assiégée dont il s'apprête à enfoncer la porte à coups de bélier. Pas moyen d'échapper, pas d'espoir de sortir victorieuse du combat. Il ne lui restait que le courage de lui opposer une faible résistance. Elle le menaça de sa cravache, mais, plutôt que de l'en frapper au visage, comme cela avait été son intention, elle la rabattit sur son épaule. Ce fut comme si une mouche s'y était posée.

Ce coup raté justifiait maintenant qu'il se jette sur elle, ce qu'il fit. Le combat tourna bientôt en jeu, pour elle d'abord, pour lui ensuite. Ils jouirent l'un de l'autre sans se le dire, sans s'aimer, sans se trahir, comme des rats dans le foin, et, le moment venu, se séparèrent sans signe d'intelligence ni d'émotion.

Se pouvait-il qu'elle retrouve ce souvenir aussi frais que l'odeur des pétales de rose que l'on met au fond d'un tiroir qu'on ouvre les soirs de grande solitude pour qu'ils nous rappellent le corsage et la fête que l'on porte en son cœur depuis que la musique a cessé de se faire entendre?

Liljana était seule sur la plage, que la lune à son dernier croissant éclairait faiblement. Quelqu'un viendrait, elle en était sûre et, quand elle entendit des bruits de pas sur le sable, elle ralentit pour qu'on la rejoigne plus tôt. Quand il fut à sa hauteur, elle se retourna pour le regarder. Il était beau et il lui plut.

—*¿Como se llama?*

Cette femme lui avait parlé comme si elle eût trouvé normal de le rencontrer ainsi, le soir, sur la plage déserte. C'est ce qu'on lui avait dit: «Tente ta chance! Tu es jeune. Tu es beau. Les femmes qui viennent seules à Cuba se cherchent des hommes comme toi.»

—Marco, répondit-il.

Marco voulait se marier et quitter Cuba. Est-ce qu'elle l'épouserait? Non, elle était venue seule à Cuba et s'en retournerait seule. Mais elle lui donnerait de l'argent. Combien d'argent? Combien voulait-il? Beaucoup d'argent. C'était quoi, beaucoup d'argent? Marco lui donna un chiffre: deux fois ce que les autres demandaient. C'était ce qu'on lui avait dit de faire. Pourquoi? Parce que les touristes aiment marchander, lui avait-on expliqué. Il faut leur donner l'impression qu'ils ont fait une bonne affaire. Liljana ne débattait jamais un prix. Elle accepta. Vraiment? Parce qu'elle était belle, Marco lui avoua qu'il se serait contenté de deux fois moins. Elle sourit de sa naïveté et le rassura: elle paierait le plein prix.

❖

Il avait déjà la main sur la poignée quand il se retourna

pour lui dire quelque chose. Mais il changea d'idée et ouvrit la porte.

—¿*Qué tiene?* lui cria-t-elle.

Liljana eut soudain très peur.

—Qu'est-ce qu'il y a? répéta-t-elle, en se levant.

Que voulait-il lui dire? Marco se tordait d'inquiétude. S'il parlait, on le tuerait, lui aussi. On allait tuer quelqu'un? Qui? Quand? Liljana le tenait par les épaules et le suppliait de le lui dire. Marco, se rappelant ce qu'il lui devait, pencha la tête au-dessus de son épaule, lui glissa un nom à l'oreille, puis se sauva.

—J'en étais sûre! murmura-t-elle.

XII

Les samedis et les dimanches étaient jours de grand remue-ménage au Marazul. La plupart des anciens partaient, remplacés aussitôt par des nouveaux, qu'on reconnaissait à leur peau blanche et à leur air égaré d'orphelins du tiers monde parachutés dans une colonie de vacances et que tout émerveille. C'était, le matin, une marée de valises et de sacs lourds de coquillages et de bouteilles de rhum ou de liqueurs Habana Club qui descendaient vers la sortie avant d'être lancés, sans cérémonies, dans le compartiment à bagages du bus, qui se rendrait à l'aéroport quatre heures avant le départ de l'avion. Et c'était, en fin d'après-midi, une nouvelle marée de sacs et de valises qui montaient vers les chambres rafraîchies, où on les déposait avec soin au pied des lits.

Cette fin de semaine-là, comme il y avait eu moins de départs que d'habitude, on avait retenu, pour la plupart des voyageurs en provenance de Montréal, soit les villas Las Brisas et Los Pinos soit des chambres au Club Tropico et à l'hôtel Atlantico, de sorte que Michael et

Carmen Duressec avaient été étonnés d'être les seuls à descendre au Marazul, se demandant ce qui leur avait valu cette distinction.

L'hôtel, presque désert à leur arrivée alors que tout le monde était soit au marché soit à la plage, leur avait paru peu accueillant. Mais ils avaient aussitôt changé d'idée, quand, vers les sept heures, ils avaient constaté que l'hôtel s'était rempli pendant qu'ils avaient défait leurs valises et qu'on parlait français encore plus qu'anglais dans la salle à manger. Ils avaient pris une table isolée pour étudier la composition des groupes qui s'étaient formés la semaine précédente et choisir, pour le repas suivant, celui qui leur semblait le plus affable.

Aussi se réjouirent-ils, ce matin-là, de voir deux places libres à la table d'Antonio et de Sylvio, qu'ils avaient remarqués la veille à cause du gai tapage qui se faisait autour d'eux car, si on souriait aux autres tables, on riait beaucoup à la leur.

—Ces places sont retenues? demanda Carmen en posant la main sur une chaise.

—Pas que je sache, répondit Sylvio.

—Est-ce qu'on peut se joindre à vous? continua Michael.

—Ça nous ferait plaisir, enchaîna Antonio, qui les invita du geste à s'asseoir.

—Il n'y a ici que d'honnêtes gens, confia Sylvio en leur faisant un clin d'œil qui laissait entendre qu'ils étaient entrés, par mégarde, dans un antre de bandits. Je vous les présente par leurs seuls prénoms, car nous sommes trop nombreux pour que vous en reteniez davantage pour l'instant. Le gros monsieur, c'est Antonio. À sa droite, Daphné et Paul. Devant eux, Sophie et Roland. Et pour finir, Sylvio, pour vous servir, mais ici on se sert soi-même.

—Ma femme Carmen. Je m'appelle Michael.

—Vous êtes arrivés hier?

Ils étaient au Marazul depuis la veille, en effet, et n'y passeraient qu'une semaine. On repartirait donc tous ensemble. C'était à se demander qui resterait derrière pour le Nouvel An. Quand on apprit que Michael était fonctionnaire municipal, on fit «Ah! non!» pour le mettre à l'aise et Michael se cacha la face dans sa serviette. Que ferait Montréal sans lui? Elle se débrouillerait. Que faisait-elle quand il y était? Elle se débrouillait aussi.

—Si j'ai bien compris, résuma Sophie, que vous y soyez ou non, ça ne change rien.

—Vous l'avez dit, confessa Michael, qui savait qu'on se défoulait sur lui du ressentiment qu'inspire la fonction publique.

—Un fonctionnaire qui reconnaît son inutilité est un fonctionnaire qui mérite notre respect. Messieurs, dames, je propose un toast en l'honneur de Michael, rond-de-cuir dont on vient de faire le tour, venu s'asseoir parmi nous parce que c'est ce qu'il sait le mieux faire.

Tous se levèrent, en faisant crisser les chaises sur le terrazzo, et crièrent très fort, en levant leurs verres de jus d'orange:

—À Michael! À l'hôtel de ville de Montréal! Hip, hip! hourra!

Chacun retrouvait son esprit d'étudiant et avait envie de faire quelque blague, mais on se rassit dans le plus grand silence quand on se sentit surveillé par le personnel abasourdi, qui se demandait quel coup on était en train de monter.

Si ses amies de Montréal les voyaient, pensa Carmen!

Quand elle leur avait annoncé qu'ils passeraient leurs vacances de Noël à Cuba, on l'avait regardée comme si elle leur eût appris qu'elle avait vendu son âme à rabais au Diable.

—Ce n'est pas vrai? Vous n'allez pas à Cuba? C'est rien que des communistes qui vont là!

—Bien oui, Carmen. À quoi est-ce que tu penses?

—Pas rien que dès communistes. Vous vous rappelez les assassins de Pierre Laporte?

—Rose?

—C'est ça. Jacques Rose. Puis comment est-ce qu'ils s'appelaient, les autres?

—Si tu penses que je me suis donné la peine d'apprendre le nom de tous les membres du FLQ qui se sont illustrés, tu te trompes, Évelyne. C'est à ton mari qu'il faut demander cela. Après tout, c'est lui l'avocat, pas moi.

—Tu vas en passer de belles vacances, ma pauvre Carmen. Je t'en souhaite!

Au cours de la soirée, Carmen apprit qu'à part les communistes et les assassins Cuba n'attirait que des professeurs d'université et quelques intellectuels.

—Pas les plus propres non plus, je t'en passe un papier.

—On sait bien. C'est moins cher qu'ailleurs.

Cette dernière remarque suffisait à elle seule à lui faire comprendre la gravité de son erreur. Une paroissienne de Saint-Viateur d'Outremont prenant place à l'église, côté visons, n'allait jamais là où c'est le moins cher: pays, magasins, restaurants, peu importe. Même en temps de crise.

Pour ne pas qu'on la traite de brebis galeuse, Carmen

accusa lâchement son mari d'avoir fait les démarches sans lui en parler :

—C'était une surprise.

—Pour une surprise, c'en est toute une, ma pauvre Carmen.

—C'est juste pour une semaine.

Cela fut dit comme si elle eût eu hâte que cette semaine prenne fin.

—Tu as raison : une semaine, c'est vite passé. Apporte-toi un bon livre, puis prends ton mal en patience.

On tenta de la consoler après avoir sali son plaisir, comme font les enfants qui jettent leur compagne de jeu dans la boue parce qu'elle étrenne une robe neuve et le regrettent quand ils la voient pleurer. Carmen leur promit qu'elle en parlerait à Michael pour qu'il sache ce qu'il fallait penser de Cuba.

—Quant à cela, il n'y a pas de danger. Ce n'est pas un endroit où l'on retourne.

La soirée de bridge se passa à manger de petits sandwichs et des gâteaux. Carmen, qui avait pris la vedette plus tôt et le regrettait amèrement, demanda à Évelyne, qui devait passer deux semaines dans le Sud, si elle avait ses billets d'avion.

—Je les ai depuis un mois. Je n'ai pas pris de chance. Tout le monde veut aller en Floride !

Évelyne ne songerait jamais à voyager là où personne n'allait. Où irait-elle exactement ? Miami ?

—Pensez-vous ! Miami, on y allait dans les années cinquante, mais pas depuis. C'est plein de Cubains !

Cela lancé dans la direction de Carmen, pour ne pas qu'elle pense qu'on avait oublié. Elle accusa le coup en s'enfonçant la tête dans les épaules et prit un air contrit pour se faire pardonner. Avoir su qu'elles le prendraient ainsi, elle ne le leur en aurait jamais parlé, elle qui s'en faisait une joie!

—Fort Lauderdale?

—Tu brûles.

—Moi, je le sais. Évelyne est de son temps. Elle va à Boca Raton!

—Vrai, Évelyne?

—Comme je te vois, ma chère!

—Chanceuse!

Ce qui avait suivi s'effaçait du souvenir de Carmen, qui se remit à écouter ce qui se disait autour d'elle. On s'amusait ici, on se taquinait aussi, mais on riait de tout et de tous sans blesser les autres. C'était un bon groupe. Ils auraient une bonne semaine.

❖

En déposant son plateau sur la table, Céline, pour ne pas qu'on s'informe de l'emploi de son temps, demanda à Lise où elle en était dans ses lectures.

—Il n'est plus question que d'avions.

—Tu as lu au sujet du petit avion privé qui a manqué de justesse l'hélicoptère de Reagan?

—Oui! Si ce n'est pas effrayant! On voit que n'importe quoi peut arriver. Puis il y a eu le Delta qui se dirigeait vers un avion de la ligne Continental.

—Et le type enfermé dans la soute!

—N'oubliez pas le Continental à Denver qui a levé de terre puis est retombé sur le dos.

—Ça, c'était en novembre. Je ne suis pas rendue là,

mais j'en ai entendu parler à la radio.

—Et le jeune Allemand qui a atterri sur la place Rouge à Moscou.

—Quatre ans de travaux forcés.

—Ce matin, je lisais un article sur l'avion qui s'est écrasé à Detroit au moment du décollage.

—Plus de cent cinquante morts, si je me rappelle bien.

—C'était quand, ça?

—Le 16 août.

—Vous êtes gaies, vous autres, interrompit François, qui s'était aperçu qu'Astrid pâlissait. Vous ne pourriez pas changer de sujet? Il y en a ici qui ne vous trouvent pas très amusantes.

—Pardon! Ça ne va pas, Astrid?

Elle ne répondit pas d'abord, puis, voyant que chacun s'était tu pour l'écouter, elle avoua:

—Je suis inquiète.

—Au sujet du retour?

—Je ne sais vraiment pas. Peut-être.

Il ne fallait pas rayer la possibilité d'accident d'avion, mais la chose, même si on en parlait beaucoup, se produisait assez peu souvent. Si on y songeait trop, on ne bougerait jamais. Et puis, la mort ne privilégie pas un endroit au détriment des autres. Alors? Astrid s'était dit tout cela et d'autres choses encore. Que pouvait-elle dire de plus? Qu'elle avait passé une mauvaise nuit? Qu'elle avait des inquiétudes personnelles? Elle ne voulait pas leur parler d'Hubert, qu'elle savait amoureux par-dessus la tête, qui lui avait paru changé la veille au soir et qui ne se confiait pas à elle. Il y avait plus, cependant. Elle sentait un danger imminent qui frapperait quelqu'un né sous le signe du Taureau, aujourd'hui même peut-être.

Il n'y avait aucun Taureau parmi eux. Judith fit le tour des autres tables.

—C'est de quelle date à quelle date? demanda Daphné.

—Du 21 avril au 20 mai.

—Paul est Taureau!

—Eurydice aussi, ajouta Judith, en se rasseyant.

Paul répondait, en effet, à l'image qu'Astrid se faisait du Taureau typique: puissant, fougueux, impétueux. Un animal lunaire, se rappela-t-elle, et elle rit, en pensant qu'il représentait l'énergie sexuelle.

—Ça vous fait rire?

Pour alléger l'atmosphère, Astrid leur chuchota ce dernier trait de caractère du Taureau qui collait si bien au jeune époux en voyage de noces.

—Daphné va tomber enceinte ce soir! dit Adèle, pour qui c'était le comble du malheur.

—Ce n'est pas Daphné qui est menacée.

—Ce n'est pas plus drôle pour l'un que pour l'autre.

—Voyons, voyons. Un peu de sérieux.

Il y avait aussi Eurydice, créature puissante, femme forte par excellence, solide, stable. Pourrait-on mieux qu'elle représenter la mère nature, si généreuse et robuste? Quel danger pouvait bien planer au-dessus de sa tête?

—Son épée de Damoclès, c'est sa fourchette, lança Adèle, en regardant dans sa direction.

Eurydice mangeait avec la lenteur et la concentration des ruminants, qui ne font que cela toute la journée et qui trouvent satisfaction et bonheur dans le devoir accompli.

—N'importe quoi peut lui arriver. Qu'en pensez-vous, Astrid?

—Je ne sais pas. C'est possible.

—Faut-il que ce soit quelqu'un que vous connaissez?

—Oui.

—Quelqu'un du groupe, alors?

—Oui.

—Judith, vous avez interrogé tout le monde?

—Oui.

—Nous ne sommes pas tous ici. Il manque Brigitte, par exemple.

—Ça, je peux vous le dire, répondit Adèle. Poissons.

—Il y a aussi... Icare, souffla Liljana, qui savait depuis la veille le jeune homme menacé.

Astrid sentit alors quelque chose se déchirer en elle et se serra le ventre pour étouffer le mal.

—Astrid, qu'avez-vous?

Au même moment, Hubert entrait dans la salle avec Sophie et Roland et vit qu'on entourait sa mère pliée en deux.

—Qu'est-ce qui se passe?

—Hubert, lui souffla-t-elle à l'oreille, pour ne pas être entendue des autres. Hubert, il y a des signes qui ne trompent pas. Quelqu'un va mourir aujourd'hui.

Il la serra dans ses bras et, parce qu'elle pleurait, il ne la contredit pas. Il fit plutôt signe aux autres de les laisser seuls et la berça jusqu'à ce qu'elle se soit remise. Elle releva alors la tête, sécha ses pleurs et dit:

—C'est toi qui as du chagrin et c'est toi qui me consoles. Va, mon garçon. Prends quelque chose à manger, la journée sera longue. On a tout le temps de se parler, si tu le veux.

❖

Quand ils furent sortis de la salle à manger, Claire, qui n'avait rien dit du repas, s'écria, comme une pythie inspirée:

—Elle a raison! L'Éternel fait mourir ceux qui lui ont déplu et détruit les méchants et les impies, ceux qui vont à la chair dans un désir d'impureté. Ceux qui ne portent pas attention à l'avertissement de Dieu seront brisés subitement et sans remède. Qui résistera devant sa fureur?

François connaissait les excès de sa femme, qui passait sans transition du matérialisme le plus bas au mysticisme le plus éthéré, qui citait, selon ses humeurs, les prophètes de l'hédonisme ou ceux de l'Ancien Testament. Il lui avait donné l'espoir d'une vie meilleure en lui parlant de la fortune qui les attendait à Cuba et l'avait déçue. Elle se retrouvait plus pauvre qu'au départ et se jetait au pied des autels, les mains vides comme les justes qui n'ont rien gardé pour eux, appelant à son secours le Dieu justicier des prophètes de l'exil, tout en tremblant au souvenir de ses anciens péchés, sur lesquels trônait, en costume de cour, la cupidité, portant couronne d'or sertie de pierres précieuses.

—Vous allez voir ce que vous allez voir, répétait-elle, riant tristement pendant que François la serrait très fort contre lui, en la traînant vers leur chambre pour l'y enfermer.

—Qu'est-ce qu'il lui prend? s'enquit Adèle, qui la connaissait peu.

—Hem! Un petit vent de folie se serait-il abattu sur Cuba ce matin? suggéra Céline. Cela a commencé par

Astrid, ensuite Claire. Même vous, Liljana, vous semblez en avoir été touchée.

—Il y a des journées où tout va décidément très mal. C'en est une et, croyez-moi, j'ai hâte d'en voir la fin.

—Moi, je n'ai pas hâte! rectifia Adèle. C'est ma dernière semaine à Cuba et j'ai l'intention d'en profiter jusqu'au bout. Ciao!

—Vous m'excuserez à mon tour. J'ai deux mots à dire à quelqu'un.

Quand elle frappa à la porte d'Icare, Liljana n'obtint aucune réponse. Ses coups redoublés cependant réveillèrent Brigitte, qui écouta sans bouger pour ne pas faire grincer le lit. Puis, dès qu'elle cessa d'entendre les pas qui s'éloignaient dans le couloir, elle se leva, s'habilla rapidement, jeta un dernier coup d'œil sur les lits défaits, vit sur le fauteuil la chemise qu'Icare avait portée au marché, en fit une boule qu'elle cacha dans sa serviette de plage et, jugeant que la voie était libre, se sauva dans sa chambre.

Icare avait retrouvé Dédalo, avec qui il avait pris rendez-vous la veille. C'était rien de moins qu'un colosse à la tête chevelue et frisée, paisible et doux comme on aime croire les brutes parce qu'elles nous font peur et qu'on voudrait les apprivoiser pour se donner le plaisir de les voir dans un jardin, broutant dans les platebandes ou se baignant dans les fontaines et les étangs. Dédalo partageait également avec les bêtes cette particularité qu'il ne souriait pas et, chez lui comme chez elles, se déroulait, derrière ses traits graves, le scénario de sa vie, qu'il suivait, une page à la fois, sans trop songer à la veille ni se soucier du lendemain. Il avait néanmoins des projets et, certains soirs, il rêvait de mariage, mais la femme de ses rêves changeait souvent de visage. C'était que les femmes ne savaient pas attendre et s'impatientaient de sa lenteur. Certaines le jugeaient simplet parce qu'il avait de gros muscles, dont il ne se servait pas pour assommer les moqueurs, et qu'on l'avait souvent surpris à regarder droit devant lui, comme s'il y eût eu autre chose à voir que des nuages qui se déchiraient dans le silence comme tant de cœurs qui n'ont connu de l'amour que ce qu'on en dit.

Icare lui parlant comme à un frère, Dédalo lui confia ses rêves et lui parla longuement du corail noir qu'il portait au cou, une belle pièce, à la vérité, comme on n'en trouve plus que sur les récifs au plus profond de la mer. Il en aurait voulu vingt autres de cette qualité pour en faire un collier et l'offrir en gage d'amour à la femme de son choix, qui aurait été fière de le porter. Icare pensa au collier de la Veuve noire, qu'il lui aurait donné volontiers s'il l'avait toujours eu, mais il comprit que Dédalo n'en aurait pas voulu, ce collier devant être le sien et non pas celui d'un autre, comme l'amour venant de son cœur.

—Tu es le sauveur, Dédalo, lui dit-il, en montrant du doigt ce qu'il y avait d'écrit sur son t-shirt: «SALVA-VIDAS CUBA».

Dans les yeux de Dédalo passa une lueur qui aurait pu être un sourire et qui en prit la place. Le sauveur, lui? Pourquoi pas? Parce qu'il prenait plus de soin que les autres à son travail, il n'était arrivé aucun malheur à ses clients et il avait ce commerce de location depuis bientôt dix ans. Pédalos, planches à voile et skis nautiques n'avaient aucun secret pour lui. La paravoile, c'était autre chose. Icare était le premier à s'y intéresser. Dédalo avait essayé l'équipement nouvellement arrivé et tout s'était bien passé, mais un test suffisait-il? Cela lui paraissait dangereux et il aurait préféré attendre. Icare ne pouvait pas attendre. Remettre à plus tard, c'était remettre à trop tard. Il ferait de la paravoile aujourd'hui même.

Dédalo avait engagé un pilote en qui il mettait toute sa confiance. Ce n'était pas une tête folle comme certains qui se laissaient intoxiquer par la force du moteur sans considération pour les autres, baigneurs ou skieurs. Celui-ci respectait la mer et la loi, entretenait sa vedette et aimait son métier. C'était lui qui s'était aussi occupé de trouver l'observateur qui était déjà à son poste et surveillerait constamment Icare.

Voyant qu'on était prêt et qu'on n'attendait plus que lui, Icare mit sa veste de sécurité pendant que Dédalo lui faisait ses recommandations, en inspectant une dernière fois les poignées, les skis et la voilure. Toutes les courroies solidement attachées, Icare s'avança vers l'eau comme un immense oiseau battant de l'aile.

Dédalo le suivit dans l'eau, lui mit ses skis comme un père chausse son enfant et, sans dire un mot, regagna la plage. Il se fit un bruit de moteur. Le câble se tendit, emportant Icare, qui sortit de l'eau debout sur ses skis, les genoux pliés, prêt à bondir dans les airs sous l'œil inquiet de Dédalo, qui l'observait comme un aigle suit le premier vol de l'aiglon lorsqu'il s'élance du haut de son rocher natal.

Icare montait, montait toujours à mesure que la vedette prenait de la vitesse et ce qu'il voyait, c'étaient la mer qui s'étendait à l'infini, la côte qui dessinait des merveilles, la plage et le pays entier qui se cachait sous des masses de verdure. Ils étaient dix millions à vivre dans l'île et Icare n'en voyait pas un seul. Que des arbres, que du sable, que de l'eau! Qui l'aurait vu l'aurait trouvé transfiguré par une agitation nerveuse semblable à celle qui s'empare des passagers au moment de l'atterrissage, alors qu'ils voient enfin le pays qu'ils sont venus explorer. Il entrait un peu de crispation dans cette sensation, surtout au tout début, mais depuis qu'il s'abandonnait aux courants mous, qui l'emportaient tantôt vers le large, tantôt vers la terre ferme, indépendamment de la vedette qui allait droit devant elle, il ne ressentait plus que l'exaltation de l'oiseau planant au-dessus du vide.

—Je suis Icare, s'écria-t-il, fou de joie, et je vole!

Il manœuvrait maintenant la voile comme si elle avait fait partie de lui, plongeait et remontait, cédant à la griserie du cerf-volant qui ondule spasmodiquement dans les airs comme un dragon de papier. Icare volait vers le soleil, rêvait de s'y chauffer, criait: «Plus haut! Plus haut!» comme s'il s'était senti tout près d'y toucher, alors que dans la vedette Chango, l'amant trompé d'Ochun, un couteau à la main, sciait patiemment le câble, en jetant de temps en temps un regard au-dessus de son épaule pour s'assurer qu'on ne le voyait pas.

Depuis la veille, Santa Maria del Mar accueillait plus de Cubains que de touristes surpris de se retrouver en minorité sur une plage qu'ils avaient crue privée, mais les Cubains paraissaient tellement à l'aise qu'ils finirent par accepter de partager avec eux ce qui, de toute évidence, appartenait à tous. On se côtoyait sans se mêler et, comme dans la réserve des uns il n'y avait pas d'hostilité, la curiosité des autres n'alla jamais jusqu'à l'indiscrétion.

C'était du moins ce qu'il avait semblé à l'écrivain qui sortit alors son journal pour y inscrire ses observations.

Le dimanche 20 décembre
Étrange siècle que le nôtre! Tout homme qui en a les moyens peut faire le tour de sa planète. Certains même s'en sont éloignés suffisamment pour l'embrasser d'un seul coup d'œil comme un bibelot de prix vu de derrière une vitre et en ont rapporté l'image pour que chacun de nous se rende compte de l'insignifiance d'un monde qui n'est plus nécessaire depuis qu'on a pu le quitter.

On s'attendait peut-être à ce que, de cette constatation nouvelle, naisse une fraternité plus étroite entre les hommes que celle qu'avaient rendue possible les religions anciennes. Or, il semble, au contraire, que nous ayons perdu le goût de l'autre. Serait-ce que nous nous sommes aperçus que nous nous ressemblons tous et que nous n'avons rien à nous dire?

Depuis que les hommes se parlent moins, ils interrogent les bêtes. Ils n'apprendront rien d'elles car, pour les comprendre, ils leur prêtent le langage des hommes là où il faudrait que les hommes s'initient à des signes inconnus d'eux qui sont d'usage courant chez les bêtes.

Quand il releva la tête, il vit Icare qui volait au-dessus de la mer, eut le vertige, ferma les yeux et attendit qu'il ait passé pour les rouvrir.

Liljana, qui arrivait à ce moment précis, aperçut elle aussi la voilure rouge sur fond de ciel bleu, fut saisie d'admiration en voyant qu'un homme était suspendu à l'engin et se dit qu'elle aimerait le connaître pour qu'il lui communique le doux frisson que l'on ressent en entendant parler de danger dans la sécurité de son lit chaud.

Mais elle se mit à trembler dès qu'elle reconnut Marco qui courait vers elle. Quelle nouvelle lui apportait-il?

—¿Qué tiene?

—Icare, dit-il, en montrant le ciel. Icare!

Ce n'était pas tout. Marco était essoufflé et ses mots sortaient avec peine de sa bouche. Quoi encore? Il y avait Chango. Qui? Chango, l'homme d'Ochun. Il se trouvait à bord de la vedette. Et Chango, qui avait bu l'autre soir, avait juré qu'il tuerait l'étranger.

Il n'y avait pas une minute à perdre. Liljana saisit la tête du Noir entre ses mains comme on prend une boule de cristal pour y mieux voir son destin et lui souffla:

—Ramène-moi l'homme en vie, si tu peux, et je te donnerai tous mes bijoux! Fais vite!

❖

On aurait dit que la Terre s'était arrêtée de tourner et que l'air ne circulait plus tant le vent qui sifflait tantôt avait cessé soudain, comme il arrive parfois les jours d'orage avant que les premières grosses gouttes de pluie commencent à tomber. Dans le silence qui suivit, Icare sentit un relâchement dans la tension du câble et comprit qu'il avait été séparé de la vedette, qu'il allait à la dérive, emporté par les seuls courants d'air, qui se jouaient de lui comme d'un ballon ayant glissé des mains d'un enfant distrait. La voilure le porterait-elle encore longtemps? Quelques secondes de plus puis, arrêté en plein vol, Icare chuta dans la mer comme un canard criblé de balles.

Accident? Pourquoi la vedette s'éloignait-elle plutôt que de se porter à son secours? Icare se déharnacha et laissa couler la paravoile au fond des eaux, non sans avoir auparavant examiné le câble, qu'il trouva coupé. Mieux valait, dans ce cas, se laisser flotter comme un bois mort car, se dit-il, si on avait voulu le tuer, on pourrait, le sachant en vie, revenir l'achever. Un quart d'heure, vingt minutes passèrent. Les vagues l'avaient poussé vers la côte. Il regarda le fond, vit qu'il pourrait se tenir debout dans l'eau.

—Icare! Icare!

Il reconnut la voix, mais ne donna pas signe de vie pour s'accorder le temps de réfléchir pendant que Mariposa le soulevait par les épaules et le tirait hors de l'eau. Quand il fut en sécurité sur les roches plates, elle se pencha au-dessus de lui et, voyant qu'il respirait normalement, posa ses lèvres sur les siennes. Icare ouvrit les yeux et vit qu'elle avait fermé les siens.

—Ce n'est pas comme cela qu'on donne la respiration artificielle, lui reprocha-t-il doucement, dès qu'elle le laissa parler.

—Tu n'étais pas noyé, lui répondit-elle. Tu m'as fait peur.

Ils riaient maintenant comme des enfants qui se seraient retrouvés après s'être crus perdus.

—Comment as-tu fait pour me trouver? Le hasard?

—Non.

De Wifrido, elle avait appris qu'il ferait de la paravoile. De Marco, que Chango voulait le tuer. «Un accident est vite arrivé, s'était-elle dit, et un assassin sait profiter de tout.» S'il devait y avoir accident, ce serait à l'est de la pointe, là où il n'y aurait pas de témoins. N'avait-elle pas eu raison? Icare riait à l'idée qu'il s'était formé, à son insu, un réseau d'informations et un groupe d'action, qui servaient à le protéger et à lui venir en aide. Il n'y avait pas à dire, Cuba était un pays extraordinaire où tout devenait possible pour peu qu'on se laisse séduire par ses charmes et qu'on ait l'esprit d'aventure.

—On ne s'ennuie pas chez vous, conclut-il. Qu'est-ce qu'on fait maintenant?

—On peut rester ici, où on est bien, suggéra Mariposa, tout au bonheur de se trouver seule avec lui, ou retourner à l'hôtel, où il y a plein de monde.

La petite l'amusait, mais il crut préférable de rentrer.

—C'est bien ce que je craignais, murmura-t-elle.

Sur la route, ils rencontrèrent Marco étonné de voir Icare en vie, debout et avec Mariposa. Icare le gronda pour ne l'avoir pas averti. Le mettre au courant? Il n'en était pas question!

Chango l'aurait tué!

—Et moi alors?

Icare, ce n'était pas pareil. Il pouvait se défendre. La preuve! Lorsque Chango apprendrait qu'il vivait toujours, rappliquerait-il? Marco n'en savait rien. Chango n'ayant jamais raté son coup par le passé, la question ne s'était pas posée.

Les trois se séparèrent devant l'hôtel. Marco alla retrouver Liljana et réclamer son dû.

—¿Vivo?

—¡Mira!

Icare était sur le trottoir sous les pins et marchait comme un promeneur du dimanche, sans se presser ni se traîner les pieds. Il avait le temps. La mort n'avait pas voulu de lui. Il pouvait respirer à son aise. Ce sursis, à l'heure qu'il était, valait l'immortalité.

—¡Vaya! dit-elle en retirant les bagues de ses doigts et les bracelets de son poignet. Qu'il repasse plus tard, dans la soirée, chercher le reste. Il avait bien travaillé. Il aurait tout. Marco fit disparaître les bijoux dans ses poches et s'en alla en sifflant. Il reviendrait et prendrait tout. Il serait riche et toutes les filles l'aimeraient.

✤

Icare était mort et c'était Chango qui l'avait tué. Qu'allaient-ils faire de lui?

Maintenant qu'il avait fait ce qu'il avait à faire, Chango revoyait son crime avec le plaisir qu'on éprouve à se savoir vengé. Icare, un temps suspendu dans les airs comme une étoile fixée au firmament, s'était décroché et précipité dans la mer, qui s'était refermée sur lui. Les requins feraient le reste. Chango avait même jeté par-dessus bord le bout de câble retenu à la vedette. Puisqu'il n'y avait pas eu de témoins et qu'il n'y avait pas de preuve, il ne s'était rien passé et on ne pourrait l'accuser de rien, à moins que Dédalo ne le dénonce à la police. Mais alors Chango dirait que Manuel, le pilote, était complice et Dédalo aussi. Voilà ce qu'il dirait, lui, si on l'arrêtait. Qui croirait-on? C'était tout. À eux d'agir.

Chango, entre Dédalo et Manuel, ne disait plus rien. Ses yeux s'étaient éteints comme un écran sur lequel les images auraient cessé de passer.

Qu'allaient-ils faire de Chango? se répétait Dédalo. Ils n'avaient pas de preuve contre lui et c'était sa parole contre la leur. La justice serait-elle servie, si on le dénonçait? Icare reviendrait-il à la vie? Se taire alors, comme si rien ne s'était passé?

Qu'allaient-ils faire de Chango? La question revenait lui battre les tempes comme la fièvre que rien ne calme. Comment venge-t-on une vengeance? Où cela finirait-il? Au village, que dirait-on de Dédalo et de Manuel, qui avaient dénoncé un des leurs? Dédalo aurait voulu reprendre la journée à son début. Il aurait refusé de louer l'équipement et Icare vivrait à l'heure qu'il est.

Icare vit Dédalo, reconnut le pilote et se dit que l'homme qui lui tournait le dos devait être celui qui avait voulu le tuer. Les trois hommes ne parlaient plus, mais formaient un cercle étroit.

Dédalo fut le premier à reconnaître Icare; puis, ce fut le tour de Manuel. Chango, qui suivait les mouvements de leurs yeux, vit qu'il se passait quelque chose car on avait cessé de le surveiller, comme s'il eût pu partir maintenant qu'ils n'avaient plus besoin de lui. Il tourna lentement la tête. Icare n'était plus qu'à deux pas de lui. Chango esquissa un geste pour se protéger, mais trop tard: Icare lui avait écrasé son poing dans la figure. Chango chancela, recula et s'étendit de tout son long sur le ciment du trottoir.

—¡*Caramba!* s'écria le pilote. ¡*Qué hombre!*

Puis, se rendant compte qu'il n'y avait pas de mort, qu'il n'y avait pas eu de meurtre et que tout était bien qui finissait bien, il sauta de joie et se mit à crier. C'était le délire! Il serrait Icare dans ses bras, lui donnait de vigoureuses tapes dans le dos, le regardait comme s'il avait retrouvé un ancien ami. Quelle histoire! On ne le croirait jamais! Il la raconterait à tout le monde. Même vieux, il la dirait encore. Ce serait son histoire! Jamais en vivrait-il une plus extraordinaire! Icare vivant! Et Icare avait knock-outé Chango!

—¡*Chango K.-O.*! ¡*Caramba*! criait-il.

On s'attroupa autour des trois hommes.

Dédalo le regardait comme il aurait regardé Lazare ressuscité. Icare se mit à rire en se moquant de ce qu'il voyait écrit sur son t-shirt:

—«SALVAVIDAS CUBA», lui lança-t-il.

Jamais Dédalo n'avait ressenti de joie pareille. C'était comme si les muscles de son visage s'étaient animés d'une vie nouvelle et, pour la première fois de sa vie, il sourit. Manuel lui cria en espagnol:

—Tu souris, Dédalo! Tu souris!

Et Dédalo se mit à rire. Les trois hommes maintenant riaient tant que leur folle gaieté se communiqua aux badauds, qui ne comprenaient pas ce qui se passait mais riaient autant qu'eux. Ce fut au milieu de l'hilarité générale que Chango reprit connaissance.

Quand on l'entendit geindre, on cessa de rire. Chango, se voyant entouré et se rappelant le coup de poing de tantôt, se dressa avec précaution, se demandant si on allait l'abattre une seconde fois. Debout, il se retrouva nez à nez avec Icare. Les deux adversaires se regardèrent dans le blanc des yeux trente secondes, une minute. Il s'était fait autour d'eux un silence tel qu'on n'entendait plus que la respiration difficile de Chango, qui saignait du nez.

Chango s'était vengé. Son honneur était sauf. Tout le monde le saurait et le laisserait en paix. Était-ce sa faute à lui si cet homme n'était pas tuable? Chango branla un peu la tête, comme s'il eût essayé de remettre ses idées en place, et passa la langue sur ses lèvres pour en laver le sang. Il avait terriblement mal, mais s'efforça de sourire car il avait hâte d'en finir. Icare, ayant compris qu'il voulait faire la paix, lui présenta sa main, que Chango serra très fort.

—¡Caramba! s'écria de nouveau Manuel.

Il fallait arroser cela. Chango paierait, bien entendu, tous les frais de la réconciliation.

Liljana, qui avait suivi la scène un peu à l'écart, crut qu'elle allait défaillir tant elle se sentait soulagée. Quelle journée! Mais c'était fini. Icare était mort et ressuscité. Astrid avait eu raison; Astrid avait eu tort. Il fallait maintenant qu'elle lui raconte ce qui s'était passé pour qu'elle cesse de s'inquiéter.

Lorsqu'elle atteignit la mezzanine, Eurydice la retint pour l'avertir qu'Astrid souffrait d'une migraine et qu'Hubert la veillait. Comme elle avait grand besoin de parler à quelqu'un, Liljana lui raconta ce qu'elle venait de voir et Eurydice lui répéta ce que Mariposa venait de lui dire, de sorte qu'en se quittant les deux femmes en savaient autant l'une que l'autre et que chacune connaissait toutes les scènes du drame qui s'était joué, ce jour-là, à Santa Maria del Mar.

—J'allais oublier, finit-elle par dire. Mariposa m'a dit de vous dire qu'elle vous attendrait sur la terrasse du troisième. Elle ne m'en a pas dit davantage.

Mariposa voulait lui remettre les bijoux que Marco lui avait pris.

—Parce qu'il ne les a pas mérités. Il n'a rien fait. C'est moi qui ai retiré Icare de l'eau.

—Alors je vous les donne, à vous.

Mariposa refusa. Icare s'était sauvé sans l'aide de

personne. Puis, se rappelant le baiser volé, elle ajouta:

—J'ai eu ma récompense.

Liljana regarda la poignée de bijoux dont personne ne semblait vouloir et se dit que les souvenirs, peu importe leur prix, n'ont de réelle valeur que pour ceux auxquels ils appartiennent.

❖

La boutique Intur au sous-sol de l'hôtel ouvrait tous les jours à dix heures. On y trouvait des blouses brodées et des chemises de coton, quelques articles-souvenirs, des cartes de souhaits faites main au Viêt-nam, des boissons gazéifiées, des cacahuètes salées, du chewing-gum, des tablettes de chocolat, des cigarettes américaines à côté de cigares cubains, des timbres-poste et surtout du rhum. Les prix étaient excellents mais, comme il fallait des devises étrangères pour en profiter, la boutique était ordinairement déserte, les touristes jugeant inférieure la qualité des produits et les Cubains s'y faisant refuser leurs pesos.

Si la caissière avait la mine longue, c'était qu'elle ne parlait qu'espagnol et comprenait mal qu'on visite Cuba sans parler la langue du pays. Elle n'apprendrait pas l'anglais parce qu'il aurait fallu parler aussi le français, l'allemand, le roumain et le russe, ce dont elle se sentait incapable. Que les autres apprennent l'espagnol! Ce serait tellement plus simple, l'espagnol lui paraissant une langue facile puisqu'elle la parlait depuis sa plus tendre enfance. Mais elle souriait aux clients réguliers, qui savaient ce qu'ils voulaient et ne l'embêtaient pas avec des questions qu'elle ne comprenait pas. C'étaient

301

Noëlle, pour qui, être en vacances, c'était faire les magasins; Jean-Marc, venu y chercher ce qu'il appelait ses «vitamines», une demi-heure après l'ouverture pour être sûr de ne pas se cogner le nez sur une porte fermée; et Roland, qui faisait comme lui, mais un peu plus tard dans la journée.

À midi, Rosa fermait la boutique, emportant avec elle un sac de provisions pour Eurydice, service qu'elle rendait à une cliente pour la première fois de sa vie, heureuse de le faire tant était grande l'admiration que lui inspirait cette femme qui tricotait comme pas une et lui enseignait tous les jours quelque nouveau point.

Ce jour-là, elle était à peine de retour dans sa boutique que Roland entra, tendu, les traits tirés, ayant mal dormi la veille et n'ayant pas trouvé à se reposer depuis le matin. Contrairement à son habitude, il ne prit pas de bouteille de rhum, mais fit le tour de la boutique, rapidement d'abord, puis une seconde fois très minutieusement, fouillant partout, remuant tout comme s'il eût perdu quelque chose. Ne voyant pas ce qu'il cherchait, il finit par demander, l'air contrarié:

— Vous n'auriez pas, par hasard, quelque chose pour chasser les maringouins?

Rosa haussa les épaules et branla la tête de droite à gauche et de gauche à droite. Convaincu que la caissière comprenait parfaitement le français et que, si elle ne le parlait pas, c'était par mauvaise volonté, il lui reposa la même question en enflant la voix pour lui montrer qu'il n'était pas dupe. Même mimique.

— Toujours pas?

Alors il traduisit, en détachant chaque syllabe:

— Ma-rin-goui-nos!

De toute évidence, elle faisait la sourde ou l'imbécile. Elle voulait se payer sa tête? Il n'en aurait pas moins le dernier mot. Il sila entre les dents comme un moustique et battit l'air de ses bras pour faire comme s'il eût eu des ailes. Rosa ouvrit tout grands les yeux. L'endroit était isolé; elle était seule. Courait-elle un danger? Roland, avec le pouce et l'index réunis, se piquait maintenant le bras, les cuisses et le visage.

—*¡Mosquitos!* finit-elle par comprendre.

Ce n'était que le premier mot. La charade continuait. Quoi d'autre y avait-il encore? Elle l'encouragea à poursuivre.

—Off! Off! Off!

En donnant le nom de la marque du produit qu'il voulait, Roland ne réussit qu'à la terroriser tout à fait. Quoi? Il jappait? Se préparait-il à la mordre? Désespérant de se faire comprendre par les seuls mots, Roland fit de grands mouvements rotatoires avec ses mains pour indiquer qu'il chassait les moustiques.

—Off! Off! criait-il sans cesse.

À force de le lui répéter, elle finirait par comprendre. C'est comme cela qu'on s'y prend avec les enfants, non?

Noëlle, qui, en entrant, l'aperçut jappant, sautant, gesticulant, crut qu'il racontait une histoire drôle et se mit à rire.

—De quoi riez-vous?

Noëlle allait lui répondre: «De vous», mais se ravisa:

—Si vous vous étiez vu, glissa-t-elle, entre deux accès de fou rire.

—Il n'y a rien de drôle, grogna-t-il, essoufflé. Ça fait une demi-heure que j'essaie de lui faire comprendre que nous nous faisons dévorer par les maringouins dans notre chambre et qu'il me faut du Off pour avoir la paix une fois pour toutes. C'est pas sorcier!

—Du calme, monsieur Rolland, fit Noëlle, qui ne l'avait jamais vu dans un état pareil.

—Il n'y a même pas moyen de se faire servir en français, pesta-t-il, loin de se calmer.

—Monsieur Rolland! répéta Noëlle, démontée. On ne peut tout de même pas exiger qu'ils parlent français.

—Non? Pourquoi pas?

Se rappelant le mot anglais qu'il cherchait plus tôt, il lança:

—Allons-y pour l'anglais alors. *Repellant! Repellant!*

—¿*Repelente?* ¿*Repelente?*

Qu'est-ce qui lui avait mérité pareille injure? Était-ce sa faute si on s'adressait à elle dans des langues qu'elle ne connaissait pas? «Dégoûtante», elle? Pourquoi «dégoûtante»? S'il voulait quelque chose dans sa boutique, il n'avait qu'à se servir. S'il ne le voyait pas, c'était qu'elle n'en avait pas. Elle ne cachait rien, Rosa. C'était une boutique ici et non pas une banque! Qu'avaient-ils, ces étrangers, à lui crier des injures? S'ils n'étaient pas heureux dans son pays, pourquoi s'en prendre à elle? Qu'ils retournent chez eux! Voilà ce qu'elle leur disait, Rosa. Qu'ils retournent chez eux et lui fichent la paix! Qui leur avait demandé de venir?

Elle pleurait maintenant, emportée par l'élan de sa diatribe contre les étrangers qui exigeaient d'elle l'impossible. Elle était caissière, Rosa, elle savait compter et remettre la monnaie. On ne lui demandait rien de plus. L'homme devant elle était un grossier personnage. Qu'il parte! C'est ça! Qu'il s'en aille! Elle ne voulait plus le revoir dans sa boutique! Elle parlait plus fort que lui maintenant que Noëlle était là pour prendre sa défense. Elle la prenait à témoin. L'homme était fou, il n'y avait pas à redire:

—¡Loco! ¡Loco de atar!

—¿Loco?

Roland connaissait le mot pour l'avoir entendu dans des films de cow-boys.

—¿Loco en la cabeza? fit-il en se mettant un doigt sur la tempe. Folle, toi-même!

—Monsieur Rolland! Arrêtez ça! Avez-vous perdu la tête? Voyons! Quelle mouche vous a piqué?

—Quelle mouche? Vous l'avez dit, quelle mouche! Je veux du Off. Est-ce que je vais en avoir, oui ou non?

—Elle n'en a pas. Je sais, j'ai déjà cherché, dit simplement Noëlle.

—Elle n'aurait pas pu me le dire, plutôt que de me regarder comme si j'étais tombé d'une autre planète? grommela-t-il dans la direction de la caissière éberluée.

—Elle vous l'a peut-être dit, mais vous n'avez pas compris.

—Si elle parlait français comme tout le monde aussi!

—Monsieur Rolland, soyez raisonnable.

—Comme si on mettait quelqu'un qui parle ni anglais ni français à la caisse d'une boutique pour étrangers.

—Monsieur Rolland, ne vous emportez pas. C'est fini, là.

—Ce n'est pas fini, je veux du Off!

Noëlle lui apprit qu'il y avait du 6/12 au petit magasin général en face de l'hôtel, mais qu'on n'y acceptait que les pesos. Roland n'avait que des dollars sur lui.

—Maudit pays compliqué! lança-t-il, furieux. Quand

tu as l'argent qu'il faut, il n'y a pas moyen de te faire comprendre. Quand tu réussis à te faire comprendre, c'est toi qui n'as pas l'argent qu'il faut. J'ai assez hâte de retourner à Montréal! Là, au moins, il n'y a pas de maringouins de l'hiver! On gèle, mais je pense que j'aime mieux ça, bâtisse!

✢

—Vous finissez pas d'aller puis de venir aujourd'hui, monsieur Rolland, dit Eurydice en le voyant de nouveau. Voulez-vous bien me dire ce qui se passe? Est-ce que vous m'en voudrez si je vous dis aussi que vous n'avez pas l'air de bonne humeur?

—Il se passe, madame Branchu, que je commence à en avoir plein mon casque de Cuba! Vous m'entendez? Jusque-là puis encore!

Les yeux exorbités, il lui raconta ses nuits d'insomnie, assailli par des légions de moustiques qui lui tournaient autour de la tête, qui le rendaient fou avec leur bruit d'ailes, à tel point qu'il les suppliait: «Envoyez! Piquez, bâtisse! Puis sacrez votre camp!» Mais elles n'en faisaient qu'à leur tête et ne piquaient qu'à leur heure.

—C'est la même chose pour tout le monde, monsieur Rolland. Il ne faut pas s'en faire. On ne s'en prend pas à vous plus qu'aux autres.

Il y avait plus. Il y avait Sophie. Il suffisait qu'il prononce son nom pour que les larmes lui viennent aux yeux. Sophie! Mais ça, c'était une peine qu'il ferait mieux de garder pour lui.

Restée seule, Eurydice, qui avait connu de nombreux chagrins et misères, se sentit imprégnée de la douleur de Roland. Cet homme, elle le savait, portait seul un fardeau qu'il aurait fallu partager. Saurait-elle l'aider?

❖

Sophie n'avait pas entendu venir Roland, qui la surprit la bouteille à la main.

—Tu ne peux pas attendre? Te rends-tu compte? lui dit-il avec compassion, en fermant la porte derrière lui. Te rends-tu compte que tu bois de plus en plus de bonne heure? Bientôt, tu vas boire en te levant du lit. Qu'est-ce que tu as, Sophie? Es-tu malade?

—Voyons, Coco! T'énerve pas! Ça ne coûte rien, le rhum ici. J'en profite un peu. C'est tout. Il n'y a pas de mal à ça. J'en prenais juste une petite gorgée en t'attendant.

—Tu appelles cela, une petite gorgée? Sophie, regarde la bouteille. Elle n'est plus qu'à moitié pleine.

Sophie lui donna raison: la bouteille était déjà à moitié vide.

—Si tu étais fin, tu irais nous en chercher une autre, juste pour être sûrs qu'on n'en manquera pas ce soir. Hein, Coco? Fais donc ça pour moi sans que j'aie à te le demander.

Roland aurait voulu qu'il se passe un peu plus de temps avant de remettre les pieds dans la boutique Intur:

—Il me semble que tu devrais en avoir assez, Sophie.

—Tu n'es pas pour recommencer, hein, Coco? Ce n'est pas un si gros service que ça que je te demande...

Il irait mais plus tard.

—Sophie, implora-t-il, il me semble que tu as assez bu cet après-midi. Pourquoi ne t'habilles-tu pas? Tu as besoin de prendre un peu d'air comme tout le monde. Si tu voulais, on pourrait aller se promener ensemble sous les pins. Tu te rappelles quand on était jeunes? On se promenait comme ça.

—On n'allait jamais loin. Il fallait que papa nous voie. Il avait assez peur que tu prennes des libertés avec moi.

—On n'ira pas loin.

Sophie gloussa en se rappelant leurs fréquentations.

—Tu veux, Sophie?

—Va, mon Coco. Si tu me fais plaisir, tu vas voir que je ne te ferai pas honte, à mon tour.

Roland mit quelques pesos dans sa poche et sortit. Il avait l'air tellement abattu que, lorsqu'il passa devant Eurydice, elle laissa tomber son tricot sur ses genoux et lui fit signe d'approcher. Elle savait donc? Oui, mais ce qu'elle ne savait pas, Eurydice, c'était ce qu'avait été Sophie. Ils s'étaient aimés, elle et lui. Ils avaient été heureux. Il l'aimait toujours, mais Sophie avait découvert l'alcool et il lui fallait, depuis, sa bouteille de tous les jours, sa bouteille et demie maintenant et bientôt ses deux bouteilles. Combien de temps encore Roland pourrait-il vivre avec elle dans ces conditions? Il faudrait la faire soigner, mais à quoi bon si cela ne venait pas d'elle? Oui, elle avait raison de le croire malheureux, Eurydice. Il lui arrivait de plus en plus souvent même d'appeler la mort. Il en était rendu là. Eurydice découvrit alors que, contre le désespoir, la sympathie était d'un faible secours et que les mots dans certaines bouches demeurent des balbutiements.

Quand Roland se sépara d'elle sans avoir reçu de consolation, elle se sentit envahie de tristesse. Était-elle devenue une vieille femme inutile? Eurydice étouffa un cri de douleur.

—Mes dardons au cœur qui me reprennent, dit-elle, en passant la main là où elle avait mal.

Dans sa chambre, Astrid s'agitait, aux prises avec le même mauvais rêve qui revenait la hanter. Rêve? Obsession? «Folie», dirait Hubert, qui la veillait. Pour chasser les images, Astrid ouvrit les yeux puis les referma aussitôt. Ouverts ou fermés, cela ne changeait rien. Il fallait que cela passe. Attendre. Attendre. Combien de temps encore?

Sophie prit une dernière gorgée de rhum pour se donner du courage, revissa le bouchon et se leva. Roland voulait sortir avec elle? C'était bon. Elle avait promis qu'elle ne lui ferait pas honte; elle tiendrait promesse. Une promenade comme dans le bon vieux temps, son bras sur le sien? Pourquoi pas? En vacances, on se permet toutes les illusions. Si cela pouvait lui faire plaisir, elle ferait même semblant qu'ils étaient jeunes et beaux.

Quand elle se vit dans la glace, elle était si fière du résultat qu'elle ne put attendre que Roland revienne à la chambre pour se montrer à lui. Elle ouvrit la porte du balcon et, dès qu'elle l'aperçut sortir du magasin, elle se mit à crier pour attirer son attention:

—Coco! Coco! Coco!

Roland leva les yeux, mais ne voyait pas d'où venait la voix.

—Ici, Coco! Ici!

Sophie se penchait au-dessus du balcon et lui faisait des signes.

—Regarde, Coco! Je me suis habillée en neuf!

Roland ne comprenait pas ce qu'elle lui criait mais, voyant qu'elle se penchait de plus en plus, il se dit qu'il pourrait lui arriver malheur.

—Fais attention! Tu vas tomber!

Maintenant qu'elle avait son attention, elle mit ses mains en porte-voix et lui cria de nouveau, en se penchant davantage:

—Regarde, Coco!

Roland se dit qu'elle allait tomber, sûr et certain. Il hésita puis se lança sur la route comme s'il eût pu la prendre dans ses bras si elle s'était précipitée du haut du balcon.

Au même moment, Astrid se redressa dans son lit puis retomba, inerte.

Ce fut le crissement des pneus sur l'asphalte mou plus que les cris de Sophie qui alerta tous ceux qui se trouvaient sur la plage et à l'hôtel. Dans ce coin du pays, où l'on n'entend que la voix des vagues sur la côte et la respiration du vent dans les arbres, que le chant des guitares et le rire des enfants, il se fit un silence comme au jour de l'Exode alors que les enfants d'Israël se retournèrent et, frappés de stupeur, virent les eaux refluer sur les Égyptiens et submerger l'armée de Pharaon.

Le squelette hideux de la mort venait de passer, semant tout autour la confusion, et la vie, qui tremblait dans sa peau, ne se décidait pas de reprendre. Puis, ce fut un branle-bas général. Tout ce qui avait des jambes et un cœur conflua de la plage et de l'hôtel au bord de la route. Le malheur s'était abattu, ce jour-là, sur Santa Maria del Mar et sur chaque témoin, petit et grand, rejaillissaient quelques gouttes du sang répandu.

Quand une mère vit la masse de chair et de sang qui avait roulé devant le jeep, elle prit la tête de sa petite fille et la serra contre elle pour qu'elle ne voie pas.

—¡*Pobre criatura!* s'écria-t-elle, et son cri était une prière.

Elle avait honte maintenant, et elle n'était pas la seule, comme si elle et les siens avaient souhaité ce malheur. Elle avait beau se dire que ce n'était pas vrai, elle se sentait responsable de ce qu'elle voyait et ce qui lui faisait si mal c'était de se savoir incapable de dire la profondeur et la sincérité de sa consternation, de la tristesse de chacun. Sans réfléchir—ce sont des gestes comme on en invente sur le coup—mais peut-être aussi pour ne pas qu'on la croie sans cœur, elle enleva la serviette de plage des épaules de son enfant et la posa sur l'homme qui gisait à ses pieds.

Quand Icare arriva, il ne vit que cette serviette qui disait «CUBA, SI» et qui recouvrait le mort. Derrière lui, Céline disait à Noëlle:

—Le Diable a pété sur nous autres!

—C'est quelqu'un qu'on connaît? lui demanda-t-il.

Avant qu'elle ait eu le temps de lui répondre, une voix de fillette se fit entendre. On aurait dit qu'elle venait des arbres parce qu'elle était douce comme celle d'un oiseau. C'était Sophie qui, du haut de son balcon, demandait lamentablement:

—Coco? C'est toi, Coco? Réponds, Coco.

Icare regarda Céline, qui lui fit signe que oui. Sans perdre un instant de plus, Icare courut à l'hôtel, échangea quelques mots avec Wifredo, s'empara de la clé qu'il lui remit et monta quatre à quatre les marches de l'hôtel.

Sophie était toujours sur le balcon et regardait la foule, mais elle avait cessé d'appeler. Quand Icare mit sa main sur son épaule, elle comprit que ce qu'elle avait vu était arrivé, que Roland avait été tué sous ses yeux, qu'il ne reviendrait pas à la chambre pour lui demander de faire une promenade avec lui comme il le lui avait promis, qu'elle s'était changée pour rien puisqu'il ne la verrait plus jamais et que rien ne valait plus la peine. Il y avait tellement de désarroi dans ses yeux qu'Icare la prit dans ses bras sans rien dire et la serra longtemps contre lui.

On entendit bientôt des bruits de sirènes. Policiers? Ambulanciers? Le drame touchait à sa fin : la machine administrative était en branle.

—Je veux le voir.

Icare comprenait et ne tenta pas de l'en dissuader, mais il l'accompagnerait.

Lorsque l'ascenseur ouvrit ses portes au premier étage, Icare, sentant Sophie défaillir en entendant le tumulte de paroles qui venait de la foule de curieux assemblés dans le hall, lui demanda si elle voulait toujours voir la dépouille de Roland. Oui, elle en était sûre.

Eurydice, en les voyant descendre vers elle, se leva, émue aux larmes, se souvenant de ce qu'avait été pour elle la mort de son mari. Elle se rappela aussi ce que Roland lui avait dit quelques instants avant de mourir et se promit de rapporter ses paroles à Sophie, le moment venu.

Quand Sophie se présenta au haut du grand escalier dans une robe fuchsia à col souple en jacquard lustré à motif de roses, il se fit un remous dans la foule, qui la reconnut dans cette tenue singulière et se sépara pour la laisser passer. C'était « la veuve », se répétait-on à l'oreille, et on baissait les yeux par respect pour elle.

Devant la civière, Icare souleva un coin du drap puis, voyant que Roland n'était pas défiguré, laissa Sophie s'approcher.

— Regarde, Coco. Je me suis mise belle pour toi. J'avais-tu raison de te dire que je ne te ferais pas honte ?

Comme un mannequin, Sophie se tourna lentement pour qu'il la voie sous tous les angles.

— Emmène-moi avec toi, Coco. Je suis prête. Viens ! On va aller se promener ensemble comme quand on était jeunes. Tu me l'as promis, Coco !

Icare laissa retomber le drap. Sophie pleurait maintenant. Les larmes coulaient sur sa belle robe neuve et elle se dit que c'était tant pis, que jamais plus elle ne la porterait.

— Il fait le mort, dit-elle sur le ton du reproche.

Icare prit la main qu'elle lui tendait et l'aida à remonter l'escalier au haut duquel l'attendait Eurydice, les bras ouverts comme une colossale statue antique.

XIII

On avait prévu que onze personnes seulement iraient à Varadero et retenu trois taxis pour eux, mais, avant d'entrer prendre leur petit-déjeuner, vingt-cinq autres demandèrent à se joindre au groupe. On fit alors venir un bus pour accommoder tout le monde, mais il fallut l'attendre.

❖

Le repas, ce matin-là, fut triste, chacun se défendant de rire et même de parler. On avalait quelques morceaux parce qu'on était là pour manger mais, l'appétit n'y étant pas, on se levait bientôt de table avec une tête d'enterrement parce qu'on ne pensait qu'à cela.

Pauvre Sophie! Pauvre Roland aussi, bien sûr, mais pour lui, ce n'était pas pareil. Quelle scène! Inoubliable! La veille, dans le hall de l'hôtel, des douzaines de curieux étaient venus voir comment Sophie se comporterait devant le vertige et, quand ils étaient retournés dans leurs chambres, ce qu'ils avaient emporté dans leur cœur, c'était l'image d'une déchirure qui ne se recoudrait jamais, comme le voile du temple ou une plaie dont on porte la cicatrice jusqu'à son heure dernière.

❖

Dehors, il faisait un temps superbe et tout le monde refusait d'en jouir comme si ç'avait été offenser la mémoire de Roland que de continuer de vivre en son absence. Si seulement le bus pouvait arriver! Jamais avait-on eu si hâte de partir, comme si, en perdant de vue l'hôtel, on pourrait recommencer de respirer à son aise.

On aurait faim aussi et on risquait de manger tard à Varadero. Céline n'avait pas pris de chance et avait fait des provisions de bouche pour le trajet: elle avait glissé dans son sac des oranges, des bananes, des petits pains, quelques tranches de fromage blanc et orangé, au goût identique, et, pour Ian, deux brioches, car elle avait remarqué qu'il les aimait et qu'il s'en était privé ce matin pour ne pas se montrer insensible à la douleur commune.

Parmi ceux qui attendaient maintenant dans le hall ou sous l'auvent, il y avait quelques têtes inconnues, des Canadiens de langue anglaise sans doute, mais aussi un couple espagnol qui attira l'attention parce qu'ils étaient, l'homme et la femme, très grands, élancés, d'une élégance empruntée qui se fait remarquer parce qu'elle fait paraître tout autour d'elle petit, trapu et contre-fait. Comme personne n'aime se sentir crapoussin, ils éveillèrent moins l'admiration qu'ils ne soulevèrent la haine du groupe, qui cherchait à occuper son esprit d'un sujet nouveau et qui le trouva en eux.

—Vous avez remarqué?

—On comprend qu'il y ait eu des révolutions dans les vieux pays.

—Foi du bon Dieu, ils se prennent pour des grands d'Espagne!

—Des snobs, Judith, qui prennent à l'étranger des airs de noblesse. De bons citoyens chez eux, je voudrais le croire, mais ici, à Cuba, ils se croient toujours dans une colonie et aimeraient qu'on ne les confonde pas avec les descendants des colons.

Le silence rompu, il fallait entretenir la conversation pour ne pas céder une fois de plus à la mélancolie, qui rend les êtres taciturnes et de mauvaise compagnie.

—Les vrais nobles n'ont pas cette allure, poursuivit Liljana, en hochant de la tête pour encourager Judith à dire quelque chose.

—Vous en avez connu?

Si elle en avait connu!

—Je vous répondrais que vous ne me croiriez pas.

—Essayez toujours, répondit Judith, qui avait grande envie de l'entendre lui raconter quelque excentricité, se promettant cette fois de ne pas faire preuve d'indignation, même si l'anecdote devait lui paraître par trop graveleuse.

Une image se précisa dans la pensée de Liljana, une image d'amour comme celles qu'on associe pour toujours au site qui les a vues naître et dont le souvenir est aussi durable que le roc dont on fait les temples qui resplendissent au soleil pendant des siècles, longtemps après que les hommes s'en sont éloignés pour offrir leurs prières et leurs offrandes à de nouveaux dieux jaloux des anciens, qu'ils croient faire périr d'un mortel ennui en interdisant l'entrée à leur temple.

C'était un dimanche après-midi d'avril, frais malgré le soleil qui touchait tout. L'église de Dinan, qui lui avait paru plus sombre que belle, l'avait vidée d'un reste de religiosité que la musique grave des orgues avait émoussée plus tôt et, lasse, elle s'était retrouvée dans la rue, avec juste ce qu'il faut d'air dans les poumons pour laisser échapper ce qui aurait pu paraître à un passant indifférent comme un soupir d'impatience et qui était l'expression confuse d'une liberté conquise.

Une petite brise qui venait de l'autre côté de la rivière mettait du vent dans sa coiffure et lui fit relever la tête et se redresser. Ce raidissement de tout son corps lui rappela le mot d'ordre de la supérieure du couvent, qui disait, quand les jeunes filles baissaient la tête et arrondissaient les épaules: «Allons! Allons, mesdemoiselles! Gardez les oreilles hautes!», ce qui les faisait rire mais aussi se tenir droit. Elle retrouva un peu de cette gaieté à Dinan, où la rivière s'étire comme un sourire fin entre deux lèvres d'une sensualité que même le granit noir de son église sévère ne fait pas rougir.

L'odeur de l'encens lui avait toujours donné le goût du sucré et, en ce dimanche printanier, Liljana voulut essayer la spécialité de cette petite ville où le caprice l'avait menée. Mais en voyant ce que c'était que les «galettes de Dinan», elle eut envie plutôt d'un petit gâteau très riche. Les pâtisseries se trouvant sur l'autre quai de la Rance, elle traversa le pont de pierre et vit de loin que toutes les tables étaient prises. Plutôt que de faire les cent pas, elle resta sur le pont, s'accouda au parapet et regarda l'eau qui passait, se disant heureuse de ne pas manger de saletés qui la feraient engraisser.

L'eau qui bouge donne toutefois envie d'en faire

autant. Toujours pas de table libre sur le quai des pâtisseries. Restait le quai de l'église, mais, en se tournant dans cette direction, Liljana vit un homme à l'entrée du pont qui semblait la surveiller. Il tenait à la main une bourse. Il aurait porté un bonnet d'âne qu'il n'aurait pas paru plus ridicule. Liljana se mit à rire d'un rire si franc que l'homme lui sourit et s'approcha d'elle.

—Je me trompe, madame, ou ceci vous appartient.

Liljana prit le sac qu'on lui tendait et, sur le ton enjoué qui lui allait si bien, lui dit en le remerciant:

—Si ce sac n'avait pas été le mien?

—J'aurais trouvé autre chose.

—Une orange pressée peut-être?

Il lui trouva une table à l'ombre aussi facilement que s'il l'eût retenue.

—Garçon, deux oranges pressées!

Ç'avait été le début d'une aventure qui n'avait duré que de Dinan à Namur, mais qui l'avait transportée dans un monde aussi fabuleux que celui des contes de fée où les princes sont des Bourbons et où les Bourbons aiment comme des rois. Il avait voulu être son amant de droit divin et elle l'avait trouvé divin amant. Court instant que celui d'un amour, de tout amour, mais qu'elle portait en elle aussi précieusement que le plus riche fleuron de la couronne des rois de France.

Judith comprit que, cette fois encore, on ne lui ferait pas lecture de cette page écrite en lettres d'or car, dès qu'elle se fut assise dans le bus, Liljana, gardant pour elle seule ses souvenirs, s'était fermé les yeux comme on referme un écrin sur un bijou qu'on renonce à porter pour ne pas qu'il perde de son éclat comme l'argent qui ternit dès qu'on l'expose à l'air. Elle reconnaissait qu'il entrait beaucoup d'indiscrétion dans l'intérêt qu'elle portait à Liljana, mais la curiosité de savoir l'emportait sur toute autre considération, surtout en ce jour où elle aurait voulu qu'on la distraie des pensées noires qu'elle partageait avec ceux qui habitaient l'hôtel. Puisque Liljana ne l'obligeait pas, elle devrait se tourner ailleurs, mais vers qui?

Depuis qu'on avait dépassé Guanabo, les nerfs s'étaient quelque peu détendus et on respirait mieux, mais les langues demeuraient liées. Si personne ne se décidait d'ouvrir la bouche, la journée risquait d'être ennuyeuse et de paraître longue malgré le temps qui la favorisait.

— Regarde la petite voiture, Sylvio! signala Antonio en mettant la main sur le bras de son ami pour attirer son attention. Misère qu'on doit pédaler fort là-dedans pour nous doubler de même!

Sylvio suivit un temps la brave petite voiture, puis son regard se perdit quelque part au-dessus de la longue route droite que le bus ne partageait plus qu'avec de rares camions. On avait épuisé le sujet; il fallait en trouver un autre. On aurait cru le bus vide tant c'était silencieux et le chauffeur, qui ne savait pas ce qui s'était passé, se demandait si c'étaient des Canadiens, comme on le lui avait dit, ou des Soviets qu'il conduisait à Varadero.

— Il paraît qu'il y en a qui nous arrivent tout frais de Montréal, dit Antonio pour rompre la glace. Je dis bien tout frais, insista-t-il, en promenant un regard circulaire sur les voyageurs. Est-ce qu'on pourrait leur demander de nous dire ce qu'on a manqué depuis une semaine?

Carmen, qui était derrière lui, se mit à raconter à Antonio le temps qu'il avait fait à Montréal.

— Hé! Nous autres aussi, nous aimerions savoir!

—Plus fort!

—Le micro!

—On n'entend rien!

Chacun voulait être mis au courant, mais seuls ceux qui occupaient les premières places pouvaient suivre ce qu'elle disait. Alors, elle prit le micro que le guide lui passa et, après quelques essais qui firent grincer les dents à plusieurs, leur fit des récits de tempêtes de neige, de congères, de poudrerie, de −10 °C, de vents à faire geler les oreilles, de bourrasques, de trottoirs recouverts de neige, d'embouteillages, d'accidents, de frimas, de verglas, de neige jusque par-dessus les bottes, de doigts qui devenaient gourds dans les gants et les mitaines, de lourds manteaux de laine et de fourrure, de neige qui souillait les tapis en fondant, de froid qui entrait chaque fois qu'on ouvrait une porte, d'air sec dans les maisons surchauffées, de lèvres gercées, de nez qui coulaient, de clochards qui gelaient dans les ruelles, une dernière bouteille de vin à la main. D'entendre ces malheurs donnait raison à chacun d'y avoir échappé et, plus elle en mettait, plus on était heureux d'être à Cuba. Qu'est-ce que ce serait dans une semaine? Noël! On sait bien, c'est le début du pire temps de l'année et dire que cela va durer jusqu'en mars!

L'hiver canadien! On le chante, on en parle, on ne cesse de le décrire, mais personne ne le reconnaît dans ce que les autres en ont dit. L'hiver fait tellement partie de nous que chacun le voit différemment des autres, comme chacun se voit différent des autres.

Pour les natures romantiques, l'hiver est celui des artistes-peintres: Gagnon, Fortin, Suzor-Coté, Bouchard, Giunta et Masson, qu'on découvre d'un Noël à l'autre sur les plus belles des cartes de souhaits que l'on reçoit. Mais on le reconnaît aussi chez quelques Anglais, Jackson et Robinson surtout, qui ont passé leurs beaux hivers au Bic, aux Éboulements, à Saint-Urbain et à Saint-Hilarion et en ont rapporté les bleus, les mauves, les roses et les jaunes qui donnent à la neige des villages qui les ont accueillis, tour à tour, une douceur hospitalière qu'ils n'ont pas retrouvée chez eux. Tout Québécois s'attendrit sur ce décor avec la même force d'admiration que les Français sur leurs collines, leurs rivières, leurs toits de chaume ou de pierre, leurs champs de blé et leurs vignes, leurs bois et leurs jardins. C'est le même serrement de cœur qu'il ressent devant ces paysages qui embrassent d'un seul coup d'œil les forêts impénétrables de la Mauricie ou du Témiscamingue, les rives du Saguenay ou du Saint-Laurent, les érablières de la Beauce ou de l'Outaouais, les frissons qui troublent la surface du lac Saint-Jean ou de quelque lac Vert. Mais ce à quoi le Québécois semble le plus tenir, ce sont les rondeurs uniques au monde de ses Laurentides et du pays de Charlevoix. On dirait, à l'entendre en parler, qu'il les a moulées, usées, polies de ses propres mains. Il s'est à ce point enraciné dans cette terre qu'il a domptée, façonnée, travaillée qu'il a maintenant des droits féodaux sur le paysage, droits que personne ne songerait à contester, comme s'il y était depuis toujours. Si un pays a une âme, le Québec a la sienne et ce n'est pas tant dans ses villes qu'on la trouve que sur ses coteaux que mouille le Saint-Laurent.

Pour les autres, l'hiver c'est le monde qui se réduit dès la première tempête aux intérieurs, portes et fenêtres fermées sur un univers devenu soudain hostile. C'est pourquoi il fait si bon fuir sa prison et redécouvrir les grands espaces où l'on circule, libre, en tenue d'été, les cheveux au vent, la peau au soleil.

—Est-ce qu'il y a de la neige à Varadero? demanda Sacha, qui écoutait ce qu'on disait autour de lui.

—Fais pas l'idiot! lui dit sa mère.

—De quoi est-ce qu'elle parle, la dame?

—Elle parle de la neige à Montréal. Écoute ou n'écoute pas, mais ne fais pas qu'écouter à moitié. Tu n'apprendras rien ainsi.

Pourquoi parlaient-ils de neige alors, puisqu'il n'y en avait pas? «Les adultes sont de drôles de gens parfois», se disait Sacha, qui ne les suivait pas toujours mais les observait. De loin, c'était mieux que de près. Il ne recevait pas de coups et en apprenait tout autant.

Carmen circulait maintenant dans le bus pour répondre aux questions et en profitait pour se présenter. D'inconnue qu'elle était une heure plus tôt, elle était devenue l'animatrice du groupe, celle qui apportait des nouvelles du pays qu'on avait quitté et qui rassurait indirectement ceux qui commençaient de le regretter en confirmant l'excellence de leur choix. On se reprenait à jouir de ses vacances et chacun lui en était redevable.

Sophie n'avait pas redemandé à boire et s'était endormie en pleurant, veillée par Icare qui avait passé la nuit auprès d'elle. Eurydice avait promis la veille de le relayer après le petit-déjeuner. Icare attendait.

La journée serait longue et dure pour Eurydice. «Inquiète-toi pas pour moi, lui avait-elle dit, après avoir déshabillé Sophie et l'avoir mise au lit. J'ai l'habitude de ce genre de choses.» De son côté, il avait vu à ce que Wifredo, un garçon attentif aux détails, s'occupe des formalités et, pour s'en assurer, lui avait glissé quelques dollars américains. Ce n'était pas nécessaire, lui avait dit le chef de réception, en empochant les billets, mais apprécié.

❖

Comme tant d'autres, il avait été bouleversé par l'accident de la veille et n'avait réussi à retrouver son calme que tard dans la journée. Mais malgré le choc ressenti, il ne voulait pas le consigner dans son journal, qu'il réservait à des fins plus intimes ne concernant que lui, ses réflexions personnelles, par exemple, sur des sujets qui avaient trait à son métier d'écrivain ou à ses obsessions du moment. La mort n'en faisant pas partie, de quoi s'entretiendrait-il?

Tout près, une dame en maillot, les chairs reluisantes de lotion hydratante, lisait, en fumant une cigarette canadienne, *Poirot quitte la scène* d'Agatha Christie. Pourquoi ce livre plutôt qu'un autre?

Le lundi 21 décembre

Quand on prend un livre, c'est un compagnon qu'on élit et le succès du voyage que l'on entreprend ensemble dépend de ce choix, que l'on fait le plus souvent avec autant de lumière que si l'on avait les yeux bandés. Les plus avertis ne s'en remettent cependant pas au hasard. Ils tendent l'oreille vers ceux qui l'ont lu et, de ce qu'ils en disent, se forment une opinion. Certains, favorisant un genre particulier, ne fréquentent que les mêmes auteurs ou les mêmes collections.

D'autres, encore, recherchent l'aventure et se lient avec un peu n'importe qui pour le plaisir de retirer de l'inconnu quelque sensation nouvelle.

Quant à moi, quand le moral est bas, j'aime à me plonger dans un livre dont le héros m'est antipathique au possible, tout autre me paraissant fade et me donnant la nausée. J'attends de ce personnage odieux qu'il me fouette les sangs et, s'il réussit à me faire rager, le plaisir que j'en retire est incalculable! J'y puise des réserves de haine et je deviens aussi méchant qu'inventif, allant jusqu'à souhaiter à cet être de papier des maladies, des douleurs, des tourments plus affreux et plus prolongés encore que n'en a rêvé Voragine dans toutes ses légendes réunies.

Si l'auteur a le mauvais goût d'abonder dans mon sens, alors, par un revirement difficile à expliquer mais que j'attribue, faute de mieux, à l'esprit de contradiction, je me mets à sympathiser avec celui qui m'avait mis les nerfs en boule et, miracle de la lecture, je lui trouve assez de qualités pour le prendre en pitié et même lui pardonner. Tibère, Caligula, Néron et Hadrien trouvent alors à mes yeux des excuses, comme s'ils étaient de pauvres types victimes des préjugés de leur temps.

Mais si l'auteur joue comme il faut, il donnera raison au monstre et fera de lui un monstre heureux. Alors, mon cœur s'ouvre, comme se fendront les cieux le jour du grand jugement, et je condamne ce misérable à la géhenne éternelle.

Les portes de l'enfer refermées sur lui, je retrouve le calme absolu comme au lendemain de la Création, avant que le péché montre sa tête de serpent. Je me défais de ce compagnon qui m'a fait vivre des moments aussi intenses, je le jette à la corbeille avec tout le dédain d'un converti pour ses anciens compagnons de débauche, je me lave les mains, comme si ce livre avait été plus poussiéreux que les autres parce qu'il renfermait de plus mauvais sentiments qu'eux, et je réintègre la vie de tous les jours avec ses petits drames, ses petits bonheurs, ne retenant de ma lecture que la satisfaction d'en être sorti indemne et peut-être même meilleur.

Ce livre, qui m'a mis dans tous mes états, me rend à l'état de grâce aussitôt que j'en ai vu la fin.

⁜

Comme il faisait beau et chaud, on parlait tout à son aise de froid et de neige, en un mot du pays qu'on avait quitté et qu'on allait retrouver au bout de la semaine. Petit à petit, on en vint à parler de ceux qu'on avait laissés derrière soi.

—C'est vrai que je voyage seule, confirma Céline. Depuis que notre garçon ne vit plus à la maison, on a décidé, mon mari et moi, de prendre chacun ses vacances quand et là où on voudrait. Question de goût; question de disponibilité aussi. On n'est pas toujours libres de partir en même temps. Alors, ça facilite les choses. Quand je suis prête, je pars; quand ça lui chante, il en fait autant. De cette façon-là, je ne sens pas que je le retiens ni que je le pousse dans le dos. Très important! C'est affreux de dire cela, mais, n'empêche, cela nous repose aussi l'un de l'autre. Puis les retrouvailles, les amis, les retrouvailles! Si vous ne vous êtes jamais séparés, vous ne pouvez pas savoir ce que c'est! C'est comme si on revoyait un vieil ami. On a soudain des tas de choses à se dire. Des choses nouvelles! Ah! que ça change les idées! Que ça fait du bien de changer d'air!

—On peut changer d'air sans changer de mari,

protesta Carmen, qui tenait le sien par le bras et ignorait que ce n'était pas la chose à dire, ce jour-là précisément.

—Je ne dis pas le contraire, reprit Céline, qui ne songeait qu'à défendre son fragile bonheur sans trop nuire à sa réputation. Mais quand je raconte mon voyage, je le revois et le recompose pour l'embellir. Il ne s'agit pas tant de mentir que de le rendre intéressant. Vous me suivez? Comme mon mari n'était pas de la partie et que je ne fais pas de photos, il ne peut pas me contredire. Il écoute et je vois dans ses yeux, dans l'attention qu'il m'accorde, que j'ai fait un beau voyage. Des fois, même, il trouve cela tellement épatant qu'il me promet d'y aller à son tour. C'est arrivé et il ne l'a pas regretté, car je lui avais préparé un itinéraire selon ses goûts. Je finis toujours par lui avouer qu'il m'a manqué, ce qui est vrai. Pas tout le temps que j'étais partie, non, mais après une semaine ou dix jours. Alors, vous savez quoi? On s'aime encore plus qu'avant. On redémarre! Pas question de recommencer à zéro! Ce qui est acquis est acquis. Mais on se retrouve en première vitesse et c'est ça qui est beau. On remonte la côte ensemble, on se dirige vers de nouveaux sommets. On ne néglige rien, même pas les petits cadeaux. Car ça aussi, c'est important, souligna-t-elle, en pensant à Ian, qui dormait ou faisait semblant de ne pas comprendre ce qu'elle disait. Si on est toujours ensemble, on ne trouve plus d'occasions de s'en faire. Mais quand on se retrouve, on peut s'offrir des petits souvenirs, des petits riens qu'on a achetés en cours de route et qui indiquent qu'on a pensé à l'autre.

Comme Carmen avait toujours l'air de douter, Céline ajouta, emportée par le vif du sujet, elle si discrète jusque-là sur sa vie privée:

—Je ne dis pas que c'est vrai pour tout le monde, mais pour nous autres, prendre des vacances séparées, ça nous a aidés à mieux vivre ensemble.

Judith se dit en l'écoutant que, si Céline avait raison, il y avait peut-être là une leçon pour elle et qu'alors Liljana avait aussi eu raison de la dissuader d'envoyer sa lettre de rupture. Lui suffirait-il, pour être heureuse, de mettre, comme Céline, son mari à la consigne de temps en temps et de le reprendre au retour? L'idée de disposer de Fernand comme d'une valise lui plut énormément. «*Maleta*», c'était un mot espagnol qu'elle avait entendu à l'aéroport et quelqu'un lui avait dit, en riant, que c'était aussi un mot injurieux. Qu'est-ce que cela voulait dire? Judith essaya de se rappeler. «*Maleta*»... Ah! oui! Cela lui revint: «Empoté»! Cela répondait tout à fait à Fernand. Fernand, l'empoté! Fernand, *maleta*! Fernand, valise!

Les mots! N'étaient les mots, on rongerait son os comme les bêtes, qui n'ont que des dents et des griffes pour se défendre contre la vie. Les mots permettent d'ironiser sur tout, de minimiser les situations fâcheuses quand on les vit et de les grossir de nouveau quand on les raconte. Les mots sont la boisson et le gâteau d'Alice, ce qui l'alimente donc, ce qui la fait grandir ou rapetisser par rapport au reste, choses et gens. Les mots ont la propriété de changer le point de vue et sont les seuls à pouvoir le faire. Judith découvrait, en même temps que la magie des mots, les avantages du voyage et peut-être même des possibilités de félicité conjugale à l'âge où l'on craint de sombrer dans la répétition et l'ennui. Une vie terne avec Fernand? Ce n'était pas nécessaire. Elle lui parlerait. Il l'écouterait et comprendrait. Fernand était de fait assez facile. Pas «bougeable», mais à part cela facile. Elle exigerait cependant de lui qu'il prenne des vacances loin de la maison. Et puis non! Elle n'exigerait rien de lui. N'était-ce pas justement le message de Céline?

Était-ce possible? Il y avait une semaine, Judith s'était levée en furie contre son mari et, à travers lui, contre tous les hommes. Elle aurait voulu le tuer parce qu'il ne se remuait pas, qu'il faisait le mort. Mais depuis, elle avait vu un homme mourir, entendu des histoires, vu des liaisons se former et d'autres se défaire. Les choses avaient changé. Les palmiers jetaient sur tout une ombre différente de celle des érables, pas nécessairement meilleure mais différente, et c'était ce qui lui permettait de faire le point. Il lui restait encore quelques jours pour y penser. C'était déjà beaucoup plus clair dans son esprit; ce le serait peut-être tout à fait d'ici à samedi. Fernand lui paraissait récupérable. Leur mariage aussi. Il n'y avait donc rien de perdu? Étrange tout de même de penser qu'elle avait failli jeter tout cela par-dessus bord et qu'il avait fallu Céline et Liljana pour lui faire voir qu'il y avait encore de la vie dans ce qu'elle avait cru sans avenir.

— Votre mari, Céline, pense comme vous?

— Sur ce point, oui.

— Il est à la maison?

— Oui. Et m'y attend. Cette fois-ci, ça nous arrangeait d'autant mieux que ma belle-mère n'est pas bien et qu'on préférait ne pas la laisser tout à fait seule. Je me suis dit, en achetant les billets: «Pourvu qu'elle ne me fasse pas dans les mains!» Et puis tant pis! Mon mari est là. C'est sa mère après tout. Avant de partir, je lui ai fait mes recommandations: «Je ne pars pas pour longtemps, que je lui ai dit. Elle peut attendre mon retour. Mais si elle venait à mourir, je ne veux pas qu'on m'en avertisse. Entendu? Mettez-la plutôt au froid jusqu'à ce que je revienne.»

—Quant à ça, vous avez raison. S'il fallait se retenir de partir parce que quelqu'un risque de claquer en son absence, on se tiendrait tout le temps près du téléphone et on n'irait nulle part.

—Ce serait bête, car on ne sait jamais quand la mort va frapper.

Il n'en fallait pas davantage pour qu'on se remette à penser à Roland.

—La mort, reprit Liljana, qui tenta de dissiper le nuage mauvais en racontant un incident dont elle avait été témoin, ne frappe pas aveuglément, contrairement à ce qu'on dit souvent, et se montre même parfois capricieuse. Tenez! Un jour de printemps que j'étais sur la côte d'Azur, à Menton plus précisément, je décidai de passer la journée à Monaco, d'y voir la course l'après-midi et de finir la soirée au casino. Vers les onze heures, alors que je prenais le thé dans le vaste salon qui donne sur la mer, tout le casino s'agita à un point tel qu'on cessa même de jouer. C'était un brouhaha de voix et d'applaudissements comme on n'en avait jamais entendu! Je fis comme les autres: je me levai et passai aussitôt à la Salle de Jeux Américains, la plus grande de toutes.

«Là venait d'entrer le gagnant du Grand Prix, qui tenait plus du jockey que du pilote de rallye, mais allez! couronné de gloire, c'était un bel homme! Quand il déposa, à la caisse, le chèque du Grand Prix, avec cette désinvolture propre aux grands hommes et aux aventuriers, il fit une si vive impression sur les femmes les plus faibles qu'elles ne se retenaient pas d'admiration, se bousculant pour s'approcher de lui, le toucher, l'embrasser. Comme bien des hommes qui ont du succès auprès des femmes, il se raidit, montra un brin d'impatience et attendit que les gardiens lui fraient un passage jusqu'au vestibule qui sépare la grande salle de la petite, où il disparut dans un nuage de fumée.

«Il joua une heure et perdit tout. Absolument tout. Quand la porte s'ouvrit de nouveau, le mauvais joueur était blanc et gris comme un vulgaire mégot que l'on vient d'écraser. Les femmes reculaient pour le laisser passer comme si elles avaient eu peur d'attraper à son contact une maladie honteuse, celle dont on ne se relève pas facilement à Monte-Carlo: l'échec, la défaite, la malchance, la guigne, appelez-la comme vous voulez, c'est la même chose. Le champion était un perdant et des perdants il y en a tant qu'on l'oublia aussitôt. Il n'était pas sorti qu'on entendait à toutes les tables: «Faites vos jeux!» et que les jeux reprenaient.

—Vous avez pu jouer après cela?

—Pensez-vous! Je passai au vestiaire puis sortis, mon intention étant de revoir cet homme admirable capable de jouer le tout pour le tout. Je n'étais pas au bas de l'escalier que j'entendis des cris. Mon champion venait de se lancer dans le vide du haut des jardins du casino.

—Mort?

—Quand la chance vous abandonne, c'est pour long-temps. Il s'était écrasé sur la route même qui l'avait rendu célèbre quelques heures plus tôt, mais ne s'était cassé que la moitié des os. On le ramassa à la pelle, pour ainsi dire, et on le rafistola du mieux qu'on put.

—Vous l'avez revu à l'hôpital?

—On visite un malade, un mourant, un pauvre,

mais pas un raté. Cela ne servirait ni vous ni lui. Vous l'humilieriez sans lui apporter de consolation et cela vous déprimerait sans vous donner de mérite.

—Et s'il était mort?

—J'aurais pleuré à ses funérailles et déposé des fleurs sur sa tombe. Un homme qui réussit son suicide est beau au-delà de la mort car il s'est mesuré à Dieu, en choisissant son heure, et a eu le dernier mot.

—Vous avez connu Gilles Villeneuve?

—Non et je ne vois pas le rapport. Gilles Villeneuve est un héros comme les autres gladiateurs de Monaco morts en lançant un défi à la vie, comme Icare qui voulut voler la gloire du soleil. Ces hommes sont grands dans le combat et le demeurent dans la défaite. Même les ailes brûlées, ils sont plus beaux qu'une poule mouillée ayant toutes ses plumes.

—Parlant de poule, dit Antonio en se frottant le ventre, est-ce que je suis le seul ici à avoir faim?

—Voilà qui est parler avec à-propos, appuya Sylvio. Je suis curieux de savoir quelle est la spécialité de Varadero.

Ils ne le surent jamais, le repas qu'ils prirent étant sensiblement le même que celui qu'on servait à la même heure au Marazul et dans tous les hôtels de Cuba.

Parce qu'il était triste et n'avait personne à qui parler, Icare prit sa guitare et sortit.

—M'emmènes-tu avec toi?

—Sais-tu chanter?

—Je ne sais faire que cela, lui répondit Mariposa, qui s'inventait un personnage chaque fois qu'elle était en sa présence, comme si elle s'était cherché un rôle dans le rêve qu'il se fabriquait.

Icare gardait les yeux fixés sur la tache de sang.

—Je t'ai apporté une orange, dit-elle pour le distraire, et c'était son cœur qu'elle lui offrait comme un enfant qui comprend qu'il est de trop mais qui, n'ayant nulle part où aller, essaie de se faire un ami du voisin pour qu'il lui tienne compagnie.

—C'est gentil, mais je n'ai pas faim.

—Moi non plus.

Elle enfonça les pouces dans le fruit et le déchira de ses mains.

—Tiens, fit-elle, en lui en remettant une moitié. Offre-le en sacrifice au soleil et aux dieux tutélaires de Cuba.

—Tu crois vraiment que les dieux ont soif, Mariposa?

—Sait-on jamais?

Mariposa pressa le fruit mûr, puis étendit les bras droit devant elle, les mains ouvertes et levées vers le soleil. Icare l'imita, laissant le jus couler le long de ses bras. C'était frais et tellement absurde qu'il en oublia son malaise. La petite l'amusait. Son âme communiait si étroitement avec la nature qu'il n'était pas loin de la croire fée.

—C'est tout?

—Non! Attends! Si tu t'impatientes, ce sera raté!

Une minute passa.

—Tu vois? dit-elle, en baissant les bras.

Elle avait eu raison de croire. Les dieux étaient venus et avaient bu.

—Maintenant?

—Regarde!

Un papillon tournait autour de lui. Icare leva le bras pour l'inviter à se poser sur sa moitié d'orange.

—Peux-tu en faire autant?

Elle leva le bras à son tour. Aussitôt parut un colibri au plumage émeraude qui brillait au soleil comme de l'émail. Mariposa le laissa butiner à son aise puis, quand il fut parti digérer parmi les hibiscus roses, dit:

—Les dieux nous sont favorables.

—Il en vient d'autres, déclara Icare, en voyant des guêpes s'approcher.

—Et encore d'autres! ajouta Mariposa, qui entendait venir des abeilles.

—Si on les laissait boire et manger en paix. Qu'en penses-tu? Les dieux nous en voudront-ils de leur fausser compagnie?

—Les dieux sont satisfaits. Les derniers à venir sont des divinités secondaires qui n'ont pas de très belles manières à table. Gourmandes, elles se disputent les restes et préfèrent manger seules. Allons, avant qu'elles souillent, sous nos yeux dévots, l'autel du sacrifice!

Ils déposèrent les deux moitiés d'orange dans l'herbe au bord de la route. Des fourmis par centaines s'y dardèrent aussitôt.

—Voici les dernières des dernières! Tout est maintenant consommé. Nous pouvons circuler dans l'île; le beau temps nous accompagnera partout où nous irons.

—Allons nous laver les mains, proposa Icare.

❖

—Vervier? Vous avez dit Vervier? Seriez-vous, par hasard,

parent avec maître Vervier?

—Pour vous servir, chère madame.

—Le mari d'Évelyne?

—Lui-même, en personne.

—Que le monde est petit! C'est bien pour dire, hein?

—C'est correct. On n'est pas gros, on peut se tasser, dit Céline, qui se serra contre Ian pour lui traduire à l'oreille ce qui venait d'être dit. Puis, se rendant compte qu'Antonio et Sylvio l'avaient entendue, elle chercha à s'excuser mais le fit si gauchement que plus elle s'excusait, plus elle les insultait.

—Pourquoi tout le monde rit, maman?

—Si tu écoutais, tu ne serais pas obligé de poser tant de questions.

Les grandes personnes ne riaient jamais de ce qui l'amusait et ce qui les faisait rire demeurait un mystère pour lui. Il les laissa donc à leur conversation et se concentra sur le jeu qu'il venait de s'inventer pour faire passer le temps. Quand sa mère ne regardait pas, il soulevait un petit pois avec son couteau et le faisait rouler sur le plancher. Le petit pois n'allait pas très loin parce qu'il avait baigné dans la sauce grasse, mais chacun faisait une étoile en tombant sur le plancher, qui se couvrait peu à peu d'éclaboussures. Les serveuses l'avaient vu faire et lui faisaient de gros yeux. Sacha, qui avait l'habitude, soutenait leur regard, ce qui les mettait mal à l'aise. Voilà ce qui l'amusait; des choses simples, à sa portée. Quand il ne resta plus de petits pois dans son assiette, une grande assiette comme en avaient eu les grandes personnes, Sacha loucha du côté de celle de sa mère, mais elle avait mangé tous les siens. Alors, il se remit à écouter ce qui se disait autour de lui, mais ne comprit toujours rien. On parlait trop vite et «dans l'abstraction». L'expression était de sa mère et cela voulait dire qu'il n'y avait rien à comprendre.

—Vous êtes comme Céline: vous voyagez seul.

Antonio aurait voulu lui répondre qu'il voyageait seul, en effet, mais qu'il ne faisait pas comme Céline. La tentation était d'autant plus grande que Céline avait fait rire toute la table à ses dépens, surtout Énid, la plus maigre de tous. Mais étant d'un bon naturel, il se contenta d'un sourire, ce qui valait une affirmation. Il espérait aussi, par son mutisme, décourager Carmen, lancée dans une enquête dont les résultats, craignait-il, ne pouvaient que nuire à sa femme.

—Votre femme est en Floride?

—Elle s'y est fait des amies, expliqua-t-il.

Ce qu'il ne voulait pas dire, pour n'offenser personne, c'était la mauvaise opinion que sa femme avait de ceux qui favorisaient Cuba pour leurs vacances. Un avocat, avait-elle décidé, et surtout la femme d'un avocat passaient quelques semaines l'hiver en Floride ou au Mexique, avaient un cercle d'amis triés sur le volet, se faisaient voir aux concerts en semaine et à la grand-messe le dimanche et ne recevaient que des gens bien, même si cela voulait dire fermer sa porte à certains membres de la famille qui n'avaient pas réussi dans la vie. Antonio la laissait dire et voyait en ville ceux de ses parents et amis qui ne répondaient pas aux critères de sa femme, s'arrangeant pour ne pas être à la maison quand elle recevait des fâcheux, évitant ainsi toute scène, qu'il aurait jugée nuisible au maintien de la paix au foyer.

—Est-ce que je peux me lever de table, maman?

—Pour quoi faire?

Il n'avait pas prévu la question, sa mère ne la lui ayant jamais posée.

—Je voudrais dessiner, dit-il après un bref silence.

—Tu peux dessiner à table.

Diane-D. poussa son assiette pour lui faire de la place.

—Sur quoi vas-tu dessiner? Tu n'as pas de cahier.

Il haussa les épaules. Il n'avait pas trop pensé à son affaire.

—Tu peux dessiner sur les serviettes de papier. Tiens, prends la mienne. Tu as des crayons?

Non, il n'avait pas de crayons. Sa mère lui passa son stylo. Sacha essaya de faire un cercle, mais ne réussit qu'à déchirer le papier fin et fragile. Il s'y reprit une deuxième, puis une troisième et une quatrième fois. Toujours le papier déchirait.

—Tu peux me dessiner une fleur?

—C'est toi qui voulais dessiner. Pas moi. Alors, débrouille-toi.

Elle avait toujours ce mot-là à la bouche, sa mère, quand il lui demandait quelque chose de trop difficile. Il attendit, essaya encore. Le papier déchira de nouveau.

—Si tu appuyais moins fort... suggéra Énid.

—Montre-moi comment, dit Sacha.

Énid saisit une lueur étrange, indéfinissable dans son regard, qu'elle méprit pour de l'intelligence et qui était de la ruse. Le petit n'était pas bête et finirait par obtenir ce qu'il voulait.

—Comme cela. Tu vois?

Énid n'avait tracé qu'une ligne.

—Dessine-moi une fleur.

—Quel genre de fleur?

Sacha la fatiguait déjà, mais elle comprenait aussi que l'enfant s'ennuyait, le repas s'éternisant.

—Une grosse fleur!

Il y avait tellement d'enthousiasme dans sa voix qu'Énid se prit au jeu et accepta de lui dessiner une fleur.

—Mais tu n'as qu'un petit papier.

—Fais-la grosse comme le papier!

—Si vous commencez à faire ce qu'il vous demande, je vous préviens, moi. Vous n'avez pas fini!

Énid avait du mal à croire qu'une mère puisse dire une chose pareille devant son enfant. Pour paraître meilleure qu'elle n'était et faire la leçon à Diane-D., qu'elle jugeait être une mauvaise mère, elle lui dit qu'elle avait l'habitude des enfants, que cela lui ferait plaisir de dessiner une fleur, et elle lui fit une rose.

—Juste le tour! précisa l'enfant.

—Le contour! corrigea Diane-D.

—Le contour, répéta Sacha. J'ai la couleur.

—Ah! oui? Quelle couleur?

—Rouge!

—Une rose rouge! Comme on en offre aux dames! se moqua Énid, qui le trouvait précoce et se demandait si la galanterie est héritée ou apprise.

—Une rose rouge comme on en offre aux dames, répéta l'enfant, tout sourire.

Quand il sortit un tube de peinture, Diane-D. s'inquiéta:

—Où as-tu pris cela?

—C'est la dame qui me l'a donné.

—En es-tu sûr?

—Elle a dit qu'elle n'en voulait plus.

—Tu vas tacher la nappe. Va faire cela ailleurs.

Il ne restait presque plus personne à table. Sacha se leva, tenant son dessin d'une main, son tube de peinture rouge de l'autre.

—Avec quoi songes-tu étendre la couleur?

Il haussa les épaules. Il avait pensé: avec ses doigts, mais sentait que ce n'était pas la réponse à donner.

—Prends ceci, offrit Énid, en lui remettant le filtre de la cigarette que Jean-Marc avait écrasée dans son assiette.

Comme il ventait beaucoup dehors, Diane-D. l'installa dans le hall de l'hôtel, près de la porte.

—Quand tu auras fini, tu viendras nous montrer. Nous serons sur la plage. Là, tu vois?

Le tube y passa.

—Regarde! dit Sacha qui avait ouvert seul la porte et rejoint sa mère.

—Quelle horreur! ne put s'empêcher de dire Diane-D., qui trouvait que la serviette avait l'air d'un pansement imbibé de sang. Tu as les mains propres au moins? Laisse voir.

Il s'était tellement appliqué qu'il ne s'était pas souillé les doigts.

—C'est pour une dame? demanda Énid, se moquant toujours.

—Oui.

—Laquelle? demanda Diane-D., curieuse de savoir qui s'était attiré pareille faveur.

—Pour madame, dit Sacha en présentant la serviette à Énid Rinseau-Desprez.

—Eh bien! Qu'en dites-vous? Il promet, le fils à son

père! Voilà un cadeau dont elle aurait pu se passer, mais l'enfant le lui offrait de si bon cœur qu'elle ne pouvait pas le refuser.

— Il devait avoir des choses à se faire pardonner, glissa Diane-D., qui se rappelait que Sacha avait été détestable dans l'avion.

— C'est tout oublié, la rassura Énid, qui n'avait jamais oublié d'affronts. Je ne suis pas rancunière.

Comme la rose, dont elle avait elle-même tracé le contour, occupait toute la surface de la serviette, sauf les deux coins par lesquels Sacha la tenait, Énid dut, pour la prendre, mettre un pouce dans la peinture épaisse, froide et visqueuse. «Quelle horreur!» se dit-elle, oubliant que c'étaient les mots mêmes qu'avait tantôt utilisés Diane-D.

Elle ne l'avait pas sitôt prise qu'elle se demandait comment elle s'en déferait sans chagriner l'enfant, quand le vent s'éleva, retournant la serviette, qui se colla au dos de sa main.

— Ah! fit-elle, en l'arrachant de l'autre.

Plus elle s'énervait, plus elle s'y prenait mal.

— C'est gentil, maugréa-t-elle, les deux mains couvertes de peinture, mais pas très pratique.

L'enfant la regardait, impassible, comme il aurait observé une mouche se débattant dans une toile d'araignée. Puis, dans ses yeux qui avaient paru éteints, se fit une lueur qu'elle reconnut comme étant celle de tantôt. Ce fut alors qu'elle se rendit compte, mais trop tard, qu'il lui avait tendu un piège et qu'elle y était tombée.

Une guêpe, attirée par l'odeur de la peinture fraîche, se posa sur sa main, suivie d'une deuxième, puis d'une autre et d'une autre encore. Plus Énid battait l'air des mains, plus les guêpes se collaient à la pâte rouge et enfonçaient leurs dards dans ses doigts, la faisant hurler de douleur. Tout le monde alerté se rua sur elle et la frappa à coups de serviettes de plage jusqu'à ce qu'il n'y ait plus une seule guêpe vivante. Énid, épuisée et meurtrie, souffrait tant qu'on crut qu'elle en mourrait.

—Pas une autre! s'écria Céline, qui trouvait que le Diable exagérait. Voulez-vous bien me dire ce qu'on a fait au bon Dieu pour être malchanceux de même!

❖

Quand les portes du bus s'ouvrirent à San Francisco de Paula, à douze kilomètres au sud-est de La Havane, Icare et Mariposa furent les premiers à descendre et se firent aussitôt remarquer. À cause de la guitare. Il était midi et tout le monde, hommes et femmes, qui était dans la rue aurait voulu qu'il joue quelque chose, mais, trop timide ou poli pour le lui demander, on lui indiqua plutôt où se trouvait le musée Hemingway, là où vont les étrangers. C'était simple: ils n'avaient qu'à tourner le coin.

Maintenant qu'il était devant la grille ouverte de la Finca Vigia, Icare hésitait.

—Un homme s'est donné la mort dans cette maison, Mariposa, un homme qui aimait la vie.

Comme il lui parut triste et qu'elle voulait le consoler, elle lui dit, en les lui montrant, que cela n'empêchait pas les fleurs de pousser.

—Mais cela m'empêche d'en jouir. On ne danse pas dans les cimetières.

—On y chante, Icare.

—Chanter, c'est aussi une façon de pleurer.

Icare savait qu'on n'entrait pas dans cet étrange musée,

qu'on en faisait le tour de l'extérieur, qu'on regardait par les portes et les fenêtres. Il se dit que c'était comme cela que presque tout le monde voyait Cuba, de l'extérieur, en jetant ici et là un œil distrait sur des intérieurs inhabités, des musées, des églises désaffectées, des fortifications désarmées et que ce n'était pas ainsi qu'on arriverait jamais à connaître un pays.

—Cuba est ailleurs, dit-il enfin.

—Cuba est partout. Mais aujourd'hui, pour toi, Cuba est dans la rue parce que tu es triste et que tu as besoin d'air.

—*¡He aqui Cuba!*

C'étaient, sur la route ombragée qui descendait en pente, des écoliers en uniforme qui attendaient qu'on les rappelle pour rentrer. Ils parlaient en se traînant les pieds sur le gravier, ou rêvaient en suivant les nuages, ou encore s'inquiétaient en se rongeant les ongles. Cuba, à travers eux, vivait d'amour et d'espérance, s'inquiétait et rêvait, se préparait à l'avenir, attendait son heure.

Dès qu'ils l'aperçurent, les enfants cessèrent de parler, de rêver, de se faire des angoisses et concentrèrent leur attention sur l'homme à la guitare. Lui-même s'arrêta de marcher et les regarda tous et chacun dans les yeux comme s'il se fût présenté à eux. Les enfants qui étaient plus loin et ceux qui étaient dans la cour se rendirent compte qu'il se passait des choses étranges un peu plus haut sur la colline et allèrent voir ce que c'était. Quand ils le virent, ils se dirent que c'était en effet extraordinaire, sans pouvoir préciser ce qu'il y avait là de fascinant.

Puis, comme les enfants qui cessent d'avoir peur devant l'insolite parce qu'il ne leur paraît plus que curieux, ils recommencèrent à parler, certains même à rire. Le nombre faisant la force, ils avançaient maintenant tous ensemble, les plus braves poussant les plus petits devant eux, de sorte qu'Icare se vit bientôt entouré d'une troupe tapageuse.

Alors Icare, qui jusqu'ici avait porté sa guitare en bandoulière, fit glisser son instrument devant lui et l'accorda. Mariposa, qui s'était redressée dès que les écoliers s'étaient approchés d'eux pour qu'on ne la prenne pas pour une enfant, vit un sourire se dessiner sur ses lèvres et se demanda ce qu'il préparait car jamais elle ne l'avait vu sourire de cette façon, elle qui désespérait de le voir sourire ce jour-là. Icare étendit une main sur les cordes pour les faire taire tout à fait, puis de l'autre il en sortit un son puis un autre, chaque son isolé comme si c'eussent été des voix qui parlaient et se répondaient. Plus le dialogue des cordes progressait, plus les voix parlaient vite et plus elles parlaient fort jusqu'à ce qu'on n'entende plus qu'une joyeuse confusion de sons montant et descendant, tantôt mâles, tantôt femelles, ou très hauts ou très bas.

Les enfants, qui ne connaissaient pas cette musique, la comprirent du premier coup et, quand il eut fini, applaudirent très fort pour qu'il continue de jouer.

Icare baissa les yeux pour se concentrer, mais on eût dit qu'il consultait sa guitare sur l'air à jouer. Puis il se remit à gratter les cordes. Un air doux, envoûtant en sortit. Cette fois Icare, les yeux toujours baissés, fit un pas et la masse compacte des enfants se sépara pour le laisser passer. L'homme leur échappait, s'en allait et ils ne pouvaient pas le retenir parce qu'il jouait et qu'on ne voulait pas l'interrompre. Alors, sans qu'on s'en soit donné le mot, on le suivit. On passa devant l'école sur la pointe des pieds pour ne pas attirer l'attention des maîtres et des maîtresses, on dévala la colline jusqu'au bas puis on la remonta de l'autre côté. Là, on quitta la route, qu'on connaissait, et on entra dans le bois, où on n'était jamais entré. Quand tous les sentiers s'effacèrent, Icare cessa de jouer.

On eut soudain très peur : l'enchanteur était peut-être un ogre et allait les dévorer. De quoi n'était-il pas capable, lui qui les avait conduits dans un endroit défendu ? Un vent d'inquiétude souffla dans l'air un esprit de révolte. On murmura. Icare leva les mains pour imposer l'ordre au chaos et le silence aux voix qui s'élevaient en protestation.

Ils avaient écouté sa musique, une musique d'homme. Qu'ils écoutent maintenant celle de la nature : le vent dans les arbres, le bourdonnement des insectes, les cris amoureux ou inquiets des oiseaux. On connaissait tout ça et cela n'intéressait que les plus petites des petites filles. Les garçons, surtout les grands, réclamaient du fabuleux.

—*Helo aqui*, dit Icare, en mettant un doigt sur la bouche pour qu'on entende.

Du fond du bois, s'éleva un son de trompette suivi d'un silence. Puis de nouveau la trompette se fit entendre, de plus près cette fois. Qu'est-ce que cela pouvait être ? Icare leva le bras dans la direction de la voix singulière, et un oiseau, comme les enfants n'en avaient jamais vu et dont on croyait l'espèce disparue, vint s'y poser lourdement. C'était un pic au plumage noir rayé de blanc, à la huppe cramoisie et au long bec ivoirin.

« Un bel oiseau », pensèrent les enfants, admirable en effet. Mais quand on chercha à s'en approcher pour le mieux voir, il battit des ailes et disparut parmi les arbres.

L'homme était magicien; on ne fut pas loin de le croire sorcier. Icare reprit sa guitare, emplit de nouveau le bois de ses sons et le troupeau d'enfants le suivit au village.

Ce soir-là, dans les maisons sur la colline, on parla beaucoup de l'enchanteur venu de quelque pays lointain et qui avait ensorcelé les enfants, qui racontaient des histoires d'oiseaux mystérieux comme il n'en existe que dans les contes de fée. On ne les crut pas, mais les histoires qu'on disait étaient tellement belles qu'on se prenait à regretter de n'avoir pas eu une enfance comme la leur, une enfance merveilleuse sur laquelle un étranger était venu exercer son charme.

Vers la fin de l'après-midi, on étendit Énid sur les sièges arrière du bus, où elle demeura jusqu'à Santa Maria del Mar, se lamentant sans cesse et délirant, parlant de sortilèges et de démons, tremblant de tous ses membres, plus convaincue que jamais qu'on avait attenté à sa vie et qu'on la ferait périr. Quand on descendit jeter un rapide coup d'œil sur ce qui avait été la propriété des Dupont et qui était devenu un restaurant offrant aussi peu d'intérêt qu'une conque vide, Daphné resta auprès d'elle et de Paul, qui avait le dos et les jambes brûlés par le soleil.

Encore une fois, ce fut Céline qui, sur la route du retour, formula le mieux le sentiment commun lorsqu'elle dit:

—On n'aura pas l'air de vedettes olympiques quand on va rentrer à l'hôtel!

La journée n'était pas tout à fait perdue pour elle toutefois puisque Ian lui avait laissé entendre qu'elle ne lui était pas indifférente. Céline se dit que l'intérêt, cela se cultivait et se promit d'y voir.

XIV

I care?
　　Des sons de guitare filtraient jusqu'à Sophie à travers les aiguilles des pins, mais on ne pouvait entendre, des chambres de l'hôtel, que les accords qui marquaient fortement le rythme dansant; des bruits qui irritaient, isolés de la mélodie qu'ils devaient accompagner là-bas, sur la plage, où on s'amusait.

Ce n'était pas Icare.

Au cimetière, Icare avait joué pour elle des airs qu'elle ne se rappelait pas avoir entendus mais qui lui avaient semblé religieux. C'était difficile à dire. Difficile de se concentrer. Sophie ne savait pas quel rôle elle devait jouer, ne savait pas à quoi on s'attendait d'elle. Ce qu'elle savait, c'était que c'était fini avec Roland. C'était pour cela qu'elle était là, qu'on l'avait menée là. Où? Tout se brouillait dans sa tête. Au cimetière de La Havane sans doute. Oui, c'était cela, ce devait être cela.

—Des ordures!

C'était ce qu'elle avait dit à Icare en sortant du cimetière.

—On vient ici jeter ses ordures. C'est ça, un cimetière : un dépotoir.

De penser que Roland n'était plus qu'une ordure l'avait remplie de tristesse et elle s'était remise à pleurer. Icare n'avait rien dit. Il ne disait jamais rien, lui qui avait une si belle voix! Dommage! Sophie aurait aimé qu'il lui parle, mais il n'avait rien dit. S'il avait parlé, elle se le serait rappelé.

—Je me rappellerais.

Elle aurait pu aussi l'avoir oublié avec le reste. C'était tellement compliqué depuis que Roland n'était plus là pour s'occuper d'elle et de tout. Y avait-il tant de choses à faire? Sophie ne voulait pas le savoir. Pas ce soir. Il faudrait qu'elle retourne au cimetière pour s'entrer cela dans la tête comme il faut. C'était trop vague. Mais il faudrait aussi s'habiller et c'était si loin. Cela lui avait paru si loin! Elle avait pensé se trouver mal, mais ce n'était rien. Un étourdissement.

Les funérailles de Roland. C'était donc vrai? Oh! Sophie ne voulait pas penser à cela. Si seulement ils pouvaient cesser tout ce tintamarre, elle serait tellement mieux. Elle pourrait dormir. Une nuit noire, sans image ni son. Le vide. Le saut dans le gouffre. Au lieu de cela, c'étaient des bang-bi-di-bang! à n'en plus finir. «Maudite musique! Pas moyen de dormir dans ce maudit hôtel!»

—Arrêtez ça!

Ils ne l'entendaient pas. Il aurait fallu qu'elle se lève et les fasse taire une fois pour toutes. Qu'ils aillent se coucher! «Ça ne dort jamais, ces énervés-là? On est en vacances, maudit! Puis on n'est même pas capable de dormir.» Peut-être que... si elle prenait une petite gorgée de rhum, cela l'aiderait peut-être à dormir. Elle se retourna, mais elle était trop étourdie pour se lever. «Maudite musique! Pas capable de dormir! Fatiguée... Fatiguée à mourir...»

—Sorcière! C'est toi qui l'as tué!

Sophie se revoyait en reine offensée, s'arrêtant au milieu du grand escalier pour accuser Astrid, qu'elle avait aperçue parmi la foule assemblée dans le hall. Astrid avait prédit la mort de Roland et l'avait fait mourir. La sorcière démasquée s'était jetée à ses pieds pour lui demander pardon. Elle n'avait rien nié et Sophie ne l'avait pas écoutée. Elle la ferait brûler au bûcher. Avait-elle rêvé cela? Elle revoyait Astrid en péplos. Cela n'avait aucun sens. Astrid à ses pieds? Ça devait être un rêve. C'était si difficile d'ajuster les images et de séparer les vraies des fausses.

Roland était mort et enterré. Ça, c'était vrai. Icare avait joué de la guitare à l'enterrement et avait chanté. C'était tout ce qu'elle avait compris. La cathédrale était pleine à craquer! L'évêque et tout le clergé catholique de La Havane étaient là ainsi que l'ambassadeur du Canada à Cuba dans son uniforme militaire. Non. La cathédrale était vide. C'était l'autre jour, cela. Ils avaient visité la cathédrale, un vieil édifice délabré, sale, avec des arbustes qui poussaient entre les pierres. Sophie n'avait pas aimé la cathédrale de La Havane. «C'est laid!» avait-elle dit. Ou l'avait-elle seulement pensé? Elle n'y était pas retournée. L'ambassadeur? Il n'y avait pas eu d'ambassadeur non plus. Sophie confondait tout. Elle faisait un grand effort pour faire resurgir une image qu'elle aurait pu associer aux funérailles de Roland et évoquer plus tard quand elle voudrait revivre cette journée. Mais il n'y avait rien eu de frappant.

—Maudit enterrement!

Cela avait été ordinaire, insignifiant, tellement banal qu'elle l'avait déjà oublié. Se pouvait-il qu'il ne reste rien de cette journée, ce qui s'appelle rien? Sophie tenta une autre fois de repasser la journée en revue. Ils avaient quitté l'hôtel en taxi, elle et Icare avec sa guitare. De cela, elle était sûre. Après cela, il y avait eu le cimetière. Très loin. Cela avait pris une éternité pour s'y rendre. Après? C'était blanc. Tout était blanc. Ce qui lui revenait à l'esprit, c'était ce qu'elle avait vu du bus. Mais aujourd'hui? Aucune nouvelle image ne se substituait à la première. «Ce n'est pas possible!» pensa-t-elle. Rien? La chapelle. Oui, il y avait eu la chapelle. Ah! c'était trop dur! Elle ne savait plus si elle voulait vraiment se rappeler. Qui était là? Icare était là. Y en avait-il eu d'autres? Sophie ne voyait rien. Elle avait dû pleurer beaucoup. Tout se brouillait comme si elle avait vu le reste de la journée à travers une vitre recouverte de buée.

Dormir... Elle penserait à tout cela demain. Ce serait bien assez tôt.

❖

—À vous, je peux dire ça parce que je pense que vous pouvez me comprendre. Roland a toujours été bon mari. Voulez-vous que je vous dise? Ça faisait proche vingt ans qu'on était mariés. Eh bien! c'est le premier chagrin qu'il m'ait jamais donné.

Icare n'oublierait jamais cette confidence qu'elle lui avait faite et serait étonné d'apprendre, des années après ce premier voyage à Cuba, qu'un homme, un roi, avait prononcé trois siècles plus tôt des paroles presque identiques à celles-là: c'était Louis XIV aux funérailles de Marie-Thérèse.

Il avait joué aux funérailles de Roland un plus grand rôle qu'il n'avait voulu et avait eu, depuis, du mal à s'en défaire, allant jusqu'à se demander s'il assisterait au couronnement du roi du Marazul tant son cœur portait encore des traces de mélancolie. Non pas qu'il ait été disposé à pleurer les morts. Les larmes ne réchauffent pas les morts et en verser sur eux est leur faire une offrande trop tard alors qu'ils nous ont tourné le dos et ont quitté le temple. Mais de voir l'étendue de la misère et de la douleur humaines le rendait pensif, toute pensée qui a pour sujet la condition humaine menant inexorablement à quelque Golgotha.

Dans le taxi, Sophie s'était sentie mal et avait pris deux gorgées de rhum pour se donner du courage, comme elle avait dit, mais en voulant replacer le bouchon elle l'avait échappé et, pour le rattraper, elle avait donné un coup brusque à la bouteille, répandant la moitié de son contenu sur le devant de sa robe. Icare avait essayé de nettoyer le dégât, mais n'avait réussi qu'à donner le fou rire à Sophie en lui frottant le ventre avec son mouchoir, de sorte qu'en descendant de voiture devant la chapelle du cimetière Sophie empestait l'alcool et riait comme si elle était revenue d'une fête. Suzanne, Astrid, Hubert et Noëlle, qui les attendaient, baissèrent les yeux tant ils avaient honte.

Icare avait accompagné les chants du prêtre en impro-visant beaucoup et en se rappelant un peu les airs qu'il avait connus enfant. La guitare, qui la veille avait créé l'enchantement dans la vie des écoliers, apporta ce jour-là la consolation à Sophie et sema le trouble chez Suzanne, qui, tout le temps qu'Icare avait chanté, s'était sentie pénétrée par cette voix chaude qui la remuait plus qu'elle n'aurait cru possible. C'était bien le moment de penser à ces choses, s'était-elle dit pour se secouer de l'emprise qu'il avait sur elle, peut-être même à son insu car, s'il chantait, ce ne pouvait être à son intention. Mais elle continua de garder les yeux sur lui, tant et si bien que, d'une pensée fugitive, elle fit une obsession.

Au moment où l'on avait mis Roland en terre, il s'était mis à pleuvoir une pluie fine et douce. Puis les nuages s'étaient dissipés et le soleil était reparu comme la vie au jour de la résurrection.

Après la cérémonie funèbre, le chauffeur de taxi, qui baragouinait le français, s'était délié la langue pour vanter les attraits du cimetière de La Havane comme s'il avait voulu consoler la veuve en lui disant que son mari y serait bien. Les Cubains, leur avait-il appris, ou du moins c'était ce qu'on avait cru comprendre, habitent trois demeures : celle où ils vivent durant leur passage sur Terre, qui est la moins importante des trois ; celle où leur corps repose en attendant le Jugement dernier, qui est plus riche que la première puisqu'ils doivent y prendre l'habitude d'une vie meilleure ; et enfin le ciel, qui sera comme les ciels des cathédrales baroques de style espagnol colonial, où se multiplient les anges et les saints, bien nourris, bien vêtus, bien logés. Cette façon de voir la vie et la mort leur avait plu. Le cimetière, avec ses chapelles d'une richesse inouïe que la révolution n'avait pas touchées, cessa de leur paraître un lieu destiné à recevoir les ordures. Il leur parut plutôt comme un vaste suaire étendu au soleil en attendant que des anges le soulèvent pour que ceux qui y reposent ouvrent les yeux et voient enfin la lumière qui ne s'éteindra jamais. C'était une promesse de résurrection, un espoir comme on en voit dans peu de cimetières de par le monde, et Sophie avait jugé qu'en effet Roland y serait bien.

Icare avait confié Sophie à une employée de l'hôtel et était reparti seul. Il avait marché des heures, avait traversé un petit village sans en retenir le nom et n'avait parlé à personne. Quand il avait commencé de sentir sa fatigue, il avait fait demi-tour et retracé ses pas en regardant descendre le soleil au-dessus de la mer, lisse à cette heure-là comme si rien ne fût passé dessus de la journée.

Puis le soleil avait disparu, faisant place à la musique, la même que tous les soirs, qui avait sur lui le même effet qu'au premier jour. Une musique sauvage qui vidait l'homme de ses peines, s'il en avait, et le rendait tout à ses instincts. Puisqu'il n'y avait pas moyen d'y échapper, il irait l'écouter de plus près, au cabaret sur la plage, et applaudir au couronnement du roi du Marazul.

En apercevant Icare, Jean-Marc l'invita à se joindre à eux. C'était le premier geste qu'il avait fait en dix jours qui plut à Suzanne et elle ne fut pas loin de lui en être reconnaissante au point d'oublier bien des choses, de passer l'éponge, aurait-elle dit, si à «éponge» ne se rattachait pas l'idée de boire beaucoup et que c'était cela même qui l'éloignait de plus en plus de lui.

Aux funérailles de Roland, elle avait beaucoup pensé à ce qu'ils étaient devenus l'un pour l'autre ces dernières années. Ce qui avait commencé par une relation des plus satisfaisantes s'était vite détérioré quand Jean-Marc, qui avait cédé à la mode en devenant amateur de vin, avait pris un goût maladif pour tout alcool. De favorite, elle s'était vue reléguée au rang de vieille courtisane qu'on retrouve plus par devoir que par envie et de se faire aimer ainsi l'humiliait.

Il lui avait fallu ce voyage à Cuba pour réaliser combien les choses allaient mal entre eux. À Montréal, elle était tellement prise par le travail et la routine qu'elle fermait les yeux sur l'essentiel parce qu'elle n'y voyait que des questions de détail, alors que c'était de son bonheur qu'il s'agissait. Ici, Jean-Marc et elle se faisaient face jour et nuit et cette présence continue devenait insupportable, prenant l'aspect d'une confrontation tacite.

Qu'est-ce qui la retenait à lui? C'était ce qu'elle se demandait et la question lui revenait comme une démangeaison. Elle avait beau se gratter, ça ne partait pas. Alors, si la réponse ne venait pas, c'était peut-être qu'il n'y en avait pas. Dans ces conditions, que leur restait-il à faire? Se séparer? Cesser de se voir? Rompre tout à fait? La décision engageait tout son être, ces dernières années de sa vie, ce sur quoi elle avait fondé son avenir. Quel avenir? Le château s'écroulait. Les ruines mêmes se confondaient au sable sur lequel elle l'avait construit. Mais, quand c'est tout ce qu'on a, un bonheur, même aussi triste que celui-là, paraît mieux que rien et on y tient encore et malgré tout comme à une habitude. Vide. Une habitude sans fondement. Une fosse comme on en voit au cimetière.

Roland. Un homme faible dont Sophie s'était fait un esclave. Un homme triste aussi qui s'accrochait désespérément à l'image effacée d'un bonheur lavé à l'alcool, frotté et usé par les querelles quotidiennes, les gros mots qu'on se lance par la tête comme des assiettes et des couteaux, les coups qu'on finit par se porter. Sophie avait battu Roland quand il lui avait arraché sa bouteille.

Qu'est-ce que Jean-Marc ferait si elle tentait de l'empêcher de boire ou lui conseillait la clinique? Jean-Marc refusait de reconnaître la gravité de son mal. Ne lui avait-il pas dit, encore l'autre jour, que lui au moins savait se comporter en public alors que Sophie, elle, faisait honte à son mari? En public, oui. C'était déjà quelque chose. Mais en privé? C'était là où Suzanne mettait son bonheur. Que restait-il de cette vie? Ils ne se parlaient plus sinon pour échanger des banalités sur le temps qu'il faisait, comme des étrangers habitant le même immeuble et se rencontrant par hasard dans l'ascenseur. Que se seraient-ils dit de plus? Chacun savait pertinemment ce qui se passait dans la tête de l'autre et, comme ce n'était pas très beau, ne faisait aucun effort pour que cela sorte. Ils ne se regardaient pas, non plus, Suzanne étant le vivant reproche de la vie de Jean-Marc, qui la trouvait déprimante parce qu'elle ne riait plus aux blagues qu'il répétait depuis qu'il avait perdu la facilité de se renouveler. De l'homme, il n'avait plus que la peau sèche, boursouflée et cramoisie de l'alcoolique. De l'amant, il ne restait rien. Oh! qu'il était loin le Jean-Marc qu'elle avait aimé! Loin et méconnaissable.

Si Suzanne avait espéré, hier encore, un retour aux premiers jours de leurs amours, elle avait cessé de croire à cette possibilité dès qu'elle avait vu Sophie au cimetière, Sophie qui mêlait les rires et les larmes, Sophie qui titubait, Sophie qui se léchait les lèvres parce qu'elle avait soif. Que lui aurait-il fallu de plus, se demandait

Suzanne, pour que s'opère le miracle? Que faudrait-il à Jean-Marc?

Suzanne ne voulait pas mourir bêtement comme Roland, après avoir vécu bêtement comme lui. La vie lui paraissait assez dure déjà sans qu'elle fasse exprès pour perdre au jeu et s'exposer inutilement aux plus viles dégradations. Pour quoi faire? Y avait-il du mérite à se torturer pour un être qui ne vivait que pour son vice? Jouer à la martyre? Cela avait assez duré, lui sembla-t-il. Suzanne ne voyait rien d'édifiant dans une vie et une mort vouées aux plaisirs égoïstes d'un être qui se refermait sur lui-même, qui ne faisait rien pour elle, qui la rejetait.

Mais elle hésitait encore, tant toute séparation est difficile. Si on retarde à se faire enlever un poumon atteint de cancer alors qu'on sait l'autre menacé, qu'en sera-t-il de ses affections, où rien n'est sûr? Ce qu'un homme, ce qu'une femme peut endurer d'injures, plutôt que de rompre, demeure un mystère qui dépasse tout ce qui a été écrit sur les mouvements de l'âme. Les plus faibles mêmes trouvent en eux la force et le courage de souffrir les pires tourments pour ne pas déranger, car ils savent que toute déchirure porte en soi un scandale qui, en éclatant au grand jour, a l'effet d'une bombe. On se prive d'être heureux pour ne pas faire de mal aux autres et les autres, le plus souvent, sont indifférents à nos malheurs. S'ils ne l'étaient pas, comment expliquer qu'ils ne soient pas les premiers à comprendre et à nous porter secours, appui et consolation? Que dira-t-on? On se le demande et ce qu'en-dira-t-on nous paralyse. Que dirait-elle, elle-même? C'était cela le pire des empêchements parce qu'il ne venait pas d'ailleurs et qu'elle ne pouvait pas lui faire la sourde oreille. Le soir, Suzanne voyait la rupture comme un soleil qui paraissait enfin entre les nuages. Le matin, le soleil avait pâli et elle retrouvait du réconfort dans les nuages gris mais familiers au-dessus de sa tête. «L'habitude. Ce n'est qu'une habitude», se répétait-elle pour se convaincre que cela n'avait rien à voir avec le bonheur.

Icare s'était assis devant elle et, comme il avait la tête tournée vers les musiciens sur la scène, elle put le contempler à son aise, persuadée cependant qu'il se savait examiné et que cela ne lui déplaisait pas.

—Vous savez ce que j'ai lu aujourd'hui?

On ne le savait pas et, comme on sentait que cela n'engageait à rien puisque Lise en était toujours à la lecture de vieux journaux, on se montra prêt à l'écouter.

—J'ai lu qu'une religieuse s'était faite masseuse!

—Pas vrai! s'écria Claire, qui s'était replacée un peu depuis dimanche mais qui en était toujours à sa période de ferveur religieuse. Une sœur qui tâte les chairs!

Cela lui parut scandaleux.

—Vrai comme je vous parle. C'est écrit en toutes lettres. C'était une ancienne maîtresse d'école.

—On aura tout vu!

—Vous imaginez Énid masseuse? proposa Michael en riant.

—Pauvre elle! Est-ce que quelqu'un l'a vue aujourd'hui?

—Oui, elle se porte déjà beaucoup mieux. Elle est même descendue prendre le petit-déjeuner. Elle va se remettre rapidement. Vous allez voir.

—Je pense qu'elle a eu plus peur qu'autre chose.

—À sa place...

—Pour revenir à ma sœur…

—C'est votre sœur?

—Non. Je voulais dire la sœur qui est devenue masseuse.

—Ah! oui, celle-là.

Maintenant qu'on avait échangé des nouvelles fraîches sur Énid Rinseau-Desprez, Lise pouvait reprendre son récit, ce qu'on l'encouragea à faire en s'excusant des interruptions.

—À quarante-cinq ans, elle s'est dit qu'elle n'en pouvait plus, qu'elle en avait jusque-là de l'enseignement! Elle a déclaré à sa supérieure que, si elle devait faire face à une autre salle de classe, elle allait perdre la tête.

—Et c'est le voile qui est parti.

—Pensez-vous!

—Alors quoi?

—Elle n'a pas quitté son couvent. Elle a suivi des cours.

—Elle a mis la main à la pâte!

—Elle a ouvert un salon.

—… affiché ses prix.

—Trente-cinq dollars l'heure.

—En tout bien tout honneur.

—Vous pensez bien! Elle ne reçoit que des religieux et des religieuses.

—Que de la peau digne, quoi! caricatura Carmen.

—Et fière de son métier comme s'il s'agissait d'une vocation.

—Je suis prêt à parier, conclut Michael, que toute masseuse qu'elle soit, elle se fait toujours appeler «Ma sœur»!

Cela avait viré en blague et on riait tellement que

même Claire cessa d'être indignée et rit comme les autres. Forte du succès qu'elle venait de remporter, Lise se promit de rappeler, au cours de la soirée, d'autres récits aussi incroyables, invraisemblables et palpitants que celui-là mais, n'ayant à l'esprit que la crise boursière, le libre-échange et la mort de René Lévesque, elle laissa aux autres le soin d'aborder un sujet plus léger.

Ce fut le maître des cérémonies qui s'en chargea en demandant qu'on présente les candidats au titre de roi du Marazul. Le prix? Une couronne de papier et la gloire. Sylvio fut le dernier nommé et réunit tous les suffrages. Quelques jours plus tard, si les douaniers à Mirabel s'étaient donné la peine de fouiller ses bagages, ils y auraient vu la couronne qu'il avait soigneusement pliée et qu'il avait l'intention d'exposer dans sa pizzeria, où on l'appellerait dorénavant le roi de la pizza, titre obtenu grâce à ses talents de cuisinier comme il avait acquis celui de roi du Marazul par sa bonne humeur, son entregent et ses proportions majestueuses.

Quand, en rentrant à l'hôtel, on apprit à Eurydice que Sylvio avait été couronné, la grosse femme tapa des mains en disant:

—J'aurais voté pour lui, moi aussi.

Cela dit, elle était heureuse de n'avoir pas été à la soirée car elle se serait vue obligée d'éliminer les autres et, de cela, elle se savait incapable, aimant tout le monde d'un même amour, ce qui faisait d'elle une mauvaise citoyenne qui n'avait jamais voté.

Il aurait préféré se donner le temps de réfléchir avant

d'écrire mais, dès qu'il fut de retour à sa chambre, malgré la fatigue qui le faisait bâiller, il ouvrit son journal et aligna quelques mots pour ne pas perdre cette facilité qu'on lui reprochait et qui venait de la discipline qu'il s'imposait tous les jours. «L'instinct sert bien les bêtes», aimait-il dire, se méfiant des mouvements spontanés de l'âme, mais mal les hommes. N'avait-il pas écrit, dans un de ses premiers livres: «L'homme a le temps pour lui; l'animal, l'instant», formule lapidaire qui lui avait valu un certain succès? Rien de ce qu'il avait appris depuis ne lui avait fait changer d'idée.

Ce qui l'avait le plus frappé, ce jour-là, avait été ce qu'il venait tout juste de voir: le sacre de Sylvio, véritable parodie de tous les couronnements, qui font de simples mortels des élus de Dieu.

Le mardi 22 décembre

Tout, semble-t-on croire, a été dit sur l'inégalité parce que Jean-Jacques Rousseau s'est penché sur le sujet et que Rousseau était un philosophe du Siècle des lumières. Comme si cela suffisait pour éclairer le monde! Ce qu'il reste à dire me paraît plus important encore puisqu'il continue d'exister partout de nos jours des différences de classes et que ces distinctions sont de la volonté de chacun, peu importe le degré qu'il occupe sur l'échelle.

Il ne s'agit donc pas d'imposition aux plus démunis par les nantis, mais de volonté populaire, du plus grand nombre donc qui se cherche des têtes à couronner. Je ne puis alors m'empêcher de penser: «Quel étrange animal est l'homme, qui préfère se placer au bas de l'échelle que de la faire basculer!»

Le peuple est enfant en cela comme en bien des choses.

Il faut l'amuser, le guider, penser pour lui. Comme le faste est ce qui se voit le mieux, c'est ce qui l'attire le plus : il en réclame, on lui en sert. Faste religieux ou civil, la différence est à peine perceptible, les deux se confondant souvent, se visitant toujours, se tenant par la main qui tient le sceptre. Qu'on passe de l'église au palais, ce sont les mêmes anges qui retiennent les voiles et les draperies au-dessus des autels et des lits, le profane tirant son caractère sacré de la religion et la religion, sa coquetterie du profane. L'encens qu'on brûle chez les uns vaut celui des autres et, si l'on s'éclaire toujours aux bougies et aux chandelles, c'est pour adoucir ce que l'on a de trop humain et faire briller davantage ce qui résiste mieux à l'usure du temps, j'entends les pierres et les ors dont l'on s'entoure quand l'on se sent, comme eux, tout près des étoiles du firmament.

Le tragique, ou devrais-je dire ce qui paraît tragique aux yeux de l'homme pensant, c'est que tout système qui récuserait le faste porterait en lui le germe de sa destruction, les pouvoirs les mieux assis étant ceux qui brillent le plus de loin, tapent l'œil et frappent l'imagination.

Le comique, car chaque médaille a son revers, c'est de voir jusqu'où peut aller la folie des hommes libres, qui croient que c'est se grandir que de porter une couronne.

Voilà où m'a conduit la cérémonie de ce soir. Le couronnement du roi du Marazul est une parodie, je le veux croire, mais une parodie qui reconnaît certaines des valeurs de l'Ancien Régime et qui choisit de retenir la moindre d'entre elles.

Quand il se mit au lit, il regretta un peu ce qu'il venait d'écrire, n'étant plus du tout sûr que c'était ce qu'il avait voulu dire. Il pourrait reprendre la page le lendemain, mais toute correction à son premier texte ne serait-elle pas une trahison de sa pensée? Au nom de l'honnêteté, il ferait mieux de ne rien retoucher. Mais au nom de l'exactitude? La fatigue l'emporta sur toute autre considération. Il éteignit et s'endormit sans plus se préoccuper de cette journée qui venait de finir ni de cette autre qui allait commencer.

❖

Comme on avait à sa table le roi du Marazul, il convenait que ce soit la plus joyeuse. Aussi y riait-on plus fort qu'aux autres, la gaieté entraînant la gaieté, chacun y allant de la meilleure de ses histoires pour que le roi s'amuse et sa cour avec lui. Quand ce fut le tour de Carmen, elle choisit de leur raconter une histoire de fou, car il n'y a rien de tel pour faire rire même les plus sages.

—Comme toutes les histoires vraies, celle-ci commence par: «C'était une fois...» Vous m'arrêtez si vous la connaissez. D'accord? Alors, on y va! «C'était une fois une femme qui vivait dans un petit village de la Gaspésie. Un jour, vint à passer un étranger qui lui parut particulièrement bizarre.

—Annette! cria-t-elle à sa voisine, qui étendait comme elle son linge sur la corde. Regarde-moi donc le fou qui passe devant la maison!

Annette se retourna, une couche à la main, et se mit à rire comme une folle.

—As-tu jamais vu un fou qui avait l'air fou de même? insista-t-elle.»

On riait déjà comme si on avait prévu le dénouement. On riait tant que Carmen comprit qu'il fallait faire

361

durer l'histoire. Elle se mit alors à broder, décrivant la maison d'Annette et celle de sa voisine, faisant le portrait des deux femmes et gardant pour la fin celui du fou. Comme son auditoire avait autant d'esprit qu'elle, on saisit bientôt qu'elle s'amusait à mettre dans ses portraits quelques traits qui appartenaient tantôt à l'un, tantôt à l'autre, de sorte que chacun se reconnaissait un peu dans les personnages de son conte.

Elle jugea enfin qu'elle avait assez tardé et que c'était le temps de prononcer le mot de la fin mais, avant, il fallait qu'elle obtienne le silence pour ne pas que la phrase se perde dans les rires. Alors, Carmen se tut. On fit: «Chut!» autour d'elle. Puis, voyant que tous les regards s'étaient tournés vers elle, elle s'emplit les poumons d'air et lança, d'une voix profonde qui imitait celle de l'homme:

—«Ça s'attrape, madame!»

On rit comme des possédés! C'était le délire, de la véritable folie collective! Quand les rires se calmèrent et qu'on sécha d'un revers de main les quelques larmes qu'on avait versées, Carmen poursuivit:

—Et vous savez ce qui est arrivé?

Sans attendre qu'on lui réponde, elle reprit:

—Un an, jour pour jour, après cet incident, la dame qui s'était moquée sombrait dans la folie.

Pour une douche froide, c'en était toute une. Aussi personne n'avait plus envie de rire. C'est grave! On ne rit pas! La folie qui s'attrape rien qu'à rire des fous!

Cela avait été une bonne histoire, mais qui mettait fin à la soirée.

—Ouais, dit enfin Antonio, tout ça c'est bien beau, mais je pense que je vais aller me coucher.

—Moi aussi, enchaîna Sylvio, qui, depuis qu'on avait cessé de rire, trouvait lourde sa couronne de papier. Il commence à se faire tard.

—Puis demain...

Michael, se rappelant qu'il était en vacances, se tut avant d'achever sa phrase. Il allait dire: «Demain j'ai une grosse journée à faire», habitué qu'il était de répéter la même formule, comme une prière, tous les soirs en éteignant les lumières du salon avant de monter se coucher. Tout le monde avait cependant compris et lui donnait en partie raison. Oui, même en vacances, chaque journée est une grosse journée. C'était agréable de s'amuser, mais il fallait aussi dormir.

Il ne resta bientôt plus à la table que Jean-Marc et Suzanne, qui n'avaient pas raconté d'histoire mais qui avaient beaucoup ri à celles des autres.

—On devrait peut-être y aller aussi. Qu'est-ce que tu en dis?

—C'est ça! Reproche-moi d'avoir du fun! Reproche-moi d'avoir trop bu!

Cherchait-il un sujet de dispute? Cherchait-il, lui aussi, à rompre? Faible, tentait-il de mettre les torts de son côté, la forçant à faire le geste irrémédiable, à dire les mots qu'on ne peut pas reprendre? Attendait-il d'elle sa propre libération? «Ce serait trop drôle!» pensa-t-elle. Tous les deux donc. Tous les deux en étaient arrivés à la même conclusion sans avoir eu à se consulter.

Devant cet état de fait, Suzanne se sentit tout à coup libérée et heureuse de l'être. Ce qui décuplait son bonheur, c'était de s'être rendu compte avant lui que c'était fini, réellement fini. Mais, puisqu'il voulait la rendre responsable de leur séparation, elle lui donnerait du fil à retordre pour voir jusqu'où il pourrait descendre dans l'abjection. Alors, plutôt que de précipiter les choses en lui répondant du tac au tac, elle se fit conciliante, gélatineuse, un peu coulante même, s'efforçant de jouer le personnage de la petite femme soumise, prête à toutes les avanies:

— Je n'ai pas dit ça. Voyons, chou! On est en vacances. Tu peux faire ce que tu veux. Je pensais que tu étais fatigué. Voilà, c'est tout. Mettons que je n'ai rien dit.

Elle avait du mal à s'empêcher de rire. C'était délicieux! Elle lui servait du chou et il ne sentait rien. Combien de temps cela durerait-il?

— Je ne suis pas fatigué! Viens! On va danser.

Jean-Marc, qui avait trop bu et qui s'emportait, fit un geste maladroit en se levant et renversa sa chaise. Suzanne se pencha docilement pour la redresser.

— Lâche donc ça! Mon Dieu! que tu peux être mémère quand tu t'y mets!

— C'est pas ça. C'est juste que...

Comme elle mettait une distance entre elle et les gestes qu'elle faisait, elle s'amusait comme une enfant qui se serait inventé un rôle en se costumant.

— «C'est pas ça», répéta-t-il pour se moquer d'elle. Viens!

Sur la piste de danse, elle le laissa la serrer dans ses bras. Ce serait la dernière fois, leur dernière danse, et quand elle le sentit chanceler, elle se dit que cela n'avait pas duré très longtemps et se colla contre lui pour l'empêcher de tomber tout à fait.

— OK. On va y aller.

En quittant les lumières du cabaret, Suzanne jeta un coup d'œil sur les couche-tard, qui n'avaient pas fait attention à eux, puis zigzagua entre les pins, emportant avec elle Jean-Marc, qui s'appuyait lourdement sur ses épaules et se traînait les pieds en maugréant, respirant péniblement comme un vapeur qui va flancher ou un ivrogne qui va vomir. À l'hôtel, le gardien eut pitié d'elle et fit venir un employé qui se chargea de Jean-Marc. Rien dans son comportement ne le distinguait plus de Sophie et, si elle l'avait aimé naguère, elle eut honte de lui ce soir-là.

Une fois dans leur chambre, elle le regarda, étendu sur son lit, en essayant de s'imaginer ce qu'avaient pu être les dernières années de Roland. Il ne lui appartenait pas de le juger, mais ce dont elle était sûre, c'était que ce n'était pas le genre de vie dont elle avait rêvé et qu'il était temps pour elle de fuir avant qu'il soit trop tard. C'était ce qu'elle avait de mieux à faire et c'est ce qu'elle fit.

Mais rendue dans le couloir, elle pensa autrement et regretta la chambre qu'elle venait de quitter. Rentrer ? Retrouver Jean-Marc ? Comme fugue, ce n'était pas très réussi. Que faire alors ? Passer la nuit dans un fauteuil du salon de l'hôtel ? L'hôtel, la chambre, Jean-Marc, c'était la même chose. Tant qu'à partir, aussi bien s'éloigner tout à fait, retrouver la plage, la mer, la nuit avec ses odeurs de résine sous les pins, de pétales écrasés sur les trottoirs et de sable mouillé.

Le cabaret sur la plage fermait ses portes. Il devait donc être vers les deux heures. Suzanne ne reconnut pas, dans la pénombre, Céline et Ian, qu'elle avait vus plus tôt assis seuls à une table, les mains dans les mains, les yeux dans les yeux, ce qui l'avait fait sourire comme si elle eût cru que, passé un certain âge, on devait être plus sérieux que cela.

Plus elle y réfléchissait, plus elle était mécontente d'avoir cédé à la tentation de mettre Jean-Marc une dernière fois à l'épreuve, surtout qu'il faudrait recommencer et que l'idée d'une nouvelle scène faite de grimaces, de mensonges et d'accusations la vidait de ses énergies comme s'il lui avait fallu remonter la lourde pierre qui lui avait glissé des mains au moment où elle touchait au but. Qui rouvrirait la question? Lui ou elle? Et quand?

Pourrait-elle tenir le coup jusqu'à leur retour à Montréal? Pourrait-elle passer une autre nuit auprès d'un homme qu'elle n'aimait plus? «Que d'amertume dans un amour qui tourne au vinaigre», se dit-elle, trouvant difficile de croire qu'ils en étaient arrivés là. Et ce n'était pas la fin. Viendrait le temps du partage: «Ceci est à moi, cela est à toi. Prends ta tasse, je garde la mienne!» Quelle tristesse! Il lui avait été si facile de se donner, pourquoi était-ce si difficile de se reprendre?

La nuit était silencieuse et tendait l'oreille pour l'écouter. Que de choses Suzanne aurait voulu lui dire et que de questions, lui poser! Combien étaient-elles ce soir à vivre, comme elle, le drame de la séparation?

Sur le trottoir bordé de pins, le ciel lui parut bas parce qu'elle pouvait compter les étoiles et la nuit lui parut affreusement triste parce qu'elle était seule à les compter.

Mais était-elle seule? Suzanne eut le pressentiment qu'on l'observait. C'était sottise de sa part, mais elle ne se sentait pas menacée et, plutôt que de tourner les talons, elle continua comme si elle n'eût couru aucun danger, se laissant ainsi gagner par la folie nocturne de Cuba.

—Bonsoir!

Elle tressaillit. La voix était douce mais ferme, avec

peut-être une touche d'ironie. C'était ainsi qu'elle s'imaginait le loup s'adressant au Petit Chaperon rouge. Comme elle ne répondait pas, la voix se transforma légèrement et répéta, en traduisant en anglais :

—*Good evening!*

Cette fois-ci, pas d'erreur possible tant l'intention ironique était marquée. L'homme avait emprunté l'accent de Bela Lugosi dans le rôle du vampire Dracula, et cet homme, qui sortit de l'ombre pour se faire reconnaître, était Icare.

—Vous m'avez fait peur, vilaine bête! lui lança-t-elle, rassurée.

—«Dispose de ma griffe, et sois en assurance : Envers et contre tous je te protégerai».

Disait-il vrai? L'offre était belle et valait qu'on y pense.

—Pas si bêtes, les bêtes qui citent des vers!

—C'est de La Fontaine.

Suzanne se rappelait «Le Chat et le Rat», mais pas assez pour citer un seul vers ni de cette fable ni des autres qu'elle avait apprises par cœur et oubliées aussitôt.

—Pourtant, c'est à Perrault que j'ai pensé tout à l'heure.

Perrault, c'était différent. Cela remontait à plus loin et était gravé plus profondément dans sa mémoire alors qu'elle y mettait peu de choses, ce qui expliquait peut-être qu'elle les ait mieux retenues.

—Plus maintenant?

—Maintenant aussi.

Suzanne ne s'était pas attendue à ce qu'on lui cite des vers au clair de lune. Pas ce soir. Ce n'était pas une déclaration d'amour, mais dès qu'on met de la poésie dans la conversation, peu importe sur quoi portent les vers, c'est un peu d'amour qu'on parle.

Comme elle lui avait parlé de Perrault et qu'il aimait les contes qui effarent les petites filles en donnant aux hommes le rôle du méchant loup, qui n'est pas toujours dans la vie le méchant rôle, il lui proposa, avant que la conversation roule sur le temps qu'il faisait ou sur l'heure qu'il était:

—Si tu me dis où tu vas, je te promets d'y être avant toi et de faire place nette pendant que tu cueilleras des fleurs.

—Je ne vais nulle part et il n'y a pas de fleurs à cueillir.

—Il y a des coquillages.

—Il y a aussi le bûcheron.

—Je ne le vois pas et ne le sens pas non plus.

—Mais il y est.

Icare, croyant Jean-Marc dans les parages, pencha un peu la tête comme un chien qui interroge, recula d'un pas et lui dit:

—Alors bonsoir, petite. Je passe mon chemin.

Il s'inventa un sentier entre les arbres et disparut. Qu'est-ce qui lui avait pris de dire une chose pareille? Voulait-elle vraiment le chasser? Voulait-elle davantage le retenir? Comme elle hésitait beaucoup, les questions venant plus vite que les réponses, elle prononça son nom, mais si faiblement qu'il aurait fallu être tout près pour l'entendre.

—On m'appelle? lui souffla-t-il à l'oreille.

Suzanne en eut le frisson.

—Vous avez de ces façons!

—J'ai fait le tour du territoire et je ne sens toujours pas le mari.

—Jean-Marc? Ce n'est pas mon mari.

—Alors?

—Il n'y a pas d'alors.

Icare comprit qu'elle était sortie pour être seule et la laissa une seconde fois, sans rien ajouter pour ne pas qu'elle ait à lui demander de partir. Dans son esprit, la conversation venait de prendre fin aussi simplement qu'elle avait commencé.

Un étrange malaise s'empara de Suzanne, causé non pas par la solitude du moment mais par l'idée de solitude définitive. Pourrait-elle jamais se lier de nouveau à un homme? À la pensée que Jean-Marc, un ivrogne, lui avait gâché la vie, Suzanne sentit la rage monter en elle comme une multitude d'écrevisses qu'elle eût voulu saisir avec ses mains et jeter une à une dans l'eau bouillante pour s'en libérer à tout jamais.

Puis ce fut la haine qui l'enveloppa de son manteau d'orties et la fit grincer des dents. Mais cela non plus ne dura pas, la pitié, plus vive que tout le reste, se posant en dernier sur ses épaules, comme un oiseau de proie, pour lui crever les yeux. Suzanne se mit à pleurer et se dit qu'elle était la plus malheureuse des femmes parce qu'elle avait cessé d'aimer et qu'on ne l'aimerait plus jamais, car quel homme se contenterait des rebuts d'un autre, surtout qu'elle n'était déjà plus jeune? Oui, Jean-Marc lui avait gâché la vie et elle lui en voulait tellement que, si elle était montée à la chambre, elle l'aurait roué de coups. Frapper sur le dur et dans le mou lui aurait, elle en était sûre, apporté un soulagement immense.

Mais valait-il la peine qu'elle se mette dans un état pareil? «Si je retrouve Jean-Marc ce soir, je ne suis qu'une chienne!» se dit-elle pour se raffermir dans sa résolution. «Si je retrouve cet homme...» Et, sans transition, elle ajouta: «Quel homme?»

L'idée qu'il s'offrait un choix à elle relâcha la tension, une situation cessant d'être tragique dès qu'on peut l'éviter en empruntant une autre voie. «Ai-je besoin de retrouver l'un ou l'autre? Ne puis-je pas jouir de ma solitude?» Peut-être pas définitivement, mais ce soir-là elle en serait capable. On verrait bien. Arrivée au bout du trottoir, elle tourna vers la plage, peuplée de crabes qui se sauvaient devant elle.

La nuit, la mer ne dort que d'un œil près du littoral cubain, comme les requins. À peine la voit-on respirer. Dans cet état, elle paraît sans appétit et n'effraie plus personne, contrairement à la mer gloutonne du matin, qui mord à belles dents blanches des morceaux de plage blonde comme du pain doré.

Suzanne vit que cela bougeait dans l'eau, entrait et sortait comme un dauphin, mais que c'était un homme.

—Icare, c'est vous?

—Non!

—Si, c'est vous. Je reconnais votre voix.

—Icare est une bête dont on ne veut pas ce soir. Je suis un autre. Robinson est mon nom.

Cela dit, il s'enfouit la tête sous l'eau. Quand il reparut quelques mètres plus loin, Suzanne le rappela:

—Icare?

Pour toute réponse, il se mit à battre furieusement l'eau de ses mains et de ses pieds, s'entourant de gros bouillons blancs comme un enfant contrarié. Fallait-il se prêter au jeu ou valait-il mieux l'ignorer et rentrer à l'hôtel?

—Robinson?

—Oui?

C'était idiot. De l'enfantillage, rien de plus. À pareille heure, entre adultes... A-t-on jamais vu! Elle en avait assez et le lui dit.

—Qui es-tu pour me parler sur ce ton?

—Vous le savez très bien. Je suis Suzanne.

À l'entendre, on aurait dit une maîtresse d'école en colère.

—Connais pas.

Icare, qui ne tenait pas à ce qu'on lui fasse la leçon sur son terrain de jeu, disparut de nouveau. Aussitôt qu'il sortit la tête de l'eau et cessa de s'ébrouer, Suzanne continua sur le même ton:

—Robinson, j'ai à vous parler.

—Qui es-tu, toi qui connais mon nom? Et que fais-tu sur mon île?

—Je vous l'ai dit.

—Tu as dit: «Suzanne». C'est un prénom qui, ce soir, te porte malheur. Laisse-le au vestiaire.

Sa gorge s'enflait et les larmes lui montaient aux yeux. Y a-t-il rien de plus bête que ces jeux qu'on vous fait jouer alors que vous n'avez pas le cœur à rire? Ne pouvait-il pas comprendre que, si elle était là, c'était sérieux? Le pire, c'était qu'il se croyait drôle! Eh bien! elle lui dirait, elle, qu'elle ne le trouvait pas amusant! Mais pas du tout!

—Je n'ai pas envie de jouer, Icare. Je suis sérieuse. J'ai à vous parler.

Sermons, semonces et remontrances n'avaient

jamais su retenir longtemps son attention et c'était le méconnaître que de s'impatienter pour le faire tenir tranquille. Icare se laissa les oreilles emplir d'eau et la mer se referma au-dessus de sa tête. Sur la plage, tout était redevenu tellement calme qu'on aurait pu croire le temps suspendu. Icare ne reparaissait pas.

Inquiète, Suzanne appela :

—Icare !

Les eaux s'ouvrirent à quelques brassées d'elle. Icare parut debout comme un monstre marin venu respirer l'air du soir.

—Bonsoir, essaya-t-il une troisième fois. Je m'appelle Robinson. Et toi ?

—Non, Icare ! Comprenez donc. Je ne veux pas jouer. Pas ce soir. Je ne peux pas.

Elle cherchait les mots qui la dispenseraient de jouer mais, plus elle parlait, moins elle se trouvait d'excuses, redisant les mêmes mots pour dire les mêmes choses, n'arrivant pas à sortir du cercle infernal qui la consumait. Cette scène était absurde et il lui aurait paru absurde de la prolonger puisqu'elle ne l'éloignait de rien et ne la rapprochait de personne. Mais elle avait tellement besoin de parler qu'elle disait n'importe quoi. Icare ne l'écoutait pas, lui tournait le dos maintenant, s'éloignait, s'enfonce-rait bientôt dans la mer si elle ne le retenait pas.

C'est alors qu'elle poussa un cri primal comme si elle eût senti enfin qu'elle allait naître du néant, sortir de la nuit et entrer dans la lumière. Elle eut si mal et cria tant qu'elle n'arrivait plus à fermer la bouche. Il lui fallait crier et crier encore, emplir le ciel, la mer et la terre de ses cris. Puis ce fut comme si la terre se fût ouverte pour l'accueillir dans son sein et Suzanne eut tellement peur à ce moment-là d'être engouffrée et de disparaître à jamais qu'elle tendit la main vers Icare, en implorant :

—Aide-moi...

Comme il s'éloignait toujours, ou du moins c'était l'impression qu'elle avait puisqu'il ne se tournait pas vers elle, elle l'appela par son nom :

—Robinson !

—Qui m'appelle ? demanda-t-il, sans la regarder, comme s'il se fût adressé à la mer et que la réponse dût lui venir d'elle.

—Je suis seule, Robinson, et les gens seuls n'ont pas de nom.

Cela fut dit dans un soupir et, si le vent ne lui avait soufflé les mots à l'oreille, Icare ne les aurait pas entendus tant la voix était faible.

—Tu n'es plus seule, lui dit-il, en se retournant.

—Robinson, approche. Tu es trop loin pour que je te dise ce que j'ai à te dire.

—Je regrette. Je ne peux pas bouger. Toi, viens.

Ce n'était donc pas fini ? Suzanne était à bout de course et il voulait toujours jouer, comme un enfant volontaire ne se fatiguant pas de demander et ne cédant jamais.

—Je n'ai pas de maillot.

La belle excuse ! Et la lui servir, n'était-ce pas déjà lui donner en partie raison ? Suzanne s'en voulait de ne pas mieux réagir devant chaque nouvelle exigence mais, ne connaissant pas les règles du jeu qu'il semblait inventer à mesure, elle ne voyait pas où il voulait en venir et souffrait de ce désavantage.

—Moi non plus. Si tu viens, je te donnerai un nom.

—Lequel?

—Viens. Tu verras.

Suzanne se sentait sotte de tant hésiter. Ce qui l'effrayait tantôt, c'était de ne plus être désirable et, maintenant que l'occasion se présentait à elle, elle ferait des manières? Ce qu'elle ne voulait pas, c'était se donner au premier venu par dépit. Icare était le premier. S'offrirait-elle à lui par dépit? Tout ce qu'elle ressentait était tellement vif qu'elle n'arrivait pas à distinguer une sensation d'une autre, un sentiment d'un autre, une sensation d'un sentiment, comme un plat trop épicé dont on ne goûte plus que le poivre.

Quand elle décida enfin d'aller le rejoindre, elle était si peu maîtresse d'elle-même que ses moindres gestes lui parurent gauches. Pour se donner de l'aplomb, elle prit une longue respiration qui lui apporta un peu de calme, assez même pour trouver plaisir à se déshabiller sur cette plage au clair de lune, en pensant à l'homme qu'elle allait retrouver qui l'attendait tout près, qui la surveillait à distance et qu'elle se mit à désirer. Elle avait hâte maintenant d'entrer dans l'eau comme on se glisse dans un lit, en tirant les draps sur soi.

L'eau était bonne. Suzanne se laissa flotter; la mer fit le reste. Mais, quand ils furent tout près l'un de l'autre, elle lui dit que l'eau l'avait refroidie et qu'elle n'avait plus envie de jouer. Icare n'écouta pas la voix qui se donnait et se retirait comme les vagues qui s'étirent sur la plage et se replient dans la mer. Il lui murmura plutôt des choses qu'elle ne comprit pas, comme aurait fait un étranger lui parlant d'un autre monde dans une autre langue. Le seul contact possible entre eux, maintenant qu'ils se regardaient comme s'ils avaient été seuls au monde, en était un de paradis retrouvé, de premiers temps alors que toutes les amours étaient mythiques. Qu'elle soit là, elle, la délaissée de tantôt, la petite fille dans la forêt, l'émer-veillait. Elle voulut s'abandonner tout à fait et s'imagina perdant connaissance dans ses bras. Puis elle se dit que les femmes de sa génération ne perdaient pas connaissance, qu'elles s'étaient donné le droit de faire les premiers pas comme autrefois les hommes se couronnaient empereurs. Elle se prit alors à le désirer plus que tout au monde et lui dit, d'une voix qu'elle aurait voulu plus stable mais dont le tremblement aurait pu passer pour un frisson :

—Embrasse-moi.

Icare s'approcha d'elle, écrasa ses lèvres sur les siennes, la souleva dans ses bras et la porta jusqu'à la plage, où il la déposa sur le sable encore chaud. Elle oublia tour à tour qu'elle était malheureuse, que Jean-Marc en était la cause et qu'elle s'appelait Suzanne.

—Je ne me reconnais plus, lui dit-elle enfin.

À force d'être et ne pas être ceci et cela, elle avait chassé de son esprit ses préoccupations les plus graves et s'ouvrait à ce nouvel amour comme une fleur de cactus, qui voit le jour la nuit. Ce ne serait qu'une fois et le savoir rendait la fleur plus précieuse encore que le plus riche joyau, qui brillerait, lui, jusqu'à la fin des temps.

—Tu as nom Mercredi. Dorénavant, tous les mercre-dis seront jours de fête pour toi. Ne l'oublie pas.

—Oublierai-je jamais cette nuit ?

—Il n'y a que les dieux d'immortels.

—Et les mythes. Tu es un mythe, Icare.

Il se savait mortel et commençait d'avoir sommeil, mais ne la contredit pas pour ne pas rompre le charme de cette nuit propice à leurs amours.

— Tu restes ? lui demanda-t-il en se rhabillant.

— Non. Attends-moi.

Elle le tutoyait. Il s'en était aperçu ; elle, pas.

Quand ils rentrèrent à l'hôtel, ils virent Eurydice endormie dans son fauteuil. La laisseraient-ils ainsi ? Non. Elle serait courbaturée le reste de la journée et ce ne serait pas une charité à lui faire. Icare s'offrit donc à la réveiller et la secoua gentiment en l'embrassant bruyamment dans le cou.

— C'est le temps de partir pour la messe de minuit, les enfants... Oh ! Je dormais, hein ? dit-elle, en voyant Icare et Suzanne.

— Oui, madame Branchu. Vous rêviez à la famille ?

— Toujours. J'ai tellement d'enfants, vous savez, et de petits-enfants que je n'ai pas assez de la journée et de la nuit pour donner à chacun son dû de pensées et d'affection.

Elle ne disait jamais « amour », par modestie. Les femmes qui, comme elle, ont eu de nombreux enfants ne parlent pas facilement d'amour. De devoir, si cela leur a été pénible ; d'affection, si elles sont maternelles ; de soucis, si elles se sentent une vocation d'infirmière ; de temps, si elles estiment avoir perdu le leur.

Icare et Suzanne lui tendirent la main, qu'elle saisit, et la tirèrent de son fauteuil.

— Je suis grosse que c'en est effrayant ! s'excusa-t-elle.

— Comme un cœur de mère, précisa Icare, qui le croyait.

Eurydice mit dix minutes pour se rendre à sa chambre. Il lui en aurait fallu le double sans l'aide de Suzanne et d'Icare, qui la soulevaient, la tiraient, la poussaient, l'encourageaient à chaque pas, tant qu'à la fin ils furent aussi essoufflés qu'elle. Avant de se séparer, Icare lui baisa le bout des doigts, la salua trois fois, comme l'on fait en présence d'une reine, et lui souhaita de retrouver tous les membres de sa famille dans l'état où elle venait de les laisser, ce qui revenait à lui souhaiter de bons rêves.

Comme Suzanne n'allait nulle part, Icare l'invita à passer le peu qui restait de nuit dans sa chambre, avec lui.

XV

Il semblait, ce jour-là, que tout avait été dit et qu'on ne pouvait que se répéter. C'était, à son lever, le même soleil sur la même mer, la même brise dans les mêmes arbres, et les mêmes fleurs qui attiraient avec le même parfum les mêmes oiseaux-mouches et les mêmes abeilles. À la salle à manger, on prit aux mêmes tables le même petit-déjeuner servi à la même heure. Il ne restait plus que trois nuits à passer au Marazul et déjà on comptait les heures et les jours qu'on aurait voulu remplir à déborder. Mais comment s'y prendre ? On avait l'impression d'avoir tout vu et tout fait. La plage même semblait plus étroite et le soleil, moins cuisant. La Havane ? La capitale n'avait plus de secret depuis qu'on en avait fait le tour en trois heures et, toute autre ville étant trop éloignée pour qu'on s'y rende, il ne fallait pas y songer. Les plus nerveux, chez qui l'on trouve les inquiets et les insatisfaits, grommelaient, ne sachant que faire de leur peau.

— Il me semble que ce n'était pas de même à La Barbade.

— C'est pourtant beaucoup plus petit.

—Mais il y a plus à faire.

—Vous voulez parler des magasins?

Tout le monde haussa les épaules. Une fois qu'on a vu une boutique Intur, on a tout vu. Il n'y a rien de plus ailleurs et il faut faire la queue des heures avant de pouvoir entrer.

Lise, qui était en minorité, prétendait qu'elle n'en aurait pas trop de deux semaines pour passer à travers tous les journaux qu'elle avait apportés.

—À propos...

—Si c'est une autre histoire de désastre aérien, on ne veut pas l'entendre.

—Oui et non, fit-elle, hésitant car il s'agissait d'une porte d'avion qu'on n'avait pas fermée correctement, qui s'était ouverte...

—C'est oui ou c'est non.

—C'est une histoire qui finit bien, dit-elle, pensant au pilote qui avait survécu miraculeusement.

—Heureux de l'apprendre! On ne veut pas en savoir davantage.

Elle essaya autre chose, parla de sida, de la visite du pape au Fort Simpson et de celle de la reine à Québec mais, à chaque sujet qu'elle introduisait, elle perdait une partie de son public, tant et si bien qu'elle se retrouva bientôt seule avec Astrid.

—Ma pauvre Lise, lui confia-t-elle, nous n'intéressons plus personne avec nos champs d'intérêt.

Depuis la mort de Roland qu'elle avait annoncée, personne ne voulait connaître son horoscope, la prescience paraissant à chacun plus dangereuse que l'ignorance, l'une venant du Diable, l'autre ne tenant qu'à soi. On n'avait pas été jusqu'à l'accuser ouvertement d'avoir commerce avec les puissances maléfiques mais, quoi qu'on fasse, il suffisait de la voir pour qu'on se sente mal à l'aise, comme si elle avait été pour quelque chose dans cet accident, qu'elle leur rappelait par sa seule présence et que tout le monde voulait oublier. Astrid n'en continuait pas moins de s'intéresser à l'astrologie, mais consultait ses livres dans le secret et gardait pour elle seule les révélations que chaque jour lui apportait.

—On n'a pas besoin de l'astrologie pour savoir qu'il y aura des heureux et des malheureux, maman, lui avait dit Hubert la veille. Tout le monde le sait.

Elle lui avait donné raison parce qu'il n'y avait rien à redire à cela. Aussi lui cacha-t-elle, pour ne pas qu'il la gronde, ce qu'elle venait d'apprendre sur celui du groupe, né sous le signe du Bélier, qui se verrait tour à tour favorisé et abandonné par la fortune.

✥

David avait planté un clou dans le mur et accroché, pour le temps qu'ils seraient dans la chambre, le Laurier-rose de Daphné. C'était le titre qu'Ana avait donné à son tableau et ce tableau était la première chose qu'ils voyaient en ouvrant les yeux.

—Jamais je ne ferai mieux!

Elle lui parut si lasse qu'il comprit qu'elle ne peindrait plus.

—Il ne faut pas dire cela. «Jamais» est un mot si triste.

—À notre âge, que veux-tu, il faut se faire aux «jamais».

Il referma les poings sur ces «jamais» et crut tenir des tiges nues.

—Une poignée de brins secs. Est-ce vraiment tout ce qu'il nous reste?

Comme elle ne répondait pas, David se sentit tout à coup très vieux, une voiture que l'on mène à la casse.

—Il reste tant de fleurs à peindre! Si tu ne rappelles pas sur tes toiles leur heure la plus belle, qui donc se chargera de la mémoire des fleurs?

C'était de lui qu'il parlait en lui parlant des fleurs qu'elle avait connues; de leur amour aussi et de leur bonheur. Ne devait-il rien en rester? Ce qui est beau doit-il aussi mourir et tomber en poussière? Que reste-t-il, si l'amour est périssable? Et le beau, qui repose sur lui? Ana lui avait appris à regarder les fleurs comme il la regardait et, de croire qu'elle cesserait de lui en parler avec ses pinceaux et ses couleurs, le remuait comme si elle lui avait annoncé qu'elle ne se sentait pas bien, qu'elle devait prendre le lit pour ne plus le quitter.

—Dis que ce n'est pas ta dernière fleur.

Ana ne dit rien d'abord, puis tenta de lui faire entendre pourquoi cette fleur ne pouvait être suivie d'aucune autre.

—Ce qui donne à cette fleur toute sa beauté, et que je suis peut-être seule à voir, c'est qu'elle se sait cueillie et à la veille de mourir. C'est cette désolation que j'ai captée dans le portrait du laurier-rose. Jusqu'alors, je n'avais peint que des fleurs sur leur branche. Or, sur sa branche, une fleur se croit toujours immortelle, même fanée. Comme nous. Coupée, une fleur n'a plus d'espoir. Ce qui m'étonne, David, ce n'est pas de le comprendre à l'instant même où je t'en parle, mais d'en avoir eu l'intuition l'autre jour, en voyant cette fleur dans les mains de Daphné. Cette fleur est l'âme, le cœur ou je ne sais quoi de Daphné et c'est ce qui m'inquiète car j'y vois un triste présage. En tant qu'artiste, je ne puis aller plus loin. Je peins la vie et, avec ce tableau, je suis au seuil de la mort. Revenir en arrière me paraît impossible ; on ne rajeunit pas. Aller plus loin, c'est tomber dans la fable ou le lugubre. Que d'autres peignent des danses macabres et leurs visions du ciel et de l'enfer, pas moi.

David aurait voulu savoir si elle avait l'intention de peindre autre chose. Arrivée à ce tournant, changerait-elle simplement de direction ? Ils en reparleraient ou peut-être ne lui en parlerait-il jamais.

Pendant qu'on s'entretenait d'elle et qu'on s'inquiétait de son sort, Daphné regardait, par la fenêtre de sa chambre, le petit bois qui lui cachait la plage, où elle voulait se rendre, et attendait que Paul sorte de la salle de bains pour lui demander si elle pouvait le laisser seul à présent qu'il était sûr de ne pouvoir s'éloigner d'une toilette du reste de la journée. Ces deux semaines à Cuba ne répondaient pas à l'idée qu'elle s'était faite d'un voyage de noces et elle aurait aimé savoir si le désenchantement qui était le sien avait été celui d'autres femmes si tôt après s'être mariées. Liljana le lui dirait, Céline aussi peut-être.

— Vas-y ! lui répondit-il, déçu de ne pas trouver en elle la garde-malade qu'il avait espérée.

Dans le besoin, Daphné lui parut tout à fait inutile et il se reprocha d'avoir si peu réfléchi avant de l'épouser. Mais, dès qu'elle fut sortie de la chambre, il se rappela comme elle était belle et comme ses copains l'enviaient de l'avoir pour femme. Tant de beauté qui causait tant d'envie était plus qu'il ne lui en fallait pour le rassurer sur son choix.

Quand Daphné lui avait dit que Paul souffrait de turista, Noëlle l'avait invitée à passer le matin avec elle sur la plage. Si elle s'y prenait bien, peut-être parleraient-elles de garçons à marier, de beaux garçons comme Paul, par exemple. Daphné en connaissait-elle d'autres qu'elle pourrait lui présenter, une fois de retour à Montréal? Sait-on jamais?

—Je suis libre! claironna Daphné, en apercevant Noëlle du haut de l'escalier, pour toute la journée!

En entendant rire tout autour d'elle, Noëlle se dit que ce n'était peut-être pas le moment de lui parler de mariage.

—On se met au soleil ou à l'ombre?

—Où tu voudras! Je vais être bien partout!

—Comment va Paul? lui demanda-t-elle, un peu scandalisée par son exubérance.

—Paul? Pauvre Paul! Malade, malade, malade!

Malade, il la laissait en paix. Malade, c'était donc mieux qu'en santé. Daphné ne s'inquiétait pas pour lui, ce qui ennuyait Noëlle, qui aurait été beaucoup plus attentive qu'elle si elle avait eu un mari malade. Un mari! Un homme pour elle seule! C'était son rêve et de voir que son rêve avait si peu de valeur aux yeux de Daphné, qu'elle enviait, la troublait. D'un autre côté, reprocher à Daphné sa bonne humeur lui semblait mesquin. Alors, elle n'insista pas.

—Au soleil, alors?

Daphné fit signe que oui, ne voulant pas prendre une part trop active à la décision commune car elle se

trompait si souvent qu'elle préférait s'en remettre entièrement à la volonté des autres.

—Noëlle?

C'était Énid Rinseau-Desprez qui l'appelait, en lui
faisant signe de venir la rejoindre sous son parasol, une
petite merveille aux couleurs du Vatican qui se pliait
comme une carte routière et qu'elle avait emportée dans
ses bagages.

—Vous m'avez demandé de vous lire le conte que
j'écrivais l'autre jour, quand je l'aurais terminé. C'est
fait! ajouta-t-elle, presque en chantant.

—Formidable! Daphné peut-elle venir écouter avec
moi?

—Si elle le veut. Oui, bien sûr.

Énid, qui s'était remise des piqûres et des coups reçus
à Varadero quoiqu'elle en portait encore les marques, se
faisait une joie de réciter le conte qu'elle avait achevé la
veille et appris par cœur pour Noëlle.

Ce conte serait le premier qu'entendrait Daphné,
qui, à l'âge où d'autres fréquentaient Perrault, les frères
Grimm et Hans Christian Andersen, avait regardé tous
les jours les émissions pour enfants à la télévision. De
ces belles heures, elle avait gardé une confusion d'images qu'elle avait groupées autour de deux concepts fort
simples, le Bien et le Mal, le premier qu'elle associait au
bonheur des enfants, le second à tous les obstacles qui
les en éloignaient, la plupart créés par des étrangers avec
une peau d'une couleur autre que celle des héros de son
âge et qui parlaient avec un accent qui n'était pas celui
qu'elle entendait à la maison.

Comme elle croyait que d'autres aimeraient partager
cette expérience, elle invita tous ceux qu'elle connaissait

à faire cercle autour d'Énid et, comme personne ne voulait offenser l'ancienne institutrice en refusant, tout le monde répondit à l'appel.

—Dans les bibliothèques et les écoles où je vais souvent, je ne rencontre que de petits enfants. Mais un conte est un conte et devrait intéresser même les plus grands. Je vous prie d'excuser celui-ci, que je viens tout juste de terminer et qui n'est peut-être pas encore aussi poli qu'il le sera quand le moment viendra de le faire publier.

On applaudit pour la mettre à l'aise et aussi parce qu'on avait grande envie de divertissement, la radio et la télévision cubaines étant ce qui se fait de plus ennuyeux de ce côté-ci de l'Atlantique.

Énid, qui n'était pas grande, se leva pour qu'on la voie et l'entende mieux, renonçant à la protection de son parasol, qu'elle ferma.

—Le conte s'intitule La fête de Rataplan.

Ce titre lui avait paru ingénieux car on pourrait offrir le livre en étrennes à l'anniversaire des petits, ce qui se traduirait par un gros chiffre de ventes réparties sur les douze mois.

Avant de commencer, elle crut utile de leur fournir quelques précisions sur le produit fini, qu'ils ne voyaient pas mais pouvaient imaginer:

—Il s'agit d'un livre illustré. Quatorze pages avec autant d'illustrations et la possibilité d'une quinzième pour la couverture, à moins que l'éditeur ne décide de répéter, comme il le fait souvent par esprit d'économie, une des illustrations du texte, celle qui lui paraît la plus alléchante. Ce sont des détails, si vous voulez, mais qui ont leur importance. Cela et la promotion du livre. Vous n'avez pas idée de ce que ça peut représenter.

Elle était lancée! Elle se voyait devant une classe, ou dans une bibliothèque, ou, mieux, s'adressant à une réunion de parents et instituteurs, ou encore soumettant le projet à un éditeur.

—Ce sont des vers libres mais à rimes suivies. C'est pour aider l'enfant à mémoriser le conte. Cela aussi est important, parce que mes contes ont tous une morale.

Tout ce qu'elle disait lui semblait important et elle sentait le besoin de souligner tout. Pour s'assurer qu'on l'écoutait, elle posait des questions, s'adressait même à celui-ci et à celle-là, cherchant la complicité des autres. Plus elle parlait, plus elle perdait son auditoire, venu entendre un conte et qui écoutait un discours oscillant entre le plaidoyer et la réclame. Si Céline avait été présente, elle aurait certainement dit:

—Est-ce qu'elle va bientôt cesser de péter et finir par le pondre?

Mais Céline n'y était pas. Personne ne l'avait vue depuis la veille.

✛

Ian se réveillait et se levait à la même heure, tous les jours de la semaine, depuis plus de vingt ans. Cette habitude était la pierre d'angle sur laquelle il s'était méticuleusement édifié une vie régulière, faite de routine, qui le dispensait de penser le plus gros de la journée et lui permettait de rassembler ses facultés et de fournir un coup quand il faisait face à un nouveau problème ou une situation nouvelle qu'il n'avait pas recherchés mais devant lesquels il ne reculait pas, rien ne l'effrayant.

Sauf peut-être les femmes, qu'il jugeait dangereuses pour les athlètes, les entraîneurs et les professeurs de gymnastique comme lui. Aussi regardait-il peu de ce côté-là. Jamais chez lui, où il passait pour un célibataire endurci; rarement à l'étranger, où l'on paie souvent fort cher un produit de qualité douteuse.

Ce matin-là, quand il vit que l'heure ne l'avait pas attendu et qu'il serait en retard le reste de la journée, il vint tout près de grogner de mécontentement mais, quand il vit sur le petit lit à côté du sien Céline qui dormait sur le dos, le bras relevé au-dessus de sa tête, si fragile et si vulnérable, il se surprit à penser: «*So what?*»

Jamais il n'avait accordé si peu d'importance à ce qui avait été le fond et la forme de sa vie! Jamais il n'aurait cru qu'une femme puisse exercer un tel empire sur lui! Cette femme était là pourtant, à un mètre de lui, si près donc qu'il lui aurait suffi de s'étirer pour la toucher. «Vénus», pensa-t-il, et il ne fut pas loin de le croire tant elle lui paraissait sensuelle sans vulgarité, tout en rondeurs sans être lourde, adorable quoique mortelle. Il perdrait sa journée pour elle, il en était sûr maintenant et, ce qu'il n'avait donné à aucune femme avant ce jour, il le lui sacrifierait avec toute la munificence d'un prince de la Renaissance. Pour rien au monde il n'eût voulu que cette femme, si généreuse envers lui, regrette un seul instant le don qu'elle lui avait fait.

Il se leva, se rasa, se lava, fit tant de bruit qu'à la fin Céline se réveilla, saisie de panique à l'idée qu'il la surprendrait encore toute barbouillée de sommeil, laide à faire peur sans son maquillage, les cheveux en broussaille, les lèvres pâles. Quand il revint dans la chambre, elle tira

le drap au-dessus de sa tête en poussant des exclamations. Il crut que c'était parce qu'il était nu, s'excusa, se
mit une serviette autour des reins et vint s'asseoir auprès
d'elle. Pour qu'elle n'ait plus peur de lui, il lui dit des
choses douces en promenant ses mains sur le drap, ce
qui la fit frissonner. Elle lui demanda néanmoins de la
laisser seule le temps de se refaire une beauté.

— *Before ten, I look like hell warmed over!*

Il lui apprit qu'il était passé dix heures, découvrit son
visage pour voir si ce qu'elle lui disait était vrai, l'accusa
de lui avoir menti et lui sourit avec tant d'insistance qu'il
la rassura tout à fait. Elle était belle, plus encore que la
veille, lui dit-il et il le lui prouva.

L'heure du départ d'Ian approchait, mais c'était du
bus qu'il parlait et non pas de son avion. Qu'il fasse
envoyer ses bagages au-devant de lui; il les retrouverait
bien assez tôt. Allait-il poireauter à l'aéroport alors qu'ils
pourraient être ensemble quatre heures encore? C'était
peu, mais c'était tout ce qu'il leur restait. Ne pourraient-
ils pas se faire accroire que cette journée, que toute la
journée leur appartenait encore?

— *Let's make believe*, insista-t-elle.

Ils se sépareraient sur les coups de trois heures comme
s'il était déjà minuit et que la fête était finie. Ne valait-
il pas la peine de rêver puisqu'ils partageaient le même
rêve?

Ian se dit que cette femme lui coûterait cher, mais
chassa cette pensée mauvaise aussi vite qu'elle lui était
venue, l'amour ne comptant pour rien ce qui se donne
à regret. Céline valait plus que tout ce qu'il pouvait
dépenser pour elle et ce qu'il ne lui donnerait pas n'aurait
plus de valeur à ses yeux.

— *Alright!*

Il ferait comme elle voulait ; elle pouvait disposer de lui et de sa journée, rien ne pouvant lui faire plus mal que l'idée de se séparer d'elle.

Céline fit ses valises, pliant tout avec soin, et cacha au fond de la plus petite le carré de soie qu'elle avait à son cou la veille. En s'apercevant qu'elle ne le portait plus, Ian comprit qu'il le retrouverait dans sa solitude et qu'il en serait bouleversé. Il aurait aimé alors lui offrir quelque chose qui soit de lui, mais rien ne lui venait à l'esprit.

À défaut de souvenirs plus tangibles, accepterait-elle qu'il lui enseigne quelques secrets de sa profession ? Il lui proposa, avant de lui donner le temps de répondre, de lui montrer des exercices qui lui feraient du bien et qu'elle pourrait faire en se souvenant de lui. C'était, pour lui, un geste d'amour, car c'était lui parler indirectement de lui-même en lui parlant de l'art qu'il exerçait et le faisait vivre.

Céline l'embrassa pour qu'il ne pense pas qu'elle le rejetait en refusant son offre, mais lui confessa qu'elle n'avait réussi à faire seule aucun exercice et qu'il lui fallait la présence d'un professeur de gymnastique pour lui donner le courage de persévérer.

Était-ce si important qu'elle ne l'oublie pas ? Aussi important que le souvenir qu'il emporterait d'elle ? Pourquoi, se demandait-elle, pourquoi faut-il ne jamais effacer les journées, comme celle-là, de sa vie ?

Céline découvrait, dans les bras d'Ian, ce qu'elle n'avait jamais soupçonné jusqu'alors, que le bonheur ne se vit pas au jour le jour comme on est trop porté à le croire, mais qu'il est fait de souvenirs. Les heureux, comprit-elle, sont les gens qui ont su garder en eux-mêmes la mémoire vive de leurs sensations les plus intenses. Il n'y a pas, il ne pouvait pas y avoir de bonheur sans souvenirs.

Quels étaient ses souvenirs? En avait-elle? Ian serait-il son premier souvenir? Le plus intense, oui, et, pour l'instant, celui qui occupait tout l'espace.

Quand ils quittèrent l'hôtel en taxi, il ne leur restait plus que trois heures. Céline découvrit qu'elle avait faim. «Les émotions creusent l'appétit», se dit-elle, et Ian lui donna raison car, sans même qu'elle lui en parle, lui qui mangeait rarement au milieu de la journée, il l'invita au restaurant, dont il avait oublié le nom mais qu'il se rappelait avoir vu le samedi précédent, près de la cathédrale. Décidément, cette femme qui le mettait en appétit lui faisait perdre la tête. Il ne se reconnaissait plus et se demandait comment il pourrait le lendemain retrouver l'homme qu'il avait été jusqu'alors et qu'il lui faudrait redevenir. «Cet homme était plus mince, pensa-t-il en rentrant le ventre, mais aussi combien plus ennuyeux!» Comme il le trouvait de mauvaise compagnie, il le mit aux oubliettes, décidé de ne l'en sortir qu'à la fin de la journée au plus tôt.

Ian aurait voulu offrir le champagne à Céline, mais il n'y en avait pas. Ils cherchèrent alors, dans le vin du pays, les mots qu'ils auraient voulu se dire mais, comme il y avait beaucoup de monde et qu'ils durent partager leur table, ils n'échangèrent aucune parole et, après quelques bouchées, découvrirent qu'ils n'avaient plus faim. Ce que voulait Céline, ce qu'Ian voulait aussi, c'était d'être ensemble. Ils déambulèrent quelque temps le long des rues étroites, mais Céline n'éprouvait aucun plaisir à revoir les vieilles pierres de La Havane. Ian non plus. Ils sautèrent dans un taxi, qui monta et descendit les plus belles avenues de la capitale, mais Ian et Céline ne voyaient rien et trouvaient fatigant le chauffeur, qui identifiait pour eux tout ce qu'il reconnaissait. Ils descendirent devant un parc, demandant au chauffeur de les attendre, et s'assirent sur un banc à l'ombre. Là, comme de jeunes amoureux qui auraient échappé au regard sévère des parents, ils s'enlacèrent, chacun demandant à l'autre d'arrêter le temps qui avançait contre eux pour prendre ce qu'il restait de leur bonheur. Qu'il leur parut frêle, ce bonheur, au moment de remonter dans la voiture!

À l'aéroport, ils virent les derniers grains passer dans le sablier: c'était l'heure!

—*Just one more minute!* s'écria Céline, comme si on allait lui arracher le cœur.

«Encore une petite minute.» C'étaient les mots mêmes qu'avait prononcés la duchesse du Barry au pied de l'échafaud. Ian se déchira d'elle pour présenter son passeport et son billet. Ses valises l'attendaient. Quand on ouvrit la porte pour laisser sortir les passagers qui s'embarquaient pour Londres, Céline crut qu'elle allait mourir. Ian la prit dans ses bras et Céline savait que jamais plus ils ne se reverraient, que jamais plus elle n'aurait de nouvelles de lui, qu'ils ne s'écriraient pas, que c'était fini et qu'il fallait qu'il en soit ainsi.

Elle se faisait violence pour ne pas pleurer, pour ne pas qu'il emporte d'elle l'image d'une femme âgée, aux yeux bouffis par les larmes, se mouchant et essuyant son nez rouge. C'était trop laid, le chagrin qu'elle éprouvait. Aussi laid et intolérable que ce qu'elle ressentait au ventre et qui la torturait comme si un démon l'avait mordue en tenant fort entre ses griffes son foie et son cœur. Le bonheur? Où était-il, le bonheur, à cette heure-ci? Ne serait-ce pas plutôt cette douleur qu'elle emporterait pour toujours? C'était affreux!

Elle sentait maintenant les mains d'Ian qui la repoussaient aux épaules, qui la détachaient de lui comme une pelure de trop. Ce n'était pas cette sensation qu'elle voulait emporter avec elle. Non! C'était de se savoir aimée dans le creux de ses bras qu'elle voulait garder en son souvenir, mais déjà cette première sensation, celle de la veille et de ce matin, s'effaçait et ce qu'il lui resterait serait cette dernière douleur, cette souffrance poignante qui entrait insidieusement sous sa peau et dans sa mémoire comme une brûlure, une infection à laquelle il n'y avait ni baume ni remède.

Ils étaient tous sortis. Il ne restait plus que lui. On refermait la porte. Elle le supplia une dernière fois. Oui, une dernière fois. Qu'elle conserve de lui le souvenir d'un dernier baiser. Elle n'en demanderait pas davantage. Et, pour qu'il ne le regrette pas, elle lui dit:

—*See? I'm smiling!*

Mais ses lèvres mentaient et rougissaient tellement qu'Ian, dans un geste où il entrait beaucoup plus d'amour que de pitié, la serra très fort dans ses bras et l'embrassa comme on embrasse lorsque l'on sait qu'on ne le fera plus. Le gardien vint les séparer. C'était mieux ainsi, se dit Céline. Que les autres les séparent, que cela ne vienne ni de l'un ni de l'autre.

Ian courut, monta la passerelle, se retourna, lui envoya un baiser, que Céline lui rendit mais qu'il ne vit point à cause de la vitre qui la séparait de lui et qui reflétait le soleil.

Céline entendit tourner les moteurs. L'avion s'éloigna lentement de l'aérogare, descendit la piste de décollage jusqu'au bout, prit son élan et s'éleva dans les airs, emportant avec lui Ian, à qui elle fit un dernier signe d'adieu. Elle resta encore quelques instants sans bouger, puis partit, se disant qu'elle n'avait plus affaire ici depuis qu'il n'y avait plus d'espoir.

Il lui faudrait, durant les heures à venir, se recomposer un visage et continuer de vivre ses vacances comme si rien ne s'était passé, personne d'autre qu'elle et Ian ne devant soupçonner ce que Cuba lui avait apporté, et élever une muraille de mensonges pour protéger un souvenir douloureux qu'elle s'obstinait à appeler bonheur et qui était tout ce qu'il lui restait.

❖

Devant et derrière elle, cela s'agitait comme des toutpetits qui auraient cherché le douillet et n'auraient trouvé que le dur. Énid se flattait à l'idée que c'était d'impatience d'entendre le conte, alors que ce n'était que de lassitude, chacun trouvant le temps long depuis qu'elle s'était chargée de le remplir pour eux. Plus elle croyait les intéresser, plus elle entrait dans les détails et moins on l'écoutait, chacun pensant à sa peau qui brûlait, au temps qu'il perdait, aux vacances qui passaient, aux sacrifices qu'il fallait faire pour avoir la paix et ne pas paraître grossier.

Liljana rouvrit le parasol d'Énid et le planta un peu à l'écart, assez près pour donner l'illusion d'écouter, assez loin pour fermer les yeux derrière ses verres fumés, sans que cela paraisse, et pour n'entendre plus qu'une vague rumeur qui se perdait dans les autres et la comblait d'un étrange bien-être, comme on en ressent lorsqu'on ne fait rien, sans complexe, se disant qu'on mérite ce moment de bonheur paradisiaque qu'ont chanté les poètes rêveurs qui se sont, aux siècles passés, laissé bercer par le mouvement paresseux des vagues et en ont retiré des harmonies qui nous charment encore par ce qu'elles ont de lointain, d'incertain et de tendrement nostalgique. Dès qu'elle se fut installée, Diane-D. alla la rejoindre sous le rond jaune et blanc.

Noëlle voyait Daphné, la tête basse, qui se rongeait les sangs. Daphné se disait qu'elle avait été sotte d'inviter tout ce monde à venir partager sa misère, se promettant de garder à l'avenir ses joies pour elle. Sylvio se disait que s'il avait eu des clients comme Énid, il aurait brûlé ses pizzas et se serait miné. Antonio pensa à plusieurs confrères qui perdaient leurs procès parce qu'ils n'avaient pas su se taire à temps et sourit d'aise en se disant qu'on gagne plus en laissant aux autres terminer sa pensée qu'en la complétant soi-même.

À présent que personne ne tenait plus en place et que chacun lui en voulait de lui faire subir pareil martyre, Énid entra dans *La fête de Rataplan* comme si elle n'eût plus dû en sortir, ce qui exaspéra tout le monde.

—Sans plus de préambule, annonça-t-elle, voici *La fête de Rataplan*:

«Rataplan va avoir cinq ans.

C'est tout un événement.»

—C'est moi, Rataplan? demanda Sacha inquiet.

—Tu es Sacha. Écoute.

—Mais j'ai cinq ans.

—Cela ne veut pas dire que tu es le prototype de tous les enfants de ton âge.

Sacha ne comprit pas ce qu'elle voulait dire avec son «drôle de type» et ne fut pas du tout persuadé qu'Énid n'avait pas écrit ce conte pour le discréditer auprès des autres. Convaincu que cette femme était méchante et ne lui laisserait pas la paix qu'elle n'ait obtenu sa vengeance finale, il fut tout oreille pour saisir le moindre indice qui pourrait s'appliquer à lui. Il aviserait ensuite.

N'ayant pas entendu les deux premiers vers, Daphné, qui les croyait importants, se reprocha son inattention et eut la maladresse de la prier de recommencer, ce qui lui attira au moins dix sinon douze regards malveillants. Adèle alla jusqu'à dire:

—Elle aurait mieux fait de rester auprès de son mari malade et ne pas nous achaler.

Daphné l'entendit et se sentit mortellement blessée. Était-ce sa faute si elle comprenait tout plus lentement que les autres? Elle avait cru que le mariage lui donnerait de l'esprit et tout ce qu'elle avait eu, depuis, était un mari qui lui donnait des ennuis et du souci, à croire que toutes les revues qui parlent de mariage et de bonheur l'avaient trompée. Et les chansons alors? «*Love and marriage go together like a horse and carriage*». Ce n'était pas elle qui avait inventé cela. Mais elle l'avait entendu et, comme elle n'arrivait pas facilement à se faire une idée sur quoi que ce soit, elle l'avait cru, tout bonnement, parce que cela répondait à ses rêves. Et c'étaient des mensonges racontés par des plus fins qu'elle. Pourquoi lui avait-on menti et pourquoi les gens étaient-ils si méchants avec elle? Comment pouvait-elle savoir qu'Énid les ennuierait tellement que chacun aurait préféré être n'importe où ailleurs que sur la plage à l'écouter?

Avant de reprendre, Énid crut bon d'apporter une précision ou deux à son récit:

—Rataplan est un rat: RA-taplan. Vous comprenez? demanda-t-elle, comme si elle se fût adressée à un groupe d'imbéciles, ce qui les indisposa tous, peu flattés de se faire traiter d'andouilles, de fleurs de nave et de cornichons, ce qui les mettait dans le même plat que Daphné, qu'ils auraient voulu étriper et enfouir dans le sable.

Pour ne pas avoir à s'arrêter plus loin et fournir d'autres explications, elle ajouta:

—Sa mère s'appelle Mataplan: MA (comme dans «maman»)-taplan. Et son père...

—Patapouf! cria Antonio, en montrant du doigt Sylvio qui le montrait du doigt, ce qui fit rire tout le monde, sauf Énid, qui sentit qu'elle avait affaire à un groupe difficile.

—Non, non, non! corrigea-t-elle, très sérieuse. Pataplan! PA (comme dans «papa»)-taplan.

—Ce sont tous des rats? s'enquit Brigitte.

—Oui. Il s'agit d'une famille de rats. Les illustrations vont être très claires et les enfants n'auront pas à se poser ces questions parce qu'ils auront le livre sous les yeux.

Énid répéta alors les deux premiers vers de son récit, qui occuperaient à eux seuls toute une page. Il en irait de même de chaque distique:

Cinq ans, c'est beaucoup quand on est petit.
«Va, mon rat, dit Mataplan, invite tous tes amis!»

—Vous avez remarqué: la mère dit: «mon rat». Ce que je voudrais que les enfants retiennent, c'est que ce qui chez nous est une injure ne l'est pas nécessairement pour ceux qui portent ce nom. Quand on dit que quelqu'un est un rat, ce n'est pas un compliment. Mais quand on est un rat, se faire dire qu'on en est un n'a rien d'injurieux.

On croyait avoir compris, mais là, on en était sûr. L'idée n'était pas mauvaise, mais valait-elle qu'on la souligne?

—C'est comme pour la tête de Turc, glissa Antonio.

—Oui. Enfin, non, trancha Énid, qui ne savait plus. Revenons, voulez-vous, à Rataplan:

Belette, mouffette, siffleux, écureuil et compagnie

Crient: «Oui! Oui! Youpi! Youpi! Une partie! Une partie!»

—Vous voyez le parti—sans jeu de mots!—que peut prendre un bon illustrateur de ces deux vers. Il n'est pas tenu de ne dessiner que ces animaux-là, mais ordinairement, il n'ajoute rien car cela obligerait les parents ou les instituteurs à identifier les autres animaux et ce serait les mettre en mauvaise posture que de leur présenter des animaux qu'ils ne reconnaîtraient pas. J'ai mis «siffleux». C'est canadien et cela peut nuire à la vente du livre en France, mais je n'ai aucune objection à traduire, dans la version française, par «marmotte». Ce serait moins lourd que de mettre une note au bas de la page. On n'aime pas encombrer les livres pour enfants de notes infrapaginales.

Cela allait sans dire et on aurait aimé que cela passe sans être dit, personne ne voyant la nécessité d'élaborer.

—C'est quoi, un siffleux? demanda Sacha, qui était le seul à écouter très attentivement.

—La dame l'a dit: une marmotte. Écoute.

Ce que Diane-D. n'aimait pas, c'est qu'elle se sentait elle aussi obligée d'écouter pour répondre aux questions de Sacha. Elle voulait que son fils ait l'esprit éveillé, mais aurait préféré que d'autres qu'elle s'en occupent.

—C'est quoi, une marmotte?

—C'est une espèce de rat et c'est parfaitement dégoûtant! Une sale bête! insista-t-elle.

—Marmotte, répéta tout bas Sacha en faisant la grimace.

Il ne comprenait pas que la vieille fille, qui l'avait enfermé dans une prison probablement infestée de rats, prenne plaisir à raconter des histoires mettant en vedette des rats et des marmottes, des animaux dégoûtants. Devait-il se reconnaître sous la fourrure de ces sales bêtes? Il s'approcha pour être sûr de ne rien perdre, se demandant où elle voulait en venir.

Mataplan prépare des montagnes de biscuits,
De gâteaux, de tartes et de sucreries.

—Certains m'objecteront que ce n'est pas un excellent régime que je propose aux enfants. Je leur donne raison, mais je vous rappelle qu'il s'agit d'une fête et que ce n'est pas tous les jours fête.

Elle en profita pour faire un discours sur la saine alimentation, évitant toutefois de regarder Antonio et Sylvio pour ne pas qu'ils se sentent visés, et leur parla d'un livre qu'elle avait écrit sur le sujet, livre utilisé dans les écoles, traduit en anglais et distribué dans plusieurs provinces canadiennes. Ce qu'elle aurait aimé, c'était de voir ses livres sur le marché américain. C'était là que se trouvaient les millions à faire et, on a beau se dire désintéressé quand on écrit des livres pour enfants, des millions, cela compte.

Mais que voit la pie qui voit partout le mal?

Pataplan derrière les barreaux? Sa photo dans le journal?

Ce n'était pas Pataplan qui avait été derrière les barreaux, mais lui-même, Rataplan, se dit Sacha, qui n'était plus aussi sûr de comprendre ce qu'elle racontait.

«Pataplan est un bandit! Pataplan est en prison!

Quel déshonneur pour Pataplan, Mataplan et fiston!»

Énid se prenait au jeu, mettait dans son récit des effets de voix quand elle faisait parler l'une puis l'autre bête, accompagnait le tout de gestes appropriés, se cachant la face pour faire la pie scandalisée, et surtout multipliait les silences, qui, pour elle, représentaient le comble de l'éloquence.

Vous voyez ça d'ici: consternation générale,

Mes petits amis, chez la gent animale.

—L'apostrophe, au milieu du conte, sert à retenir l'attention des enfants. Les petits ont besoin de se sentir impliqués. Ceci est encore plus important quand on leur lit le conte car, si on le leur raconte, comme je le fais présentement, ils ne peuvent pas ignorer qu'on s'adresse directement à eux.

—C'est la première moitié qui paraît toujours la plus longue, dit Daphné à Noëlle en guise de consolation, se rappelant qu'à la télévision le message publicitaire coupait chaque conte au beau milieu, même si la fin semblait venir plus vite.

Suisse de dire...

—Cela aussi est un canadianisme. Je mettrai «écureuil» dans la version française, même si ce n'est pas tout à fait le même animal.

Elle poursuivit sur le ton de l'indignation, secouant sa maigre personne pour donner l'illusion qu'il y avait quelque chose de commun entre elle et le chétif animal :

Suisse de dire : «Moi, aller chez un gibier de potence? Jamais!—Moi, non plus!—Et moi donc!», répondent les bêtes en cadence.

Au grand étonnement de tous, Énid débita sans discontinuer les quatre vers suivants :

Quand Rataplan paraît, tous les animaux lui tournent le dos

Et remportent chez eux leurs beaux cadeaux.

Pour qu'il comprenne pourquoi on lui fait volte-face, Pie lui montre le portrait de son père en disgrâce.

—Il n'y a pas de mal à afficher la cruauté des enfants, mais il est bon de les mettre en garde contre les accusations qu'ils sont trop enclins à se porter. L'enfant qui passe à travers un conte doit passer à travers des sensations qui le mènent très bas—un bon conte a toujours de ces séquences pathétiques—pour le laisser, à la dernière page, au septième ciel. Il apprend ainsi à connaître le malheur et le bonheur et à croire que tout finit bien. Ce n'est pas vrai dans la vie, mais on doit le lui apprendre comme une vérité. Et ce n'est pas moi, ajouta-t-elle, en se tortillant, qui leur ferai découvrir que la vie n'est pas aussi belle qu'on a voulu le leur faire croire.

On lui donna raison en faisant de grands signes de tête pour l'encourager à poursuivre.

«Mais, hoquette Rataplan, il n'y a pas de sots métiers!
Pataplan, mon père, est caissier!»

La honte se répand vite chez les petites bêtes
Qui s'excusent et disent: «Qu'avons-nous dans nos têtes?»

—C'est bientôt la fin. On a eu la scène des accusations, la scène de larmes et, maintenant, c'est la réconciliation et le bonheur:

Voici tout le monde réuni autour de la table.
Que d'histoires, mes petits amis, pour une fable!
Je laisse à vous, petites filles et petits garçons,
Le soin de tirer de mon conte la leçon.

—Qu'en dites-vous? demanda-t-elle, dans sa naïveté d'auteure.

—Bravo! dit aussitôt Antonio, pour ne pas être obligé de répondre.

On applaudit et chacun se leva avant qu'elle en commence un second ou qu'elle leur demande la leçon qu'ils devaient en tirer.

—Que se passe-t-il? demanda Ana, qui arrivait sur la plage au moment où le petit groupe se dispersait.

—Énid nous a fait vivre le calvaire de Rataplan, lança Judith, qui avait compté quatorze distiques et se rappelait qu'Ana était juive.

—Pas «l'anniversaire», rectifia Énid, qui n'avait pas bien compris, «la fête». C'est ce qu'on dit au Québec, ajouta-t-elle en se penchant dans la direction de Diane-D. comme si elle eût voulu s'excuser auprès de la Française.

—Elle est cinglée, la dame! dit l'enfant à sa mère, alors qu'Énid reprenait son parasol.

Diane-D. ferma les yeux, ce qui la dispensa de répondre. Énid, qui avait certainement entendu, prendrait-elle mal la remarque? L'ancienne institutrice avait l'habitude des enfants, se dit-elle, et savait qu'ils n'étaient pas entièrement responsables de ce qu'ils disaient. Elle ne vit donc pas la nécessité de l'excuser et n'en fit rien.

Avant que Noëlle ait eu le temps de s'installer de nouveau sous les arbres, Hubert s'arma de courage pour lui demander si elle voudrait l'accompagner à La Havane, où il avait l'intention de passer l'après-midi. Retourneraient-ils au musée? demanda-t-elle, craignant de perdre ce bel après-midi. Non, pas celui-là, mais un autre, celui des arts décoratifs.

—C'est quoi?

—Des intérieurs, des meubles, des porcelaines, des objets de cristal.

«Ce sera toujours mieux que des tableaux de fous», pensa-t-elle et elle accepta.

—Veux-tu venir avec nous autres, Daphné?

—Non, merci, dit-elle sans réfléchir, ce qui fit un plaisir immense à Hubert qui voulait être seul avec Noëlle et qui se dit que Daphné avait plus d'esprit qu'on n'était prêt à lui en accorder.

❖

«J'ai de la compétition», se dit-il en riant d'Énid Rinseau-Desprez, qu'il venait d'entendre lire son conte pour enfants.

Cette séance de lecture improvisée lui rappela qu'il avait, lui aussi, déjà lu des pages de ses livres en préparation à diverses réunions de sociétés d'écrivains et à des colloques sur la littérature qui se fait. Les auditoires avaient été sensiblement les mêmes à quelques personnes près et les applaudissements réservés, polis, suivis aussitôt de la dispersion de tous vers la table des fromages et des vins, complément indispensable aux soirées littéraires, où il convient de manger gras et de boire beaucoup d'alcool, comme si se bourrer l'estomac de matière indigeste devait affiner l'esprit critique. Ici, chacun avait retrouvé, le conte fini, son coin d'ombre ou sa place au soleil et tenterait de rattraper le temps perdu. Mais n'était-ce pas, sous des formes différentes, la même chose, le même refus de l'inconnu, en faveur d'un univers plus rassurant parce que familier?

Le mercredi 23 décembre
Qu'il faut peu d'applaudissements pour encourager un auteur et, le sachant, qu'on lui en accorde peu! Béni celui qui peut s'en passer assez longtemps pour créer son œuvre et puis mourir comme la tortue, venue la nuit creuser une dernière fois son nid dans le sable et y déposer ses œufs, qui retourne à l'aube dans la mer, n'emportant avec elle que les douleurs de l'accouchement et l'angoisse devant ces centaines de vies qu'elle a données, au-dessus desquelles tourbillonne déjà la mort aux ailes blanches!
Mademoiselle Rinseau-Desprez, après avoir lu un conte

qu'elle venait de terminer, s'est remise à la tâche. Je la vois qui écrit, sous le coup de l'inspiration, sans doute un autre conte pour enfants qui aura la même valeur que celui que je viens d'entendre, qui ne lui vaudra jamais la gloire mais assez d'éloges pour qu'elle en produise d'autres, jusqu'à ce que l'arbre, ayant perdu toutes ses feuilles, laisse tomber son dernier fruit.

Vue ainsi, qu'est-ce qui distingue sa carrière de la mienne?

Il ferma son journal, suivit encore un temps la main qui noircissait le papier blanc rayé de bleu, puis l'idée qu'elle allait écrire un autre livre avant la fin de l'après-midi le désespéra tant, lui qui mettait des années à en achever un, qui lui rapportait moins encore que les siens, qu'il se leva et partit pour ne plus la voir.

❖

Noëlle partie, Daphné s'ennuya seule sur la plage et alla retrouver Paul, qui se remettait un peu mais qui tenait à rester couché pour refaire ses forces. Qu'elle aille sans lui flâner dans les rues de La Havane, si cela pouvait la distraire; il n'y voyait pas d'inconvénient. Comme elle aimait la ville et qu'il n'y avait rien à faire ici, surtout à l'heure de la sieste, elle se changea, mit sa petite robe blanche, prit son chapeau de paille et lui souhaita, en lui touchant le front du bout des lèvres, un bon après-midi. Mais rendue dans le hall de l'hôtel, elle se rappela qu'elle n'avait pas d'argent dans sa bourse et, plutôt que de retourner à la chambre en demander à son mari, elle s'assit dans un fauteuil, en attendant l'heure du dîner.

—Daphné, tu as l'air d'une fleur dans un vase sans eau.

—Je ne suis pas sûre de comprendre ce que tu veux dire.

Elle tutoyait Icare comme s'ils s'étaient connus depuis leur plus tendre enfance parce que c'était ainsi qu'elle se sentait auprès de lui.

—Tu n'as pas soif?

—Si, un peu.

—Tu veux que je t'apporte quelque chose?

Elle hésitait. Elle avait soif sans avoir vraiment soif. Un verre d'eau, une boisson gazéifiée n'aurait rien changé à l'affaire. Alors, plutôt que de répondre, elle pencha la tête pour qu'il ne voie pas le vide de son expression.

—Tu attends quelqu'un?

Elle fit signe que non puis, relevant vers lui son visage inquiet, lui demanda:

—Suis-je laide?

—«Il était une fois une reine qui mit au monde une fille plus belle que le jour», lui dit-il pour la faire sourire, espérant qu'elle ne connaissait pas la suite.

Daphné rit comme une enfant à qui on va raconter une belle histoire et lui parla de *La fête de Rataplan* qu'Énid venait de réciter mais, quand elle essaya de lui raconter le conte à son tour, tout ce qu'elle se rappelait, c'était que cela finissait bien.

—Je vais en ville. Tu m'accompagnes?

Elle aurait voulu lui sauter au cou pour lui dire comme il la rendait heureuse, mais se contenta d'accepter, se disant qu'une femme mariée ne devait pas avoir de ces transports qu'on accepte chez les jeunes filles les plus enjouées et qui choquent à d'autres âges.

—Qu'est-ce qu'on fait? lui demanda-t-elle, une fois dans le taxi.

—Ce que tu voudras!

—Pas de musée! s'écria-t-elle, pensant à ce que Noëlle lui avait dit du Musée des beaux-arts.

Ils n'iraient pas au musée, ni à celui-là ni aux autres. Ils entrèrent plutôt dans les grands hôtels comme le Capri et le Habana Libre, qui avaient appartenu autrefois à des chaînes américaines, se mêlèrent aux hommes d'affaires qui se dégourdissaient les jambes dans les halls, visitèrent chaque boutique comme s'ils eussent cherché un article qui leur était nécessaire et achetèrent un souvenir à chacune d'elles pour se donner raison d'y être entrés.

—J'ai faim et j'ai soif, dit Daphné, qui voyait un vendeur de glaces au coin de la rue. Je prendrais volontiers un cornet.

Vanille, framboise, chocolat. C'était tout, mais c'était assez pour qu'elle hésite.

—Framboise, finit-elle par choisir, le regrettant aussitôt en se disant que, si elle en versait sur sa robe, cela paraîtrait plus que la vanille.

Icare la fit asseoir pour qu'elle ne se presse point et Daphné se mouilla la langue et les lèvres sans en perdre une goutte. C'était si bon et si rafraîchissant au milieu de cet après-midi si chaud qu'elle lapa tout sans lui en offrir. Quand elle eut fini, elle rinça ses doigts à une fontaine et retourna s'asseoir près d'Icare, où elle resta longtemps à regarder la foule passer devant eux.

C'était la première fois qu'elle quittait le Québec pour aller plus loin que les États-Unis, lui avoua-t-elle, et elle trouvait tout étrange et merveilleux. Cuba lui parut plus réel, vu de la Rampa, où ils étaient, qu'à Santa Maria del Mar, où ils vivaient à l'écart, comme au fond d'un ghetto pour étrangers. À La Havane, on ne sentait pas la présence des touristes. Il y en avait peu, la plupart, venus du Canada pour le soleil et la mer, ne quittant pas leur hôtel et la plage. Ceux qu'on voyait venaient d'ailleurs, de pays qu'elle ne connaissait pas. Si un balayeur de rues leur avait demandé plus tôt s'ils étaient tchèques, ce devait être qu'il y en avait. Il y avait aussi des Soviets, dont la présence se faisait sentir un peu partout dans la capitale par d'imposants édifices d'administration, les bureaux d'Aeroflot ou quelques messages écrits, çà et là, en caractères cyrilliques. Mais il devait aussi y avoir des Roumains, car ils avaient vu des confitures de Roumanie. Et n'avaient-ils pas entendu parler allemand dans les rues? Mais c'étaient les Habaneros, à la peau brune et aux cheveux noirs, qui dominaient et c'était bien ainsi.

Maintenant qu'ils avaient vu le cœur vivant de la capitale et qu'ils s'étaient reposés, Daphné voulut revoir la mer, là où le Malecón la souligne d'un large trait noir pour en montrer l'importance. Dès qu'elle fut sur la digue, ce fut comme si elle s'était trouvée sur le pont d'un navire que la mer frappait avec furie pour le faire chavirer dans l'abîme. Elle eut très peur et ferma les yeux.

—Je ne veux pas mourir, souffla-t-elle.

—Si tu as peur, partons, offrit-il simplement.

—Non, pas tout de suite.

Sans rien ajouter, elle s'approcha de lui pour qu'il la prenne dans ses bras et y resta le temps qu'il eût fallu à un enfant pour se remettre d'un mauvais rêve. La mer, c'était plus qu'un mauvais rêve; la mer, c'était la vie avec toute la violence de sa force. Elle pouvait lui tourner le dos, fermer les yeux, mais la mer serait toujours là. Aussi ne lui demandait-elle pas de partir ni même de céder ou de se taire. Elle demandait plutôt à l'homme de l'aider à faire face à la mer et tout ce que l'homme lui avait apporté avait été une autre violence, aussi effrayante que celle de la vie.

Que pouvait l'homme? Se placer entre elle et la mer et lui offrir sa poitrine, ses bras et ses lèvres. L'homme. Elle avait cru que cet homme serait Paul et Paul, en dix jours, avait fait plus contre elle que la mer en vingt ans.

—Tu es donc si malheureuse que cela?

Elle l'aurait voulu qu'elle n'aurait pu lui répondre, n'étant plus du tout sûre de ce qu'elle ressentait. Mais dans les bras d'Icare, elle oubliait un peu l'impression navrante que Paul lui avait donnée de l'amour. N'était-ce pas plutôt cela, l'amour, cette sensation de bien-être qui faisait que la mer pouvait battre contre ses oreilles et que cela ne la dérangeait plus? Elle se dit que c'était vilain ce qu'elle faisait et voulut se dégager de lui. Mais Icare maintenant la pressait contre lui et la retint tant qu'il sentit que son chagrin n'était pas passé.

—Tu veux rentrer?

Elle ne le voulait pas. Elle s'essuya les yeux, dit qu'elle aimerait marcher le long de la mer, que l'air y était bon et qu'elle avait besoin d'exercice. Icare comprit que la petite apprenait à mentir comme une dame et que d'ici peu il ne lui resterait plus assez d'illusions pour se faire un bonheur. Il mit alors un bras sur son épaule pour qu'elle sente qu'elle n'était pas seule tant qu'il était là et aussi peut-être pour qu'elle apprenne à Paul ce qu'il fallait faire quand elle se sentait menacée par la vie. Daphné retrouva un peu de son calme et de sa bonne humeur, assez pour lui faire part d'un autre caprice qu'elle avait. L'accompagnerait-il jusqu'au parc Central, près de l'Académie des sciences?

—Moi qui croyais que tu avais les musées en horreur...

Elle rit comme une enfant sachant un secret qu'elle mourrait d'envie de dire, mais n'en dit pas davantage.

—Tu sauras tantôt, l'assura-t-elle, rendue au Prado.

Mais, plutôt que de s'arrêter au parc, Daphné poussa plus loin, traînant Icare, qui faisait mine de ne plus vouloir avancer, jusqu'au pied des marches monumentales du musée, où se tenaient deux photographes.

—Je veux me faire photographier, dit-elle.

—Vas-y, mais seule.

Il lui fallait un souvenir de cette journée, la seule depuis le jour de son mariage où elle avait eu quelques instants de véritable bonheur, aussitôt suivis, hélas! d'un brisement de cœur. Cela lui était arrivé, sur le Malecón, alors qu'elle se séparait d'Icare. «Une fleur que l'on coupe, s'était-elle dit, doit ressentir quelque chose d'approchant.» Voilà ce qu'elle était depuis dix jours et qu'elle venait tout juste de saisir: une fleur coupée qui s'était épanouie et à qui il ne restait plus qu'à faire son temps. D'où, s'expliquait-elle, le vertige de tantôt devant la menace de naufrage.

Daphné ne s'appartenait plus depuis que Paul la portait à sa boutonnière comme une décoration dont il était fier et qu'il aimait à sa façon, qui ne correspondait pas à ce qu'elle aurait voulu. Mais depuis quand demande-t-on à la fleur son avis? Quitter Paul pour un autre homme? Daphné en avait connu plusieurs, mais Paul avait été le seul à la demander en mariage et elle ne voulait pas vivre le reste de ses jours seule. Elle ne l'aurait pu. Elle avait besoin d'un homme et Paul était un homme. Il faudrait qu'elle apprenne à ne pas exiger de lui plus qu'il ne pouvait donner, à le mieux connaître et à ne plus le décevoir.

—¡Sonria!

Au moment de faire la photo, le vent s'éleva et ce que l'appareil saisit fut l'air étonné de Daphné, comme si un spectre lui était apparu.

—Ce n'est pas une bonne photo, fit-elle, déçue.

—Reprends-toi.

La deuxième photo était nettement meilleure. Daphné souriait. Cela lui ferait un excellent souvenir.

Icare avait dépensé tout ce qu'il avait sur lui. Il ne lui restait que quelques centavos, à peine de quoi payer deux places dans le bus. Au moment où le bus démarra, ils entendirent une voix appeler :

—Santiago !

Icare tendit le cou, vit une petite vieille, sur le trottoir, qui faisait des signes d'adieu de la main. Était-ce à lui qu'elle s'adressait ? L'avait-elle appelé Santiago ?

—Montre voir tes photos !

Daphné les lui remit.

—Regarde ! dit-il. Tu vois ?

Au fond des deux photos paraissait la petite vieille.

—C'est bien la même ? Ou est-ce que je rêve ?

C'était la même. Était-ce elle aussi qui, alors qu'il était tombé de sommeil au café, lui avait glissé dans la poche ce morceau de papier sur lequel il avait lu le nom dont elle se servait pour lui parler ? Que lui voulait cette femme ? Et pourquoi l'appelait-elle Santiago ?

Quand ils descendirent tout près de l'hôtel, c'était l'heure du dîner. Daphné courut à sa chambre voir si

Paul y était. Icare, voyant Suzanne qui se rendait seule à la salle à manger, lui fit signe de l'attendre. Quand il fut près d'elle, il s'aperçut qu'elle avait été battue.

—Tu veux que je lui parle? demanda-t-il, furieux.

—Inutile. C'est fini entre nous.

—Où comptes-tu passer la nuit?

Elle n'y avait pas pensé. Il lui offrit de partager sa chambre. Elle accepta.

XVI

Devant le petit miroir de sa salle de bains où elle finissait de se coiffer, Noëlle revit, par fragments, l'après-midi de la veille, qui avait commencé de façon étrange.

— En voici une qui a su planter sa fourchette dans un beau morceau, avait dit Adèle à Brigitte alors que Noëlle sortait de l'hôtel au bras d'Hubert.

— Bon appétit!

Ces paroles l'avaient tellement surprise qu'elle en était restée bête. Quoi? Ne venait-on pas de laisser entendre qu'elle était une femme heureuse ou qui aurait dû l'être? Elle, Noëlle, la caissière du Steinberg du chemin de la Reine-Marie que personne n'avait remarquée depuis le temps qu'elle y travaillait, à qui aucun homme n'avait jamais adressé une parole plus douce que l'autre, à qui c'était tout juste si on souriait en prenant ses sacs et sa monnaie? «Moi! dit-elle enfin, moi ici présente, je fais l'envie de ces belles filles qui ont de l'instruction et du succès auprès des hommes? Je n'en reviens pas!» Et vingt-quatre heures plus tard, elle n'en revenait toujours pas.

Hubert était donc un «beau morceau»? C'était bien pour dire! «Moi qui croyais que je n'aurais jamais la chance de mon bord!» La roue avait tourné sans qu'elle s'en soit aperçue et il lui avait fallu, pour s'en rendre compte, ces phrases, dites sur quel ton! Mais la manière ne changeait rien à la chose. Le bonheur était là peut-être, à portée de la main, mille fois plus précieux depuis qu'elle s'était aperçue qu'il faisait l'envie des autres.

Quand elle avait accepté, sur la plage, de passer l'après-midi avec lui, c'était que sa proposition remplissait un vide et elle l'avait vue pour ce qu'elle était: une façon parmi tant d'autres de passer le temps. Mais les choses avaient changé depuis. «Si j'avais su, s'était-elle dit, je me serais un peu plus forcée pour être belle.» Elle s'était reproché sa tenue ordinaire, qui lui avait paru suffisante tant que c'était Hubert qu'elle devait accompagner. Mais dès qu'Hubert était devenu un «beau morceau», cela n'avait plus été du tout. Comment aurait-elle pu s'imaginer pareille transformation, chez lui d'abord, chez elle ensuite, à cause de ce qu'on pensait d'eux comme couple?

S'était-elle jamais arrêtée pour le regarder vraiment? objectivement? Sans être un banc de parc, Hubert n'était pas non plus un objet de collection. Disons plutôt qu'il était le parfait exemple du type «nitro»: ni trop grand ni trop petit, ni trop gros ni trop mince. Ç'avait été du moins sa première impression. Mais depuis qu'on avait dit de lui qu'il était un «beau morceau», Noëlle avait voulu porter un regard plus attentif sur ce qu'on appelait ainsi et s'était tournée vers lui pour le mieux voir, en serrant son bras autour du sien.

Il avait les pommettes rouges. Parce qu'elle s'était rapprochée de lui ou parce que Brigitte lui avait souhaité «Bon appétit»? Elle aurait aimé lui dire de ne pas faire attention à ces filles qui couraient après tous les hommes, mais s'était tue pour qu'il ne la croie pas jalouse. L'avait-elle été? Si oui, ç'avait été un sentiment tout nouveau qu'elle n'avait pas été sûre d'identifier sur le coup. Depuis, elle était presque certaine que la jalousie était pour une moitié dans ce qu'elle avait ressenti.

Elle l'avait vu de profil et s'était dit qu'ainsi découpé sur un fond de ciel bleu il aurait pu paraître avantageusement sur un timbre-poste. Un roi, Hubert? Il aurait pu le devenir, si Noëlle l'avait voulu. Elle avait senti, en le voyant ainsi trop timide pour la regarder, se sachant étudié par elle, que si elle lui avait donné le moindre encouragement, il l'aurait demandée en mariage.

L'idée, qui jusque-là ne lui avait pas effleuré l'esprit, l'avait remplie de stupeur. N'était-ce pas ce qu'elle avait voulu? Un homme? Le mariage? Pourquoi pas avec Hubert? Comme elle allait vite en affaires! Qu'avaient-ils en commun? L'aimait-elle seulement? Et lui?

—Ce soir, je vais être belle et il ne verra que moi. Ce n'est pas le temps de me le faire chiper!

Au Musée des arts décoratifs, où ils étaient entrés bras dessus, bras dessous comme des amoureux, on les avait pris pour de jeunes mariés en voyage de noces. La gardienne à l'entrée du musée, non satisfaite de le penser, avait fait à Noëlle un sourire d'approbation en jetant un coup d'œil furtif dans la direction d'Hubert. Voici un «beau morceau», avait-elle semblé lui dire et Noëlle l'avait crue parce que c'était la deuxième fois qu'on le lui disait ce jour-là.

Tout dans ce musée l'avait intéressée. Dans chaque pièce, se trouvait en effet un fauteuil, une table, une porcelaine ou un lustre qu'elle aurait aimé revoir chez elle.

—J'aime donc le cristal, avait-elle déclaré devant une paire de chandeliers particulièrement bien travaillés.

Hubert lui avait appris que les parents de sa mère, originaires de Liège, avaient emporté avec eux tout un ensemble de verres en cristal de Val-Saint-Lambert qui lui paraissait d'aussi bonne qualité.

—J'aimerais les voir. C'est ta mère qui les a?

Astrid les avait et les sortait les jours de fête, moins souvent depuis la mort de son mari, mais encore à Noël et le jour de l'anniversaire de l'un ou de l'autre.

Noël! C'était la veille de Noël et c'était, au Marazul, une journée pareille aux autres. Dans le grand hall, cédant aux pressions des vacanciers, on avait mis un tout petit arbre qu'on avait tenté d'égayer avec quelques lumières et une guirlande de papier d'aluminium. C'était peu, mais on n'obtiendrait pas davantage.

Le dîner, ce soir-là, serait-il différent des autres? Quand on mange bien, se dit-elle, on oublie facilement le décor.

—Si seulement on pouvait avoir de la dinde!

Noëlle ne prisait pas le bœuf qu'on servait tous les soirs et partageait, là-dessus, l'avis de Diane-D., qui lui avait répondu un jour qu'elles s'étaient toutes les deux retrouvées au buffet devant un plat de viande:

—De la viande? Non, merci. Je préfère m'en passer. Si elle a l'âge des salades... Et puis, les Cubains, c'est peut-être du bon monde, là n'est pas la question, mais ils ne savent pas faire cuire les viandes, sans doute par manque d'habitude. Autrefois, m'a-t-on dit, on servait beaucoup de poulet à l'hôtel. Trop. Les gens se sont plaints. Alors, maintenant, ils ne servent que du bœuf. Mais voilà, le bœuf, c'est une viande difficile à faire cuire, pas comme le poulet. Il faut savoir s'y prendre. Et les Cubains ne savent pas. Je ne dis pas cela pour dénigrer : je constate. Il faudrait qu'ils se décident à envoyer leurs chefs en France pour voir comment on fait. Vous voyez cela ? Ils ne reviendraient pas ! Alors, on sert du bœuf bouilli qu'on recouvre d'une sauce épaisse. On ne voit rien et c'est mieux ainsi car elle doit être belle, la viande !

Noëlle était prête. Elle jeta un dernier coup d'œil dans le miroir : c'était parfait. Elle pouvait descendre rejoindre Hubert, qui l'attendait certainement déjà.

—Vous êtes déjà allée en croisière ? demanda Céline à Liljana, qui s'était arrêtée devant les viandes froides.

—Oui, soupira-t-elle, pensant à quelques ports sur la Méditerranée et dans les Antilles qui avaient fait sur elle une forte impression.

—Avez-vous remarqué ? On mange tout le temps. Et, quand on ne mange pas, on se plaint d'avoir trop mangé. C'est formidable ! Moi, les croisières, j'adore cela ! C'est confortable, c'est propre...

Elle parlait, parlait pour remplir de mots le vide qui s'était creusé autour d'elle et sortir de sa solitude.

—Vous ne trouvez pas qu'on pourrait faire un petit effort pour varier un peu le menu ?

Judith profita du silence de Liljana pour placer son mot :

—Vous avez remarqué les salades froides? Les mêmes qu'hier.

—Sans blague.

—On retape les plats. On ne jette rien. Pas que je sois pour le gaspillage...

—Chez nous, c'est une vraie honte!

—Je sais. Je sais. Mais entre tout jeter et ne rien jeter, il doit y avoir un juste milieu.

Ce qu'on reprochait au buffet de cette veille de Noël, c'était qu'il était identique à celui des jours précédents alors qu'on s'était attendu à un balthazar.

Jusqu'au petit Sacha qui s'énervait plus que de coutume. On l'entendait, tantôt ici, tantôt là, qui piaillait très haut et très fort, croyant, dans sa naïveté, imiter quelque oiseau de paradis parce qu'il battait l'air de ses petits bras comme s'ils avaient été des ailes, pendant que sa mère, que l'indifférence rendait sourde, parlait cuisine au beurre sans entendre ce qui dérangeait tous les autres. Comme on tentait de l'ignorer pour ne pas l'encourager, il mettait les doigts dans tous les plats en faisant le tour du buffet et allait ensuite d'une table à l'autre essuyer sur les nappes blanches ses mains maculées de sauces grasses et de mayonnaise. Personne n'osait intervenir parce que c'était la veille de Noël, la fête des enfants, et que Sacha était un des rares enfants à loger à l'hôtel.

—Donne-moi une pomme, ordonna-t-il à Sylvio, devant un plat de fruits.

—Tu veux manger une pomme?

—Oui.

—Toute une?

Sacha ne savait pas si cet homme était sérieux ou s'il

se moquait de lui. Le mieux, dans ce cas, pensa-t-il, était de lever les épaules comme les grandes personnes faisaient plutôt que de lui répondre quand il leur posait des questions difficiles.

—Veux-tu que je te l'arrange? offrit-il.

L'enfant hésitait.

—Je vais la «déqueuter» et l'«écœurer» pour toi, si tu veux.

—Déqueu...

—Dé-queu-ter et é-cœu-rer. Répète.

L'enfant répéta. Sylvio fit venir Sacha à sa table, au grand désespoir de ceux qui s'y trouvaient, le fit asseoir sur ses genoux, ouvrit la pomme avec son couteau, en ôta le cœur et l'équeuta.

—Voici la pomme que j'ai «déqueutée» et «écœurée» pour toi. Prends et mange, dit-il sur un ton solennel qui n'invitait pas à la réplique.

L'enfant glissa des genoux de Sylvio et partit retrouver sa mère, qui l'avait perdu de vue et oublié.

—Regarde, maman. Le monsieur a «déqueuté» et «écœuré» ma pomme.

—Qu'est-ce que tu dis? Non, ne répète pas. Dis-moi plutôt qui t'a appris à parler ainsi.

—C'est le monsieur là-bas.

—Lequel?

—Le gros monsieur.

—C'est plein de gros monsieurs!

—Lui!

Sacha commençait à perdre patience.

—Le monsieur plaisantait parce que tu fais le guignol et que cela l'énerve. Oublie ce qu'il vient de te dire et retiens plutôt ceci: on ôte le cœur d'un fruit et on l'équeute. Compris?

Sacha avait compris, mais n'avait plus faim. Il abandonna les quartiers de pomme sur la table et s'éloigna de sa mère, qui lui avait tourné le dos et s'était remise à parler aux grandes personnes. Le gros monsieur s'était moqué de lui? Pourquoi? Qu'est-ce qu'il lui avait fait, au gros monsieur pour qu'il se moque de lui?

—Mon Sylvio, je pense que, cette fois, tu es allé un peu loin. Regarde.

Sylvio vit Sacha songeur au milieu des tables où personne ne voulait de lui. Leurs regards se croisèrent. Ni l'un ni l'autre ne battait des cils. Ils se mesuraient. Puis Sacha fit un pas dans sa direction. C'était le plus difficile à faire. Il avançait maintenant vers lui, l'air décidé.

—Antonio, tu ne t'es jamais tant trompé. Je suis à peine parti. Fiez-vous à moi, j'ai mon idée, mais il se peut que j'aie aussi besoin de vous tous.

Sylvio n'eut pas le temps d'en dire davantage. Sacha était à côté de lui, les jambes écartées, prêt à défendre son honneur et à réparer l'injure qu'on lui avait faite.

—Maman a dit...

—Chut! coupa-t-il. Ta maman a raison. Mais cette table et tous ceux qui se trouvent autour appartiennent à un autre monde. Et ce monde, tu sais ce que c'est?

Sacha ne savait pas, mais cela lui parut drôlement plus intéressant que le monde de sa mère, où les grandes personnes reprenaient les enfants, quand elles ne les ignoraient pas tout bonnement.

—C'est le monde du merveilleux, où tout devient possible. Regarde! Mieux que ça. Tu vois toutes ces têtes?

Regarde bien! C'est bon. Maintenant, va voir les autres tables et puis reviens.

Sacha parti, on se remit à respirer.

—Ce n'est pas fini.

Sylvio avait d'autres idées. Une foule d'idées qui lui trottaient dans la cervelle. On voulut les connaître. Qu'en pensaient-ils? Ana répondit au nom de tous en disant:

—Pourquoi pas?

Sacha était de retour.

—Regarde de nouveau.

L'enfant passa en revue ceux qui se trouvaient avec Sylvio. Il y avait Antonio, Astrid, Céline, Eurydice, Énid, David, Ana, Liljana, Judith, François, Claire, Michael et Carmen.

—Les autres tables t'ont-elles paru comme celle-ci?

—Oh! non, dit-il, convaincu d'avoir devant lui une galerie de grotesques parce que Sylvio voulait qu'il les voie ainsi.

—Tu veux faire partie du groupe?

Sacha fit signe que oui et leva les bras droit au-dessus de sa tête pour que Sylvio le prenne et l'assoie sur ses genoux.

—Dis le mot de passe.

Sacha ne se rappelait pas le connaître. Sylvio l'aida à se souvenir:

—Dé...

—«Dé-queu-ter et é-cœu-rer»! scanda l'enfant, tout à sa joie d'avoir trouvé.

C'était donc cela! «Déqueuter et écœurer». Des mots magiques. Des mots qui ouvraient la porte au monde du merveilleux. Sa mère n'avait rien compris. Sa mère appartenait au monde ordinaire. Le gros monsieur, c'était autre chose. Lui connaissait la magie des mots et avait partagé avec lui son secret. Ce n'était pas un ennemi. Il ne s'était pas moqué de lui parce qu'il était petit et qu'il ne savait pas beaucoup de choses. Il lui avait appris un mot puissant: «Déqueuter et écœurer». Les grandes personnes ne disaient pas cela. Cela ne voulait rien dire pour elles. Mais pour lui et les grotesques, c'était le commencement du possible. Sacha leva de nouveau ses petits bras. Sylvio se pencha, fit:

—Oh! qu'il est lourd! D'où vient-il, celui-là? Quelqu'un le connaît?

Personne ne le connaissait. Sacha riait parce que personne ne le connaissait. C'était donc vrai qu'il venait d'entrer dans un autre monde? Et, si personne ne le connaissait, il pouvait être n'importe qui? Chouette! Alors il serait... Il ne savait pas encore ce qu'il serait et ne dirait rien si on le lui demandait. Plus tard peut-être, mais pas maintenant. Il voulait y penser avant et ne savait vraiment pas qui il voulait être.

—C'est l'enfant-mystère.

—L'enfant-mystère, répéta Sacha, et cela lui plut énormément car il avait toujours eu l'impression, jusqu'à ce soir, qu'on savait tout de lui et il trouvait cela crispant.

—C'est l'heure, annonça Sylvio.

—L'heure? demanda Sacha, pour qui l'expression signifiait qu'il devait se mettre au lit.

—L'heure du couvre-chef.

Sacha ne connaissait pas cette heure-là. Il fit non de la tête et haussa les épaules. Mais chacun mit la main sur sa serviette et la plia d'étrange façon pour en faire un petit chapeau pointu qu'il se plaça sur la tête. Sacha aurait voulu, lui aussi, se coiffer la tête d'un beau chapeau pointu, mais il n'y avait pas de serviette pour lui. Sylvio prit alors son chapeau et le plaça sur la tête de l'enfant, en le saluant. Chacun à son tour en fit autant avec le sien, de sorte qu'à la fin de l'étrange cérémonie Sacha avait quatorze chapeaux sur la tête. Il riait comme il n'avait jamais ri, tant et si bien que la montagne de chapeaux se mit à vaciller puis s'écroula sur la table.

—Encore! réclama l'enfant, qui était prêt à recommencer maintenant qu'il avait compris le jeu.

Mais Sylvio lui dit que cette heure-là était passée et qu'ils étaient déjà à l'heure du conte.

—Un conte de tante Odile, annonça-t-il.

—C'est qui, tante Odile? demanda Sacha, craignant que ce ne soit mademoiselle Rinseau-Desprez.

C'était elle. La veille, sur la plage, elle s'était sentie inspirée et avait écrit sans s'interrompre un second conte, celui-ci deux fois plus long que l'autre, qu'elle avait aussitôt appris par cœur au cas où on lui demanderait de le réciter.

—Cette fois, sans commentaires, précisa Sylvio.

—Oui, oui, j'ai compris. Mais avant de commencer...

—Tut! Tut! Tut! interrompit Sylvio, qui voulait qu'elle s'en tienne à son récit. Le conte!

Si ce conte était de la même encre que celui de la veille, Sacha ne tenait pas à l'entendre et, pour qu'il n'y ait pas d'équivoque, il se tourna la face contre le ventre de Sylvio, qu'il essaya de mordre sans arriver à y enfoncer ses petites dents.

—Vous êtes un livre parlant, insista Sylvio, que Sacha

chatouillait. Tout ce qu'on trouve dans le livre, c'est le conte. Alors, allez-y!

Ce n'était que partie remise. Elle leur dirait à une prochaine occasion comme ses voyages l'aidaient à se renouveler en lui faisant découvrir des décors exotiques, des personnages inédits et des situations cocasses qui enrichissaient son imaginaire. Mais, puisqu'on ne la laissait pas parler pour l'instant, sans doute à cause du petit trop jeune pour comprendre l'importance de tout cela, elle se contenta de soupirer, l'air de dire qu'ils y perdaient tout de même quelque chose, puis raconta, résignée, Le chien et le crabe:

Le chien Perro de Cuba
Était noir, était vieux, était gras.

Il vivait dans une île enchantée
Où il faisait beau automne, hiver, printemps, été.

Tous les jours, au grand matin,
Il allait à la mer prendre son bain

Puis s'étendait, face au soleil levant,
Le menton appuyé sur ses pattes de devant.

Un jour, qu'il faut appeler ce jour-là,
Il mit sa lourde patte sur un crabe: «Holà!

S'écria le crustacé. Qui es-tu, vilaine bête,
Pour mettre un pied sur ma tête?»

Et, sans attendre que l'autre lui demande pardon,
Il ouvrit ses pinces et lui pinça le talon.

Le chien hurla au vent, jappa, fit un bond,
Mais le crabe écrasé tint bon.

«Tu me remets au centuple le mal que je t'ai fait
Alors que je ne l'ai pas fait exprès.»

Le pauvre chien tant et tant le supplia
Que le crabe lâcha prise et se sauva

Tout de travers dans les herbes proches.
«Comment, remarqua-t-il, j'avance tout croche?

Ce que je puis être étourdi!»
À ce spectacle étonnant, le chien rit, rit et rit.

«On ne rit pas des malheurs qu'on cause»,
Gémit le crabe qui se sentait tout chose.

«Creuse plutôt un trou ni trop grand ni trop profond
Pour que j'y cache ma honte et que j'y sois bien au
fond.»

C'est depuis ce temps que les chiens creusent des trous
Ici et là, un peu partout,

Et que les crabes que vous voyez les habiter
N'avancent ni ne reculent, mais marchent de côté.»

Quand le conte fut fini, Sacha, se rappelant qu'on
avait applaudi à la fin de *La fête de Rataplan*, tapa des
mains à celui-ci. C'était, à la vérité, un bon conte. Il
aimait les chiens et s'était demandé pourquoi les crabes
marchaient ainsi. Maintenant, il le savait.

Énid n'entendit plus que des applaudissements et
rougit jusqu'aux oreilles de bonheur, d'orgueil et de
reconnaissance en se trémoussant sur sa chaise. Elle
remportait un deuxième succès retentissant en autant de
jours et n'en était pas peu fière.

—Maintenant?

Personne ne remarqua qu'il n'avait pas dit: «Encore» comme tantôt, après l'épisode des couvre-chefs.

—Quelle heure est-il?

—Récapitulons! Nous avons eu l'heure du...

Sylvio mit un doigt sur la tête de Sacha, qui compléta:

—Du... du couvre-chef!

—C'est bien! Puis ce fut l'heure du...

—Conte!

Que peut-il donc rester?

Il se fit autour de la table un silence embarrassé qui sembla long à Sacha, qui se creusait les méninges sans trouver. On aurait dit que le temps s'était arrêté pour eux, et pour eux seuls, car le temps, qui semblait les avoir oubliés, poursuivait son chemin aux tables voisines, d'où leur venaient, par vagues, des bruits de couteaux et de fourchettes qui croisaient le fer dans les assiettes et la rumeur confuse de centaines de voix qui riaient et qui parlaient toutes à la fois. Le monde normal, le temps des autres, tel qu'il le connaissait, se déroulait ainsi sans imprévu, toujours à la même vitesse, fractionné en segments bien définis. Tandis que l'autre... Sacha n'avait d'oreilles que pour le silence, qui emplissait le temps du merveilleux qu'il découvrait ce soir-là et qu'il n'oublierait jamais pour ce qu'il renfermait d'inattendu et de bizarre. Pour rien au monde il n'aurait voulu brusquer les choses et rompre l'enchantement, conscient du fait que, dans un univers où la parole peut tout, il suffit parfois d'un mot pour faire éclater les parois et voir tout disparaître aussi vite que cela est venu.

Aussi avait-il peur qu'on lui annonce qu'il était l'heure du coucher. Alors, il se tenait sagement sur les genoux de Sylvio et regardait tour à tour ces têtes uniques au monde qui avaient tant de plaisir parce qu'elles n'étaient pas comme les autres. Sacha se savait, lui aussi, différent des autres, adultes ou enfants de son âge, mais n'avait jamais réellement éprouvé beaucoup de plaisir à l'être. C'était, et il en était de plus en plus convaincu, parce qu'il avait fréquenté le mauvais groupe. Dorénavant, il passerait toutes ses journées avec ces drôles de gens qui s'amusaient, le faisaient rire et s'entendaient si bien avec lui. Mieux que des amis: des copains qui inventaient des jeux inédits comme il les aimait. Sacha avait trouvé sa niche et s'y tenait comme une statue, souriant sans déranger.

—Tu sais ce qu'est aujourd'hui?

—C'est la fête! répondit-il sans hésiter, car il avait beaucoup de plaisir.

—Bien répondu, complimenta Énid, qui retrouvait ses habitudes d'années d'enseignement.

Fallait-il préciser davantage? Eurydice n'attendit pas qu'on le lui demande pour lui raconter, à sa façon comme elle le faisait tous les ans à la même date, le conte de Noël, le plus beau de tous parce que vrai et rendu encore plus vraisemblable parce qu'elle y mettait des détails que reconnaissaient les enfants qui l'écoutaient. Bethléem, telle qu'elle la peignait, c'était Saint-Henri l'hiver, alors que tout ce qui vit s'est réfugié derrière les murs couverts de suie et que toute sève a reflué dans les racines. Elle racontait la vie de misère qu'on y menait avec tellement de conviction que, lorsqu'elle parlait du froid qu'il faisait et du vent qui s'élevait au-dessus du fleuve et brûlait le visage de Marie, on le sentait, ce vent, qui traversait les lainages les plus épais et on se serrait les uns contre les autres pour ne pas perdre sa chaleur.

Sacha, qui entendait cette histoire pour la première fois, voulut s'approcher pour mieux saisir ce qu'elle disait. Il fit le tour de la table et grimpa, sans qu'on vienne à son aide, sur les genoux d'Eurydice, encore plus moelleux que ceux de Sylvio. C'était plus confortable, constata-t-il aussitôt, et ici aucune parole ne lui échapperait. Il s'installa donc et attendit qu'elle reprenne le cours de son récit.

—Joseph, lui, avait sa barbe qui le protégeait et puis c'était un homme. Les hommes, on sait bien, n'ont pas la peau aussi tendre que les femmes.

Sacha n'était pas aussi sûr qu'elle de cela, mais se dit que c'était peut-être parce qu'il n'était encore qu'un enfant.

—Ils marchaient, marchaient. Ils venaient de la campagne, de l'autre côté du pont Jacques-Cartier. Ils venaient de loin et ils étaient fatigués. La neige s'était mise à tomber. Une neige fine d'abord, qui prenait dans le vent qui la soulevait par bourrasques et qui recouvrait peu à peu les toits et les rues. Pas une chambre de libre!

Quand elle parlait des malheurs de Marie, on la sentait à bout de souffle, fatiguée, épuisée comme si ç'avait été d'elle qu'elle parlait, comme s'il s'était agi d'une expérience vécue qu'elle racontait. Et c'était un peu cela car elle, qui avait mis au monde tant d'enfants, savait en effet mieux que d'autres ce que c'était que de marcher dans la neige quand on porte un enfant dans ses entrailles.

—La crèche... Tu sais ce que c'est qu'une crèche?

Sacha ne savait pas. Elle lui parla alors de la grange de ses parents parce que c'était ce qu'elle avait connu et

toujours associé à une crèche. La grange de ses parents...
Rien que d'y penser, les larmes lui vinrent aux yeux
et on comprit que c'étaient ses souvenirs qu'elle leur
racontait, en cette veille de Noël, comme s'ils avaient
été assis ensemble autour de l'album de famille et qu'elle
leur avait révélé le secret, qu'on aurait dû écrire aussitôt
pour ne pas l'oublier, de chacune des photos qui s'y
trouvaient. C'étaient des photos anciennes, pâlies par le
temps, des photos qui avaient perdu à la lumière leur
fraîcheur d'antan, des photos fantômes sur lesquelles
chaque personnage, drôlement costumé, sortait de
l'ombre pour y rentrer aussitôt. Pour ceux qui l'écoutaient,
le conte de Noël, c'était l'histoire d'un couple venu de la
campagne s'établir en ville, l'histoire de presque tous les
ancêtres des citadins d'aujourd'hui. Chacun, à cause de
cela même, n'était pas loin de croire que le petit Jésus,
c'était quelqu'un de la famille.

Sacha comprit qu'il y avait des histoires auxquelles
on applaudissait et d'autres auxquelles on n'applaudissait pas, même si on les aimait. Alors, quand il vit
qu'Eurydice n'en dirait pas davantage, il étira les bras
pour qu'elle penche la tête vers lui et lui fit une bise
sur les deux joues comme il avait vu faire les grandes
personnes. Puis il attendit que la fête reprenne, se demandant d'où cela partirait.

—Tu sais jouer du piano? lui demanda Judith.

—Oh! oui, affirma-t-il, parce qu'il avait pioché sur le
piano à queue de la salle à manger l'autre jour et qu'il
avait trouvé cela très facile.

—Voudrais-tu jouer un morceau avec moi?

Cela serait plus difficile, pensa-t-il aussitôt, car elle
avait sans doute son idée sur ce qu'il fallait jouer, comme

le monsieur qui était venu l'éloigner du piano alors qu'il commençait à découvrir les possibilités de l'instrument. Le mieux, c'était de ne rien dire et de laisser venir. C'est ce qu'il fit.

Judith le prit par la main et l'installa sur le banc à côté d'elle. Sacha aurait voulu lui montrer qu'il savait jouer, mais Judith le retint:

—Ce n'est vraiment pas le moment d'improviser.

Improviser? C'était donc ce que cela s'appelait, ce qu'il avait fait l'autre jour? Il le retiendrait pour plus tard. Il improvisait.

—Toi, tu touches ces deux notes. Comme ça. Celle-ci puis celle-là. Tu comprends?

C'était facile. Il comprenait.

—Comme ça?

C'était trop vite. Judith lui fit une seconde démonstration.

—Ne va pas si vite. Maintiens le rythme. Tic, toc, tic, toc. Essaie voir.

C'était mieux. Personne n'écoutait, mais c'était mieux. Sacha aurait aimé faire «Chut!» mais ne dit rien. Si on ne l'entendait pas, on ne viendrait pas lui dire d'arrêter ce tapage, comme ils appelaient cela quand il jouait seul, quand il improvisait.

—Continue. Maintenant, je vais jouer avec toi.

C'était formidable! On jouait avec lui! Il jouait du piano avec une grande personne, comme une grande personne. Lui aussi jouait des deux mains et cela commençait à lui paraître difficile car il se laissait entraîner par la musique de Judith, qui jouait de plus en plus fort, de plus en plus vite, qui promenait ses doigts de haut en bas du clavier, et c'était très distrayant. Il jouait maintenant lui aussi un peu plus fort pour se faire entendre et un peu plus vite parce qu'il ne pouvait pas s'en empêcher. Cela devenait très drôle et il se mit à rire. Mais, quand il vit que Judith ne riait pas, il se dit que cela devait être très sérieux et se concentra de nouveau sur ce qu'on lui avait demandé de faire. Alors, il joua un peu moins fort et se força de jouer un peu moins vite. Mais dès qu'il retrouvait le rythme du début, il le perdait la seconde d'après à cause de Judith qui l'entraînait dans un tourbillon de notes qui n'en finissaient plus de sonner à ses oreilles comme des cloches, comme un carillon de petites cloches. Les sons venaient de partout. C'était extraordinaire! Tellement que, quand Judith leva les mains après avoir joué la dernière note, il continuait toujours de frapper les deux notes qu'elle lui avait demandé de jouer, pas complètement sûr que c'était les deux mêmes tant elles lui semblaient différentes depuis qu'il les avait entendues mêlées à toutes sortes de combinaisons.

Avait-elle improvisé? Probablement pas. Certainement pas, car on n'était pas venu leur dire d'aller jouer ailleurs. Et ils avaient joué, elle et lui, beaucoup plus fort encore que l'autre jour et beaucoup plus longtemps aussi. Et pourtant on n'avait rien dit. On avait même cessé de parler tout à fait. Et, tout étonné de ce qui lui arrivait, Sacha se vit tout à coup debout sur le banc, saluant l'assistance qui applaudissait très fort et qui criait: «Bravo!» Bravo? Elle était bonne celle-là! S'il avait su! Quels bougres formidables que ces gens! Tout ce qu'ils faisaient était diablement amusant et personne ne les disputait. Sacha avait trouvé la compagnie qu'il lui fallait et ne la lâcherait plus.

Quand il revint à la table, tout le monde se retournait sur son passage pour le féliciter et l'applaudir de nouveau. Que se passait-il donc? Tout à l'heure, il n'y avait pas si longtemps de cela, on lui tournait le dos, on ne voulait pas lui parler. Il avait beau se présenter à chaque table, personne ne le regardait, comme s'il n'avait pas existé. Et maintenant, on le regardait comme s'il avait été un monsieur important. Décidément, les grandes personnes étaient de drôles de gens. Ou était-ce plus simplement parce que personne ne l'avait reconnu? Qu'arriverait-il, quand il sortirait du groupe pour retrouver le monde ordinaire? Tout redeviendrait-il comme au moment où il l'avait quitté? Quand il rejoignit la bande joyeuse qui constituait à ses yeux le monde du merveilleux, Sacha paraissait si inquiet que Céline dit:

—Un nuage noir vient de passer au-dessus de la tête de l'enfant prodige.

L'enfant prodige? C'était lui, l'enfant prodige? Tantôt, il avait été l'enfant-mystère. Il était maintenant l'enfant prodige. On pouvait donc changer d'identité dans ce monde pas comme les autres? Chouette! Il aimait cela. Ainsi, on n'arrivait jamais à se fatiguer d'être ceci ou d'être cela. On changeait de nom et cela faisait qu'on changeait de peau. Personne ne vous reconnaissait et vous recommenciez à vivre.

—Sacha a des pensées noires? Vraiment?

C'était sans doute ce qu'il fallait appeler ce qu'il avait. Oui, il avait des pensées noires.

—Que peut faire Sacha pour chasser ses pensées noires?

Il n'en avait aucune idée.

—Sacha peut se faire chasseur.

431

Sacha pouvait devenir n'importe quoi! Chasseur? Pourquoi pas? Il tapa des mains, parce qu'on parlait de lui et qu'il aimait cela.

—Mais Sacha a-t-il un chien pour chasser avec lui?

Il n'en avait pas.

—Si Sacha, dit David, qui avait donné jusqu'alors la réplique à Ana, chasse sans chien, qu'il sache chasser sans chien.

Chacun répéta, avec plus ou moins de succès, la phrase compliquée. Quand ce fut le tour de Sacha, il riait tellement qu'il s'en tenait les côtes.

—Si Sacha sache chans chien...

Il n'y arriverait jamais. Ce n'était pas possible!

—Chi Chacha...

Avait-on idée d'inventer une phrase comme celle-là!

—Si Sassa...

Rire n'aidait pas et Sacha riait et tout le monde, avec lui.

—Si Sacha chasse chans chien...

Plus il essayait, plus la langue lui fourchait. C'était un brouillamini inextricable de sons dont on ne sortait qu'en riant. Sacha serait des jours à essayer sans y parvenir. Puis, il oublierait ce qu'il fallait dire et cesserait toute nouvelle tentative, ne retenant de cette phrase que le souvenir d'avoir entendu quelque chose de très comique qui faisait rire tout le monde. Plus tard, alors qu'il serait beaucoup plus grand et qu'il serait capable de grandes choses, il retrouverait les mots perdus et, avec eux, le souvenir intact de cette veille de Noël, qu'il tenterait de faire revivre en partie en transmettant la phrase magique entendue à Cuba à un enfant semblable à lui-même, qui essaierait à son tour de la répéter, mais en vain, jusqu'à ce que Sacha et lui rient à en avoir mal aux côtes.

—Si Sicha...

Avant que l'enfant ne se lasse de ce jeu, en multipliant les échecs à l'infini, Antonio, qui s'aperçut le premier que cela risquait de tourner au tragique s'il n'intervenait pas, le fit venir à lui et, quand Sacha eut fini de gigoter, il lui souffla à l'oreille:

—Tout est possible dans le monde du merveilleux, mais des fois il faut savoir attendre. Ne t'en fais pas. Un jour, cela viendra tout seul et tu auras du mal à te souvenir d'où cela est parti, mais je suis prêt à parier que, par miracle, tu te rappelleras tout à coup cette soirée comme si tu y étais.

—Oh! oui, affirma-t-il avec certitude, tout en essayant de fermer la bouche à un long bâillement.

—La journée a été longue, hein?

—Je ne suis pas fatigué, protesta-t-il, car il s'amusait encore beaucoup trop pour consentir à aller se coucher.

—Tant mieux pour toi, car la journée n'est pas finie. Loin de là! Il lui reste encore des tas de surprises dans sa poche, même si on commence à en voir le fond.

Sacha bâillait. C'était plus fort que lui. Mais il n'avait pas sommeil. Oh! non. Ses paupières tombaient d'elles-mêmes, aussi lourdes que des portes de garage, et il avait du mal à les rouvrir. Mais cela ne voulait rien dire. Il voyait Eurydice qui bâillait tout autant que lui et Sylvio et tout le monde autour de la table qui ouvrait toute grande la bouche et n'arrivait plus à la refermer tout à fait. C'était une véritable épidémie, à moins que ce ne soit un coup du marchand de sable.

—Avez-vous sommeil, tante Odile? demanda Sylvio.

—Oh! non. Je ne suis pas fatiguée, parvint-elle à dire

entre deux bâillements et en fermant les yeux.

—Et vous? demanda-t-il à Carmen.

—Quelle idée! Je ne suis pas fatiguée.

Mais elle aussi bâillait à s'en démettre la mâchoire. Tout le monde avait beau protester qu'il n'avait pas sommeil, tout le monde bâillait et chacun fermait les yeux dès qu'il avait parlé.

Sacha suivait, inquiet, cet étrange scénario. Allaient-ils tous s'endormir et le laisser seul debout?

—As-tu jamais vu cela?

—Non.

C'était vrai: il n'avait jamais vu cela.

—Heureusement que nous deux...

Mais Antonio n'arrivait pas à finir sa phrase tant il bâillait.

—Je ne sais pas si tu es comme moi, mais moi je ne suis pas...

Cette fois-ci, ce fut Sacha qui le fit taire:

—Ne le dis pas! C'est fatal!

Sa mère disait cela, en levant les bras au ciel, et cela voulait probablement dire ce qu'il voulait exprimer.

—Toi, as-tu sommeil?

Il ne pouvait pas répondre. C'était fatal pour lui comme pour les autres. Il se sentait d'ailleurs atteint et savait qu'il ne pourrait pas lutter encore très longtemps contre le sortilège du marchand de sable qui était venu tout gâter.

—Ceux que tu vois, ce soir, assis autour de cette table, appartiennent, comme tu sais, au monde du merveilleux, auquel tu as été admis parce que tu n'es pas un enfant ordinaire, lui expliqua-t-il. Mais ils se sont endormis et nous aussi, nous allons nous endormir. Si, si. Ne dis pas

434

non. Nous allons nous endormir parce que c'est la loi. Et, quand nous nous réveillerons, nous ne serons plus ce que nous sommes. Nous retrouverons le monde ordinaire, même si c'est le jour de Noël, et n'aurons de cette nuit que le souvenir d'un bonheur vécu alors que c'était la fête. Ce fut une belle journée, ne trouves-tu pas?

Oui, il trouvait que la journée avait bien fini et regrettait qu'on en parle au passé.

—Ce fut une belle journée parce que nous l'avons voulue belle. Une journée merveilleuse.

—Une journée merveilleuse...

—Une journée merveilleuse parce que, au cœur de cette journée, se trouvait un petit garçon capable d'émerveillement, un enfant merveilleux.

—Un enfant merveilleux, répéta Sacha, qui se découvrait une nouvelle identité, la troisième ce soir-là et peut-être la plus belle, celle qu'il aurait voulu garder le plus longtemps et qu'il risquait de perdre aussitôt tant il avait sommeil. Résister! Résister encore quelques minutes, assez pour entendre la voix chaude et grave d'Antonio qui lui chantait une chanson qu'il aima dès les premiers mots:

«C'est la belle nuit de Noël
La neige étend son manteau blanc
Et les yeux levés vers le ciel
À genoux les petits enfants,
Avant de fermer les paupières,
Font une dernière prière...»

Sacha s'était endormi comme un bon apôtre et n'entendit pas la fin de la chanson alors que tous les autres s'étaient tus pour retrouver dans le silence leur cœur d'enfant. La fête à laquelle avait présidé Sylvio prenait ainsi fin. Mais une autre fête avec de nouveaux jeux et de nouvelles chansons allait commencer, puisque les musiciens du Marazul s'installaient derrière leurs instruments.

Diane-D., qui n'aimait pas les chansons américaines par principe, quitta la salle, emportant avec elle le petit Sacha, non sans avoir remercié Sylvio de s'être occupé de lui:

—J'espère que vous ne l'avez pas trop excité et qu'il va pouvoir dormir.

«Comme si c'était important pour un enfant de dormir la veille de Noël», pensa Sylvio, qui s'était mordu la langue plutôt que de dire sa pensée. Que de soucis on se faisait sur le calme des enfants, sur la fragilité de leurs nerfs, sur leurs dodos, sur leur routine, comme si ç'avait été être en santé que d'avoir faim, et soif, et sommeil, et envie tous les jours, aux mêmes heures! De l'excès, de l'excitation, de l'épuisement, de l'imprévu, voilà ce qui donnait de la couleur à la vie! «L'abus, ça a du bon», se dit-il pour résumer sa pensée, les mains posées à plat sur son ventre.

—Il n'y a plus d'enfant, mais il reste du gâteau! risqua Antonio pour ranimer le groupe, car on s'était pris au jeu et on avait réellement sommeil depuis qu'on s'était fermé les yeux pour l'écouter chanter *Petit papa Noël*. Qu'est-ce que tu en dis, mon Sylvio?

—J'en dis ce que j'en ai toujours dit: Du gâteau, ça ne se garde pas.

—Est-ce qu'on va être encore les deux seuls à faire les cochons?

—Oink! Oink! fit Céline, en se levant.

—Il y en a une battée, il n'y a pas à se gêner! Allez! Venez!

Claire, Énid et Liljana, « les trois grasses », comme les appelait Sylvio, parce qu'elles étaient les plus minces, restèrent à table.

— Vous êtes sûres qu'on ne peut pas vous tenter ?

— Non, merci, je fais une neuvaine, avoua Claire.

— J'ai déjà entendu parler des mille Ave de Maria Chapdelaine dits la veille de Noël, mais jamais de neuvaine à ce temps-ci de l'année.

— Ça se fait encore, de nos jours, des neuvaines ?

— Moins souvent que par le passé, il faut croire, mais oui, ça se fait encore.

Tout le monde était intéressé à savoir le pour qui, le pourquoi, le comment et le quand de la chose. Mais Claire était avare de renseignements. Pour commencer, elle était superstitieuse, quoique croyante, et révéler ses intentions aurait risqué de lui coûter la faveur demandée. Mais, comme elle trouvait le groupe sympathique, elle leur dirait qui elle demandait d'intercéder pour elle :

— Sainte Barsabée.

— Qui ?

Personne n'avait entendu parler d'une sainte de ce nom.

— C'est une sainte négligée, une martyre des premiers temps de l'Église.

Claire, qui n'avait rien dit du repas et avait même paru hébétée, était devenue agitée, nerveuse, surexcitée, depuis qu'elle parlait de sainte Barsabée, dont elle raconta dans le menu la vie exemplaire.

— Si c'est important, et ce doit l'être, vous ne feriez pas mieux de prier une sainte qui a un peu plus de poids ? proposa Carmen, qui avait l'esprit pratique.

— C'est ce que j'ai cru, moi aussi, mais j'ai changé

437

d'idée. On en demande trop à certains saints. Le bon Dieu les voit venir et ne les écoute plus. Moi, je pense que les grands saints sont présentement en défaveur. C'est pourquoi ça va mal partout. En tout cas, moi, je m'adresse à sainte Barsabée. Je me dis que personne ne pense à elle.

—Quant à ça, vous avez certainement raison.

—Alors, elle doit être contente que je lui parle et que je lui demande quelque chose. Puis, quand elle va présenter ma requête au bon Dieu, ça va être une voix nouvelle, une voix fraîche qu'il va entendre et il va être mieux disposé à l'écouter. Ce sera probablement la première chose qu'elle lui demandera depuis des siècles. C'est presque certain qu'il n'osera pas lui dire non.

—Vu de même...

C'était astucieux ou loufoque, mais personne n'aurait osé dire ouvertement ce qu'il pensait de ce raisonnement. François profita du silence pour s'excuser et ramener Claire à sa chambre, où elle passa une partie de la nuit à marmonner des prières pour qu'ils trouvent miraculeusement les tableaux de Morrice, qu'il avait cessé de chercher, se disant qu'il n'en était pas resté dans l'île et que, s'il y en avait, il ne pourrait jamais mettre la main dessus.

Peu après, ce fut le tour d'Eurydice de se lever et de partir.

—Madame Branchu! Madame Branchu! Ne vous sauvez pas de même, voyons!

—Me sauver, moi? Comme si j'en étais capable.

C'était Icare qui montait l'escalier, en courant.

—Où est-ce que vous allez?

—Je m'en vais me coucher, c't'affaire!

—Faites pas ça! Je venais justement vous demander de sortir avec moi.

—Sortir à cette heure-ci? Espèce de grand fou, tu sais que je ne sors jamais. Même pas en plein jour.

—Ne discutez pas, lui dit-il, mystérieux et enjoué tout à la fois. J'ai grande envie de sortir avec vous ce soir et je vous emmène, veut, veut pas, à une partie.

—À une partie? Juste comme ça? Eh bien! on aura tout vu!

—Ce soir, sur les onze heures, vous entendrez frapper trois coups à votre porte.

—Je n'entendrai rien. Quand je dors, je dors comme une roche.

—Malheur à vous si vous ne répondez pas! Le Diable en personne ira vous secouer.

—Tu es pire que mon Alphonse avec tes histoires puis tes peurs!

—Ne me mettez pas à l'épreuve, madame Branchu.

—À l'épreuve... à l'épreuve...

Elle riait car elle, qui avait raconté tant et tant d'histoires à ses enfants et plus tard à chacun de leurs enfants, adorait qu'on lui en conte, ne se fatiguant jamais d'en entendre pourvu qu'elles finissent bien, que les méchants soient punis et les bons récompensés par la fortune ou un mariage heureux, car elle y croyait, elle, aux mariages heureux et comment! Beaucoup plus qu'à la fortune.

—À onze heures, n'oubliez pas. C'est sérieux, mon affaire.

—J'en connais qui seraient prêtes à faire des folies pour un gars comme toi, mais compte pas sur moi: j'ai passé l'âge.

Passé l'âge? À onze heures, Eurydice Branchu, qui avait mis sa robe du dimanche, attendait qu'on vienne frapper à sa porte, étendue sur son lit trop étroit, sa lampe de chevet éclairant discrètement sa petite chambre sobre mais propre où rien ne traînait.

«C'est pas parce qu'on est chez des étrangers qu'on va se laisser aller et leur donner une mauvaise impression des gens de chez nous. Ils vont voir que, même en vacances, une Québécoise, ça sait se tenir!»

À onze heures précises, trois coups ébranlèrent la porte moustiquaire.

—Qui est là?

—Comme si vous ne le saviez pas, madame Branchu.

Icare entendit un petit rire gloussant suivi d'un bruit de ressorts puis de souliers qui glissaient sur le terrazzo. La porte s'ouvrit.

—Grand fou, va!

—Comme vous êtes belle! lui dit-il, accompagnant le compliment d'un sourire provoquant. Alors, vous venez, bergère?

—Comment ça, bergère?

—C'est la nuit des bergers, ne le saviez-vous pas? «Son berger vient l'assembler». Vous connaissez la chanson?

Le fou rire secouait Eurydice Branchu de la tête aux pieds:

—Grand fouette de grand fouette de grand fou! C'est pas ça. C'est: «Ça bergers, assemblons-nous...»

—C'est du pareil au même. Allons, bergère, prenez mon bras! Et sur la pointe des pieds! Le troupeau dort.

Eurydice entra dans le jeu, étouffant ses rires pour ne pas faire de bruit.

—Grand fou! disait-elle à tous les deux pas, qui lui demandaient un effort qu'elle croyait au-dessus de ses forces mais qu'elle se surprenait à faire comme s'il lui avait été impossible de refuser quoi que ce soit à ce grand garçon qui la soulevait presque en lui prenant le bras.

—Tu as pas honte de faire des blagues comme ça à une petite vieille comme moi?

Elle haletait, congestionnée, les joues rouges comme une marionnette de Palerme.

—Un soir comme celui-ci, madame Branchu, ç'a été créé pour effacer la honte. Il n'y a plus, au ciel, que des étoiles et, sur la Terre, la mer qui les reflète.

—Comme un miroir, finit-elle. Quant à ça, tu as raison: c'est beau. Seulement, moi, je n'en peux plus.

—On arrive. On arrive. Courage!

Icare installa Eurydice sur un banc à l'extérieur de l'hôtel.

—Il fait noir comme chez le loup!

—Mais on voit mieux les étoiles, madame Branchu. Dites, en avez-vous jamais tant vu de votre vie?

Petite, oui, peut-être, mais cela était loin.

—Ça, c'est la Grande Ourse et ça, la Petite. Plus loin, c'est le Dragon. À droite, la Girafe et Cassiopée et Andromède et Pégase.

—C'est beau. C'est très beau, répétait-elle, parce que c'était tout ce qu'elle trouvait à dire à chaque constellation qu'il lui nommait, qu'il lui présentait comme s'il les lui avait offertes en cadeau.

—C'est quoi, votre signe astrologique, vous?

—Taureau.

—Vous avez de la chance: le Taureau est visible ce soir. Regardez. Vous pouvez retrouver la Girafe? Juste un peu plus loin que la Petite Ourse. Eh bien! En ligne droite, vous avez ensuite le Cocher puis le Taureau. Vous le voyez?

Elle le voyait pour la première fois, car jamais lui avait-on appris à lire les signes dans le ciel, à tracer des lignes dans ce champ d'étoiles pour lui donner un sens. Ce qu'elle découvrait, c'était le plaisir de la lecture et celui, non moindre, de se trouver une place au firmament.

—Moi, c'est le Bélier. C'est à droite, juste après les Pléiades. C'est pas beau, cela?

C'était splendide. Elle leur dirait, de retour à la maison, qu'elle avait vu et reconnu, enfin! la constellation du Taureau, la sienne. Mais maintenant, elle aurait voulu reconnaître toutes les autres, pour avoir le plaisir de les leur apprendre.

—C'est facile. Vous n'avez qu'à imaginer un grand cercle dans le ciel qui réunit tous les signes du zodiaque. Mais ce soir, de là où nous sommes, nous ne pouvons voir, à part les deux nôtres: à droite du Bélier et de façon incomplète, les Poissons; à gauche du Taureau, les Gémeaux, le Cancer et le Lion.

Elle tenterait de se rappeler, mais ne promettait rien, sauf pour le Taureau. Celui-là, elle le retiendrait.

Une voiture arriva. Icare tassa Eurydice sur le siège avant et se plia sur la banquette arrière.

—Où est-ce que tu m'emmènes de même, veux-tu bien me dire?

—À La Havane.

—Tu es pas sérieux! Qu'est-ce qu'on va faire à La Havane, à une heure pareille?

—Madame Branchu... Madame Branchu, vous n'êtes

pas née d'hier. On n'a pas besoin de tout vous expliquer, à vous.

—Tu n'es pas en train de me dire que...

—L'Amour, madame Branchu! L'Amour avec un grand «A».

—Grand «A» toi-même, espèce de grand fou!

Comme elle ne croyait pas un traître mot de ce qu'il lui disait, elle se remit à rire et la petite Lada aussi, jusqu'à ce qu'on stoppât devant un édifice sombre, à quelques pas du monument aux héros de la révolution.

Icare se déplia, sortit sur le trottoir et tira Madame Branchu de son siège pendant que le chauffeur poussait par-derrière.

—Allez, allez, madame Branchu. Aidez-vous un peu! Il sera bientôt minuit et votre carrosse redeviendra citrouille. Alors là, je désespère de vous en sortir!

—Me voilà! dit-elle enfin.

Icare frappa à une porte. On lui ouvrit. Il poussa Eurydice devant lui vers une autre porte, qui laissait passer un mince filet de lumière.

«Mon doux Seigneur, miséricorde! Veux-tu bien me dire où c'est qu'on se trouve, pour l'amour? Pour l'amour? Est-ce qu'il était sérieux? Je ne sais plus! Les hommes de nos jours sont assez fous pour faire n'importe quoi! Dire que je me suis laissé emmener ici sans même offrir de résistance... On ne peut plus se fier à personne.» Elle commençait à se sentir mal à l'aise.

—Je sais votre inquiétude, lui souffla-t-il à l'oreille.

«Ce doit être le Diable en personne. Pas moyen de lui cacher quoi que ce soit, même dans le noir.»

—Mais ne vous retournez pas pour me parler. Vous

seriez perdue et peut-être me perdrais-je moi-même avec vous pour vous avoir conduite ici.

Ce n'était pas en lui racontant des peurs de même qu'il allait la calmer. Pour sûr! Son cœur battait au contraire de plus en plus fort, mais elle n'en continuait pas moins d'avancer, se disant que, si elle en sortait vivante, on ne l'y reprendrait plus jamais!

Au fond du couloir, se trouvait une porte à deux battants. Icare et la dame qui les accompagnait saisirent chacun une poignée. Les portes s'ouvrirent.

Étonnée, comme dut l'être Moïse devant le buisson ardent, Eurydice regardait, comme si elle avait été d'une richesse inouïe et illuminée de mille chandelles, l'humble chapelle faiblement éclairée des religieuses d'un ancien couvent devenu, depuis la révolution, école pour enfants arriérés, où l'on se préparait à dire la messe de minuit.

—Grand fou! dit-elle, en écrasant une larme, plus heureuse qu'elle n'avait été depuis son arrivée dans l'île. Si ça a de l'allure de faire des peurs de même à une pauvre vieille comme moi!

Deux heures plus tard, quand Icare lui dit le bonsoir, il lui prit la main et la baisa avec chaleur:

—Bonne nuit, bergère.

Eurydice Branchu aurait voulu dire que ç'avait été le plus beau cadeau de Noël qu'elle avait reçu de toute sa vie, mais ç'aurait été renier tellement de choses, de gens et de souvenirs qui lui étaient également chers qu'elle y renonça, se contentant plutôt de lui sourire. Elle le regarda un temps s'éloigner de la porte de sa chambre, puis disparut elle-même, comme si elle eût fondu dans le beurre noir.

XVII

*L*e vendredi 25 décembre
     Les fins de vacances, comme les fins de romans, viennent soit trop tôt soit trop tard, mais ne tombent jamais pile.

L'esprit se laissant entraîner par les mots, il lui revint à la mémoire une conversation qu'il avait eue deux ans plus tôt à Nice, qui lui avait paru, à l'époque, révélatrice de l'esprit que l'on pratique dans le Midi et qu'il avait, pour cela même, consignée dans son journal.

C'était une fin d'après-midi pluvieuse de juin chez un traiteur où il était entré pour acheter des légumes.

—Les carottes râpées, elles sont nature? avait-il demandé à la marchande, femme solide qui inspirait confiance.

—Oui, monsieur.

—J'en prendrai deux cents grammes, s'il vous plaît.

—Bien, monsieur.

La marchande mit les carottes râpées dans un cornet et pesa. Il y en avait exactement deux cents grammes.

—Oh! oh! Deux cents grammes pile!

—Je suis aimée ou cocue, monsieur!

Cela, dit au sujet de carottes râpées et de juste mesure, lui avait paru si inattendu qu'il s'était souvent amusé à répéter l'anecdote sans y changer un mot tant c'était parfait.

Sa pensée vagabonda un temps encore à Nice et à Cimiez avant de retrouver la page blanche qu'il avait devant lui.

S'il en est ainsi, c'est que les vacances appartiennent, comme le roman, au domaine du rêve, que le jour interrompt à son pire ou à son meilleur moment.

Les vacances? Cela n'existe pas vraiment, c'est une fiction qu'on se crée, qu'on s'invente à mesure, qu'on modifie en cours de route et qu'on a du mal à reconnaître pour sienne si plus tard on tente de la reconstruire à partir des quelques objets preuves qui nous sont restés.

Les vacances, j'entends surtout celles passées à l'étranger, permettent à chacun d'être ce qu'il voudrait et de vivre ses fantasmes à l'intérieur de parenthèses bien définies, rassurantes donc, car on sait qu'il est impossible de les déborder. Loin du décor familier, on cesse de se conformer à l'image que les autres se font de soi, on lâche son fou, tout en sachant que cela est sans conséquence, parce que temporaire, la routine et les habitudes nous attendant au retour. Et, comme personne n'est là pour témoigner contre soi, on peut s'imaginer et faire croire aux autres tout ce que l'on voudra, les seules limites étant celles de son imagination. Belles, cent fois belles les vacances où l'on se recrée ainsi! Cela ne dérange ni Dieu ni personne. Au contraire, tout le monde s'y attend parce que chacun joue, sur ce théâtre, le jeu de la déception.

Les vacances sont des nuits masquées que l'on quitte

émerveillé, heureux ou triste, emportant avec soi des gerbes d'étincelles cueillies au coin des yeux, qui s'éteignent à tout jamais en voyant le jour.

✥

Il aimait faire le mystérieux, mais n'aimait pas les mystères. «Vingt-quatre heures, s'était-il dit, il ne me reste plus que vingt-quatre heures pour éclaircir cette histoire.»

La veille, il avait rencontré par hasard, mais était-ce vraiment par hasard, Mariposa, qu'il avait un peu oubliée. N'avait-elle pas remarqué l'autre jour, au Musée des sciences, une petite vieille haute comme cela? Elle n'était pas sûre de savoir de qui il parlait. Tout ce qu'elle avait retenu de cette visite, c'était qu'elle l'avait faite avec Icare, mais elle lui avait répondu plus simplement:

—Non.

—Je ne l'ai pas imaginée. J'ai senti, à un moment donné, un regard peser sur moi. L'instant d'après, c'était fini. Mais cela avait eu lieu. La preuve: le billet retrouvé dans ma poche avec «SANTIAGO» écrit dessus.

—Tu t'appelles Jacques?

—Je m'appelle Icare. Tout le reste est sans importance.

—Tu n'as tout de même pas peur d'une petite vieille?

—D'elle? Non. Mais pour elle. Mariposa, tu n'as pas vu la face désespérée de cette femme quand le bus m'a emporté loin d'elle. Depuis, ce regard me suit partout.

Mariposa serait-elle au rendez-vous?

Elle y était.

—Tu attends depuis longtemps?

—Une éternité.

—J'ai compris, j'ai compris.

—Ne t'en fais pas. Je blaguais.

—Ah bon!

—Je ne comprends toujours pas pourquoi tu m'as demandé de venir.

Qu'allait-il lui répondre? Qu'il tenait à la revoir avant de partir? Qu'il avait besoin d'elle? Il se contenta de lui sourire et la laissa interpréter ce sourire comme bon lui semblerait. Mariposa se demandait si elle devait être flattée ou s'il se moquait d'elle encore une fois.

—Dis!

—Je vois la journée comme une sorte de course au trésor. C'est un jeu qui m'a semblé de ton âge et j'ai cru que cela t'amuserait. Je me trompe?

—Sur mon âge, probablement.

Il lui expliqua que, pour circuler plus librement dans les rues sans attirer l'attention sur lui, il avait cru préférable d'être avec elle.

—Plus agréable aussi?

—Tiens! Je n'avais pas pensé à cela, mais tu as peut-être raison. Je serai plus en mesure de te le dire à la fin de la journée.

—Tu n'es pas très galant.

—Les hommes de mon pays sont des hommes froids.

—Des bonhommes de neige, on sait bien.

Ils ne commencèrent à regarder sérieusement à droite et à gauche, dans les entrées de portes et les cours, qu'une fois rendus près du Musée des sciences. De là, tout en parlant de mille et une choses qui n'avaient aucun rapport avec ce qu'ils faisaient, ils descendirent jusqu'au port et remontèrent jusqu'à Monserrate, qui devient au nord Egido, toutes les rues, de Obispo à San Isidro.

—Maintenant?

—Maintenant, rien. Pourtant, je suis sûr que la petite vieille que je cherche vit dans ce quartier.

—Si on savait son nom, on pourrait l'appeler ou demander aux gens s'ils la connaissent, mais...

—La photo!

—Quelle photo?

—Daphné a sa photo! Que je suis bête!

Il lui faudrait deux heures, sinon plus, pour aller et revenir, mais il lui fallait cette photo.

—Toi, reste. Je vais y aller à ta place. Si, à mon retour, tu n'y es pas, je comprendrai que tu l'as rencontrée. Je t'attendrai alors ici, jusqu'à ce que tu reviennes. Ça te va?

Cela ne pouvait lui mieux aller.

Deux heures plus tard, il n'y avait presque personne dans les rues et il commençait de faire noir. Icare arpentait toujours seul le trottoir devant le Musée comme s'il y avait monté la garde, encore heureux que personne ne soit venu lui demander ce qu'il faisait là quand, tout à coup, il reconnut la voix qui l'appelait.

—Santiago!

Elle devait avoir de très bons yeux, car elle était encore loin et le paraissait davantage tant elle était petite, courbée comme une crosse de fougère. Icare regarda derrière lui pour s'assurer que c'était bien à lui qu'elle s'adressait, puis, ne voyant personne, il s'avança vers elle pour ne pas qu'elle ait à couvrir toute la distance qui les séparait.

—Santiago!

Il entrait dans cette voix autant de délire que d'amour et Icare sentit que, si elle l'avait pu, elle aurait couru se jeter dans ses bras. Alors, il pressa le pas pour la rejoindre plus vite et, dès qu'il fut près d'elle, il lui tendit les mains, qu'elle saisit aussitôt, en les serrant très fort.

—¿*Es posible?* Tu es revenu! lui dit-elle dans sa langue, qu'Icare comprenait sans être tout à fait sûr de savoir ce qu'il y avait à comprendre. Dis que tu te souviens.

—Je n'ai rien oublié, jura-t-il, mais il y a des souvenirs qu'on aime se faire rappeler.

Il n'en fallait pas davantage pour que la petite vieille l'invite chez elle, où ils pourraient parler à leur aise du passé et du présent.

C'était un passé merveilleux que sa présence à La Havane avait ressuscité d'un coup et, depuis, elle ne parlait que de cela, ne pensait qu'à cela, comme il l'apprit aussitôt qu'il fut entré dans la maison qu'elle partageait avec son fils et sa brue. Eux étaient heureux de le rencontrer et espéraient que, lui présent, la vieille retrouverait ses esprits.

Quand Icare vit la photo sur le mur, il comprit immédiatement. C'était le portrait d'un homme beaucoup plus âgé que lui et qui portait la barbe, un homme qui devait avoir cinquante ans, chauve et bedonnant, mais qui, à part ces accidents attribuables à son âge, lui ressemblait tellement qu'il aurait pu être son père, ou plutôt, étant donné l'âge de la photo, son bisaïeul. Ce n'était ni l'un ni l'autre: c'était Santiago.

Santiago, apprit-il au cours de la soirée, était un étranger venu du Canada. Lui aussi était du Canada? Quelle coïncidence! Chacun regardait tantôt la photo, tantôt Icare. C'était incroyable! Et que la vieille ait vu cette ressemblance tenait du prodige. C'était vrai qu'elle avait d'excellents yeux. Elle ne savait ni coudre ni lire et tout le monde disait que c'était pour cela qu'elle voyait encore bien à son âge, mieux que beaucoup d'autres.

—Santiago!

Elle lui prenait les mains et les serrait de nouveau très fort. De temps à autre, une larme coulait sur sa joue, qu'elle essuyait aussitôt. Elle ne voulait pas pleurer. Cela, comme on sait, abîme les yeux et puis, quand elle pleurait, elle ne voyait pas aussi bien.

C'était elle, la petite sur la photo? C'était elle. Icare ne la reconnaissait pas tant ce visage d'enfant était caché derrière les rides. Mais, puisqu'elle le disait, il voulut le croire. L'homme était sérieux comme on l'était sur les photos de l'époque, mais la fillette, qui devait avoir six ou sept ans tout au plus, souriait, heureuse sans doute de se trouver dans le studio d'un photographe.

Heureuse? Et comment! Dès que l'homme était entré dans sa vie, ç'avait été le paradis et rien depuis ne le lui avait fait oublier. C'était vers la fin de l'hiver, en février probablement. Il était arrivé par bateau, comme tout ce qui arrivait dans l'île, avait traversé le quai et pris la première chambre libre. Dans cette maison même. Voulait-il la voir? Pas tellement. Icare n'avait jamais eu le goût de faire le tour du propriétaire quand il entrait chez les gens, plus curieux qu'il était des êtres que des choses. Mais il n'en laissa rien paraître, de peur qu'on ne l'accuse d'indifférence, se leva et monta l'escalier, suivi de la vieille, dont c'était la chambre, et de son fils, qu'elle avait nommé Santiago en souvenir de l'autre. Une grande chambre avec deux portes-fenêtres ouvrant sur le port. Le jour, s'empressa-t-elle de dire, la vue était superbe et, à l'époque, le quartier était plus tranquille que maintenant. Icare essaya de s'imaginer arrivant dans cette chambre pour s'y installer.

Y était-il resté longtemps? Quelques semaines tout au plus. Icare se dit que lui aussi aurait pu rester quelques semaines ici. Il y avait, dans cette vue sur le port éclairé par de rares lampadaires, dont la réflexion des feux sur l'eau s'agitait comme des mouchoirs, une inquiétude comme on n'en voit nulle part ailleurs, une angoisse même, qu'on reconnaissait aussitôt par ce serrement au cœur qu'on éprouve seulement à proximité des gares et des ports. Cela tenait du déchirement des séparations, plein de tristesse et d'ivresse à la fois. Difficile à définir, comme si, à peine se sentait-on attiré vers l'inconnu, on regrettait déjà ce qu'on allait quitter. Cela avait le goût des adieux, goût de larmes et goût du large.

Tout le reste était bleu marine et invitait au rêve ou au voyage. Icare se sentit tellement bien, là où il était, qu'il approcha une chaise d'une des deux fenêtres et s'y assit sans qu'on l'y eût invité.

—Santiago! dit la vieille, et les deux hommes se retournèrent pour lui demander auquel elle s'adressait.

Santiago, ce n'était pas son nom, mais comme il avait un nom anglais impossible à prononcer, on l'avait appelé Santiago, qui en était la traduction espagnole. Un jour qu'il avait été en ville avec elle, ils s'étaient arrêtés à la Bodeguita del Medio, où il avait pris un verre. Il buvait beaucoup, souvent même dès le matin, et elle se rappelait que le soir il avait parfois du mal à naviguer jusqu'à sa chambre. Mais ce n'était pas un homme violent et, même ivre, il lui paraissait infiniment meilleur que bien des hommes sobres.

Ce jour-là, avant de quitter le bar, il avait tracé sur le mur, parce qu'elle le lui avait demandé, le nom qu'elle lui donnait. Mais c'était elle qui avait tenu la plume et lui qui avait guidé sa main. C'était le seul mot qu'elle avait écrit de sa vie et elle en était tellement fière qu'elle allait souvent le revoir. Pour se rappeler aussi. Pour s'assurer qu'elle n'avait pas rêvé.

« SANTIAGO » écrit sur un bout de papier, cela venait d'elle? Oui. Elle l'avait reconnu devant le Musée des sciences. Elle était entrée derrière lui pour être sûre de ne pas se tromper. Pas d'erreur: c'était lui. Alors, elle s'était rendue à la Bodeguita, avait calqué le prénom, mais après, elle n'avait plus su ce qu'elle devait en faire. Tout commença alors de se mêler dans son esprit. Était-il un enfant ou un petit-enfant de Santiago ou Santiago lui-même? S'il était Santiago, il reconnaîtrait sûrement sa signature et saurait la retrouver.

Après avoir prié à la cathédrale, elle avait erré une bonne partie de la soirée, hantée par ses souvenirs. Puis, alors qu'elle se résignait à rentrer à la maison, elle l'avait reconnu, endormi à une table de café comme font les hommes qui ont trop bu et qu'il ne faut pas réveiller. Elle avait glissé le papier dans sa poche, mais il n'était pas venu la voir. Ce n'était peut-être pas Santiago, après tout. Mais si ce n'était pas lui, qui était-ce?

Son fils lui avait demandé d'oublier l'incident, puis l'autre jour elle l'avait revu dans le bus de Guanabo. Cette fois, elle n'était pas seule; Santiago, son fils qui vivait avec la vieille photo sous les yeux, l'avait aussi reconnu. « Reconnu? Mais reconnu qui? » demanda Icare, dont aucun ancêtre, à sa connaissance, n'avait mis les pieds à La Havane. Il n'y avait personne à reconnaître, insista-t-il. Il ne s'agissait que d'une ressemblance, frappante à la vérité, étonnante même, mais il ne fallait pas chercher plus loin. Il était... De fait, s'était-il présenté? À quoi cela

453

aurait-il servi ? Il se sentait comme une personne en chair et en os parachutée dans le rêve d'un autre. On s'était fait une idée de lui et rien de ce qu'il pouvait avancer n'y aurait changé quelque chose. Il avait beau nier, montrer l'absurde de la situation, rien n'y faisait. Plus il protestait, plus on était convaincu d'avoir raison.

— Santiago n'est plus, déclara-t-il, pour rompre l'enchantement de cette pauvre chambre qui n'avait de beau que ce qu'on pouvait voir de ses fenêtres. Santiago avait cinquante ans, il y a plus de soixante-dix ans de cela. J'en ai vingt-cinq. Il n'y a aucun rapport entre lui et moi.

La vieille se mit à pleurer. Elle était assise sur son lit et les larmes coulaient. Icare se dit qu'il n'en verrait pas la fin, que cette femme, contre toute vraisemblance, avait compté sur le retour de Santiago et que, maintenant qu'il lui apprenait que l'étranger ne reviendrait pas, elle versait les larmes retenues depuis son départ. C'étaient des larmes de déception, comme si la vieille s'était sentie trahie par lui parce qu'il refusait de la reconnaître alors qu'elle savait que c'était lui.

— Que voulez-vous que j'y fasse ?

C'était pourtant simple, mais Icare n'arrivait pas à y croire. Le fils le prit à part et lui dit que, pour le bonheur de la vieille et la paix dans sa famille, pourquoi ne ferait-il pas semblant ? Y avait-il du mal à cela ? Icare se fit aller la tête de gauche à droite et de droite à gauche. Voyant qu'il refusait, le fils se dit qu'il n'y avait plus rien à faire et laissa sa mère seule avec l'étranger.

Icare retourna à la fenêtre. La vieille, qui n'avait pas baissé les yeux, vit son profil découpé dans le noir et cessa tout à coup de pleurer. Santiago était revenu. C'était lui. C'étaient sa chaise, sa chambre. Il était là et, comme lorsqu'elle était petite fille, ils passeraient des heures ensemble sans échanger de paroles car il était taciturne, mais, si elle était sage, ils iraient au café ensemble et elle prendrait une citronnade, ou, de préférence parce que c'était plus sucré, une orange pressée. Elle s'essuya les yeux et se moucha.

«Je suis Santiago, se dit Icare, et j'ai cinquante ans. Nous sommes au début du printemps 1915 et je m'embarque demain. Destination inconnue. Ou plutôt, je sais où je vais, mais je ne peux pas le dire. À qui cela pourrait-il servir? Je pars pour ne jamais plus revenir. C'est ce que je me dis, mais je n'en suis pas sûr non plus. Je n'ai pas encore averti la chambreuse. Je le ferai demain matin en partant. Mais il y a la petite, qui est là, assise sur mon lit. Que vais-je lui dire? Je ne peux souffrir d'entendre une enfant pleurer et pourtant je ne peux lui mentir. Ce n'est pas dans ma nature. Alors, lui dire? Lui dire tout?»

—Écoute, petite, lui dit-il, en se tournant vers elle.

Comme il faisait noir dans la chambre, qui n'était éclairée que par les lumières de la rue et les étoiles, Icare put lui parler comme à une enfant et c'est une enfant qui l'écouta.

—Il faut être brave, continua-t-il, sur le ton de la confidence qui avait toujours été le leur, comme si tout ce qu'il avait eu à lui dire eût été terriblement important, nouveau et secret. Demain, je vais partir.

Elle retrouva ses larmes d'enfant. Ce n'étaient plus celles, amères, de tantôt, mais les larmes d'un chagrin nouveau, d'un chagrin qu'on cause malgré soi mais qu'on ne peut s'empêcher de causer parce que la vie l'a voulu ainsi. C'était plus fort que tout, plus fort qu'elle, plus fort même que les grandes personnes. Ne pouvait-il pas rester dans cette maison sans homme, dans cette maison où l'on venait et partait sans laisser de souvenir tant tous les marins se ressemblent? Il avait été le seul à se distinguer des autres, le seul aussi à être resté si longtemps, à s'être intéressé à elle, à lui offrir le soir une orangeade. Pas tous les soirs, ç'aurait été trop beau. Mais certains soirs, ceux-là seuls dont elle se souviendrait le reste de ses jours.

—Demain je vais partir, répéta-t-il, et peut-être ne nous reverrons-nous jamais.

C'était donc vrai! Il partirait. Il ne l'emporterait pas avec lui, comme elle se l'était imaginé. Pourquoi partait-il? Pourquoi ne reviendrait-il pas? Les grandes personnes non plus ne sont pas libres? La petite ne comprenait pas. Tout ce qu'elle retenait, c'était que demain la chambre serait vide et que jamais plus elle ne le reverrait.

Icare avait, sans qu'il ait pu le soupçonner, trouvé les mêmes mots que l'étranger et les disait sur le même ton que lui. Il n'avait pas d'explications à lui fournir. Lui-même ne savait pas pourquoi il était venu et ne savait pas davantage pourquoi il partait. Reviendrait-il? Sait-on jamais où l'on va reposer son pied? Qui peut lire l'avenir?

La petite s'était endormie en pleurant et avait passé cette nuit dans la chambre de l'étranger. Quand elle s'était éveillée le lendemain matin, la chaise près de la porte-fenêtre était vide. Santiago était parti. Peut-être était-il sur ce bateau qu'elle voyait quitter la baie. Elle en avait éprouvé un tel chagrin que sa mère crut qu'elle allait en mourir et elle ne reprit du mieux que lorsqu'on lui promit qu'elle pourrait rester dans cette chambre jusqu'à ce que l'étranger revienne.

Il était revenu; cette chambre était la sienne, mais demain il repartirait encore. Il venait de le lui dire. Et c'était vrai. Comme le temps avait passé vite et comme elle le regretterait! Mais, s'il était revenu une fois, peut-être reviendrait-il encore? S'il revenait, lui promit-il, la première porte à laquelle il frapperait serait la sienne.

Pouvait-elle passer cette dernière nuit avec lui? Elle le pouvait. Avant de se coucher, la vieille se pencha et sortit une valise de sous le lit. C'était une vieille valise en cuir qui avait vu beaucoup de pays et connu bien des climats: la valise de Santiago, qui avait souffert autant que lui et qu'il avait laissée ou oubliée là. C'était à lui. Icare protesta. Elle insista tant qu'à la fin, pour le repos de la vieille, il accepta.

La vieille s'étendit ensuite, tout habillée, comme la première fois, et s'endormit, une dernière larme au coin des yeux. Quand Icare vit qu'elle dormait, il se leva, lui donna un baiser sur le front en signe d'adieu et partit, emportant avec lui la lourde valise de Santiago, qui était maintenant la sienne.

C'était pour lui la fin du mystère.

Mariposa l'attendait devant le Musée où ils s'étaient donné rendez-vous quelques heures plus tôt.

—J'ai la photo! déclara-t-elle, en l'apercevant.

—J'ai vu la vieille!

—Tu es sûr qu'elle était vieille?

—Très vieille! Tu vois, j'ai fait un héritage, dit-il, en riant.

—Une vieille valise...

—... remplie de linge sale!

Icare lui raconta ce qu'il avait retenu de cette étrange aventure et lui demanda comment elle s'y était prise pour obtenir la photo. Elle inventa quelque chose de très compliqué à multiples péripéties, ce qui les occupa jusqu'à ce qu'ils arrivent au Marazul.

Il était un peu passé dix heures. Le bus, qui les déposa derrière l'hôtel, disparut presque aussitôt, emportant avec lui les seuls bruits de moteur venus rompre le calme du soir, un calme qui n'était pas tout à fait un silence, un calme peuplé de bruissements d'ailes, de froissements de feuilles et de voix humaines qui leur parvenaient par vagues au gré des vents.

—C'est tout plein d'arbres de Noël ici et c'est l'hôtel qu'on décore, dit-il, en faisant allusion aux ampoules rouges des couloirs qu'on voyait de la route.

Mariposa pensait à autre chose et ne voyait pas de poésie dans ce qu'il avait pris pour des éclairages de Noël.

—Alors, demain tu nous quittes?

—Oui.

La fin des vacances... Retourner au travail serait moins dur encore que de dire adieu à ses vacances, de belles vacances, plus belles encore qu'il ne l'avait espéré.

—Écoute! Tu entends?

C'était la cascade des «o» du *Gloria* qui, avec ses hauts et ses bas, comme la vie, roulait jusqu'à eux. On chantait là-bas des cantiques de Noël et cela parut à Icare plus beau que ce qu'il se rappelait avoir entendu de semblable dans les églises, peut-être parce que cela n'avait pas été orchestré, préparé d'avance et noyé par les orgues, la spontanéité donnant au chant cette qualité, faite de chaleur et d'intensité, qu'on ne trouve jamais dans ce qui est étudié et récité sur commande. D'entendre cette nuit, à la belle étoile, loin de son pays natal, ces prières mises en musique lui fit comprendre que les hommes, quand ils ont quelque chose de très important à dire, le chantent, les mots seuls leur paraissant trop pauvres pour traduire adéquatement ce qu'ils ressentent au plus profond de leur cœur.

Depuis quelques jours déjà, il s'était dit que ce soir, leur dernier soir dans l'île, serait empreint de tristesse et ce chant séraphique, qui emplissait tout l'espace, semblait-il, entre la terre et les cieux, lui donnait raison et lui parut tellement merveilleux qu'il voulut mêler sa voix aux autres et faire partie de ce mystère, se sentant capable, en cette nuit de Noël, de retrouver l'âme de ses premières années, de retourner à l'âge où tous les espoirs demeurent possibles.

—Tu viens?

—Tu ne vas pas porter la valise à ta chambre?

—Plus tard. Ça ne presse pas. Qui sait combien de temps cela va durer? La voix, ça se fatigue vite et celles-ci ne m'attendront pas.

David, qui revenait de l'hôtel où il avait été chercher un châle pour Ana qui sentait le froid, les rejoignit sous les pins.

—Vous voilà! Il ne manquait que vous pour que ce soit complet.

C'était sans doute une exagération, mais cela plut à Icare, qui aimait croire qu'on avait pensé à lui.

Sur la plage, brûlait un feu de joie dont la flamme très haute et droite éclairait les chanteurs assis tout autour.

—Ça fait boy-scout, hein? Mais ça ne fait rien; tout

le monde aime ça, lui dit Céline, en se serrant pour qu'il s'assoie près d'elle.

—C'est l'hôtel qui a organisé cela?

—Penses-tu! C'est nous autres.

On chantait en anglais maintenant. C'était tantôt une chanson française, tantôt une chanson anglaise. On chantait parfois aussi en latin, mais plus rarement. Ce qui étonnait Judith, c'était d'entendre Ana et David, les seuls à se rappeler les mots de toutes les chansons. «C'est bien pour dire», pensa-t-elle, n'y comprenant rien.

Icare joignit sa voix aux autres, chantant le premier couplet, fredonnant les autres, reprenant au refrain.

—Je ne me mêle sans doute pas de mes affaires, mais je crois que, le plus tôt tu le sauras, le mieux ce sera. Regarde.

Icare leva les yeux dans la direction que lui indiquait Céline. Il vit Suzanne auprès de Jean-Marc.

—Ils se sont raccordés? lui demanda-t-il, la voix altérée.

—Cet après-midi.

—Ah bon!

Quand il retournerait à sa chambre, Suzanne n'y serait pas. Avait-elle laissé une note pour lui? Icare essayait de s'imaginer la scène: Suzanne refaisant ses valises, dans la chambre, avec Jean-Marc. Un Jean-Marc triomphant. Suzanne plus tard désavouerait sans doute ce bref inter-mède et en ferait peut-être même l'erreur de sa vie. Pourtant, sur le coup, cela n'avait semblé une erreur ni pour l'un ni pour l'autre.

Qu'est-ce qui avait pu la faire changer d'idée? La peur de la solitude? Suzanne n'avait pas une très bonne opinion de sa personne. Elle était même portée à se déprécier, prenant plaisir à se vieillir et à se trouver laide. Elle aurait donc eu peur de vivre seule, au point de préférer vivre avec un homme qui l'avait battue?

Icare refusait de se dire qu'elle méritait le sort qu'elle venait de se choisir. Qu'avait-il de mieux à lui offrir? Il n'avait jamais été question de partager son existence avec la sienne.

Alors? Qu'avait-il à redire? Suzanne ne pouvait pas vivre seule. Un point, c'est tout. C'est beau les théories, cela s'échafaude à l'infini comme la charpente vide d'une tour de Babel. Mais, quand vient le moment de choisir sa vie, de la faire en tout cas, les théories ne vont pas très loin et ne tiennent pas chaud. Suzanne ne lui expliquerait rien. Il savait maintenant qu'elle ne lui avait pas laissé de mot, qu'elle ne tenterait pas de lui parler. Irait-elle jusqu'à l'éviter? Peut-être pas. Ne rien dire. On ne querelle pas quelqu'un qui se jette en enfer par peur de tomber dans le vide.

Suzanne le regardait maintenant, lui sembla-t-il, pour la première fois depuis qu'il était venu s'asseoir auprès de ce feu de joie. Sans bonheur ni tristesse. Son regard en était un de résignation à l'état pur, plein comme une boule sur laquelle on étouffe. Il lisait dans ces yeux, qui avaient fini de pleurer et de rire, l'acceptation de tout le reste.

Icare tenta de lui sourire, sans y arriver. Il tenait à ce qu'elle sache qu'il avait compris et qu'il ne la blâmait de rien. Alors, il lui fit signe que oui.

Suzanne se détendit, soulagée, et se pencha vers Jean-Marc en lui serrant le bras.

—La vie nous réserve de drôles de surprises, dit-il enfin à Céline, qui l'avait laissé à ses rêveries, profitant elle-même de son absence pour s'égarer dans les siennes.

—C'est bien pour dire, hein? Mais, en parlant de surprise, qu'est-ce que tu fais ici avec ta valise?

—Je pars.

—Déjà! Tu ne ferais pas cela? Écoutez! Écoutez tous! Icare veut se sauver de Cuba ce soir! Il prend le bateau pour Miami. Regardez! Je ne vous mens pas: il a sa valise avec lui!

—Comment ça?

Personne ne le croyait, mais tout le monde voulait faire semblant de le croire car la soirée commençait de verser dans les larmes et cela paraissait fort ennuyeux.

—Il faut l'en empêcher!

—Oui! Enlevez-lui sa valise!

Céline saisit la valise, qu'Icare ne défendait pas, la passa à son voisin, qui la passa au suivant.

—On joue à la guenille brûlée?

—Oui!

Tout le monde était d'accord, mais la valise était et trop grosse et trop lourde.

—Veux-tu bien me dire ce que c'est que tu as dans cette valise-là, pour l'amour du saint ciel?

La curiosité était à ce point générale qu'on se mit à crier en chœur:

—Ouvrez la valise! Ouvrez la valise!

Céline se sentit mal et s'excusa auprès de lui:

—Je n'aurais jamais dû commencer cela.

Mais Icare riait autant que les autres.

—Sésame, ouvre-toi! ordonna-t-il.

On défit sur-le-champ les deux courroies. Les serrures, qui n'avaient pas été fermées à clé, n'offrirent aucune résistance.

—Ah! Regardez-moi donc ça! C'est toi qui as fait ça?

Icare se leva avec les plus curieux, pour aller voir. La valise était remplie de petits panneaux de bois et de feuilles de papier.

—Des dessins? Non, ce n'est pas moi.

—Des dessins? On peut les voir?

—Envoie! Ne les garde pas tous pour toi, passe-les!

Paul n'avait aucun goût pour ces montagnes vertes entourant des anses bleues.

—On ne voit rien! C'est juste des petits barbots! jugea-t-il, en jetant un coup d'œil hâtif sur des aquarelles vite faites où les arbres avaient la texture diaphane de nuages et l'eau, celle d'un voile de mousseline.

—Ce doit être des dessins d'enfant. Regarde, dit Daphné qui feuilletait, sans l'examiner de près, un carnet de croquis.

—Ça pourrait être n'importe où; ça n'a l'air de rien, dit Jean-Marc, qui dépréciait, par malice, huiles et aquarelles parce qu'elles appartenaient à Icare.

On se passait les pochades, toutes assez semblables. C'étaient des paysages où l'artiste avait réduit ce qui était vaste comme une forêt à une échelle plus humaine, en lui donnant l'aspect d'un simple berceau de verdure. Ici et là, un personnage vu de loin lisait peut-être, rêvait plutôt, perdu dans cette ouate verte qui l'isolait des bruits. Il y avait aussi des vues de La Havane ou d'une autre ville. Quelques murs bleus, roses, jaunes ou verts comme des menthes. Ici, un âne; là, une femme, un panier de fruits ou de fleurs sur la tête. Il y avait aussi des rues ombragées, étroites et mal définies, au bout desquelles on voyait parfois, comme à travers une échancrure, une place inondée de soleil. On avait alors l'impression qu'il aurait suffi de déchirer la toile pour libérer le soleil, qui y aurait mis le feu.

—C'est très joli, dit Ana, qui avait de l'œil. On dirait que cela a été fait au début du siècle.

—Qu'est-ce que tu en penses, Noëlle?

—C'est pas mon genre. Toi?

Hubert ne voulait pas la contrarier en lui disant qu'il aimait les petites huiles, qu'il trouvait gaies à cause des bleus et des verts, ses couleurs préférées. Alors, il dit comme elle.

—Qu'est-ce que tu vas faire de tout ça? lui demanda Céline.

Icare, qui ne s'intéressait pas au dessin, lui préférant la musique et la lecture, dit qu'il n'avait pas l'intention de les garder.

—Faites-en ce que vous voulez, moi je n'en veux pas. Si vous ne les aimez pas, vous n'avez qu'à les jeter au feu. Mais si vous trouvez des photos, je veux les avoir. OK?

Icare aurait aimé avoir la photo de Santiago, pour lui rappeler celle qu'il avait vue chez la vieille, mais il n'y en avait aucune dans la valise.

—Dis donc, lui demanda Antonio, qui tenait dans sa main un panneau de bois de la dimension d'une carte postale, sais-tu qui a fait tout cela?

—Santiago.

—Santiago qui?

—Je ne sais pas.

Antonio trouvait que ces huiles ressemblaient étrangement à deux tableaux qu'il avait chez lui, deux tableaux qui lui avaient coûté les yeux de la tête et que sa femme avait mis au salon, un de chaque côté du foyer.

Les flammes baissaient. On voyait de moins en moins bien.

—Je peux jeter un coup d'œil? demanda François, en arrêtant Sylvio, qui allait lancer une feuille de papier dans le feu, comme certains avaient déjà fait avec d'autres pour ranimer les flammes.

—Bien sûr!

Quand il vit l'aquarelle qu'on venait de lui remettre, François suffoqua. C'était, il en était sûr, ce qu'il était venu chercher.

—Claire! dit-il enfin, quand il put reprendre son souffle. Claire! tes prières sont exaucées! Regarde! C'est un Morrice!

—Tu en es sûr?

—Pas d'erreur possible.

Pendant que Claire et François se regardaient, fou-droyés, plusieurs lançaient, en riant, les petits tableaux sur le bûcher.

—Ne faites pas ça! Ne faites pas ça!

Claire courait maintenant autour du feu, tentait de retirer les œuvres qui brûlaient déjà, essayait d'empêcher qu'on en jette d'autres aux flammes. Mais plus elle se démenait, plus on croyait qu'elle voulait jouer. Alors, on accompagnait ses interjections d'exclamations et on se dépêchait de vider la valise avant qu'elle ait pu mettre la main dessus. C'était excitant! C'était formidable! On s'amusait comme on avait cessé de croire qu'on aurait pu s'amuser ce soir-là.

—Mon Dieu! Qu'elle peut être le fun quand elle s'y met, ta femme! remarqua Judith.

Mais Claire ne riait pas et François non plus, comme on put s'en rendre compte quand Claire saisit la valise, la referma et s'assit dessus, les yeux exorbités, à bout de souffle, prête à défendre son bien.

—Voyons! Qu'est-ce qui vous prend?

—C'est à moi!

—C'est pas à vous; c'est à Icare.

—Il me l'a volée!

—Volée?

—C'est rien qu'un voleur! Vous m'entendez? Un voleur de la pire espèce. C'est à moi, cela!

—Vous n'avez pas le droit de traiter les gens de voleurs, lui dit Liljana.

—Je n'ai pas de leçons à prendre d'une femme qui paie les hommes pour coucher avec elle!

—Ce ne sont pas des choses à dire!

—Vous, les putains, lança-t-elle à Brigitte et Adèle, mêlez-vous de ce qui vous regarde.

—De mieux en mieux, souffla Céline, qui commençait de s'amuser.

—Celles qui suivent des cours particuliers de gymnastique dans la chambre de leur professeur feraient mieux de se taire!

—Et de cinq! compta Jean-Marc.

—Ne te pense pas au-dessus des autres, Jean-Marc la Bouteille!

—Ça suffit!

Jean-Marc mit la main sur le papier qu'elle tenait et le lui arracha de force, puis le déchira. Se voyant seule contre tous, puisque personne n'était venu à son secours, Claire lança des tas d'injures à droite et à gauche et menaça de tuer tout le monde.

—Tiens! dit Jean-Marc, en jetant les morceaux dans le feu.

Et puis, parce qu'il sentait le besoin de se venger de l'injure qu'elle lui avait faite et surtout d'Icare qui avait fait l'amour à Suzanne, il bouscula Claire, saisit la valise, et ce qui restait de croquis, d'aquarelles et d'huiles alla rejoindre les autres dans les flammes.

Alors Claire, devant l'énormité de cette perte, ouvrit toute grande la bouche et il en sortit un long cri épouvantable qui glaça tout le monde d'effroi.

—Qu'est-ce que vous avez fait? Êtes-vous fous? répétait François, qui se demandait, désemparé, pourquoi on avait poussé si loin la méchanceté envers sa femme.

—Ça, c'était pas nécessaire, ne put s'empêcher de dire Sylvio à Jean-Marc.

Tous étaient d'accord. Tant qu'on s'était contenté de brûler les papiers et les toiles, ç'avait été pour jouer et il n'y avait pas eu de mal à cela. Mais, dès que Jean-Marc avait usé de violence pour jeter au feu ce que Claire avait essayé de sauver des flammes, les choses avaient diantrement changé.

—Ce n'est pas tout. Icare, sais-tu ce qu'on vient de brûler? lui demanda Antonio.

—Des dessins.

—Qui valaient une fortune!

—Vous croyez?

—J'en suis sûr. Quand tu as dit tantôt que l'artiste qui avait fait tout cela s'appelait Santiago, je n'ai pas fait le rapprochement. Mais une des pochades est signée, celle-ci. Tu vois, dit-il, en la lui montrant, «J. W. Morrice».

—C'est possible.

—C'est même certain. Santiago en anglais, c'est James. James Wilson Morrice. Cela ne te dit rien?

—Rien.

—Morrice est un grand peintre. Il est venu...

—Je ne connais rien à la peinture. Et tous ceux qui étaient ici, ce soir, pensaient comme moi, que ce n'était pas grand-chose et qu'il valait mieux en faire un bon feu que de s'en embarrasser. Vous êtes le seul à y mettre un prix.

Il n'était plus le seul. Ana confirma ce qu'Antonio venait de dire. François aussi.

—Il y en avait dans la valise pour au moins un million!

On ne riait plus: un million! On venait de brûler un million et cela n'avait donné qu'une petite flamme. Même pas un feu d'artifice. Un million! On se le répétait, en se disant comme cela était affreux. Et on regardait Claire, qui portait sur son visage toute l'horreur de cette perte.

—Si je te remettais ce petit panneau, est-ce que tu le jetterais au feu comme les autres? lui demanda Antonio, qui ne trouvait pas juste de garder pour lui ce qui appartenait de droit à un autre, mais qui ne voulait pas non plus le voir brûler.

—Non.

Icare prit la pochade et alla trouver Claire, que François tentait de consoler.

—Madame, lui souffla-t-il tout bas pour ne pas être compris des autres, c'est le dernier. Prenez, il est à vous.

Claire, qui ne voyait que les flammes qui consumaient les autres, le laissa le lui mettre dans les mains, indifférente comme une reine qui eût retrouvé le diamant le moins brillant du collier magnifique qu'on lui avait pris. Que valait, en effet, ce petit panneau peint contre ses ambitions qui venaient de passer au feu? Un prix de consolation, c'est tout ce que c'était. Comme le fer rouge que l'on trempe dans l'eau froide pour en faire de l'acier, son désespoir se figea sur son visage en traits durcis.

Ana, lectrice assidue de la Bible, crut voir se métamorphoser devant elle la femme de Loth en statue de sel, bloc d'amertume, et s'enveloppa frileusement de son châle, car elle sentit un frisson la parcourir.

François, qui se reprochait de ne pas avoir trouvé la valise avant Icare et se demandait comment elle lui était parvenue, se dit qu'il n'avait plus rien à faire ici et partit, tenant Claire tout près de lui pour l'aider à avancer. Ils faisaient tellement pitié qu'Hubert dit à Noëlle qu'il les accompagnerait au cas où ils auraient besoin d'aide. Noëlle rentra avec eux.

Au cours des heures qui suivirent, Claire, en transe, gratta de ses ongles la surface de la pochade qu'Icare lui avait remise, avec une patience imbécile, jusqu'à ce qu'il ne reste, sur le panneau de bois, aucune trace de peinture. Le lendemain matin, à son réveil, elle oublierait tout de cette soirée passée autour du feu de joie, comme s'il n'avait jamais été allumé, et remettrait le petit panneau à François en lui disant :

—C'est toi qui as perdu un bardeau ou c'est moi ?

—Tout ça pour des petits dessins, confia Icare à Antonio, qui lui sourit parce qu'il n'était pas loin de penser comme lui.

—Changement de propos, tu as des nouvelles de Sophie ?

Icare lui répondit qu'il n'y avait aucun changement, qu'on la veillait nuit et jour et qu'elle buvait une quantité incroyable de rhum.

Le feu s'éteignait. François et Claire partis, on pensa

moins au présumé million qu'on venait de brûler qu'à l'heure du départ, qu'à l'heure de la séparation, qu'au passé, que l'on découvre splendide à partir du moment où l'on prend conscience que ce vécu nous a échappé des mains. On se mit alors à chanter que ce n'était qu'un au revoir, tout en sachant que c'était pour toujours.

En rentrant à l'hôtel, Astrid, malgré la promesse qu'elle s'était faite, confia à Liljana qu'elle avait lu dans les astres qu'un Bélier allait gagner beaucoup et perdre le même jour ce qu'il avait gagné. Ce Bélier devait être... Au fait, tout le monde ce soir avait touché au gros lot et l'avait perdu. «Hum...» pensa-t-elle, mais Icare avait perdu plus que les autres. Ce devait être lui, le Bélier.

—Bélier ou pas, il a brûlé un million comme s'il avait grillé une cigarette, dit Liljana, émue. Quel homme!

La plage s'était vidée. Il ne restait plus qu'Icare et Mariposa, qui n'auraient plus l'occasion d'être seuls. Comme rien de léger ou d'amusant ne leur venait à l'esprit, ils se traînèrent un temps les pieds, en silence, sur la promenade de ciment sous les pins, avant de s'arrêter devant l'hôtel.

—On se revoit demain?

—On se revoit demain.

—Bonsoir!

—Bonsoir.

Icare traversa la route puis, avant d'entrer, se retourna pour saluer une dernière fois Mariposa. Elle avait disparu. «Étrange», se dit-il. Tout ce qu'il voyait, c'était un papillon qui faisait des soubresauts dans le feu du lampadaire sous lequel ils venaient de se quitter.

❖

Le sommeil ne venant pas, Noëlle s'était levée se disant qu'elle irait, en désespoir de cause, compter les étoiles au firmament et, rendue sur la terrasse, c'était exactement ce qu'elle s'était mise à faire. Mais plus elle en comptait, plus le sommeil s'éloignait d'elle.

«Que je suis bête!» se dit-elle, en parlant du nombre infini d'étoiles et en pensant à Hubert, à l'amour, au mariage, car c'était ce qui l'empêchait de dormir.

Hubert... Hubert était le premier homme à s'intéresser à elle, à ce qu'elle faisait, aimait, rêvait. Mais quel début! Au musée, ç'avait été le désastre! Mais, depuis, ils s'étaient mieux compris, aurait-on dit, et découvert des goûts communs. Le cristal, par exemple. Les Val-Saint-Lambert de sa mère, plus précisément. On ne rit pas! Du vieux cristal comme il ne s'en fait plus. Noëlle n'avait pas de cristal, mais s'était dit qu'elle en achèterait quand elle se marierait. Ce qui se faisait de plus beau! Aussi commençait-elle d'avoir hâte.

Est-ce qu'elle présenterait Hubert à Marguerite? Bien sûr qu'elle le lui présenterait! Marguerite était sa meilleure amie. Mais elle attendrait un peu. Hubert lui paraissait timide et elle ne voulait rien brusquer. Qu'est-ce que Marguerite penserait de lui?

«Je parle de le présenter et je ne suis même pas sûre de le revoir.»

Hubert et elle, c'était peut-être, après tout, ce qu'on appelle une aventure de voyage, même s'il ne s'était réellement rien passé entre eux. Qui sait? Hubert avait peut-être une blonde qui l'attendait à Montréal. Dans ce cas, Astrid, lui sembla-t-il, le lui aurait dit. Chose certaine, s'il en avait une, Astrid ne devait pas l'aimer car elle n'arrêtait pas de le pousser dans les bras de Noëlle.

S'il n'avait pas de blonde, avait-il quelque chose de pas correct? Il faudrait vraiment mal tomber, mais ce sont des choses qui arrivent. Pour un gars de son âge, ce n'était pas normal de ne pas avoir de blonde. Sa mère qui le suit partout. On sait ce que cela donne. Ouais! Noëlle n'avait pas envie d'engager sa vie avec un gars à complexes. Elle avait déjà assez de mal à se débrouiller sans avoir à démêler la perruque des autres.

Il lui semblait que, si Hubert avait eu des penchants pas trop catholiques, cela ne lui aurait pas pris de temps qu'elle l'aurait su. Noëlle n'oubliait pas non plus qu'Adèle, qui, elle, s'y connaissait en gars, avait dit de lui que c'était un «beau morceau». Adèle ne se serait pas trompée. Alors, Hubert devait être correct. Un peu le petit garçon à sa maman, mais rien de grave. Noëlle règlerait cela dans le temps comme dans le temps, s'il lui en donnait l'occasion.

Mais était-ce seulement souhaitable? Quand elle passait en revue les couples qu'elle avait pu examiner de près ou de loin au cours de ses vacances, Noëlle se disait que le mariage et le bonheur ne vont pas nécessairement de pair comme elle l'avait longtemps cru. Il y avait Ana et David, Michael et Carmen, mais, pour deux couples heureux, que de couples séparés! Par la mort d'abord, comme Astrid, Eurydice et maintenant Sophie, qui regrettaient leur mari, ou par une quelconque incompatibilité, comme Antonio et Judith, qui, quoique mariés, voyageaient seuls, sans compter Céline, qui, à la différence des autres, se cherchait des amoureux et en trouvait. Que devait faire son mari? La même chose sans doute. Noëlle se demandait comment elle prendrait cela, si on lui apprenait que son mari courait la galipote. Pas très bien...

Parmi les couples séparés, Noëlle rangeait aussi Diane-D., qui avait eu un enfant, mais ne s'était jamais mariée, et Brigitte et Adèle, qui, étant courailleuses, ne s'attachaient à personne. Noëlle savait que cela se faisait beaucoup et qu'il ne fallait pas juger, mais elle se rendait compte aussi que ce n'était pas son genre. Voilà! Elle se cherchait une relation plus stable, permanente de fait. Daphné s'était trouvé un bel homme et l'avait épousé, mais Daphné, qu'elle avait enviée au début, ne lui paraissait pas particulièrement heureuse avec un homme qui ne semblait pas la comprendre. Si c'était cela, la vie à deux, Noëlle commençait de penser qu'elle serait mieux seule.

Et puis non. Depuis qu'elle avait son appartement, elle ne pensait qu'à se marier. Jour et nuit. Une véritable obsession! Quelle vie plate! Vivre seule jusqu'à la fin de ses jours? Comme Énid? Suzanne y avait pensé, mais sa résolution n'avait pas duré quarante-huit heures. Elle préférait risquer de se faire battre. Noëlle la comprenait. Mon Dieu! qu'elle la comprenait! Pas qu'elle se serait laissé battre, mais vivre seule, c'était tellement plate que des fois elle se disait... Puis non! Il y avait quand même un bout!

Sylvio vivait seul et ne s'en plaignait pas. Mais ce n'était pas la même chose. Un homme pouvait sortir seul le soir, par exemple, aller à la taverne ou dans une boîte de nuit, là où une femme hésiterait à entrer, même aujourd'hui. On a beau dire. Et puis, un homme, s'il est tanné d'être seul, peut toujours se marier. À n'importe quel âge. Tandis que, pour une femme, passé le cap de la quarantaine, c'est fichtrement difficile, surtout si c'est une première fois. Liljana, qui se disait entre deux mariages, appartenait au genre de femmes qui se marient souvent et que les hommes aiment même à un âge où les autres ont depuis longtemps cessé de plaire. Mais les femmes comme elle sont rares et, se disait Noëlle, qui pensait à celles qu'elle voyait sur les écrans du cinéma, il n'y a que les Européennes pour exercer sur les hommes un tel pouvoir.

Tout compte fait, Noëlle optait toujours pour le mariage. Le tout était de bien choisir. Encore fallait-il qu'il y ait un choix. Pour l'instant, c'était Hubert ou...

— Tu cherches ton étoile?

Noëlle sursauta! Depuis quand Icare était-il là, à l'étudier? S'était-elle parlé à haute voix? Avait-il saisi quelques mots?

— Mon Dieu! que tu m'as fait peur!

— Toi, tu es Capricorne, continua-t-il, sans s'excuser. Tu ne verras pas ton étoile, ce soir. Mais je peux te montrer les Rois; c'est de saison.

Elle ne savait pas où se trouvaient les Rois et eut, tout à coup, grande envie de le savoir. Il s'approcha d'elle et, plutôt que d'observer le ciel, regarda dans ses yeux.

— C'est là-haut, dit-il. Tout droit, au fond. Trois grosses étoiles en rang. Elles forment aussi ce qu'on appelle la ceinture d'Orion. Orion, c'est le rectangle d'étoiles autour.

Noëlle regardait le ciel mais, depuis qu'elle avait reconnu Orion et les Rois, c'était lui qu'elle voulait voir. Qu'est-ce qui la retenait de baisser les yeux? Son regard insistant posé sur elle? Qu'est-ce qui lui prenait? Elle aurait aimé le savoir.

— Tu aimes ça, regarder les étoiles?

Se moquait-il? Peut-être, mais lui aussi devait aimer

les regarder puisqu'il les reconnaissait et savait leurs noms.

—C'est ta fête aujourd'hui?

—Oui.

—Bonne fête! On peut t'embrasser?

Sans attendre de réponse, il la prit dans ses bras et lui donna un baiser qu'elle reçut en fermant les yeux. Jamais Noëlle n'avait eu de sensation semblable! C'était comme un vertige, mais sans l'angoisse de toucher le fond. Et même si cela n'avait duré que quelques secondes tout au plus, ce qu'elle avait éprouvé sur le coup continuait de la troubler. Était-ce cela, l'amour? Était-ce à ce signe qu'on le reconnaissait? C'était tellement différent de tout ce qu'elle avait ressenti auprès d'Hubert qu'elle ne savait plus quoi penser. Icare? Était-elle amoureuse d'Icare? Comme elle aurait voulu qu'il la prenne encore dans ses bras, plus longtemps cette fois. Pour toujours! Mais Icare s'éloignait déjà, indifférent, semblait-il, à l'émoi qu'il venait de causer, peut-être même à son insu.

Si c'était Icare qu'elle aimait? Quelle erreur ce serait que d'épouser Hubert! Mais qu'est-ce qu'il lui avait offert, Icare? Un baiser. Rien de plus. Demain peut-être. Il y avait encore demain. «Est-ce que j'aurais un choix?» se demanda Noëlle, en rentrant dans sa chambre.

XVIII

I care? Icare? Ouvre, c'est moi, Noëlle!

Toute la nuit, Noëlle s'était répété qu'elle ne finirait pas, comme tant d'autres, malheureuse parce qu'elle n'avait pas parlé au bon moment. Qu'est-ce qu'elle risquait? Qu'il rie d'elle? Tant pis! Il ne fallait pas qu'elle laisse passer l'occasion. Ce qu'elle dirait? «Icare, je t'aime.» Rien d'autre. Ensuite, elle improviserait à mesure.

—Icare?

Qu'est-ce qu'il attendait pour ouvrir? Dormait-il? Noëlle redoubla ses coups. Toujours rien. Il fallait qu'elle le voie. Maintenant. Peut-être était-il descendu manger? Noëlle prit l'escalier, remonta aussitôt, colla l'oreille à sa porte une dernière fois. Ce serait trop bête s'il se levait juste comme elle venait de s'éloigner.

—Icare?

Rien. Elle courut jusqu'à la salle à manger. Il n'y était pas. Eurydice y était. S'il était venu, elle le saurait. Elle savait tout. Elle ne bougeait presque pas de la journée et tout le monde passait devant elle.

—Vous avez vu Icare?

—Icare? Bien sûr que je l'ai vu. Pas plus tard que ce matin. Il était avec la petite. Vous savez qui je veux dire?

—Mariposa?

—C'est ça. Oh! elle avait les ailes plutôt basses, Mariposa.

—C'est Icare que je veux voir, interrompit Noëlle. Savez-vous où je pourrais le trouver?

—Il est parti. Vous ne le saviez pas?

—Parti?

Noëlle se sentit mal. Parti? Où? Le bus ne partait que dans une heure. Voulait-elle dire qu'il était à la plage?

—Parti pour de bon. Il a pris l'autobus avec ceux qui retournaient à Toronto. Il m'a dit qu'il n'avait pas pu obtenir de place dans l'avion direct Toronto-La Havane et que c'était pour ça qu'il était passé par Montréal, mais qu'il avait eu plus de chance pour le retour.

—Parti?

Noëlle aurait voulu cacher son désarroi à Eurydice, mais elle ne trouvait pas la force de se lever et de sortir. Icare était parti. Pour toujours.

—C'est pas possible, murmura-t-elle.

—J'ai bien peur que oui, ma petite fille.

Eurydice comprit l'orage qui se faisait dans le cœur de Noëlle et voulut la calmer, mais les seules paroles de consolation qui lui venaient à l'esprit étaient celles qu'elle avait maintes fois prononcées à des funérailles. L'amour, c'était autre chose. Tout ce qu'elle trouvait, c'était: «Ma pauvre petite fille», qu'elle lui répétait parce que c'était exactement ainsi qu'elle la voyait.

—Il faut que tu te fasses une raison.

Pourquoi? se demandait Noëlle, révoltée. Pourquoi

devait-elle renoncer à l'amour? Car c'était cela qu'elle avait ressenti dans ses bras. Ou étaient-ce la fatigue, l'énervement, le charme d'un ciel couvert d'étoiles et quoi d'autre encore?

—Je l'aime, confessa-t-elle.

—Qui? demanda Liljana, en s'asseyant à la table d'Eurydice. Ou suis-je indiscrète?

Puisqu'elle venait de perdre Icare, Noëlle se dit qu'elle n'avait plus rien à perdre.

—Icare.

—Vous avez du goût. Quel homme! Un pape!

—Dites plutôt un prince, rectifia Eurydice.

Cette révélation inquiéta Liljana, qui voyait difficilement Icare dans les bras d'Eurydice. Quant à Eurydice, elle crut facilement qu'Icare avait conduit Liljana à l'église et qu'il l'avait convertie. Après un bref chassé-croisé de regards, chacune baissa les paupières pour retenir pur le souvenir de son aventure, qu'elle attribuait également à l'autre.

—Il le sait?

—Non, je ne pense pas.

—C'est peut-être mieux ainsi.

—Vous croyez?

Liljana n'aimait pas donner de conseils à une femme qui aimait un homme qu'elle avait elle-même aimé. Mais Noëlle avait l'air tellement malheureuse et son amour si désespéré qu'elle lui dit enfin:

—Icare... Et puis, non, je ne vous parlerai pas de lui. Vous pouvez toujours le revoir, vous savez. Quelqu'un ici doit avoir son adresse.

Elle allait le lui déconseiller, puis se tut.

—Vous allez prendre une bouchée avec nous?

Noëlle n'avait pas faim et ses valises n'étaient toujours pas faites.

❖

Sur le bord de la route, à l'est d'Alamar, Marco faisait de grands gestes, en signe d'adieu, aux touristes de Toronto qui se dirigeaient vers l'aéroport. Comme le bus n'allait pas très vite, on l'aperçut et on lui répondit. Marco riait aux éclats.

«Le petit bonjour!» se dit Icare, en reconnaissant sa valise, que Marco avait dû lui voler dès qu'il l'avait déposée dans le couloir de l'hôtel.

Avec ce qu'il restait des jeans et des chemises d'Icare, Marco serait chic. Plus chic que tous les Cubains de son âge. Les filles le remarqueraient et l'aimeraient. Marco serait heureux.

❖

Dans le même bus, revenu prendre, cette fois-ci, les passagers à destination de Montréal, Lise, les doigts tachés d'encre, replia son dernier journal.

—J'ai fini! annonça-t-elle.

Tout le monde applaudit.

Elle avait passé en revue les nouvelles des six derniers mois et se disait que cela avait été une bonne année qui finissait bien. Et Cuba? De tous les pays où elle avait passé ses vacances de Noël, ç'avait été, sans l'ombre d'un doute, le meilleur. Comme il y avait peu à faire, elle avait pu lire tous ses journaux, ce qu'elle n'avait réussi nulle part ailleurs. Et c'était moins cher. Elle reviendrait et

479

recommanderait l'endroit à d'autres.

Quant à Eurydice, qui n'avait jamais oublié les siens, rien ne la convaincrait de passer un autre Noël sans les enfants, qu'elle se réjouissait de retrouver dans quelques heures pour ne plus jamais les quitter. Cela lui avait paru trop triste.

Carmen, de son côté, trouvait qu'une semaine, c'était trop peu et que, la prochaine fois, ils devraient songer sérieusement à en prendre deux.

—Qu'est-ce qu'Antonio avait à te dire? lui demanda Michael.

—Il voudrait que j'oublie l'avoir rencontré à Cuba. Lui va en parler à Évelyne, mais il trouve que ce n'est pas à moi de le lui apprendre.

—Qu'est-ce que tu comptes faire?

—Je ne sais pas. Je ne lui ai rien promis. Si tu avais été là, le soir où elle a déblatéré contre ceux qui passaient leurs vacances à Cuba, tu comprendrais que j'aie du mal à la fermer. Eh! que ça me ferait plaisir de la remettre à sa place! Elle m'a assez humiliée, ma foi du bon Dieu! Le pire, c'est qu'elle savait que je risquais de rencontrer son mari.

—C'était sans doute sa façon de t'avertir de n'en rien dire à ton retour.

—Tu penses?

—M'est idée que tu choisis entre te taire ou jouer toute seule aux cartes. Penses-y bien, Carmen.

Au comptoir d'enregistrement, on avait laissé passer

Sophie en premier tant elle était pâle et faisait pitié à voir. Elle n'avait rien dit, se laissant guider par Astrid et Céline, qui s'étaient proposées de veiller sur elle jusqu'à l'heure du départ.

—À Montréal, je me demande ce qu'on va faire.

—On la mettra dans un taxi. On ne peut pas nous en demander plus, toujours. Il y a des limites.

Les autres faisaient la queue, leur billet d'avion et leur passeport à la main. C'était long, mais on avait tout le temps.

—As-tu mon passeport, Daphné?

—Non, Paul. Tu te rappelles? Avant de quitter la chambre, tu m'as demandé de te le remettre.

Paul se rappelait, en effet. Il avait même ajouté: «Tu es assez tête folle. Je suis aussi bien de le prendre avant que tu me le perdes!» L'embêtant, c'était qu'il ne l'avait plus, alors que Daphné avait toujours le sien.

—Tu es sûre?

Elle en était sûre. Lui aussi. Il commençait d'avoir chaud. Il fouilla toutes ses poches, défit son sac, puis sa valise, demanda de regarder dans le sac de Daphné, qu'il vida sur le plancher, défit sa valise. Le passeport n'était nulle part.

—Tu ne l'as pas?

—Est-ce que j'ai l'air comme si je l'avais?

Daphné se pencha et refit les sacs et les valises, repliant et replaçant tout comme avant. Le passeport n'était pas là. Paul avait raison.

—Énerve-toi pas. Reste ici avec les valises. Je vais faire un tour dehors. Ça se peut que tu l'aies échappé.

—Voyons, Daphné! Tu le retrouveras jamais!

Penses-y! Un passeport canadien à Cuba! Le monde se tue pour en avoir! Je ne pourrai jamais partir d'ici. Ils vont me mettre en prison.

Daphné n'écoutait plus. Quand elle revint, cinq minutes plus tard, Paul avait encore une fois défait les sacs et les valises.

—Tiens!

—Daphné! Où l'as-tu trouvé?

—Dans l'autobus. Il a dû tomber de ta poche quand tu t'es levé.

—Daphné! Tu m'as sauvé la vie!

«Je ne suis peut-être pas si sotte que cela, après tout», se dit Daphné, qui se sentait tout à coup très grande dame, cette sensation toute nouvelle l'aidant à se redéfinir. Elle refit une deuxième fois sacs et valises, en se disant qu'il faudrait tout laver une fois rentrés, même ce qu'ils n'avaient pas porté, car Paul avait tout jeté par terre.

—Noëlle! dépêchez-vous si vous tenez à revoir Icare, l'avertit Liljana. Son avion part à l'instant.

—Il n'est pas parti?

—Non, puisque je vous dis. Faites vite!

On aurait dit que l'officier qui avait son passeport le faisait exprès pour la retenir, vérifiant chaque trait de son visage sur ceux sur la photo. Il tourna ensuite chaque page et chaque page était blanche. Noëlle finit par lui dire de se dépêcher tant elle se faisait du mauvais sang. Erreur. L'officier comprit qu'elle le poussait dans le dos, ce qu'il n'apprécia pas, et il recommença son examen à partir du début, tant et si bien que, lorsque Noëlle entra dans la salle d'embarquement, les derniers passagers à destination de Toronto étaient déjà sortis.

—Ah! mon Dieu!

—Trop tard, ma pauvre enfant.

Liljana lui montrait Icare qui fermait la marche.

—C'est pas possible!

Son cœur ne mentait pas ni cette sensation bizarre qui s'était emparée d'elle en entendant Liljana prononcer son prénom. C'était lui qu'elle aimait, lui et lui seul. Elle pleurait de rage maintenant et, à travers ses larmes, voyait de moins en moins bien l'homme qu'elle aimait et qui allait disparaître sous ses yeux. Dans un geste désespéré, elle se jeta sur la porte de sortie, mais deux gardiens la saisirent et l'empêchèrent d'aller plus loin.

—C'est mon avion! protesta-t-elle. Mon avion! Comprenez donc! Laissez-moi passer!

Icare montait l'escalier d'accès.

On vérifia le billet de Noëlle. Ce n'était pas son avion. C'était l'avion de Toronto.

—Toronto, lui répétait-on, en montrant l'avion du doigt.

—C'est mon avion…, soupira-t-elle, en voyant la porte se refermer et, avec elle, toutes les portes.

C'était fini. Icare partait et elle restait. Restait aussi Hubert, qui l'avait invitée à fêter le Nouvel An avec lui. Avait-elle accepté? Elle ne se rappelait plus tant cela avait peu d'importance. La demande, quoiqu'elle s'y soit attendue, lui avait paru inopinée et le moment si mal choisi qu'il lui semblait avoir marmonné quelque chose de très vague pouvant tout aussi bien vouloir dire oui que non et la laissant libre d'accepter ou de se dégager le moment venu. Voudrait-il seulement la revoir à présent qu'il savait que ce n'était pas lui qu'elle aimait mais l'autre, car il avait dû la voir et comprendre? Ah! ça non!

Elle n'allait tout de même pas s'inquiéter d'Hubert et de ce qu'il pouvait penser! C'était à Icare qu'elle voulait penser et à lui seul, à Icare, qu'elle ne voyait plus et qu'elle savait dans l'avion qui se défaisait de toutes ses attaches et allait partir.

Le front collé à la porte vitrée, Noëlle entendait le vrombissement assourdissant des moteurs, les rumeurs fiévreuses de la salle d'embarquement et le froissement d'ailes d'un superbe papillon qui se cognait désespérément contre la vitre, comme s'il avait voulu sortir autant qu'elle.

—¡Perdon!

Quoi? Un employé, qui voulait sortir, avait mis la main sur son épaule. On le laissa passer. «Voici ma chance!» se dit Noëlle, en se précipitant derrière lui. Mais les gardiens, qui la surveillaient de près, la saisirent avant qu'elle ait pu mettre un pied dehors. Noëlle étendit le bras, s'agrippa d'une main au montant de la porte, pendant que de l'autre elle tentait de se libérer. Au-dessus de sa tête, le papillon, sentant l'air entrer, battait furieusement des ailes, cherchant la fente par où s'enfuir.

L'employé, qui était sorti, poussa la porte sans prendre garde.

La douleur fut si intense que Noëlle ne vit plus que l'éclatement d'une étoile, qui l'aveugla tout à fait au moment même où, sur la piste, se mettait en marche l'avion qui emportait Icare.

Sur le seuil de la porte, tout près du papillon écrasé, qu'on écarta d'un coup de pied, s'était formée une étoile rouge.

Choix de jugements

«Quand le romancier se fait détective de l'âme, il voit des pistes, des traces d'âme partout. Alors il révèle de secrètes émulsions de la réalité et, par la magie des mots, il arrive à redonner à la banalité des destins ordinaires leur singulière grandeur. Je ne m'attendais pas à ça en entamant cette brique de près de 400 pages où j'apprenais dès le départ que j'allais passer deux semaines à Cuba, à l'hôtel Marazul avec une trâlée de Québécois! Mais j'ai fait un «trrrès beau voyage», comme dirait Clémence [Desrochers]. J'ai vécu des aventures très spéciales avec cette bande de Québécois disparates, des moments de tendresse, d'autres de banale violence quand la passion intoxique et rend l'individu plus petit que soi, de ravissement quand elle lui donne des ailes et le fait décoller de terre dans la musique des étoiles.

«Ces traces d'âmes, seul le vrai romancier sait les débusquer. Il écrit: «Les mots sont la boisson et le gâteau d'Alice, ce qui l'alimente donc, ce qui la fait grandir ou rapetisser par rapport au reste, choses et gens. Les mots ont la propriété de changer le point de vue et sont les seuls à pouvoir le faire». [...] Il publie, chez un éditeur de Sudbury, un roman sur lequel n'importe quel éditeur québécois aurait été ravi de mettre la main. Je n'avais lu de lui que des nouvelles, mais toutes m'avaient frappé par leur angle de vision impitoyable et... clément. Une ironie douce, une compassion sans apitoiement, une sorte de tendresse lucide qui reconnaît à ses personnages l'héroïsme de la vie ordinaire.

[...]

«Impossible de [...] présenter tous [les personnages] puisqu'il faut tant de pages à l'habile conteur pour nous faire faire l'inventaire du petit bagage de rêves de chacun, qu'il traite avec la méticulosité d'un douanier des âmes.

«Il y a un personnage exceptionnel dans ce groupe de voyageurs. Il s'appelle Icare et vient de Toronto. Beau, sans complexe, sans peur et sans reproche, il voyage seul. Comme Terence Stamp dans *Theorema*, il est l'ange qui sert de révélateur des désirs, celui dont ils se souviendront tous, qui leur aura fait toucher la matière de leur rêve.»

Jean-Roch Boivin, *Le Devoir*, 1988

«[...] sous le couvert d'évoquer les pérégrinations d'un groupe de voyageurs à Cuba, le récit rocambolesque de Pierre Karch nous invite à découvrir le plaisir de voyager par les mots. Mieux! De voyager dans les mots.

«Comment, en effet, ne pas être séduit par la construction ingénieuse, précise et efficace, mais qui ne consent aucun compromis sur le plan littéraire, de ce récit éclaté (polyphonique) qui s'érige bribe à bribe comme véritable chœur de voix disparates? Quel travail d'intégration! Les points de vue se succèdent dans un incessant tourbillon, des fragments de conversations remontent jusqu'à nous, on saisit des gestes, on note des attitudes et voilà qu'un seul regard suffit pour que l'on présente le drame de toute une vie.

«On découvre soudain qu'on peut s'attacher à une écriture avec autant de plaisir qu'à des personnages, et qu'il existe un véritable plaisir jubilatoire à se laisser entraîner par cette prose rapide aux digressions fertiles qui traitent des stratégies de séduction et de l'art d'écrire avec une même ironie cruelle.

«Quel livre attachant [...].

«Finalement, on se dit qu'il n'y a peut-être pas moins touriste que Pierre Karch et que cet homme-là se moque de nous, un peu à la manière d'Icare, un personnage énigmatique parmi les plus importants du roman et qui, par son ironie lucide et sa propension à rejoindre chacun dans sa vérité intérieure, rappelle le Baron, le personnage fétiche de Romain Gary. »

Guy Cloutier, Le Soleil, 1989

«Le thème du voyage, que ce dernier soit réel ou onirique, a été tellement exploité à certaines époques littéraires, qu'il nous en reste parfois l'impression que seuls les épigones de Chateaubriand ou de Baudelaire voyagent vraiment, le commun du peuple se contentant de se déplacer. Mais quelle grave illusion ce serait de croire que le plus ordinaire des voyages n'est pas une invitation au rêve, un élan vers le paradis! Pierre Karch a bien compris ce mythe associé à chaque voyage, et il y plonge jusqu'au bout dans une œuvre riche en résonances humaines.

«Car le sujet est, a priori, d'une richesse inépuisable: suivre quinze, vingt personnages lors d'un voyage à Cuba, au temps des Fêtes. C'est d'ailleurs ainsi que l'on pourrait résumer le roman: la vie d'un groupe de touristes durant deux semaines de paradis artificiel. Et ce qui fait la qualité de cette situation de base, c'est qu'elle permet au romancier de suivre les rêves, les espoirs de chaque personnage qui quête un éden à la mesure de ses misères. Mais le sujet est en même temps périlleux. L'anecdotique, le banal risquent de grever l'intérêt si cette quête n'atteint pas une dimension sinon universelle, du moins transindividuelle. Or, à tous égards, *Noëlle à Cuba* s'inscrit comme une réussite : dans l'agenda des vies singulières, Karch insère avec à propos une profonde mais toujours sereine méditation sur le voyage, l'art et la nature humaine.

« Qu'est-ce que voyager ? [...] Déjà, lors du trajet vers Cuba, on sent dans le déplacement aérien une sorte de synecdoque du voyage tout entier : réalité, illusion (rêve ? espoir ?), puis réalité à nouveau lorsque l'avion se pose : « Depuis qu'on se rapprochait de la terre, la gaieté pâlissait devant l'inquiétude qu'on croyait avoir noyée dans l'alcool et qu'on redécouvrait intacte comme une olive au fond d'un verre. Était-il possible qu'en perdant de l'altitude, on perde une partie de ses illusions qui s'accrochaient aux nuages qu'on fendait et qui se déchiraient en charpie ? » Déjà, le voyage montre son ambiguïté : quand au retour on défera sa valise, on retrouvera inévitablement ses ennuis. [...] Point de repos pour le lecteur qui en arrive à croire que les vacances, « cela n'existe pas vraiment ; c'est une fiction qu'on se crée ».

[...]

« C'est Camus qui, je crois, disait de l'art qu'il doit être une façon d'émouvoir le plus grand nombre d'hommes possible en leur donnant une image privilégiée de leur condition humaine. Sans doute plusieurs facteurs contribuent-ils à cette fin : il faut que le sujet soit partagé par plusieurs, et qu'il soit traité de manière à intéresser. Se sentant ainsi interpellé, chacun se reconnaîtra dans tel trait, tel comportement. Mais il y a plus : l'écriture doit être soignée, sans cesse claire et juste. Enfin, l'œuvre qui se contente d'exprimer fait plaisir à son auteur ; celle qui vise à communiquer plaît en plus à ses lecteurs. Or, à tous égards, *Noëlle à Cuba* me semble participer de cette classe de récits où l'écriture fait voir sans se faire voir, et où le territoire de la littérature n'est rien de moins que l'humain.»

Pierre Hébert, *Lettres québécoises*, 1989

«Je ne répéterai pas ici tout le bien que je pense de *Noëlle à Cuba*: ce roman, qui raconte les deux semaines de voyage d'un groupe de touristes (devinez où), doit être lu pour l'art du personnage que maîtrise parfaitement P. Karch, et pour goûter une écriture qui atteint un niveau rare de soin et de raffinement.»

Pierre Hébert, *Voix et images*, 1989

«Les esquisses de chacun des vacanciers sont crayonnés d'après modèles, les faits qu'invente l'auteur ou qu'il tire de ses souvenirs sont vécus. Avec la technique d'un cinéaste, il emploie les séquences brèves et les gros plans. Ajoutons les réflexions toujours faites sur le ton du badinage, mais qui sont absolument pertinentes, des réflexions qui auraient pu venir à chacun de nous en pareilles circonstances.

[...]

«*Noëlle à Cuba* est un divertissement intelligent, un [...] miroir parlant dans lequel on voudra bien reconnaître les autres!»

Suzanne Lafrenière, *Le Droit*, 1989

«Pierre Karch serait-il cet esthète – un romancier qui suit de près ses personnages et commente sa propre existence en même temps que celles qu'il décrit – et à qui il prête ces paroles: «Les critiques s'accordaient pour dire qu'il faisait son plat principal de ce qui passait inaperçu aux autres, ce qui revenait à dire qu'il excellait dans la finesse et la justesse des descriptions de détails»?

Mais ce qui pourrait paraître alors une faiblesse du roman devient sa force, grâce à la technique utilisée, celle des «clips». Pierre Karch procède, en effet, par éclairages fulgurants. Aussi bien au plan du contenu que de l'expression, les notations sont brèves et colorées. On n'a jamais le temps de s'ennuyer et l'auteur sait passer alternativement de la note triste ou mystérieuse à la note gaie voire hilarante.

[...]

«Ce regard sur le monde, tantôt amusé, tantôt désabusé, Pierre Karch le décrit avec beaucoup de finesse d'observation, d'humour, de sensualité et une grande maîtrise dans l'écriture.

[...]

«L'humour est partout, dans la réflexion comme dans la description. La plume de Pierre Karch griffe ainsi au passage, mais sans méchanceté, les travers humains, les amours, la politique, les écrivains, la religion.

[...]

«Pierre Karch possède un art très gidien de faire sentir la moindre sensation, d'en faire partager le côté palpable. À Cuba, «cette moiteur, on l'accueille comme une caresse trop intime pour se plaindre» [...]. Souvent, la sensualité se mélange d'un délicieux humour, comme dans cette finale: «les nuits de cette qualité, Dieu les destine au sommeil mais le diable, qui s'en mêle toujours un peu, les voue à l'amour».

«Chose rare de nos jours, Pierre Karch écrit bien. Sa technique des clips nous rappelle l'impressionnisme, le style artiste d'un Huÿsmans ou des Goncourt, fait de contrastes, de raccourcis saisissants, comme: «Il avait voulu être son amant de droit divin et elle l'avait trouvé divin amant»... «Je t'ai apporté une orange, dit-elle pour le distraire, et c'était son cœur qu'elle lui offrait… »

« À l'antithèse, se joint joliment l'ellipse et l'euphémisme : « Elle était belle, plus encore que la veille, et il le lui prouva ». Cette sorte de préciosité est souvent compensée par une chute que n'auraient désavoué ni La Fontaine, ni La Bruyère, ni La Rochefoucauld : « Il ne peut y avoir de bonheur sans souvenirs » […]. « Or, sur sa branche, une fleur se croit toujours immortelle, comme nous ».

[…]

« On voit que *Noëlle à Cuba* a, par son écriture, encore bien des côtés d'un beau classicisme. Mais son originalité est indéniable. C'est un roman jeune par l'action et sa présentation. Probablement l'un des premiers vrais romans de la modernité. »

Pierre Léon, *LittéRéalité*, 1989

Noëlle à Cuba est « un roman qui détend, distrait et fait rêver ; un roman, en bref, qui nous permet de voyager. L'histoire raconte effectivement le voyage à Cuba d'une vingtaine de Québécois aux temps des fêtes. Le tout se déroule dans une période de deux semaines bien ponctuées par le décollage et le retour de l'avion. Or nous savons que depuis toujours le voyage est prétexte ou même métaphore pour les voyages intérieurs : les déplacements dans l'espace représentant aisément, sur le plan symbolique, des mutations intérieures. Des mutations ou bien des rêves et des espoirs. Dans ce sens, *Noëlle à Cuba* incarne de façon très efficace le thème de la quête : quête de l'amour dans le cas de certains voyageurs comme Noëlle, quête de l'art pour d'autres ou bien, très simplement, quête de l'aventure. Écrit avec simplicité, tendresse et perspicacité, ce roman se distingue des discours postmodernes hétéroclites, des sagas historiques en nous invitant au pur plaisir de l'évasion et de la rêverie.»

Janet M. Paterson, *Letters in Canada 1988*, 1989

«Ce roman a décidément tous les ingrédients d'un best-seller: du suspense, des situations cocasses (ah, les joies du voyage organisé!) et, en prime, une tendresse dont j'ai vu peu d'exemples dans la littérature québécoise contemporaine.»

Roch Poisson, *Le bel âge*, 1989

«Toronto est une ville méconnue, voire mal-aimée. De toutes les villes canadiennes, on dit que Toronto est celle que les Canadiens aiment le plus... détester. Dans son roman intitulé *Noëlle à Cuba*, Pierre Karch campe un personnage qui est étonné de rencontrer un Torontois qui parle français: «– Comment vous avez fait ça? Ça n'a pas d'allure. Vous parlez presque aussi bien que nous autres. Il n'y a pas de Français à Toronto, enfin pas de vrais. – Il y a moi. – Ah! bien. Ça parle au diable.»

Paul-François Sylvestre, *L'Express de Toronto*

«Dans ce deuxième roman, Pierre Karch met en scène une véritable bacchanale de personnages que seuls ses talents considérables de conteur permettent de démêler avec bonheur.

[...]

«Sous l'apparence d'un récit enjôleur, c'est toute une image de l'être humain qui prend forme. Roman d'évasion, *Noëlle à Cuba* est avant tout un roman sur l'évasion, sur ces innombrables attentes affectives que nous emportons dans nos valises et qui s'effondrent, ou qui s'épanouissent, dans l'espace-temps privilégié des vacances.»

Agnès Whitfield, *Liaison*, 1989

« *Noëlle à Cuba* pose systématiquement la correspondance de la récréation propre aux vacances et de la re-création de soi qui permet au touriste de s'inventer un nouvel être.

[...]

« Tous [les] noms ludiques et mythologiques, qui mettent sans cesse l'accent sur le parallélisme de la récréation et de la re-création, proposent aussi un jeu au lecteur : si Paul est aux yeux de Daphné « un spectateur au premier rang du théâtre », le lecteur, qui assiste lui aussi aux multiples avatars du nom et de l'identité dans *Noëlle à Cuba*, se laisse séduire à son tour par le jeu de l'onomastique, le jeu des vacances et, en fin de compte, par le jeu de la lecture. »

Mary Ellen Ross, *LittéRéalité*, 1992

« Pierre Paul Karch évolua de la nouvelle au roman. Son expérience commença timidement avec *Nuits blanches* et *Baptême* pour prendre de l'ampleur avec *Noëlle à Cuba*. J'étais excité, car j'allais publier un vrai roman, une brique comme on dit, avant mon départ. Ce roman volumineux enlève son lecteur dès les premières pages et ne le laisse pas tomber jusqu'à la dernière. »

Gaston Tremblay, *Prendre la parole*, 1996

BIBLIOGRAPHIE

[Anonyme], «*Noëlle à Cuba*», *Le goût de vivre*, 3 novembre 1988, p. 6.

BOIVIN, Jean-Roch, «Portrait de groupe sur la plage», *Le Devoir*, 19 novembre 1988, p. D-3.

BORDELEAU, Francine, «Les jeux de Pierre Karch», *XYZ. La revue de la nouvelle*, n° 37, printemps 1994, p. 87-91.

BOSLEY, Vivien, «Sun, Rum & Romance», *Canadian Literature*, n° 128, printemps 1991, p. 143-145.

CHAMBERLAND, François-Xavier, «Pierre Karch», *L'Ontario se raconte. De A à X* (entrevues radiophoniques), Toronto, Éditions du GREF, 1999, p. 471-481.

CLOUTIER, Guy, «*Noëlle à Cuba* de Pierre Karch. Une invitation au plaisir de voyager par les mots», *Le Soleil*, 4 mars 1989, p. F-12.

DESABRAIS, Tina, *Les manifestations du mal de vivre dans dix romans franco-ontariens*, dissertation de baccalauréat spécialisé, Département

d'Études françaises et de traduction, Université
Laurentienne, 2003.

——, «Alcoolisme dans cinq romans franco-ontariens»,
Actes de la 10ᵉ journée. Sciences et savoirs, Acfas-
Sudbury, 2004, p. 57-62.

HARE, John, «Fate of Quebeckers in New England», *The
Ottawa Citizen*, 10 décembre 1988, p. H-2.

HÉBERT, Pierre, «L'invitation au voyage», *Lettres
québécoises*, nᵒ 53, printemps 1989, p. 20-21.

——, «Les fruits de l'hiver», *Voix et images*, nᵒ 42,
printemps 1989, p. 508-512.

LAFRENIÈRE, Suzanne, «*Noëlle à Cuba*: nos Québécois en
vacances», *Le Droit*, 8 avril 1989, p. 6A.

LÉON, Pierre, «*Noëlle à Cuba*: Un roman de la
modernité», *LittéRéalité*, vol. 1, nᵒ 1, printemps
1989, p. 92-95.

MORROW, Katherine, «A lively exploration of the arts»,
Globe & Mail, 28 avril au 4 mai 1990, section
«Broadcast Week», p. 18.

PATERSON, Janet M., «Romans», *University of Toronto
Quarterly*, vol. 59, nᵒ 1, automne 1989, p. 27.

PELLETIER, Marie-Ève, «*Noëlle à Cuba*: une aventure
littéraire», *Le Droit*, 29 avril 1989, p. 11A.

POISSON, Roch, «Cuba si, Cuba no!», *Bel âge*, vol. 2, nᵒ 7,
mai 1989, p. 6.

PROST, Jean-Luc, «*Noëlle à Cuba*», *Pro Tem*, 28 novembre
1988, p. 5.

ROSS, Mary Ellen, «Onomastique, vacances et
autoreprésentation dans *Noëlle à Cuba* de Pierre
Karch», *LittéRéalité*, vol. 4, nᵒ 1, printemps 1992,
p. 43-61.

[SYLVESTRE, Paul-François], «Toronto mise en mots par ses

auteurs», *L'Express de Toronto*, semaine du 24 au 30 octobre 2006, p. 8.

WHITFIELD, Agnès, « *Le Matou* ontarien. Les griffes d'un Pierre Karch enjôleur», *Liaison*, n° 51, mars 1989, p. 17.

Biographie

1941   Naissance, à Saint-Jérôme (Québec), de Pierre Paul Karch, le 20 juin, dans la maison paternelle dont les plans avaient été dessinés par son grand-père, l'architecte Joseph A. Karch de Montréal.

1948   Au début de l'été, la famille quitte Saint-Jérôme pour s'établir à Ottawa. Entre en troisième année, à l'école Sainte-Jeanne d'Arc. Fait sa huitième à l'école Garneau.

1954   Quatre années d'études à l'école secondaire de l'Université d'Ottawa au cours desquelles il publie ses premiers poèmes.

1957   S'inscrit à la Faculté des Arts de l'Université d'Ottawa où il se spécialise d'abord en psychologie avant d'opter pour les études françaises.

1961   Obtient un B. A. Poursuit ses études et obtient, deux ans plus tard, un M. A.

1963   Retourne au Québec où il enseigne deux ans au Collège universitaire de Rouyn, affilié à l'Université de Montréal.

1964   Du 12 novembre au 8 avril 1965, Karch publie
        huit articles dans l'hebdomadaire *La Frontière* de
        Rouyn.

1965   Études supérieures, au niveau du doctorat, à
        l'Université de Toronto.

1967   Rencontre Mariel O'Neill. Enseigne au Collège
        universitaire Glendon (Université York) jusqu'à la
        fin juin 2004.

1969   Du début de cette année, jusqu'en 1985, il fournit
        plus de quarante articles à la revue spécialisée
        l'*Amitié guérienne* (Albi, France). Plusieurs de ces
        articles sont écrits en collaboration avec Mariel
        O'Neill-Karch.

1971   Publie son premier conte, « La bague », *Contes
        et nouvelles du monde francophone*, Sherbrooke,
        Cosmos. Lauréat du 2e concours.

1972   « *Petits poèmes en mauve* », son premier compte
        rendu dans le quotidien d'Ottawa, *Le Droit*,
        paraît le samedi 15 janvier. Cette collaboration
        dure deux ans. Publie sa première nouvelle,
        « Silence de mort », *Liberté*, vol. 13, n° 2. Se marie
        le 17 mai à Mariel O'Neill.

1974   Parution de *Options*, un choix de textes canadiens-
        français, à Toronto au Oxford University Press.
        À partir du 7 avril, Karch publie des articles et
        surtout des comptes rendus dans l'hebdomadaire
        de Toronto, *Courrier Sud*, jusqu'en 1976.

1981   Publication de *Nuits blanches*, un recueil de
        contes fantastiques, à Sudbury aux Éditions Prise
        de parole. La même année, Monika Mérinat
        lui confie la chronique « Théâtre » diffusée sur
        les ondes de CJBC-Toronto, Radio-Canada. La

première pièce recensée est *La Tante* de Robert Marinier (Sudbury, Prise de parole). Il partage cette chronique avec Mariel O'Neill-Karch. La 214e et dernière recension sera entendue le 20 novembre 1993.

1982   Publie un premier conte pour enfants, «Amargok, le petit loup blanc», dans *Parli, parlo, parlons* (Montréal, Fides). Son premier roman, *Baptême*, paraît aux Éditions Prise de parole.

1983   Participe, avec Yves Thériault, Guy Robert et Annette Saint-Pierre, à une table ronde sur la création littéraire dans le cadre du Premier colloque des auteurs francophones du Canada tenu à Hull (Québec), les 9-13 mars.

1984   À partir de cette année, il publiera plus ou moins régulièrement des nouvelles dans les revues *Liaison* et *Rauque*. Membre fondateur du Regroupement des écrivains de langue française du Toronto métropolitain. Organise le concours de poésie *Points de vue* et lance la plaquette du même nom, illustrée par Jean Benedek. «La main de Dieu», son premier conte merveilleux à paraître dans la revue *XYZ*, marque le début d'une longue et belle collaboration. «De nouveaux lauriers sur de vieux crânes» est son premier article à paraître dans *L'Express de Toronto*, où il signera jusqu'à la fin de 2006 près de quatre cents comptes rendus de pièces de théâtre.

1986   Co-éditeur, avec Mariel O'Neill-Karch, du nº 4 de la revue *Rauque* (Sudbury, Prise de parole) consacré aux écrivains et aux artistes de langue française du Toronto métropolitain. Nommé, en 1986, membre du collectif de rédaction de la revue *XYZ* (Montréal), consacrée à la nouvelle, poste qu'il occupe toujours.

1987 Nommé, pour une durée de cinq ans, correspondant à la revue *Vie des Arts* (Montréal). Nommé membre du comité de lecture de la revue *Vie française universitaire*.

1988 *Noëlle à Cuba* paraît aux Éditions Prise de parole, Sudbury.

1989 Membre de l'Union des écrivains du Québec (1989-1997).

1990 Lauréat du prix Belle-Gueule organisé par la revue *Stop* (Montréal), dans laquelle paraît le conte merveilleux primé, «Le chien d'Évora». Directeur de la collection «L'Ère nouvelle» des éditions XYZ (Montréal), du printemps 1990 à l'hiver 1997. *Jeux de patience*, un recueil de nouvelles, paraît chez XYZ à Montréal. Nommé membre du comité de lecture de la revue *Francophonies d'Amérique* dont il se retire en 2006.

1992 Responsable de la section «Inédits» de la revue *XYZ*, n° 30: *Les Montréal d'XYZ*.

1995 Parution des *Ateliers du pouvoir*, un essai sur les arts au Québec, à Montréal chez XYZ. Publie un premier compte rendu dans la revue *University of Toronto Quarterly*; à partir de 2001, il assume l'entière responsabilité de la section «Roman» de la revue. Responsable de la section «Inédits» de la revue *XYZ*, n° 44: *Parfums d'XYZ*.

1996 «Isla Mujeres», dans une traduction anglaise de Edward Baxter, paraît dans *TransLit*, vol. 3. Publication, en collaboration avec Mariel O'Neill-

Karch, du *Dictionnaire des citations littéraires de l'Ontario français depuis 1960* (DICLOF), Ottawa, L'Interligne.

1997   *Le nombril de Scheherazade*, un roman, paraît aux Éditions Prise de parole, à Sudbury. Membre du collectif de rédaction de *Virages*, la nouvelle en revue (Sudbury). Publication d'un premier conte fantastique, « Égyptomania », dans *Virages* n° 1, printemps ; d'autres contributions à la revue suivront.

1999   « Egyptomania », dans une traduction anglaise de Ted Baxter, est publiée dans *Translit*, vol. 4.

2000   Premier francophone dont les critiques de théâtre sont répertoriées dans *The Encyclopedia of Canadian Theatre* on the WWW. « La sonrisa », la traduction espagnole de la nouvelle « Le sourire », paraît dans la revue *Casa de las Americas*, n° 220, Cuba.

2001   Parution de *Régis Roy (1864-1944) : Choix de nouvelles et de contes*, édition préparée en collaboration avec Mariel O'Neill-Karch, à Ottawa aux Éditions David.

2002   Parution de *Augustin Laperrière (1829-1903). Les pauvres de Paris, Une partie de plaisir à la caverne de Wakefield ou Un monsieur dans une position critique* et *Monsieur Toupet ou Jean Bellegueule*, édition préparée en collaboration avec Mariel O'Neill-Karch, à Ottawa aux Éditions David.

2003   Responsable de la section « Inédits » de la revue *XYZ*, n° 74 : « *Mémoire(s)* ».

2004   « La mano de Dios », la traduction espagnole de la nouvelle « La main de Dieu », paraît dans le collectif *Dias de Quebec*, dirigé par Gaëtan Lévesque.

2006   Publication de la 2e édition du *Dictionnaire des citations littéraires de l'Ontario français depuis 1960* (DICLOF), toujours en collaboration avec Mariel O'Neill-Karch, à Ottawa aux Éditions L'Interligne.

Achevé d'imprimer
en octobre deux mille sept sur les presses
de l'imprimerie Gauvin, Gatineau (Québec).

Recyclé
Contribue à l'utilisation responsable
des ressources forestières
www.fsc.org   Cert no. SGS-COC-2624
© 1996 Forest Stewardship Council
FSC